Maiken Nielsen

DIE FRAU, DIE ES NICHT MEHR GIBT

MAIKEN NIELSEN

DIE FRAU, DIE ES NICHT MEHR GIBT

ROMAN

WUNDERLICH

Originalausgabe
Veröffentlicht im Rowohlt Verlag, Hamburg, Juli 2023

Karte auf S. 7 von Kai-Ove Kessler
Zitat auf S. 46 aus «Une allée du Luxembourg»
von Gérard de Nerval in «Odelettes», 1853
Zitat auf S. 137 aus «Gemeinsame Gegenwart» von René Char
in «Einen Blitz bewohnen», herausgegeben von Horst Wernicke,
deutsch von Paul Celan, Lothar Klünner, Jean Voellmy,
1995, S. Fischer Verlag
Satz aus der Questa
bei Dörlemann Satz, Lemförde
Druck und Bindung GGP Media GmbH, Pößneck
ISBN 978-3-8052-0105-6

Für Nora und Alma

Die Handlung des vorliegenden
Romans ist frei erfunden.
Jegliche Ähnlichkeit mit lebenden
oder realen Personen ist zufällig.

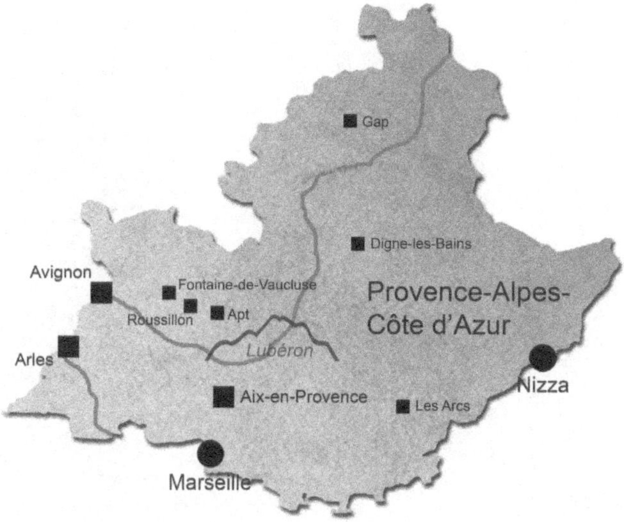
Gap
Digne-les-Bains
Avignon
Fontaine-de-Vaucluse
Provence-Alpes-
Côte d'Azur
Roussillon
Apt
Arles
Lubéron
Nizza
Aix-en-Provence
Les Arcs
Marseille

STUTTGART,
27. OKTOBER 1977

Christiane Gärtringen, wie sie sich jetzt nennen wollte, war zum ersten Mal auf einem Begräbnis. Vorsichtig schob sie sich durch die Menge junger Männer und Frauen. Die meisten hier schienen sich zu kennen. Ein Paar hielt sich weinend umschlungen, ein anderes blickte versteinert vor sich hin. Einige trugen Sonnenbrillen, was an diesem trüben Tag eigentlich nicht nötig gewesen wäre.

Sie konnte sich nicht vorstellen, wie es war, sterben zu müssen, schon gar nicht, wenn man noch so jung wie Gudrun Ensslin, Andreas Baader und Jan-Carl Raspe war.

Am Rand des feierlichen Begräbnisses standen Hunderte Polizisten mit Maschinenpistolen. Christiane erschauderte bei dem Gedanken an das Blutbad, das diese Polizisten anrichten konnten. Wut stieg in ihr auf. Das Gefühl war ihr mittlerweile so vertraut wie der Duft der kleinen Schwester, vertraut wie ihr gemeinsames Stofftier, ein Hund, den ihr eine wohlmeinende Frau bei ihrer Ankunft in Deutschland in die Hand gedrückt hatte. Vertraut wie der Geschmack von Reis und scharf gewürztem Fleisch.

Ihre Wut war in den Wochen nach dem Tag, der ihr Leben verändert hatte, größer geworden. In den Büchern, die sie gelesen hatte, stand, dass Wut mit der Zeit schwindet. Aber das war nicht geschehen.

An diesem Tag fühlte sie die Wut als etwas Heißes in ihrer Brust, etwas, das wucherte und klumpte, bis es sie ganz ausfüllte und ihr die Luft zum Atmen nahm.

Jemand sang ein Lied.

«Auf die Müllkippe sollte man sie werfen!», ertönte eine Stimme vom Rand des Friedhofs. «Auf den Müll mit den Halunken! Die haben nichts Besseres verdient!»

Ein großer Typ in Lederjacke mit dunklen, halblangen Haaren schob sich an ihr vorbei. Er sah aus wie Yan, der Schmuggler, in einem ihrer deutschen Kinderbücher. Und weil er keine Sonnenbrille trug, konnte sie den Ausdruck in seinen Augen lesen. Er war zornig, genau wie sie.

Bevor sie wusste, was sie tat, fasste sie ihn am Arm. «Was kann man tun?», fragte sie.

«Was man tun kann?» Er funkelte sie an. «Man kann eine ganze Menge tun. Wenn man erwachsen ist.»

«Ich bin erwachsen», brach es aus ihr heraus. Sie würde sich älter machen müssen, als sie in Wirklichkeit war, aber das konnte sie schaffen. Sie hatte schon ein paarmal vorgegeben, jemand zu sein, der sie nicht war.

Der Typ musterte sie aufmerksam. «Wie heißt du?»

Sie überlegte nur eine Sekunde lang. «Christiane.»

«Und weiter?»

«He, soll das hier ein Verhör werden?»

Er verzog einen Mundwinkel zu einem halben Lächeln. «Ich habe dir eine Frage gestellt.»

«Gärtringen», flüsterte sie. «Ich bin Christiane Gärtringen. Ich studiere Politikwissenschaft.»

«Das ist ein guter Name, den du dir da ausgedacht hast. Aber das Lügen musst du noch üben. Was bist du? Verfassungsschutz? Beschäftigen die da jetzt auch Kinder?»

Sie machte auf dem Absatz kehrt und rannte davon.

Quer durch die Trauernden, die Frauen in langen, bunten Kleidern, die Frauen in Jeans und Lederjacken, die Männer, die wie Schmuggler aussahen. Durch die Menge, zu der sie nicht gehörte, weil sie nie zu jemandem gehörte. Weil niemand sie haben wollte. Abgesehen von ihrer Familie, aber die zählte nicht mehr.

Sie rannte weiter, direkt in ein Transparent hinein. «Pass doch auf!», rief jemand.

Gudrun + Andreas + Jan. In Stammheim gefoltert und ermordet, stand auf dem Transparent. Sie erfasste die Worte in einem Sekundenbruchteil, so rasch, wie sie alles Gedruckte las.

Von der Aussegnungshalle her näherte sich der Zug der Totengräber mit dem ersten Sarg.

«Mörder!», skandierte jemand, der sich ein Palästinensertuch um den Kopf geschlungen hatte. «Mörder! Mörder!»

Durch die Schar der Menschen, die Plakate und bemalte Betttücher und rote Fahnen trugen, durch diese pulsierende, bunte Menge, brachen nun Männer mit Fotoapparaten und Tonbandgeräten. Sie stürzten auf die Totengräber zu. Einer schrie: «Mach den Deckel auf! Zeig uns die Leiche!»

Christiane, wie sie ja jetzt heißen wollte, wurde beiseitegedrängt, stolperte, hielt sich an einem Grabstein fest. Etwas klirrte. Jemand hatte eine Blumenvase umgeworfen, die auf einem der Grabsteine stand.

«Da ist der Ensslin!», rief jemand und deutete auf einen Mann in schwarzer Pastorentracht, der in all dem Gedränge verloren wirkte. «Da ist der Vater der Mörderin! Kamera auf ihn!»

Christiane fühlte Entsetzen in sich aufsteigen. Gejagt wurden sie, gejagt wie Tiere.

Die Totengräber brachten einen zweiten Sarg, dann einen dritten. Christiane schob sich dichter an die Trauergemeinde heran.

Die Stimme des Pastors klang jung und dünn. «Vater unser im Himmel», hörte sie ihn deklamieren.

«Die haben kein Begräbnis verdient!» Eine schrille Stimme, die den Pastor übertönte.

«Vergib uns unsere Schuld, wie auch wir vergeben unsern Schuldigern.»

«Mörder! Die gehören hingerichtet! Die ganze Bande!»

«Und führe uns nicht in Versuchung, sondern erlöse uns von dem Bösen.»

Eine Frau neben ihr weinte. Sie hielt ein kleines Kind an der Hand.

Christiane hielt es nicht mehr aus. Sie hatte genug gesehen.

Sie hatte einen der Friedhofsausgänge erreicht, als sie eine Hand auf ihrer Schulter spürte.

Es war der Große, der wie Yan, der Schmuggler, aussah.

«Wenn es dir ernst ist, dann komm dorthin.» Er reichte ihr einen Zettel. «In genau einer Woche, abends. Wir werden dich allerdings befragen. Wenn du uns irgendeinen Scheiß erzählst, kriegst du ein Problem.»

Sie blickte auf den Zettel und zerriss ihn in kleine Stückchen.

«Heißt das nein?» Der Große runzelte die Stirn.

«Das heißt, dass ich mir Ort und Uhrzeit gemerkt habe», erklärte sie.

An den Ausgängen des Dornhaldenfriedhofs standen die Polizisten Spalier. Christiane musste sich ausweisen. Sie war noch keine sechzehn. Das Dokument war ihr Kinderausweis.

«Hast du keine Schule heute, Mädchen?», fragte der Beamte. Um sie herum gellten Schreie. Ein Mann mit langen Haaren und Hippie-Stirnband wurde abgeführt. Der Polizist, der ihren Kinderausweis in der Hand hielt, klang seltsam mitfühlend. «Eigentlich müsste ich deinen Eltern Bescheid geben», sagte er.

Christiane sah ihn an, und ihre Augen füllten sich mit Tränen. «Bitte tun Sie das nicht.»

Ein paar Herzschläge lang sah der Polizist sie an. «Mach keinen Unsinn, Mädchen», sagte er leise.

Sie schüttelte den Kopf.

Es war das letzte Mal, dass sie bei einer Polizeikontrolle ihren echten Ausweis vorwies, mit ihrem echten Namen, ihrem echten Geburtsort, ihrer ganzen ursprünglichen Identität.

Sie besuchte das Treffen, das der Große ihr gewiesen hatte, das erste von vielen, und sie erledigte alles, was man ihr auftrug. Sie war das perfekte Mitglied: intelligent, zornig, diszipliniert. Wie die Schmuggler in ihrem Kinderbuch lernte sie, ihre Spuren zu verwischen. Sie lernte den Umgang mit Waffen. Und sie war nie wieder so verzweifelt wie auf dem Dornhaldenfriedhof.

Endlich gehörte sie dazu.

Und doch: Als sie im Januar 1985 zu dem Haus des Generals in den Pariser Vorort La Celle-Saint-Cloud fahren sollte, meldete sich ihr Gewissen. Als die Schüsse knallten, von denen sie gewusst hatte. Sechs Kugeln des Kalibers 11,43. Zwei davon drangen in seinen Kopf ein.

General René Audran war sofort tot.

Acht Jahre lagen zwischen dem Begräbnis der drei RAF-Gründungsmitglieder und dem Mord an General René Audran. Eine Zeit, in der Christiane Gärtringen erwachsen wurde.

Dies ist ihre Geschichte.

Und die der letzten zehn Monate vor dem Tod des Generals.

LUBÉRON, MÄRZ 1984

Zehn Monate vor dem Mord

Der Fahrer war der langsamste, dem Alex je begegnet war. Und mit jedem Joint, den er rauchte, entschleunigte er seinen Lieferwagen weiter. «Ah, diese Kurven», seufzte er, während er nun eine Zigarette am Anzünder aufglühen ließ. Zumindest glaubte Alex, dass er das sagte. Sie konnte nur ein bisschen Schulfranzösisch und füllte ihre Sprachlücken mit Fantasie.

Der Motor stotterte, und der Fahrer schaltete einen Gang herunter. Alex blickte aus dem Fenster. Ein Fußgänger, der im Alter ihres Großvaters sein mochte, humpelte über den Sandstreifen neben der Landstraße. Schließlich überholte er sie.

Nicht, dass sie es eilig gehabt hätte. Aber es war so langweilig mit dem bekifften Kerl.

Ein Ortsschild tauchte vor ihnen auf: *Apt, Vaucluse* prangte es dort rot umrandet.

«Können Sie mich hier absetzen?», fragte Alex.

Der Fahrer schien eine Weile zu brauchen, bis er begriff, was sie meinte.

«Absetzen. Hier?» Er begann zu kichern. «In Apt?»

«Warum – was ist mit diesem Ort?»

Wie in Zeitlupe schüttelte der Fahrer seinen Kopf. «*Eh ben*, du wirst schon sehen», sagte er, während er jedes Wort so dehnte, dass Alex ihn tatsächlich verstand.

Draußen sog sie die Winterluft in ihre Lungen. Es roch nach Holzfeuer und Thymian. Die Sonne goss gelbes Licht auf die Häuser, die aus grobem Stein erbaut waren. Ein merkwürdiger Kontrast war das, dieser Schein auf den Steinen unten, und darüber der Himmel, schwer und blau. Alex holte ihre Minolta aus der alten Schultasche, überlegte eine Weile, welche Blende sie wählen sollte, dann richtete sie ihr Objektiv abwechselnd auf die Straße, die hinter ihr lag, und auf den Ortseingang. Zurückblicken oder nach vorne? Sie wählte die Zukunft, entschied, wie viel Licht sie hineinlassen wollte, bewegte noch einmal das Rädchen, um die Blende zu regeln, und bannte ihre Entscheidung auf Film.

Immer weiter ging sie nun auf den Ort zu, vorbei an den Häusern aus uraltem Stein. Die tief stehende Sonne blitzte ihr in die Augen, sodass sie die letzten Schritte bis zum Ortseingang fast blind ging. Stimmen und Töne wehten zu ihr herüber, und dann versank die Sonne hinter einem Hügel, und im Schein einer Straßenlaterne erkannte sie einen kopfsteingepflasterten Platz. Unzählige Lichter schienen in der Abendluft zu tanzen. Zwischen den Straßenlaternen warfen Fackeljongleure ihre Feuerkegel in die Höhe. Trommeln wurden geschlagen, ein paar Menschen bewegten sich zur Musik. Jemand deutete nach oben, zum Dach eines Cafés, auf dem ein Mann mit einem Balancestab stand. Ein Seil war quer über den Platz zur anderen Seite gespannt. Nun setzte der Mann vorsichtig einen Fuß darauf. Schreie gellten durch die Luft.

«Er ist vollkommen krank!», hörte sie die Stimme einer Frau. *Complètement malade*, die Wörter kannte Alex. Im Schein der Fackeln sah das Gesicht des Seiltänzers jedoch äußerst gesund aus. Seine Wangen waren gerötet, und mit dem Stab in der Hand wippte er auf und ab.

Immer schneller schlugen jetzt die Trommeln. Immer mehr Männer und Frauen traten hinzu. Sie hielten Gläser in ihren Händen, küssten einander zur Begrüßung und lachten. Viele von ihnen zeigten immer wieder zum Dach des Cafés, schlugen sich die Hände vor den Mund und konnten offensichtlich nicht glauben, was sie sahen.

Alex genoss es, Teil der atemlosen Spannung zu sein, die sich über das Fest gelegt hatte, sich mit diesen Menschen verbunden zu fühlen. In den ersten Monaten nach der Schule war sie glücklich gewesen, allein zu sein. Sie hatte sich eine Hütte in einem norwegischen Wald gebaut, war in Marokko mit dem Bus durch Berberland gefahren. Den Sommer hatte sie auf Kreta am Strand geschlafen. In Belgrad war der Hinterraum einer Kneipe ihr Zuhause gewesen, außerhalb von Rom hatte sie sich ein verlassenes Haus mit einem Juwelendieb geteilt. Sie hatte Gefallen daran gefunden, sich treiben zu lassen, sich zu verabschieden, wann sie selbst es für richtig hielt. Aber in den letzten Wochen hatte sich etwas verschoben.

Sie wünschte sich immer mehr, Teil eines Ganzen zu sein.

Der Seiltänzer setzte seinen zweiten Fuß auf das Seil. Unter ihm warfen die Jongleure ihre brennenden Fackeln in die Luft. Erst jetzt bemerkte Alex, dass einer von ihnen eine Wolfsmaske trug. Eine Gruppe kleiner Kinder umspielte ihn.

Immer schneller schlugen die Trommler. Die Feuerkegel malten brennende Bögen in die Luft. Und darüber schwebte nun der Seiltänzer. Er wandte sich weder nach links noch nach rechts, sondern spazierte über den Abgrund, als wäre es das Alltäglichste auf der Welt. Doch als er die Mitte des Seils erreichte, begann er zu schwanken. Er ruderte mit den Armen, sein Oberkörper bog sich hierhin und dorthin. Auf dem Platz wurde es still. Alex hielt den Atem an. Und in diesem Augenblick passierte es. Der Akrobat blickte zu ihr herüber. Wie in Trance hob Alex die Kamera vor ihre Augen, korrigierte die Blende und löste aus. Der Akrobat vor ihrer Linse fror ein, und nun ruderte er auch nicht mehr mit den Armen. Stattdessen richtete er sich auf, als wäre nichts geschehen – und spazierte weiter.

Als er auf das gegenüberliegende Dach gesprungen war und die Menge in Beifall ausbrach, schoss ein dicker Mann aus dem Café und schüttelte die Fäuste in seine Richtung. «Wenn ich dich noch einmal dabei erwische!», schimpfte er. Oder vielleicht sagte er auch: «Wenn du noch einmal in der Seilmitte stehen bleibst!»

Alex, die ja ihre Fantasie benutzen musste, um Französisch zu verstehen, wusste es nicht.

Plötzlich tippte ihr jemand auf die Schulter. Sie drehte sich um. Vor ihr stand ein Mann, der so alt sein mochte wie ihr Vater. Lachfalten kräuselten sich um seine Augen, und als er jetzt seine Zigarette zum Mund führte, sah sie, dass seine Hand mit Ölfarbe gesprenkelt war. Er sagte etwas, für das ihre Fantasie nicht ausreichte.

«Ich verstehe Sie leider nicht», erklärte sie.

«Bist du Deutsche?», fragte er mit holländischem Akzent.

Alex machte sich auf einen Vortrag über die Gräueltaten der Nazis gefasst und nickte ergeben. Aber der Mann mit den bunten Händen deutete nur auf ihre Minolta. «Landschaften oder Porträts?»

Überrascht von der Frage, antwortete Alex nicht sofort. Sie dachte an den Juwelendieb und seine strahlenden Augen, an die Kinderbande in Belgrad, an die alte Fischerin an irgendeinem griechischen Strand. Eigentlich war sie ausgezogen, um Landschaften in Europa zu fotografieren, aber sie hatte den Kontinent in Gesichtern gefunden.

«Alles, was mich interessiert», sagte sie. Sie gab nicht gern etwas von sich preis.

Aus den Augenwinkeln sah sie, dass der Feuerjongleur mit der Wolfsmaske seinen Kopf in den Nacken legte, bevor er ein Geheul ausstieß. Der Mann nickte. «Kann ich mir deine Bilder mal ansehen?»

«Sie sind nicht entwickelt.»

Nun nahm der Jongleur seine Wolfsmaske ab. Lange dunkle Haare flogen über seine Schultern, während er sich zu Alex umwandte und ihr, genau wie der Seiltänzer, direkt in die Augen blickte. Nur, dass es kein Er war. Sie erwiderte den Blick mit einem Lächeln. Der Feuerjongleur war eine schöne Frau.

«Solltest du je eine Dunkelkammer benötigen, dann komm mich besuchen.»

Von der Frau abgelenkt, wollte Alex dankend ablehnen, aber dann siegte ihre Neugier. Zehn Monate trampte sie nun schon durch Europa, und sie hatte noch kein einziges ihrer Bilder gesehen. Die ersten Filme hatte sie noch nach Hause geschickt, aber in ihrer Tasche lagen fünf weitere Rollen. «Wie würde ich dich denn finden?», fragte sie.

«Frag nach Gabriel, dem Holländer.» Er zwinkerte ihr zu. «Ich habe mein Atelier auf der Place Jules Ferry.»

*

Mado beobachtete, wie das fremde Mädchen mit Gabriel sprach. Ihr Gesicht wirkte vertraut, aber sie kam nicht darauf, wo sie ihr schon einmal begegnet sein könnte. Vorsichtig verstaute sie ihre Wolfsmaske in der Tasche und wickelte die Jonglierkegel in Ölpapier ein. Jemand sprang ihr auf den Rücken: eines der Kinder. Ein anderes umklammerte ihr rechtes Bein.

Mado stieß ihr Wolfsgeheul aus, und die Kinder lachten.

«Ich habe keine Angst!», schrie der Junge, der auf ihrem Rücken saß. Aus den Augenwinkeln beobachtete sie, wie die unbekannte Fotografin die Kamera vor ihr Auge hob. Instinktiv drehte sie sich weg.

«Ich auch nicht!», rief sie, und der Junge kicherte.

«Musst du auch nicht! Du bist ja der Wolf!»

Ein drittes Kind lief ihr entgegen. Mado heulte wieder, diesmal noch länger und unheimlicher.

«Die Wolfsmama und ihre Jungen», hörte sie durch den Lärm die Stimme von Loïc, der sich, seinen Balancestab noch in der Hand und Fantomas im Schlepptau, genähert hatte. Er war nicht der Einzige, der sie damit aufzog, dass sie wie ein Magnet auf Kinder wirkte. Aber die Anziehung beruhte auf Gegenseitigkeit. Seit Amira geboren worden war, liebte Mado Kinder. Jetzt beugte sie sich zu ihnen hinunter und sang ihnen ein Lied vor, das sie durch ihre eigene Kindheit begleitet hatte. Eine viel zu kurze Zeit.

Fantomas legte einen Arm um Loïcs Schulter. «Du hättest dir eben das Rückgrat brechen können, wenn du gefallen wärst.»

«Ja.» Loïc zeigte beim Lachen alle Zähne. «Aber dann habe ich ja meinen Schutzengel gesehen.»

«Welchen Engel?»

«Er meint das Mädchen, das ihn fotografiert hat.» Mado deutete mit dem Kopf zum Ortseingang. «Das da hinten mit Gabriel redet.»

Aber das Mädchen war auf einmal verschwunden, so plötzlich, wie sie aufgetaucht war.

«*Eh ben?*», staunte Fantomas. «Wo ist er denn hin, dieser Engel?»

«Ins Himmelreich heimgekehrt.» Mado pflückte sich das Kind von ihrem Rücken. «Und ich fahre jetzt auch heim.»

«*Ah non,* Mado!» Fantomas fasste sie an den Händen. «Der Abend geht doch jetzt erst los! Wir wollen trinken, als gäbe es kein Morgen! Feiern wollen wir, dass wir immer noch am Leben sind!»

An der Jukebox des Café Grégoire hatte jemand «Sweet Dreams» angewählt.

I travel the world and the seven seas /
Everybody's looking for something.

In Mados Kehle zog sich etwas zusammen. Das Lied erinnerte sie daran, dass sie selbst nach etwas Ausschau gehalten hatte. Etwas hatte verändern wollen. Und wie das ausgegangen war.

«Außerdem ist Leonard auch da, sieh mal!» Loïc deutete auf den dunkel gekleideten Mann auf der Café-Terrasse.

«Genau!», fiel Fantomas ein. «Wir wollen hören, was Leonard heute Abend zu singen hat!»

«Dieser Cohen spielt immer so traurige Lieder.» Mado schüttelte den Kopf.

«Du würdest auch traurige Lieder spielen, wenn du in einem Wohnwagen vor dem Haus deiner Ex-Frau leben müsstest, das du bezahlt hast. Nur um deine Kinder zu sehen!», verteidigte Fantomas den kanadischen Musiker.

Mado küsste die Jungs auf die Wangen. «*Bonne nuit, mes chéris.* Wir sehen uns morgen!»

Loïc und Fantomas verneigten sich vor ihr. «Gute Nacht, Wolfsgöttin! Geruhet wohl!»

Der Mond hing groß und schwer am Himmel, als Mado auf ihrem Mofa in die Berge brauste. Nachtwind zerrte an ihrem Haar. Als sie in die schmale Straße abbog, die nach Buoux hinaufführte, sah sie das Mädchen wieder, Loïcs Engel. Sie hatte etwas um ihre Schulter geschlungen, das wie eine Schultasche aussah. Das ließ sie noch verlorener wirken. Einen Moment lang überlegte Mado, ob sie anhalten und das Mädchen mitnehmen sollte. Aber dann fiel ihr ein, dass sie einen Fotoapparat hatte. Und deshalb fuhr sie an ihr vorüber, hoch ins Gebirge, vorbei am Felsen des Briefträgers, auf dem das Mondlicht glänzte, und so dicht am Abgrund, dass ihr schwindelig wurde. Nur ihr Wille und ihre Fähigkeit, auch bei hoher Geschwindigkeit zu lenken, trennte sie wieder vom Tod.

*

Alex erwachte bei Sonnenaufgang, weil die Maultiere auf der Wiese schrien. Sie hatte sich diesen Schlafplatz ausgesucht, weil er kurz hinter Apt abgelegen an einem Bergpfad lag. Es war kalt, aber sie hatte ihren Schlafsack und war daran gewöhnt, auch bei winterlichen Temperaturen draußen zu schlafen. Nichts konnte sie in ihrem Glück stören, frei und unterwegs zu sein.

«Warum willst du das machen?» Das hatten alle zu Hause von ihr wissen wollen, bevor sie zu ihrer Reise aufgebrochen war, selbst Renni und Bine und der Rest der Clique. Zu Fremden ins Auto steigen, irgendwo draußen schlafen, immer unterwegs sein, allein. Dabei war die Antwort doch so einfach, dachte Alex, während sie zusah, wie der Morgennebel über die Gräser wallte. Sie wollte die Angst, die sie alle lähmte, eintauschen gegen Lebendigkeit.

Renni, der in der Oberstufe seinen inneren Revolutionär entdeckt hatte, meinte, man müsste das Schweinesystem mit seinen eigenen Waffen schlagen. Wenn die NATO Mittelstreckenraketen auf bundesdeutschem Boden stationierte, dann käme das einer Kriegserklärung an die Bevölkerung gleich, dann müsste man zurückschießen, die Imperialisten an den Eiern packen, den Typen in den Rüstungskonzernen, die sich die Taschen vollmachten, an die Gurgel gehen. Bine, die ebenfalls Angst vor einem Atomkrieg hatte, sich aber noch mehr vor dem Waldsterben fürchtete, baute lieber noch einen Joint. Am Ende hatten sich die meisten aus der Clique in Drogen geflüchtet oder in bürgerliche Ausbildungsberufe, was irgendwie aufs Gleiche herauskam. Nicht hinsehen. Sich um seinen eigenen Kram scheren, sich ins Unvermeidliche fügen. Ausharren, bis es vorübergeht.

Aber es würde nicht vorübergehen, dessen war Alex sicher. Das Wettrüsten ging immer weiter, und es gab diesen furchtbaren Krieg in der Golfregion. Und weil die Bedrohung zunahm, wollte sie spüren, was trotz Angst noch alles möglich war.

Und das war vieles. Einiges davon hatte sie auf ihrer Reise ausprobiert. Nun war sie hier gelandet, auf einer Wiese in Südfrankreich. Sie lächelte, während sie aufstand. Was auch immer auf der Welt passierte – sie fühlte sich glücklich wie noch nie. Sie mochte den blühenden Mandelbaum, unter den sie sich gelegt hatte, und sie mochte die Maultiere, die auf der Wiese ästen. Leise richtete sie das Kameraobjektiv auf ihre Mäuler im Tau. Der Himmel war zartrosa. Sie verlängerte die Belichtungszeit, sodass auf den Fotos später alles weich aussehen würde. Freude erfüllte sie.

In ihrer Schultasche war noch alles an Ort und Stelle. Niemand hatte sie in dieser Nacht gestört. Der Reisepass, der nicht der ihre war, lag in ihrem Geheimfach, zusammen mit dem Bündel Lire, die ihr von ihrem Job in Rom geblieben waren.

Als sie über die Wiese schritt, fühlt sich der Boden kalt an unter ihren bloßen Füßen. An ihrer Haut kratzte der holzige Thymian. Vorsichtig streichelte sie das Fell der Maultiere und die Rinde der Krüppeleichen. Der Tau verdunstete langsam. In das Himmelsrosa mischte sich Hellblau.

Sie beschloss, hinunter in den Ort zu gehen. Ob sie den

Seiltänzer wieder treffen würde und die Wolfsfrau? In tiefen Zügen atmete sie den Morgenduft ein.

Es war Markttag. Menschen schoben sich durch die Straßen, zwischen voll beladenen Aufstelltischen vorbei. Ein Mann mit großem Schnurrbart trat aus einer Seitenstraße und wurde sofort umringt. Alex versuchte, die Menge, die sich um den Schnurrbärtigen gebildet hatte, zu umgehen, doch das war nicht möglich. Endlich tat sich eine Lücke auf, und Alex schlüpfte hindurch.

Die Stimmen der Marktbesucher mischten sich mit Musik und Lautsprecherdurchsagen. Es roch nach frisch gebackenen Croissants, nach Kaffee, nach warmen Tomaten, gegrilltem Fleisch, und Alex spürte, wie sich ihr vor Hunger der Magen zusammenzog. Sie tastete nach einer Münze in ihrer Hosentasche und kaufte sich ein *pain au chocolat*. Die Bäckerin erinnerte sie an eine italienische Schauspielerin, deren Filme ihre Mutter gern sah, wenn sie im Fernsehen wiederholt wurden. Sie trug ein enges Kleid über ihren Kurven und wedelte mit den Händen über den mit Früchten und Schokolade verzierten Törtchen, als dirigiere sie ein Konzert.

Während Alex draußen mit geschlossenen Augen kaute, flimmerte die Sonne orange durch ihre Lider. Sophia Loren, das war der Name von Mamas Lieblingsschauspielerin. Sie würde die Bäckerin fragen, ob sie sie fotografieren durfte, und Mama einen Abzug schenken. Vielleicht wäre sie dann besänftigt. Alex biss noch ein Stück von dem warmen Gebäck ab und fühlte sich eins mit der Welt.

Der Markt erstreckte sich von einem Ende der Kleinstadt zum anderen, mit Ständen, an denen weiß bestaubte Wurst hing, neben bunt gebatikten Kleidern, Schmuck, hoch gestapelten Käselaiben, Gemüse und Obst. Alex brauchte fast eine Stunde, um die Hauptstraße hinunterzugehen, so dicht war das Gedränge. Unter einem mittelalterlichen Portal in der Mitte der Hauptstraße blieb sie stehen, um einen muskulösen Mann in weißem Lendenschurz zu betrachten, der vor dem Portal meditierte. Neben ihm bettelte ein Hippiemädchen die Passanten an.

Als die Glocke vom Kirchturm ein Uhr läutete, sammelten die Marktleute ihre Waren wieder ein, klappten die Stände und Schirme zusammen und verschwanden in ihren Lastautos. Zurück blieb eine ausgelaugte Menge, die, wie nach überstandener Sturmflut, an die Cafétische zurückebbte, schäumend vor Freude darüber, einander dort erneut zu begrüßen, diesmal mit einem Glas Wein oder Espressotassen in der Hand.

Alex ergatterte einen freien Platz auf der Terrasse des Café Grégoire, von dem aus sie das Naturschauspiel mit gebührendem Abstand bewundern konnte. Der Schnurrbärtige hatte sich an einem Nebentisch niedergelassen. Minuten später waren die Stühle rings um seinen besetzt. Sie ließ ihren Blick über die anderen Tische wandern.

Deutsche Wortfetzen wehten zu ihr herüber. Die Stimmen klangen erregt: «*Sie haben den Generaldirektor der Polizei erschossen! In Lyon – wo wir gestern noch waren! Ja, diese Terroristen von der Action Directe!*»

Nun bemerkte sie eine Frau, die am Nebentisch der Deutschen saß. Unablässig pflückte sie sich Kinder von den Schultern, um sie sich ordentlich auf den Schoß zu setzen oder neben sich aufzustellen. Liebevoll löste sie die kleinen Fäustchen, die an ihren langen, schwarzen Haaren hingen, oder streichelte einem der Zwerge über den Schopf. Auch wenn Alex das Gesicht der Frau nicht erkennen konnte, wusste sie, dass sie gut aussah. Nur attraktive Frauen trugen fingerlose Spitzenhandschuhe, riesige Ohrgehänge aus Strass und so kurze Kleider. Nur Schönheiten hatten das Selbstbewusstsein dafür.

Sie mochte es, wie die Frau mit den anderen an ihrem Tisch lachte, während sie gleichzeitig mit den Kleinen spielte. Dann sah sie, dass sie ihr zuwinkte.

Es war die Wolfsfrau, erkannte sie.

Alex schulterte ihre Schultasche, griff nach ihrer Tasse Kaffee und schlenderte zu der Wolfsfrau hinüber. Ihr Herz klopfte ein bisschen schneller, und jetzt sah sie, dass der Seiltänzer neben ihr saß und noch ein weiterer Mann, der sie erstaunt ansah. Der Seiltänzer lächelte, wobei man alle seine Zähne sehen konnte, und in seinen Augen funkelte ein Ausdruck, der ihr gefiel.

Das Wolfsmädchen setzte sich eines der Kleinen auf ihre Schultern und stellte sich vor. «Madeleine. Aber meine Freunde nennen mich Mado.»

Das immerhin verstand Alex, und sie deutete auf sich: «Alexandra. Freunde Alex.»

Mado lachte und nickte, dass sie verstanden hätte. Der Seiltänzer strahlte sie immer noch an. Er hatte eine Gipsbüste neben seiner Kaffeetasse stehen. «Loïc», sagte er.

Seine Stimme berührte etwas in ihr. Sie war überrascht, wie voll und schön sie klang. Seine Augen waren mit Punkten gesprenkelt, auch das gefiel ihr. Er sah sie unverwandt an.

Mado deutete auf den Erstaunten. «Fantomas.»

«Ist das nicht ein großer ...?» Alex suchte eine Übersetzung für das Wort Schurke, fand aber keine.

«*Une grande canaille, oui.*» Der Mann stand auf, verbeugte sich und sah dabei weiterhin verblüfft aus. Es lag an seinen Augenbrauen, beschloss Alex. Sie waren in zwei Bögen geschwungen, die ihm das Staunen auf ewig ins Gesicht schrieben. «Gestatten, Meisterschurke von Frankreich. Zu Euren Diensten, holde Maid», übersetzte sie seine Worte mit ihrer gut geölten Fantasie.

Ein Gespräch entspann sich, dem Alex zu folgen versuchte. Vergeblich. *«Oui»*, sagte sie, wenn das Wort an sie gerichtet wurde, und dann wieder: *«Non.»* Es war schwer, die beiden Wörter richtig zu platzieren, vor allem, nachdem sie ein Glas mit einer weißlichen Flüssigkeit namens *pastis* getrunken hatte, das die Wörter in ihrem Kopf verwirbelte. Es kam vor, dass sie ein *«Oui»* einsetzte, wo ein *«Non»* vielleicht besser gepasst hätte. Dann runzelten Mado, Loïc und Fantomas die Stirn, und Alex tauschte das Wort aus, bis es zu passen schien.

«Ich werde dir übersetzen», sagte Mado schließlich in einem Deutsch mit starkem französischem Akzent.

Vor Überraschung ließ Alex fast ihr Glas fallen. «Du kannst Deutsch?»

Mado wedelte mit ihrer Hand, dass die Strasssteine funkelten. «Na ja, so lala. Bin Elsässerin.»

«Jawohl!», brüllte Fantomas. «Zu Befehl!»

Mado stieß ihn in die Rippen und deutete auf die Deutschen am Nebentisch. Fantomas sah noch erstaunter aus. In Alex' Richtung radebrechte Mado: «Das war sehr geschmacklos. Ich hasse es, wenn Fantomas aus seinem Schulbuch zitiert.»

«*Jawohl* und *zu Befehl* stand in eurem Deutsch-Lehrbuch?» Alex konnte es nicht fassen.

Mado bewegte Schultern und Handinnenflächen nach oben. *«Eh bien, oui.»*

Alex bemerkte, dass der Seiltänzer – Loïc – sie ansah. Sie schüttelte den Kopf. «In unserem stand das nicht.»

Mado lachte und übersetzte Alex' Antwort den beiden anderen, die ebenfalls anfingen zu lachen.

Von da an wurde das Gespräch leichter. Alex erfuhr, dass Loïc dafür trainierte, auf einem Seil zwischen zwei Hochhaustürmen in Marseille zu spazieren.

«Warum willst du das tun?», fragte sie.

Loïc lachte wieder so, dass sie all seine Zähne sah.

«Er will wissen, warum *du* das nicht tun willst», übersetzte Mado.

Sie wusste nicht, was sie darauf antworten sollte. «Mein Selbsterhaltungstrieb steht mir im Weg» klang so lahm.

«Loïc will den Kindern, die in diesen Hochhäusern wohnen, zeigen, wie poetisch das Leben sein kann», fuhr Mado fort.

Alex blickte Loïc in die Augen. Er lachte nun nicht mehr, sondern erwiderte ruhig ihren Blick.

«Vielleicht wollen wir aber auch richtiges Theater spielen», brachte Fantomas sich jetzt ins Spiel und deutete auf die Gipsbüste vor sich. «Die Stücke von ihm da. Boris Vian.»

Offenbar bestand das einzige Problem dabei in Mados angeblicher Schüchternheit.

«Man mag das nicht denken, wenn man sie so ansieht», bemerkte Fantomas mit bewunderndem Blick auf Mado. «Aber tatsächlich weigert sie sich, ohne ihre Wolfsmaske aufzutreten, weil sie mit nacktem Gesicht auf der Bühne so ein Lampenfieber bekommt.»

Mado übersetzte seine Worte und bestätigte ihren Wahrheitsgehalt.

Was denn dieser Boris Vian so geschrieben hätte, wollte Alex wissen.

Loïc schwieg und sah sie immer noch an.

«Die Geschichte eines Mädchens, dem eine Seerose in der Brust wächst», erklärte Fantomas. «Außerdem ist Boris Vian auf eine wirklich spektakuläre Art gestorben!» Er gestikulierte in Mados Richtung. «Erzähl ihr das mal!»

Mado übersetzte wieder. «Er ist tot umgefallen, als er die Verfilmung eines seiner Romane gesehen hat», erklärte sie.

Loïcs Augen leuchteten in der Sonne. «Und jetzt erzähl ihr das mit Molière!»

«Also gut, der ist an einem Blutsturz gestorben, nachdem er die Rolle eines Hypochonders in seinem Stück *Der eingebildete Kranke* gespielt hat.»

Fantomas griff sich dramatisch an die Brust. «Ich liebe es, wie Künstler sterben! So will auch ich einmal von dannen gehen!»

«Es ist aber auch traurig.» Loïc rührte in seinem Kaffee.

Mado imitierte bei ihren Übersetzungen die Stimmen der beiden, was ihr Alex' Ansicht nach sehr gut gelang. Fantomas küsste seine Fingerspitzen. «Mado liebe ich auch», sagte er in Alex' Richtung und bat Mado, auch das zu übersetzen, was diese achselzuckend tat.

Am Nebentisch malten sich die Deutschen lauthals Schreckensszenarien aus.

«Sie hätten uns erschießen können anstelle dieses armen Generaldirektors! Linker Terror überall!»

Nun kam ein bunt gesprenkelter Gabriel auf sie zugeschlendert, an seiner Seite ein fleischig aussehender Mann.

«Vorsicht, der Fleischige, das ist der Normanne», zischte Mado ihr zu.

Warum sie sich jetzt fürchten müsse, wollte Alex wissen.

«*Alors* wenn du nicht zufällig wegen irgendwelcher Komplikationen bei seinen Drogengeschäften ein schlechtes Gewissen hast, musst du natürlich keine Angst haben.»

Alex versicherte, ihr Gewissen sei rein wie Schnee.

Im Licht der frühen Nachmittagssonne wirkte das Gesicht des Malers noch gefurchter als am Tag zuvor. «Alex!», rief er und küsste sie dreimal auf die Wange, so als wären sie alte Freunde.

«Bonjour Gabriel!», gab sie zurück.

Es entspann sich ein langes Gespräch zwischen Mado,

Gabriel, dem fleischigen Normannen, Fantomas und Loïc, das Alex selbst mit viel Fantasie nicht entschlüsseln konnte. Dafür studierte sie die Gesichter und Handbewegungen der fünf. Gabriels Hände waren rot und orange gefleckt. Mado pflückte sich erneut ein Kind vom Schoß. Fantomas wirkte erstaunt. Und dann bemerkte sie, dass Loïc sie wieder ansah. Auf einmal klopfte ihr Herz so stark, dass sie es im ganzen Körper fühlte.

«Du wirst natürlich hier in der Region bleiben», sagte Mado, während die Deutschen vom Nebentisch aufstanden. «Und dann musst du Französisch lernen. Wenn du willst, bringe ich es dir bei.»

Alex sah sie an. «Was macht dich so sicher, dass ich hierbleiben werde?»

«Das tun alle.» Mados Ohrringe funkelten im Sonnenlicht. «Frag den Briefträger! Der hat die Geschichte des Lubéron studiert.»

«Sie hat recht.» Gabriel warf ein paar Scheine auf den Tisch und beschwerte sie mit dem Aschenbecher. «Von den Pilgern, die im frühen Mittelalter auf dem Weg nach Rom hier durchzogen bis hin zu den Reisenden von heute. Es ist verblüffend. Sie bleiben alle da.»

Alex spürte auf einmal, wie ihr leicht im Kopf wurde. War das möglich? Hatte sie den Platz gefunden, an dem sie bleiben würde? Konnte sie sich ein Leben vorstellen, in dem es keine Reisen mehr gab?

«Ich habe keine Arbeit», sagte sie. «Gibt es hier Arbeit? Mein Geld geht mir nämlich demnächst aus.»

Mado musterte sie lange. Im Sonnenlicht leuchteten ihre Augen hellblau. Sie hatte sie mit blauem Kajal umrahmt und sich die Wimpern getuscht, was den Effekt noch verstärkte. Alex konnte nicht aufhören, sie anzusehen.

«Wo wohnst du?», fragte sie endlich.

«Auf einer sehr schönen Wiese.»

Mado und Gabriel lachten. «Gut», sagte Mado. «Ich mag Wiesen auch, aber ich schlage vor, du ziehst erst mal zu mir.»

«Und dann suchen wir dir Arbeit», ergänzte Gabriel. «Ich hätte da schon eine Idee.»

Alex blickte von einem zum anderen. «Das ist ... ein kühner Plan.»

Mado lachte wieder. «Hier im Lubéron hat Geselligkeit nichts Kühnes, im Gegenteil. Deswegen musst du auch zuallererst Französisch lernen. *Eh bien,* wir bekommen das schon hin.»

*

Mado musterte das Mädchen, das in ihr Leben getreten war und vielleicht ihre Freundin werden könnte. «Engel», hatte Loïc sie genannt, und sie fand, dass das zutraf. Alex sah hell und unschuldig aus. Was hatte sie nur bewogen, allein durch die Welt zu ziehen? Sie war ganz offensichtlich eine Einzelgängerin, so wie Mado es sonst auch war. Eine, die sich selbst an den Rand zurückgezogen hatte oder vielleicht von anderen dorthin gedrängt worden war. Das musste sie noch herausfinden. Erst einmal beschränkte sie sich jedoch auf das Praktische.

«Was hast du an Gepäck?», fragte sie.

«Nur das hier.» Alex deutete auf ihre Schultasche. «Und auf der Wiese ...» Sie deutete in Richtung der Gebirgsstraße. «Da hängt noch mein Schlafsack zum Trocknen am Mandelbaum.»

Wieder bemerkte Mado, dass Alex ein Deutsch ohne jegliche Akzentfärbung sprach. Bundesdeutsches, bildungsbürgerliches Elternhaus, tippte sie.

«Soll ich sie fahren?», fragte Gabriel.

«Nein, passt alles auf mein Mofa.» Sie küsste Gabriel links-rechts-links. «Danke für die Getränke. Wir düsen jetzt los.»

«Sehen wir uns heute Abend zur Probe?» Fantomas trat dicht an sie heran.

«Natürlich», versicherte sie. Sie hatte die Geselligkeit im Lubéron akzeptiert, zunächst wie eine Krankheit, die man aussitzen konnte, aber nun, da sie schon über ein halbes Jahr hier war, fand sie langsam Gefallen daran. Es war schön, dass immer jemand für einen da war. Das erinnerte sie an früher. An ihre Familie. An die Zeit vor jenem alles verändernden Tag.

«Ich will üben, auf dem Seil zu jonglieren», erklärte Loïc. «Meinst du, dass du es schaffst, mir die Fackeln zuzuwerfen? Du musst sehr genau zielen, wenn du nicht willst, dass ich hinunterfalle.»

Mado versicherte, dass es ihr fernliege, den frühen Tod eines Freundes zu verursachen, und er grinste.

Sie bemerkte, dass er dem Engel einen Blick zuwarf. Gerade als er den Mund öffnete, um mit ihr zu sprechen, sagte Fantomas: «Ich bringe was zu trinken mit!»

«Nicht, wenn es bedeutet, dass du wieder die Vorräte deines Vaters plünderst», protestierte Mado. «Fantomas' Vater führt ein Restaurant in Roussillon», erklärte sie in Alex' Richtung auf Deutsch.

«Was hättest du gern, Schönheit?», wollte Fantomas von ihr wissen. «Tavel, Languedoc, Côtes du Lubéron ...»

«Ein schnelles Begräbnis, wenn du weiterhin so auf schlechte Romantik machst.»

Fantomas schaffte es, noch erstaunter auszusehen.

«Bis später dann.» Mado griff Alex' Arm und zog sie mit.

«Er ist in dich verliebt, nicht wahr?», fragte Alex, nachdem sie außer Hörweite waren.

«Nein, er flirtet nur gern, der Meisterschurke. Pass auf, morgen bist du an der Reihe.»

Alex verzog ihren Mund zu einem breiten Lächeln. «Wohl kaum.»

«Dir liegt wohl nicht viel am Flirten», stellte Mado mit Blick auf Alex' ungeschminktes Gesicht, ihre kurzen, blonden Haare und die weiten Klamotten fest.

Alex schwieg.

«Dir liegt nicht viel am Flirten mit *Fantomas*», korrigierte sie sich.

Wieder lächelte Alex.

«Verstehe. Soll ich dir mal ein Geheimnis verraten? Loïc mag dich auch.»

Alex' Gesicht leuchtete auf.

«Und jetzt lass uns nach Buoux fahren. Warst du da schon mal?»

Alex schüttelte den Kopf.

«Dann wirst du gleich eine Überraschung erleben.» Sie musste den Blick heben, um sie anzusehen. Alex war größer als sie und so schlank, dass ihre Wangen hohl wirkten. Vor allem aber schien sie nicht zu wissen, wie schön sie war. «Buoux ist ein magischer Ort. Und du bist ein merkwürdiges Mädchen. Sag doch mal was!»

Alex lachte. «Du findest *mich* merkwürdig? *Du* bist doch diejenige, die mit einer Wolfsmaske durch die Gegend läuft!»

«Auch wieder richtig. Na, komm, steig auf!»

Sie spürte, wie Alex sich auf ihrem Platz auf dem Gepäckträger an sie schmiegte, während sie ihr Mofa den Bergweg hinauf zwang. An einer Wiese hinter dem Polizeikommissariat hielten sie an, um Alex' Schlafsack einzusammeln, dann knatterten sie über Haarnadelkurven weiter, vorbei an dem Felsen, unter dem der arme Briefträger lag.

Als sie das Bergdorf erreichten, das Alex' neue Heimat werden sollte, stellte Mado ihr Mofa ab und drehte sich zu Alex um. «*Voilà, on est à* Buoux. Und, was sagst du?»

Alex stieg ab, streckte ihre Arme und drehte sich langsam im Kreis. Mado folgte ihrem Blick nach oben. «Das ist der Indianerkopf», erklärte sie in Richtung eines Felsens, der auf einem bewaldeten Berg stand. «Man nennt ihn wegen seiner Ausformung so.»

«Die Berge sind bunt.» Alex wandte sich ihr überrascht zu. «Und sie haben Streifen! Aber nicht wie normale Berge. Etwas ist anders.»

«Es sind die Felsen.» Mado lächelte. «Es heißt, dies sei der einzige Ort der Welt, an dem sich die Sedimente vertikal abgelagert haben. Niemand weiß, wie das geschehen konnte. Vielleicht hat ein Riese die Steine gedreht?»

Sie folgte Alex' Blick zur hoch aufragenden Felswand mit ihren Einbuchtungen, Rissen und Höhlen. Es sah aus, als hätte es Farben über dem Gestein geregnet. Als hätten sich die Streifen im Lauf der Jahrmillionen in den Fels geprägt.

Zikaden zirpten, der Fluss rauschte.

«Hörst du das Wasser?», fragte Mado. «Das ist der Aigue Brun.»

Alex' Augen weiteten sich. «Es ist wunderschön», flüsterte sie.

«Das habe ich auch gedacht, als ich zum ersten Mal hier heraufkam. Warte nur, bis wir nach Roussillon fahren, wo Fantomas' Eltern ihr Restaurant haben. Da sind die Farben noch stärker. So etwas wie dort gibt es höchstens noch im amerikanischen Colorado. Ich weiß nicht, ob du Bilder von dort kennst.»

«Ich war mal da.»

«Viel herumgekommen, hm?»

«Als wir klein waren, haben wir mit unseren Eltern die USA bereist. Mein Bruder und ich.»

Tausend Fragen schwirrten Mado durch den Kopf, aber sie beschloss, sie vorerst für sich zu behalten. Am Ende erwiderte Alex ihre Neugier noch.

In einiger Entfernung konnte sie ein Pferd und eine Reiterin sehen: Jeanne aus Sivergues, die sich darin übte, in den Bergen zu galoppieren. Einen Moment lang glaubte sie, dass Jeanne auf sie zugeritten käme, doch sie folgte dem Weg hinauf in die *Auberge des Falaises.*

«Komm», sagte sie. «Ich zeige dir jetzt, wo du schlafen wirst.»

*

Es war ein etwas verfallen wirkender Hof außerhalb des Dorfes Buoux, in dem Mados Vermieter wohnten. Daneben lag eine Scheune aus unbehauenen, hellen Steinen. Mado hatte eine breite Matratze auf den Boden der Scheune gelegt, darauf waren bunte Wolldecken und Kissen verteilt. In einer Obstkiste stapelten sich Bücher in verschiedenen Größen und Farben. Alex drehte sich um und entdeckte eine winzige Spüle, über der eine Wasserpumpe installiert war. Einen Herd konnte sie nicht ausmachen, dafür aber einen Gaskocher, ähnlich dem Modell, das Mama früher bei ihren Camping-Urlauben benutzt hatte. Zwei saubere Becher und eine Vase mit einem Strauß Rosmarinzweige standen auf dem Tisch, neben einer bronzenen Lampe, deren Glasschirm wie eine Blüte geformt war.

«Toiletten und Dusche à la Charles Dickens sind da draußen.» Mado deutete durch das Fenster auf einen Holzverschlag.

«Schön sieht das aus hier», sagte Alex. «Hat man zu Dickens' Zeiten schon geduscht?»

«Kübel mit kaltem Wasser haben die sich über den Kopf gegossen. Und das wird jetzt auch deine ganz spezielle Spa-Erfahrung sein.»

Alex lachte und fühlte, wie sie sich entspannte. «So lange es seinen Zweck erfüllt. Aber es ist dein Reich. Bist du sicher, dass du mich hier wohnen lassen willst?»

Mado hob die Schultern. «Es ist ja nicht für die Ewigkeit, oder?»

Sekundenlang sahen sie sich an. Alex fragte sich, wie alt Mado wohl war. Sie gab sich so erwachsen, aber nun, da sie ihr so dicht gegenüberstand, fiel Alex auf, dass ihr Gesicht unter der Schminke kindlich wirkte. Sicherlich war sie kaum älter als sie selbst.

«Ich weiß nicht, wie ich dir danken soll.»

«Indem du Französisch lernst. Ich spreche nicht gern Deutsch. Und ich bin auch nicht immer dabei, um für dich zu übersetzen.»

«Hey, ich könnte dich fotografieren, du kannst doch sicher Porträtaufnahmen gut gebrauchen, wenn du Schauspielerin werden willst!»

«Danke, aber nein.» Mado schüttelte den Kopf, dass ihre Ohrgehänge klimperten. «Ich werde nicht gern fotografiert.»

Alex lachte. «In dem Beruf, den du anstrebst? Das finde ich aber mal originell!»

«Ah, ich bin mir überhaupt nicht sicher, ob die Schauspielerei überhaupt etwas für mich wäre. Das ist eher so das Ding von Fantomas.» Mado band ihre Haare zu einem Zopf. «Weißt du schon, was du mal machen willst später?»

Wieder sah Alex ihre blauen Augen hell aufstrahlen. Sie bemerkte nun aber auch, dass sie Kontaktlinsen trug. «Klar, Fotografin. In der Zwischenzeit muss ich aber irgendwas machen, was Geld bringt. Was war das für ein Job, von dem Gabriel vorhin sprach?»

«Gib nichts auf das, was Gabriel so redet. Er ist kriminell.»

«Ich dachte, er sei Maler.»

«Der jede Menge Geld macht, obwohl er schon seit Ewigkeiten keine Bilder mehr verkauft? Nein, glaub mir, es ist besser, wenn du auf der richtigen Seite des Gesetzes stehst. Könntest du dir vorstellen ...? Ah, ich weiß nicht das Wort.» Sie fischte ein Wörterbuch aus der Obstkiste und blätterte darin herum.

«*Voilà*, Forellen. Kannst du dir vorstellen, Forellen zu töten und auszunehmen?»

Alex seufzte. «Für meinen letzten Job musste ich leichtbekleidet eine Schachtel mit Dragees in eine Kamera halten. Schlimmer als das kann es ja wohl nicht sein.» Sie bemerkte Mados überraschten Blick und lachte. «Ich muss dir wohl nicht sagen, wie sehr einen Schminke verändert. Forellen töten also. Bin dabei. Wo?»

«Hier, um die Ecke, in der *Auberge*, wo ich als Kellnerin arbeite. Der jetzige Forellentöter hat den Gästen neulich einen Vortrag gehalten. Das fand der Chef dann doch nicht so gut.»

«Die Gäste wollten sich lieber untereinander unterhalten?», riet Alex.

«Ja, und ihnen gefiel das Thema des Vortrags nicht. Dem Chef übrigens auch nicht, wenn man bedenkt, dass wir hauptsächlich Forellen, Kaninchen und Lamm zubereiten.»

«Was *war* das Thema des Vortrags? Ein bisschen Gemüse hat noch keinem geschadet?»

«Tiere essen ist Mord.»

Alex prustete heraus. «Nicht wirklich!»

«Doch, ich schwör's dir! Du hättest ihre Gesichter sehen sollen! Wäre es nicht so unprofessionell gewesen, ich hätte mich am Boden gewälzt vor Lachen!»

«Ich muss dem Forellentöter im Prinzip recht geben ...», meinte Alex.

Mado grinste. «Ja, im Prinzip, aber in einem Restaurant? Wir werden bald einen Radikalenerlass auf den Weg bringen. Die Beschäftigung von Extremisten in gastronomischen Etablissements muss verhindert werden!» Sie ließ sich auf den Stuhl fallen, zog ihre Schuhe aus und rieb sich die Füße. «Was war das für ein Job, für den du Dragees halten musstest?»

«Nicht so wichtig. Italienische Werbung. Wirklich blöd.»

Plötzlich weiteten sich Mados Augen, und sie klatschte in die Hände. «Ich fasse es nicht – du bist das Flavoral-Mädchen, oder? Oh mein Gott, ich habe mir doch gleich gedacht, dass du mir bekannt vorkommst!»

Alex vergrub ihr Gesicht in beiden Händen. «Verdammt, und ich dachte, außerhalb Italiens würde niemand diesen Werbeclip sehen ...»

«Keine Sorge, sie spielen die Flavoral-Werbung nicht hier in Frankreich. Ich kenne sie aus dem italienischen Fernsehen, als ich dort war.»

Alex verzog das Gesicht. «Es war das oder Betteln.»

Mado lachte. «Nun mach es nicht schlimmer, als es ist. Ich wette, viele Mädchen wollten den Job machen. Und du hast ihn bekommen, Glückwunsch! Modeln wird doch super bezahlt, oder?»

«Hätten sie mir gesagt, dass ich in einer Fernsehwerbung mit Minz-Dragees *und* Adolf Hitler auftauche, hätte ich das Doppelte verlangt!»

«Wie ging der Spruch im Werbeclip noch mal?»

Alex versuchte, die tiefe Stimme des italienischen Sprechers zu imitieren: *«Flavoral! Cambia il mondo da così ... a così!»*

Mado warf den Kopf in den Nacken und lachte, und Alex lachte mit.

«Ich glaube, es wird lustig, wenn wir zusammenwohnen, Flavoral-Mädchen.»

Am Abend fuhren sie wieder nach Apt hinunter, und Alex rief ihre Eltern in Hamburg an, um ihnen zu signalisieren, dass sie noch lebte – eine Pflichtübung, die sie etwa einmal im Monat absolvierte und die sie mit wenig Freude erfüllte, zumal, wenn ihre Mutter abhob. Die Telefonzelle roch nach warmem Kunststoff und altem Tabak. Jemand hatte Löcher in die Halterungen der Telefonbücher gebrannt.

«Alexandra!» Ihre Mutter kam gleich auf den Punkt. «Ich muss schon sagen! Da schalten wir in Rimini einen Abend den Fernseher ein, und ich dachte, mich trifft der Schlag! Du und dieser ... dieser ...»

«Ich konnte nicht ahnen, dass Adolf Hitler in derselben Reklame auftritt wie ich!»

«Wenn du wieder einmal deinen Sinn für schrägen Humor unter Beweis stellen wolltest, Alexandra ...»

«Mama, bitte! Ich brauchte das Geld.»

«Du bräuchtest kein Geld, wenn du uns wie jeder andere vernünftige Teenager erlauben würdest, dass wir dich bei deiner Ausbildung unterstützen!»

Alex schloss die Augen und atmete tief durch.

«Und du musst überhaupt nicht so schnaufen! Wo bist du jetzt überhaupt?»

«Im Lubéron, das ist ein Gebirge nördlich der Côte d'Azur in Südfrankreich. Hier werde ich die nächste Zeit bleiben.» Es fühlte sich gut an, das zu sagen.

«Ich weiß, dass die Côte d'Azur in Südfrankreich liegt, ich bin nicht völlig verblödet, Alexandra!»

Alex schwieg und schob eine Münze nach. Die Luft in der Telefonzelle roch übel. Sie öffnete die Tür mit einem Fuß und holte tief Luft.

«Bist du noch dran, Alexandra? Wann kommst du nach Hause? Das Jahr ist doch nun schon bald herum!»

«Es ist erst März.»

«Ich weiß, dass wir März haben, ich bin nicht ...»

«Und wie geht es euch so?», schob Alex dazwischen.

«Wie soll es mir schon gehen, es ist immer dasselbe.»

Alex ließ eine weitere Münze in den Schlitz fallen.

«Aber dein Bruder hat sein erstes Staatsexamen bestanden, mit Auszeichnung, stell dir vor! Nun steht seiner Laufbahn als Staatsanwalt nichts mehr im Weg.»

«Du bist bestimmt sehr stolz auf ihn», sagte Alex.

«Natürlich bin ich das, was glaubst du denn, Alexandra? Na, du legst ja nicht so viel Wert darauf, Leistung zu erbringen, aber ...»

«Sag Justus, dass ich mich für ihn freue. Wie geht es Papa?»

Sie fragte nicht: Kann ich Papa bitte sprechen? Das hätte Mama ihr übel genommen.

«Dein Vater sitzt wieder mal an einer seiner RAF-Geschichten, die ihm jegliche Zeit mit uns Normalsterblichen raubt.»

«Worum geht es?»

«Das ist wieder typisch von dir. Zu Justus und mir kein Wort, dafür aber Papa hier und Papa da!»

Alex schwieg. Sie hörte ihre Mutter seufzen. «Christiane Gärtringen, sagt dir der Name etwas?»

«Die RAF-Terroristin?»

«Genau. Sie ist offenbar die Einzige aus dieser schlimmen Bande, über die man nichts herausfinden kann. Nach diesem Banküberfall in Bochum vor zwei Jahren ist sie verschwunden, so plötzlich, wie sie damals aufgetaucht ist. Sie treibt deinen Vater in den Wahnsinn.»

Alex versuchte, sich ihren Vater vorzustellen, wie er in seinem Redaktionsbüro saß und sich die Haare ausriss.

Vor gut fünfzehn Jahren hatte er ein Interview mit Gudrun Ensslin geführt. Später war es ihm gelungen, Kontakte zu RAF-Sympathisanten aufzubauen. Und spätestens seit der Flugzeugentführung von Mogadischu hatte er sich zu einem der führenden bundesdeutschen RAF-Experten entwickelt. Wenn ein Journalist etwas über eine sich in Luft auflösende Terroristin herausfinden konnte, dann er.

«Sag ihm, dass ich ihm Glück wünsche. Und bestell Justus meine Gratulation. Dir auch alles Liebe, Mama.»

«Willst du etwa schon wieder auflegen?»

«Es tut mir leid, mein Geld ist alle. Aber ich rufe bald wieder an.»

Als sie hinaustrat, leuchteten die ersten Sterne am Himmel. Mado, Loïc und Fantomas, die ein Stück entfernt auf der anderen Straßenseite standen, redeten miteinander. Mado gestikulierte wild. Plötzlich drehten sie sich zu ihr und liefen ihr entgegen. Mado schloss sie in die Arme. «Du hast geweint», bemerkte sie erstaunt.

Alex wischte sich die Tränen vom Gesicht. «Geht schon wieder.»

Sie nahmen sie in die Mitte. Mado hakte sich bei ihr ein, Fantomas legte einen Arm um sie. Als sie die Place de la Bouquerie erreichten, wehte Musik vom Café Grégoire zu ihnen herüber. Der Märzmond ging auf.

Plötzlich bemerkte sie, dass Loïc sie wieder ansah. Im Schein der Straßenlaterne glitzerten seine Zähne. Er sagte etwas, das sie nicht verstand. Und dann, während Mado sie noch immer untergehakt hielt, strich er ihr über die Wange. Ein Schauer kribbelte von der Stelle über ihren Hals und ihren Arm hinunter. Mehrere Herzschläge lang standen sie ganz still, während Alex noch immer seine Berührung spürte. Dann wandte er sich ab und redete mit Fantomas, als wäre nichts geschehen.

Die folgenden Tage verbrachte Alex mit dem Studium der Bücher in Mados Obstkiste. Das hatte Mado zur Bedingung für ihren Aufenthalt in der Scheune gemacht. Jedes Wort, das Alex nicht kannte, sollte sie herausschreiben, übersetzen und lernen. Dreißig Vokabeln pro Tag, so sah es Mados Lehrplan vor. Alex kam zumeist nicht über die erste Seite hinaus, und im Fall von Prousts «Auf der Suche nach der verlorenen Zeit» nicht über den ersten Satz.

«Wie der Titel schon sagt», versuchte sie Mado zu überzeugen. «Es ist einfach verlorene Zeit.»

Mado sah sie so lang und streng an, dass sie lachen musste.

«Das ist überhaupt nicht witzig, Alex. Du hast doch auch ein bisschen Italienisch gelernt, oder? Da kann es dir nicht so schwerfallen!»

«Ich kann bloß sagen, dass Flavoral die Welt verändert», protestierte Alex. «Und ich musste es nicht mal selbst sagen. Dafür hatten sie einen Werbesprecher eingekauft!»

«Gut, hier gibt es keinen Werbesprecher. Also, dann fangen wir eben mit Kinderlektüre an. Du wirst von nun an jedes ‹Tintin›-Album lesen, das Hergé je herausgebracht hat!»

«‹Tintin?›»

«‹Tim-und-Struppi›, das wirst du ja wohl kennen.»

Widerstand war zwecklos.

Was warst du in einem früheren Leben? Gefängnisaufseherin?», beschwerte sich Alex abends, wenn Mado sie wieder mal abfragte.

Mado tippte unbeeindruckt auf das Vokabelheft, das sie im Schreibwarengeschäft von Apt erstanden hatte. «*Fusée lunaire* – kannst du mir das übersetzen?»

«Ich habe nicht den geringsten Schimmer.»

«Mondrakete.»

«Na, toll. Kannst du mir verraten, mit wem ich hier über Raumfahrt reden soll?»

«Mit Loïc. Der hat ‹Tim und Struppis Schritte auf dem Mond› ungefähr tausend Mal gelesen und freut sich, wenn er endlich jemanden findet, mit dem er sich darüber unterhalten kann. Mit Loïc redest du doch bestimmt gern.» Mado blinzelte ihr verschwörerisch zu.

Loïc, der seine Comic-Sammlung normalerweise mit Argusaugen überwachte, wie Mado Alex versicherte, hatte sich mehr als bereitwillig gezeigt, sie Alex zu leihen. Fast eine Woche war es nun her, dass er seine Hand auf ihre Wange gelegt hatte. Fast eine Woche, in der sie an ihn gedacht hatte, an seine weiche Berührung, die Punkte in seinen Augen, die Sommersprossen auf seiner Haut. Sie seufzte.

«Oh nein, ist das wieder so ein Sehnsuchtsseufzer? Ihr zwei seid wirklich süß! Man möchte meinen, ihr seid noch *adolescents* ... Teenager.»

«Ich bin noch Teenager», verteidigte sich Alex. «Werde im Juni aber zwanzig. Nur, dass du das schon mal weißt. Wie alt bist du eigentlich?»

Mado lächelte und schüttelte den Kopf. «Frag eine Schauspielerin nie nach ihrem Alter!»

«Auch nicht, wenn sie noch nie aufgetreten ist und schätzungsweise erst Anfang zwanzig ist?»

«Unbarmherzige Journalisten werden diese Information in spätestens zwanzig Jahren gegen mich verwenden.»

«Du weißt doch noch gar nicht, ob du wirklich Schauspielerin werden willst, hast du gesagt.»

«Tonnerre de Brest.» Mado tippte wieder auf das Vokabelheft. Aber sie grinste dabei.

«Ein häufig wiederkehrender Fluch aus ‹Tim und Struppi›. Oder aber der Versuch, von deiner Person abzulenken. Du bist reichlich geheimnisvoll, Mado.»

«Über mich gibt es nicht viel zu sagen: aus der Nähe von Strasbourg, hab ich dir schon erzählt. Und ich bin schrecklich alte 23. *Voilà*, jetzt weißt du Bescheid! Kannst du dich den Rest selbst abfragen? Ich zaubere uns in der Zwischenzeit ein kleines *dîner*.»

Auch in der folgenden Woche gab Mado nicht viel mehr von sich preis, aber Alex begann, sich ein Bild von ihrer neuen Freundin zu machen. Mado war mehr als Kellnerin und Feuerjongleurin. An der Art, wie sie Alex' Studien vorantrieb, erkannte sie, dass sie diszipliniert und gebildet war. Als sie sie wieder einmal darauf ansprach, winkte Mado nur ab. «Ja, ich wäre gern an die Uni gegangen, wenn du das wissen willst. Aber diese Chance wurde mir leider versagt.»

Auf Alex' Frage, ob ihre Eltern noch im Elsass lebten, gab sie keine Antwort.

Mado war nicht sehr auskunftsfreudig, was ihre Familie anging. Und damit ähnelte sie Alex.

Alex war nicht traurig darüber, den Tag mit Tim und Struppi zu verbringen, zumal die Lektüre ihr einen Grund lieferte, Loïc regelmäßig zu sehen. Da Mado lektürefreie Tage für Lebenszeitverschwendung hielt, genügte es, wenn Alex darauf hinwies, dass sie auf den letzten Seiten eines Albums angelangt war. Zack, fuhr Mado sie mit dem Mofa nach Apt hinunter, wo Loïc schon bereitstand, mit einem neuen Comic-Album im Arm.

Warum er Alex nicht alle Alben auf einmal ausleihen könnte, wollte Mado irgendwann wissen, und da hatte Loïc Alex wieder lange angesehen. «Ich trenne mich nur ungern von all meinen Schätzen auf einmal», hatte er erklärt.

Alex war bereits bei ihrem dritten Album angelangt, «Les cigares du Pharaon», als sie am Rand einer Seite eine Bleistiftnotiz fand.

«J'aime ton rire. L.», stand da. *Ich liebe dein Lachen.*

Ob das an sie gerichtet war?

Sie überlegte, darauf zu antworten, befürchtete aber, sich lächerlich zu machen, sollte er diese Nachricht vielleicht früher einmal an eine Schulfreundin geschrieben haben.

Herzklopfend gab sie ihm das Album zurück.

Im nächsten Album, «Le lotus bleu», fand sie wieder ein paar Worte in Bleistiftschrift. Zum Glück verstand sie mittlerweile so viel Französisch, dass sie sich die Peinlichkeit ersparen konnte, Mado um eine Übersetzung zu bitten.

«Je suis heureux que tu sois là», stand da. *Ich bin glücklich, dass du da bist.*

Wieder wagte sie nicht, etwas darunterzuschreiben. Zwei Tage später gab sie Loïc das Album zurück.

Bei ihrem nächsten Treffen – sie gab ihm jetzt «L'île noire» zurück – sah er etwas enttäuscht aus. Auch Alex fühlte sich leicht ernüchtert. Diesmal hatte er nichts geschrieben. Sie musste es sich eingebildet haben, dass die Bemerkungen für sie bestimmt waren. Für die Alben, die sich mit der Reise zum Mond beschäftigten, ließ sie sich jetzt etwas mehr Zeit.

Wenn Alex gedanklich nicht gerade mit einer Rakete zum Mond flog und über die trotteligen Polizisten Dupond und Dupont lachte, verbrachte sie ihre Zeit damit, ihre neue Umgebung kennenzulernen. Sie tauschte ihre verbliebenen Lire in Francs und bezahlte davon Kaffee und *pains au chocolat*. Vor allem aber ließ sie sich auf die Menschen um sie herum ein.

Da war zunächst einmal ihre Nachbarin und Vermieterin, Madame Mercier. Diese besuchte sie eines Morgens, nachdem Mado auf ihrem Mofa zur Arbeit gefahren war, und brachte ihr Butter, Lavendelhonig und frisches Brot mit. Es schien sie zu bedrücken, wie dünn Alex war. Sie selbst war eine dralle Frau in den Sechzigern, die das Anklopfen an fremden Türen für eine sinnlose Großstadt-Sitte hielt. Streng genommen, war ihr die Tür zur Scheune auch nicht fremd, die Merciers hatten darin über Jahre ihre Esel gehalten, bevor sie feststellten, dass Mieter zwar ähnlich bocken konnten, aber mehr Geld abwarfen. All dies erfuhr Alex von ihr und noch viel mehr: dass sie und ihr Mann manchmal recht einsam hier oben in den Bergen waren, und dass ihren Mann Zipperlein plagten, insbesondere eine Oleander-Allergie. Alex, die den Begriff *laurier rose* nicht kannte, aber begriff, dass Monsieur gesundheitliche Probleme hatte, äußerte aufrichtiges Bedauern. Madame holte zur besseren Verständigung ein Buch über die provenzalische Flora aus dem Haupthaus und klopfte mit dem Finger auf die Seite, auf der die Blumen des Bösen abgebildet waren. Wegen dieser Allergie hatte Monsieur seinen Beruf als Gärtner in Avignon aufgeben müssen. Und so waren sie auf den Hof ihrer verstorbenen Eltern hier oben nach Buoux gezogen, beobachteten die Fremden, die in der *Auberge* abstiegen und bisweilen durch den Ort streiften oder sich die verfallene Burg ansahen. Sie zogen Gemüse in einem kleinen *potager* und freuten sich auf ihre Tochter, die aus Gründen, die kein Provenzale verstehen konnte, ausgerechnet ins deutsche Stuttgart gezogen war und sie ein- bis zweimal im Jahr besuchen kam. Das nächste Mal schon im April. Sie und Mado müssten dann unbedingt zum Essen vorbeikommen, um Valérie kennenzulernen.

Alex mochte auch Monsieur Mercier. Er verbrachte den Großteil des Tages auf einer Bank vor seiner Steinmauer, streichelte sein Hausschwein und schwieg sich beständig aus. Sie mochte es, ihn zu fotografieren. Einmal setzte sie ihn so, dass sich die Linien seines Gesichts in der Steinmauer hinter ihm und dann in den gestreiften Felsen fortsetzten. Ohne ihre Bilder entwickelt zu sehen, wusste sie, dass sie gut waren. Je länger sie unterwegs war, desto näher kam sie ihrem Ziel.

An jenem Abend fuhr Mado sie nach Apt hinunter, damit sie von Loïc «L'affaire Tournesol» entgegennehmen konnte. Und als sie es später auf ihrem Lieblingsplatz am Fluss durchblätterte, war da wieder eine Notiz in Bleistift, diesmal ganz am Ende des Albums. Es war ein Gedicht.

Elle a passé, la jeune fille
Vive et preste comme un oiseau
A la main une fleur qui brille
A la bouche un refrain nouveau
C'est peut-être la seule au monde
Dont le cœur au mien répondrait
Qi venant dans ma nuit profonde
D'un seul regard l›éclaircirait!

Darunter hatte Loïc einen Namen geschrieben, Gérard de Nerval. Und wieder eine Zeile darunter, in Klammern: L.

Alex wurde warm, und obwohl sie das Gedicht nicht vollständig verstand, fühlte sie, wie ihr das Herz im Hals klopfte. Sie nahm das Wörterbuch zur Hand und schlug die Begriffe nach, die sie nicht kannte. Es ging um ein Mädchen, das lebendig wie ein Vogel war und die einzige Person auf der Welt, auf die das Herz des Gedichteschreibers reagierte. Die seine Nacht mit einem einzigen Blick heller gemacht hatte.

Nie zuvor hatte jemand Alex ein Gedicht geschrieben. Es war eine Geste, die sie so überwältigte, dass sie einfach nur dasitzen konnte, während der Aigue Brun sanft ihre Füße umspülte. Sie hörte das Leben um sich herum, all das Zirpen und Schwirren und Zwitschern, und verspürte ein großes Glücksgefühl.

In den folgenden Tagen wurde ihre Verliebtheit noch größer. Sie liebte alles, was sie sah. Vor allem den Himmel, der jeden Morgen aufs Neue zwischen Rosé und Orange zagte und sich dann immer wieder für Blau entschied. Sie liebte es, wie er im Lauf des Tages dunkler wurde. Sie liebte seine Klarheit ohne Wolken, das unendliche Licht.

Sie beschloss, eine Antwort in das «Tintin»-Album zu schreiben, und suchte in Mados Bücherregal nach einem Gedichtband. Aber sie war zu unsicher, ob sie den richtigen Ton treffen würde, also schrieb sie unter seine Zeilen nur: *Ich liebe dein Lachen auch.*

*

«*Bonjour beauté*, hast du heute noch was Besonderes vor?» Patrick küsste Mado dreimal auf die Wangen.

«Ja, ein Aushängeschild für deine gute Küche zu sein.» Sie lächelte und griff nach ihrer Schürze.

In der Toilette mit dem Schild «*pour le personnel*» zog sie den hellblauen Kajalstrich nach, der ihre Augen noch blauer leuchten ließ, dann band sie sich die Korkenzieherlocken, die sie sich an diesem Morgen gebrannt hatte, zu einem Pferdeschwanz hoch. Der Brief knisterte ungeöffnet in ihrer Tasche. Sie hatte es nicht riskieren können, ihn zu Hause zu öffnen, wo Alex ihn gesehen hätte. Aber auch hier, auf der Personaltoilette, war das Risiko zu groß.

Madeleine Verroux hatte jemand in blauer Tinte auf den Umschlag geschrieben, in sauber gerundeten Buchstaben.

Nur zwei Personen kannten ihre Adresse. Amira war keine davon.

Wieder blickte Mado in den Spiegel. Ihre Lippen wirkten blutleer. Sie zog sie mit rotem Lippenstift nach.

Patrick hatte die *Auberge des Falaises* für eine Saison gepachtet, während die Besitzer durch Afrika reisten. Er hatte in Marseille gelernt, und seine Spezialität war eine *bouillabaisse* mit scharf gewürzter *rouille*, über die ein Pariser Gast mal gesagt hatte, er würde für sie sterben. Obwohl es noch früh im Jahr war, kamen die Gäste in Scharen. Ob einer von ihnen sie erkennen würde? Nein, nicht in dieser Aufmachung. Sie tuschte ein letztes Mal ihre Wimpern, presste die Lippen aufeinander, zupfte an ihren Locken. Jetzt war es perfekt.

«Wir haben zwölf Vorbestellungen für heute Mittag!», rief Patrick über den Lärm hinweg, den der Forellentöter mit den Forellen machte. «Ich dachte, wir backen Zitronentarte. Was meinst du?»

«Fantastisch!» Mado strahlte. Wie immer konnte sie lachen, wenn sie eigentlich weinen wollte. Sie hatte schon viel Erstaunlicheres getan.

Am frühen Nachmittag, als sie Pause machen konnte, sonderte sie sich unter einem Vorwand von den anderen ab und nahm den Weg hinauf in die Berge. Als sie an den Aigue Brun gelangte, der durch die Hochebene strömte, blieb sie stehen und riss den Brief aus ihrer Hosentasche. Dann ließ sie sich auf einem umgestürzten Baumstamm nieder und lauschte dem Wasser, wie es über das Kiesbett gurgelte.

Mado riss den Umschlag auf und entnahm ihm einen dünnen Bogen Papier.

Was ist mit dem Plan?, stand da.

Immer dieselbe Frage. Mado blickte gen Himmel. Sonnenlicht flirrte durch das Blätterdach über ihr. Sie beschloss, ihre Taktik zu ändern. Statt ihren Kontakt in Paris zu vertrösten, versuchte sie es mit der Wahrheit.

Aus ihrem Kellnerblock riss sie einen Zettel. **Plan nicht zu bekommen. Erkundung des Gebiets unmöglich**, kritzelte sie darauf.

Sie würde den Brief noch heute Abend einwerfen. Postwendend zu antworten, signalisierte Tatkraft. Zumindest hoffte sie das.

Um sich zu beruhigen, atmete sie tief die klare Bergluft ein. Es gab keinen anderen Ort, an dem die Luft so duftete wie hier. Wenn sie nur bleiben könnte! Sie liebte das Leben im Lubéron mehr, als sie es für möglich gehalten hätte. Hier hatte sie Freunde gefunden und nun vielleicht sogar eine Freundin. Sie hatte ein Auskommen. Eine Landschaft um sich, die ihr Herz berührte.

Sie zog ihre Schuhe aus und drückte die Zehen in den morastigen Boden, dann zerfetzte sie den Brief aus Paris in lauter kleine Schnipsel. «Ihr könnt mich mal», flüsterte sie.

Der Fluss schluckte die Schnipsel und spülte sie hinab ins Tal.

APT, APRIL 1984

Neun Monate vor dem Mord

Von allen französischen Jubelrufen seit den Massenenthauptungen im 18. Jahrhundert stieß der Schieler sicherlich die lautesten und fröhlichsten aus. Er war ein Mann unschätzbaren Alters, dessen wirklicher Name im Lauf der Jahre aus dem Gedächtnis der Kleinstadtbewohner verschwunden war. Alex, die von einem Fenster in Gabriels Atelier dem Schieler zusah, wie er vor Vergnügen kreischend über die Place Jules Ferry hüpfte, drehte sich fragend zu Gabriel um.

«Worüber ist er denn so glücklich?»

Der Maler stellte sich neben sie und zündete sich eine Zigarette an. «Er freut sich auf sein Lieblingsspektakel.»

«Das da wäre?»

Gabriel deutete mit seiner Zigarette auf ein Haus auf der anderen Seite des Platzes. «Wirst du gleich sehen.»

Wie auf ein Stichwort öffnete sich die Haustür, und heraus trat ein kleiner, schwarzhaariger Mann, der zu brüllen anfing.

Der Schieler riss die Arme in die Luft und jubelte laut.

«Gott, nicht schon wieder», murrte der Normanne, der mit weit gespreizten Beinen auf Gabriels Sofa saß.

Alex versuchte, ihn nicht zu beachten. Keiner, mit dem sie hier gesprochen hatte, schien dem Mann zu trauen. Fantomas behauptete, der Normanne sei Drogendealer,

Madame Mercier, die er in Buoux einmal nach Mado ausgefragt hatte, glaubte, er sei ein Detektiv.

So oder so war Alex etwas mulmig zumute, als sie an diesem Tag zu Gabriel gefahren war, um ihre Fotos zu entwickeln – und entdecken musste, dass der Normanne ebenfalls da war.

«Was sagt er?», wollte Alex wissen.

«Monsieur Brahimi?» Gabriel inhalierte. «Dass er 1953 gegen die Algerier gekämpft hat. Er ist Harki, musst du wissen, ein expatriierter Algerier, der sich im Unabhängigkeitskrieg auf die Seite der Franzosen gestellt und seine eigenen Landsleute getötet hat.»

Alex betrachtete den Mann genauer, dessen Gesicht schmerzverzerrt wirkte.

«Ich weiß nicht, wie er auf das Jahr 1953 kommt», fuhr Gabriel fort. «Soweit ich weiß, hat der Aufstand der Nationalen Befreiungsfront erst ein Jahr später begonnen. Du hast Mados Mofa hoffentlich nicht zu dicht an seinem Haus abgestellt?»

«Sag du es mir.» Sie deutete auf die kleine, verbeulte Peugeot.

Gabriel schüttelte die Rechte, als habe er sich an etwas Heißem verbrüht. «Viel zu dicht, Alex! Monsieur Brahimi wird dir die Reifen aufschlitzen. Siehst du die weiße Linie dort? Die hat er eigens mit Wandfarbe um sein Haus gezogen. Und Mados Mofa steht direkt darauf.»

Alex konnte ihren Blick nicht von Monsieur Brahimi losreißen, der einen Tarnanzug trug, so als müsse er sich noch jetzt vor dem algerischen unabhängigkeitsbeseelten Feind verstecken. Der Schieler juchzte und sprang vor ihm umher.

«Meinst du, dass er sich von mir fotografieren ließe?»

«Der Schieler? Warum nicht? Er ist komplett irre, aber sehr gutmütig und stets bester Laune.»

«Nein, ich meine, Monsieur Brahimi.»

Gabriel verschluckte sich fast. «Bist du lebensmüde, Mädchen? Nein! Und jetzt gehst du besser runter und stellst das Mofa auf meine Seite des Platzes. Wenn du willst, begleite ich dich.»

Aber Alex hatte weniger Angst vor Monsieur Brahimi als vor dem Normannen, der unbewegt auf Gabriels Sofa saß und ihrem Gespräch schweigend lauschte.

Hastig lief sie die Treppe hinunter, um Mados Mofa umzustellen, aber Monsieur Brahimi beachtete weder sie noch ihr Gefährt weiter. Stattdessen brüllte er sein Lamento in die Luft.

Plötzlich blinkte Blaulicht über den Platz. Zwei Polizisten stiegen aus ihrem Fahrzeug und gingen auf Monsieur Brahimi zu, offenbar in dem Bestreben, den Mann von der Notwendigkeit einer leiseren Darbietung zu überzeugen, was jedoch spektakulär misslang. Monsieur Brahimi schrie noch lauter. Der Schieler frohlockte. Fenster wurden zugeschlagen. Erregte Stimmen wurden laut.

Alex nutzte den Aufruhr, um ein paar Fotos zu schießen. Nun, da ihr Reisejahr bald um war, wollte sie ihre Bilder für eine Bewerbungsmappe nutzen. Noch immer wusste sie nicht, ob sie bei einem Fotografen in die Lehre gehen oder an einer Kunsthochschule studieren wollte. In jedem Fall hatte sie in den vergangenen Wochen aber gute Aufnahmen gemacht.

Sie setzte sich auf die Treppe vor Gabriels Haus und beobachtete, wie zwei Polizisten auf Monsieur Brahimi einredeten und wie der Schieler den dreien zu ihrer Darbietung applaudierte. Sie hob sich die Kamera vors Gesicht und wartete. Als Monsieur Brahimi seine Faust erneut in die Luft reckte, drückte sie ab. Für ihre Porträtsammlung waren die Menschen in Apt und den umliegenden Dörfern perfekt.

In den vergangenen Wochen war sie Menschen begegnet, deren Lebensentwürfe ohne Lineal gefertigt schienen und in deren Alltag ein paar Elemente verschnitten waren oder falsch zusammengesetzt. Das beste Beispiel war Gabriel, der Maler. Ursprünglich aus Amsterdam, hatte er in Berlin Kunst studiert und war 1969 nach Digne gezogen, wo er seine Meldebestätigung im Bürgermeisteramt just an jenem Tag einreichte, an dem die Asienforscherin Alexandra David-Néel, inzwischen hundertjährig, um eine Verlängerung ihres Reisepasses bat. Alex beschloss, Gabriel bei Gelegenheit nach ihrer Namensvetterin auszufragen. Sie wollte ebenfalls den Himalaya bereisen, und Alexandra David-Néel war in dieser Hinsicht ein echtes Vorbild. Schließlich hatte die als junge Frau sogar ein ganzes Jahr lang als Einsiedlerin dort gelebt. Nach diesem zweifellos aufregenden Treffen war Gabriel in ein Dorf in der Nähe von Apt übergesiedelt. Hier freundete er sich mit Dora Maar, der Ex-Freundin von Pablo Picasso, an. Seitdem Isabelle Adjani im Jahr zuvor ihre Dreharbeiten zu «Ein mörderischer Sommer» in Apt abgeschlossen hatte, hieß es, Gabriel sei in dieser Zeit ihr Liebhaber gewesen. Mado, die Gabriel nicht besonders zu mögen schien, vermutete allerdings, dass dies ein Gerücht war, das der Maler selbst in die Welt gesetzt hatte.

Und dann waren da noch all die anderen Menschen, die nicht aus der Region stammten, aber sich hier sehr wohlzufühlen schienen. Einer von ihnen war der Schnurrbärtige, der, wie Alex jetzt wusste, Pierre Vassiliu hieß. Elf Jahre zuvor hatte er einen Song mit dem Titel «Qui c'est celui-là?» geschrieben, und die Tantiemen, die er daraus bezog, ermöglichten ihm ein sorgenloses Leben in der Provence und den Besitz einer Citroën DS in Bonbon-Rosé.

Gabriel hatte ihr erzählt, dass viele der gut gekleideten

Menschen, die auf der Terrasse des Café Grégoire saßen, Journalisten waren, die sich der Hoffnung hingaben, Dora Maar zu interviewen. Obwohl die bekannt dafür war, nie mit Journalisten zu reden. Schon gar nicht über Pablo Picasso, der, nach allem, was Alex über ihn gehört hatte, wohl ein gruseliger Ex-Freund war.

Und schließlich gab es noch die heroinsüchtigen Belgier. Sie lebten auf mehrere Nachbardörfer verteilt, die Alex noch nicht besucht hatte, aber an Markttagen sah man sie durch Apt laufen, geistesabwesend und dünn. Einer der Polizisten legte Monsieur Brahimi jetzt eine Hand auf den Hinterkopf und zwang ihn auf die Rückbank des Wagens. Der Schieler presste sich erschrocken die Hände auf den Mund. Armer Monsieur Brahimi, dachte Alex. Wie oft er das wohl schon erlebt haben mochte?

Das Polizeiauto fuhr mit zuckendem Blaulicht davon, und Alex stapfte über die ausgetretenen Steinstufen zurück in Gabriels Atelier. Bei ihrem Eintritt fuhren der Normanne und der Maler auseinander, als hätte sie sie bei etwas erwischt. Alex wollte lieber nicht so genau wissen, bei was.

Gabriel zeigte ihr die Dunkelkammer, in der sie ihren Film in eine Entwicklerdose spulen konnte. Mit den Füßen stieß sie gegen etwas Metallisches. Gabriels Malutensilien, nahm sie an. Dann schloss sie die Augen, atmete tief durch und machte sich ans Werk.

Als sie aus der Dunkelkammer wieder auftauchte, war der Normanne verschwunden. Gabriel stand vor einer Leinwand, tupfte mit dem Pinsel vertikale Streifen in eine Felslandschaft und pfiff ein Lied.

«Alles gut gegangen?», rief er ihr über die Schulter zu.

«Werde ich gleich sehen.» Alex spürte, wie ihr Herz schneller schlug.

Sie hatte die Filmdosen, die sie von ihren vorigen Reisen mitgebracht hatte, bei Mado hinter der Obstkiste mit den Büchern versteckt. Diese Filme wollte sie erst später entwickeln. Für den Moment wollte sie nur das sehen, was sie im echten Leben umgab: all diese Menschen, die sich ein Leben wünschten, das größer als diese Kleinstadt war.

Für den nächsten Schritt begleitete Gabriel sie in die Dunkelkammer, die er selbst mitunter benutzte, und zeigte ihr das Material.

Alex spürte Nervosität in sich aufsteigen. Ein falscher Handgriff, ein paar Sekunden zu viel im Entwicklerbad, eine zu hohe Temperatur – und die Porträts wären dahin.

Im Licht der roten Glühbirne, die an die Decke geschraubt war, goss sie den Filmentwickler in einen Behälter, stellte die Stoppuhr und legte den Film in das Bad. Dabei bewegte sie ihn vorsichtig. Jeder Millimeter ihrer kostbaren Gesichter musste gleich viel umspült werden. Keines durfte zu viel oder zu wenig Entwicklerflüssigkeit abbekommen.

Sie arbeitete stumm und konzentriert. Immer noch klopfte ihr Herz. Gabriels Frage, ob sie noch etwas bräuchte, ignorierte sie, aus Angst, die Papiergesichter zu erschrecken, die nun im Wasserbad aufschienen, Ahnungen in Rot.

Da war Loïc auf dem Seil, am ersten Abend ihrer Ankunft, als er fast zu Boden gefallen wäre. Er stand ihr zugewandt und blickte ihr durch die Flüssigkeit direkt in die Augen. Minutenlang erwiderte sie seinen Blick. Er wirkte majestätisch, wie er da oben stand, wie eine Himmelserscheinung, denn sein Seil, diese dünne Linie, die ihn vom Abgrund trennte, war auf dem Bild nicht zu sehen.

Hast du meine Nachricht an dich gefunden?, fragte sie die rot schimmernde Gestalt im Wasserbad. *Und waren deine Worte für mich bestimmt?* Ihr Herz klopfte, während sie an Loïc dachte. Sie hatte ihm «L'affaire Tournesol» zwei Tage zuvor zurückgegeben und ihn seither nicht mehr gesehen.

Als Nächstes schimmerte Mado mit ihrer Wolfsmaske auf. Die Kegel malten feurige Linien um sie.

Einen Papierabzug nach dem anderen hängte sie auf die Wäscheleine über dem Tisch. Monsieur Mercier mit seinem Hausschwein auf der Bank vor seinem Haus. Fantomas, der lässig an seinem Auto lehnte, ein bisschen wie James Dean sah er aus, mit einer Zigarette im Mundwinkel. Die Bäckerin, die Ähnlichkeit mit Sophia Loren hatte, in hochhackigen Schuhen vor ihrem Geschäft, eine mehlige Hand kokett auf die Hüfte gestützt, ein Sonnenfleck beleuchtete ihren Mund und ihr Dekolleté.

Und schließlich Gabriel mit einem Pinsel, den er dem Betrachter entgegenreckte. Der Pinsel war so scharf gestochen, dass sie jedes einzelne Haar darin erkennen konnte. Dahinter, nur schemenhaft erkennbar, sein Gesicht.

Als sie Gabriel die Fotos auf der Leine zeigte, schwieg er für einige Zeit. Dann drehte er sich zu ihr um. «So etwas habe ich schon lange nicht mehr gesehen. Du hast eine Gabe zu beobachten, Mädchen, und du beherrschst die Technik – das ist außergewöhnlich in dieser Kombination.»

Wieder schwieg er eine Weile, dann fragte er: «Ich habe dir von Dora Maar erzählt, richtig?»

«Die Ex-Freundin von Picasso, die diese surrealistischen Fotografien gemacht hat? Klar!»

«Sie wohnt nicht weit von hier, in Ménerbes, und wenn sie nicht so eine verdammte Einsiedlerin geworden wäre, würde ich dich am liebsten noch heute zu ihr bringen.»

«Wirklich?» Sie strahlte.

Gabriel erwiderte ihr Lächeln. «Wirklich.»

Von unten hörte sie wieder den Schieler jubeln. Und weil dies so ein besonderer Moment war, fiel sie in den Jubel mit ein.

*

Als Mado nach Hause kam, saß François im Abendlicht auf einem Stein vor ihrer Scheune und rauchte. Er blickte auf, während sie näher trat, und lächelte sie an. «Feierabend?»

Sie konnte François nicht leiden. Tatsächlich mochte niemand den Normannen. Mit Ausnahme von Gabriel vielleicht.

«Ich wüsste nicht, was dich das anginge.» Sie wollte an ihm vorbeigehen, aber er hielt sie am Handgelenk fest.

«Lust auf ein kleines Getränk?»

Sie blickte ihm in die wimpernlosen, etwas vorstehenden Augen. «Lass mich los.»

«Ich weiß genau, dass du keinen Kerl hast. Diese Typen, mit denen du Straßentheater machst, kleine Clowns sind das. Also – was hält dich davon ab, mit mir was trinken zu gehen? Wir beide hätten ganz bestimmt Spaß!»

«*Bonsoir les amis*. Gibt es hier ein Problem?» Eine Frau war zu ihnen getreten, die Mado noch nie hier oben im Gebirge gesehen hatte. Sie trug kurze, verwuschelte Haare und eine schwarze Lederjacke.

«Monsieur hier wollte gerade gehen», erklärte Mado bestimmt.

«Ich wollte nicht ...», protestierte François.

«*Tant mieux*. Dann kommen Sie doch gleich mal mit rüber ins Haupthaus, Madeleine, richtig? Maman hat gut gekocht zur Feier des Tages. Rückkehr der verlorenen Tochter und so.»

«Das ist überaus freundlich.» Mado spürte, wie ihr Puls sich beruhigte.

Sie blickten dem Normannen hinterher, der widerwillig zu seinem Auto schlenderte, sich noch einmal umdrehte und Mado eine Kusshand zuwarf.

«Widerlicher Chauvi», sagte die Frau. «Valérie mein Name übrigens.»

«Sie sind die Tochter der Merciers, die in Stuttgart lebt?» Mado wusste nicht, ob sie bei dem Sie bleiben sollte. Valérie war wenig älter als sie selbst.

«Sehe schon, mein Ruf eilt mir voraus. Würde Wendo machen, wenn ich Sie wäre.»

«Was bitte?»

«Wendo. Frauenselbstverteidigung. Machen gerade alle in Deutschland. Um sich gegen Widerlinge wie diese Blasswimper zu behaupten.»

«Ich fürchte, so etwas wird hier im Lubéron nicht angeboten.»

«Dann sehen Sie zu, dass Sie immer ein Messer in der Tasche haben. Wenn der Typ Ihnen noch einmal dumm kommt, wissen Sie, was Sie zu tun haben ...» Sie legte sich eine imaginäre Klinge an den Hals und röchelte.

Mado lachte. «Nein, nein, das könnte ich nicht!»

«Sollten Sie aber! Maman hat mir erzählt, dass der Kerl nicht zum ersten Mal hier war. Hat Erkundigungen über Sie eingezogen. Wollte sogar sehen, wie Sie wohnen.»

«Wie bitte?» Mado spürte, wie ihre Hände zu zittern begannen. Um das Beben zu verbergen, stopfte sie sie in die Taschen ihrer Jeans.

«Sie haben nichts zu befürchten.» Valérie kniff ein Auge zu. «Papa hat erklärt, dass er sie beschützen wird. Sein Schwein hat scharfe Zähne, hat er gesagt.»

Die Sonne verschwand mit einem letzten Aufglühen hinter den Bergen. Schlagartig wurde es dunkel. Valérie zog ihre Lederjacke fester um sich. «Kommen Sie. Maman hat *ratatouille* mit Hühnchen und gerösteten Kartoffeln gekocht.»

Es war herrlich warm in der Wohnstube der Merciers. Im Kamin prasselte ein hochgetürmtes Feuer. Monsieur Mercier stocherte mit einem Schürhaken in den Flammen, aus denen bei ihrem Eintritt eine hohe Lohe aufstieg.

«Ist der Unmensch verschwunden?» Madame Mercier begrüßte Mado mit drei Wangenküssen.

«Dem entschlossenen Auftreten Ihrer Tochter sei Dank.»

«Ah ja, unsere Valérie kann sehr bestimmt auftreten.» Madame Mercier rollte mit den Augen, während sie ihre Hände an der Schürze trocknete. «Ein bisschen zu bestimmt manchmal vielleicht.»

Valérie hängte ihre Lederjacke an das Geweih neben der Haustür und lächelte geschmeichelt.

«Nehmen Sie doch Platz, Madeleine», bat Madame. «Ihre Besucherin hätte ich auch eingeladen, aber sie ist noch unterwegs.»

Mado fragte sich, was sie davon halten sollte, dass die Merciers über ihr Kommen und Gehen immer bestens unterrichtet waren. Vor allem Madame entging nichts. «Ja, sie ist noch unten in Apt.»

Madame trug die Salatschüssel auf, Monsieur und Valérie setzten sich auf ihre Plätze, und dann sprachen sie gemeinsam ein Tischgebet.

«Und warum sind Sie ausgerechnet nach Stuttgart ausgewandert?», wollte Mado von Valérie wissen, während sie ihren Salat aß, der mit *vinaigrette* und viel Knoblauch angerichtet war.

«Wegen der hübschen Mädchen!» Valérie grinste.

«Also wirklich!», empörte sich Madame Mercier.

«Was hat sie gesagt?», wollte Monsieur wissen, der offenbar seinen Ohren nicht traute.

«Etwas sehr Unanständiges!»

«Was ist unanständig daran, lesbisch zu sein?», wollte Valérie wissen.

Mado, die gerade einen Schluck Wein genommen hatte, verschluckte sich und hustete. «Und was machen Sie da ... beruflich?», fragte sie rasch.

«Taxi fahren.» Valérie stemmte die linke Faust auf ihren Schenkel, während sie mit der Rechten weiter aß. «In letzter Zeit aber auch viele Krankenhausbesuche. Einige meiner besten Freunde sind krank geworden. Deswegen kann ich auch nicht lange bleiben diesmal.»

«Die haben alle diese neue Schwulenseuche», flüsterte Madame Mercier hinter vorgehaltener Hand.

«*Maman*!»

«Ist doch wahr! Und du solltest dich vorsehen, Valérie!»

Valérie setzte sich noch breitbeiniger hin. «Bin lesbisch, nicht schwul», versetzte sie.

Mado lächelte, aber trotz des köstlichen Essens und des lodernden Feuers konnte sie sich nicht vollends entspannen. Der Normanne verfolgte sie. Ob er wiederkommen würde? Sie fühlte, wie ihr auf einmal kalt wurde, trotz des Feuers. Was wusste er über sie? Bei dem Gedanken, dass er sich in ihrer Scheune umsah und die geheimen Briefe fand, wurde ihr ganz heiß.

Sie versuchte, sich auf die Kabbelei zwischen Valérie und ihren Eltern zu konzentrieren. Obwohl ihre Weltanschauungen so unterschiedlich waren, vergötterten die Merciers ihre Tochter. Und Valérie hing an ihren Eltern, das sah ein Blinder.

Einen Moment lang versuchte sie sich vorzustellen, was gewesen wäre, wenn *sie* diese Art Liebe von ihren Eltern erfahren hätte. Wenn sie zu ihr gehalten hätten, damals, als sie zur Polizei gehen wollte, anstatt ihr zu sagen, dass sie sich schämen sollte für das, was ihr widerfahren war.

«Nun müssen Sie uns aber auch etwas über sich erzählen.» Valéries Stimme durchbrach Mados Gedanken. «*Maman* sagte, Sie kämen aus dem Elsass. Scheußlich kalte Gegend da oben, fast so schlimm wie Stuttgart. Kann Ihnen nicht verdenken, in den *midi* gekommen zu sein!»

«Hier ist alles besser, nicht nur das Klima.» Mado deutete auf die *ratatouille*. «Ich habe übrigens selten etwas so Köstliches gegessen», wandte sie sich an Madame Mercier. «Und ich muss es wissen, schließlich arbeite ich in einem Restaurant!»

«Was sagt sie?», wollte Monsieur Mercier wissen.

«Dass sie meine Kochkünste schätzt!», rief Madame. Und an Mado gewandt: «Sie sind übrigens jederzeit willkommen hier, Mädchen! Und Ihre Besucherin aus Deutschland auch. Sie zwei sind ganz schön dünne Mädchen! *Eh ben,* ich päppel Sie schon wieder auf!»

«*Alors*.» Valérie entkorkte eine neue Flasche. «Auf die Superkräfte von *Maman*!»

*

Schnell machte die Entdeckung die Runde, dass der deutsche Neuankömmling Menschen so fotografieren konnte, dass sie wie Stars aussahen. Madame Mercier hörte es in der Woche darauf beim Schlachter in der Rue des Marchands. Der wiederum hatte es von der Mutter des Schielers, die im Restaurant von Fantomas' Eltern aushalf. Dort hing jetzt eingerahmt eines der Beweisstücke: ein Fantomas à la James Dean.

«Es ist nur ein Jammer, dass das Mädchen unsere Sprache nicht sprechen will.» Madame Mercier zeigte auf die Lammwürste in der Vitrine. «Sind die französisch oder arabisch zubereitet?»

«Arabisch. *Dernier cri.* Ja, Sie haben recht, Madame, es wäre schön, wenn die Ausländer unsere Gepflogenheiten annehmen würden. Und unsere Sprache zu lernen, das ist ja wohl das Mindeste, was man von ihnen verlangen kann!»

Aber Madame Mercier und der Schlachter irrten. Alex arbeitete härter denn je an ihrem Französisch. Da Loïc für ein paar Wochen auf einer Baustelle in Marseille arbeitete, hatte sie allerdings vorerst keine Gelegenheit mehr, ‹Tim-und-Struppi›-Alben zu lesen. Vielleicht war das auch besser so. Mittlerweile war sie sicher, dass sie sich getäuscht haben musste. Die Notizen in den Alben waren nicht für sie bestimmt gewesen. Sie hoffte nur, dass Loïc ihre eigene Randnotiz nicht gelesen hatte. Es wäre ihr zu peinlich. Jedenfalls war sie nun, wenn auch nur widerwillig, bereit, einen französischen Roman zur Hand zu nehmen.

Mado rieb sich die Hände. «Wir beginnen mit Philippe Djian, das ist schön einfach, steigern uns langsam auf Jean Giono, der beschreibt die provenzalischen Landschaften so eindrücklich, oder auch Marcel Pagnol, da würde ich dir ‹Eine Kindheit in der Provence› empfehlen. Im Anschluss schieben wir vielleicht einen Alexandre Dumas ein, und die *apothéose* sind dann die Essais von Michel de Montaigne.» Mado lächelte. «Den schielenden Sartre mit seiner Vielweiberei erspare ich dir, den kann ich nicht leiden.»

«Sehr zuvorkommend und fürsorglich von dir.» Alex beäugte den Stapel Bücher, den Mado aus der Leihbücherei von Apt mit heraufgebracht hatte. «Aber als ich sagte, ich wäre bereit für *einen* Roman, meinte ich auch nur einen. Also, welcher soll es denn sein?»

Mado lachte. «Rufen dich anderweitige Pflichten?»

«Ja, die Pflicht, mich nicht zu langweilen.»

Mado sah sie unbewegt an. «Jetzt hör mir mal zu: *Das Geheimnis der Freiheit liegt in der Bildung, während das Geheimnis der Tyrannei darin besteht, die Menschen dumm zu halten.* Hat schon Robespierre gesagt!»

«Wurde ihm für diese Aussage nicht der Kopf abgeschlagen?»

«Netter Versuch, Alex.» Sie reichte ihr den Djian herüber. «*Alors voilà*! Wenn du meinem Lehrplan folgst, sprichst du in zwei Monaten fließend Französisch. Und nein, Loïc wird dir keine Romane leihen können, denn er besitzt keine.»

«Ich hatte nicht vor ... Wieso nicht?»

«Er liest neben ‹Tintin› bloß Lyrik.»

«Wirklich? Ich könnte auch Lyrik lesen!»

«Könntest du nicht. Dafür ist dein Französischniveau zu niedrig. Also, sei so gut und fang an, den Djian zu lesen. Und notier dir weiterhin die Vokabeln. *Hé*!» Sie zwinkerte. «Du willst es doch auch!»

An Ostern, als die Kirschbäume in voller Blüte standen, hatte Alex ihr tägliches Pensum von dreißig Vokabeln auf vierzig gesteigert. Nach dem ersten Vokabelheft hatte sie jetzt schon ein zweites und drittes gefüllt.

«Du lernst mir noch die Haare vom Kopf», hatte Mado gesagt, als Alex sie bat, ihr in der *papeterie* ein weiteres Heft zu kaufen, aber sie klang dabei eigentlich ganz zufrieden. Wenn sie Fantomas auf dem Markt trafen, gab Mado mit ihrem Erfolg sogar ein bisschen an.

An diesem Tag saßen sie an einem der äußeren Tische des Café Grégoire, von wo aus man den besten Blick auf das Marktgeschehen hatte. Alex beobachtete eine stark geschminkte Frau, die trotz des sonnigen Wetters in eine mit blitzenden Goldknöpfen bestückte Uniformjacke gekleidet war.

«Das ist Jeanne», erklärte Mado. «Voilà, jetzt siehst du sie mal aus der Nähe.»

«Die Frau, die nachts bei Mondschein über die Gipfel galoppiert?»

«Die Bergreiterin persönlich. Und ja, du kannst sie fragen, ob du sie mal fotografieren darfst. Erwarte aber keine passende Antwort.»

«Sie verbringt zu viel Zeit mit La Dent.» Fantomas schüttelte den Kopf.

«Wer ist das?», wollte Alex wissen.

«La Dent ist die andere mythische Bewohnerin von Sivergues, dem Dorf weiter oben in den Bergen.» Mado nippte an ihrer Minzlimonade. «So genannt, weil sie keine Zähne mehr hat.»

«Ungefähr 110 Jahre alt», ergänzte Fantomas.

«Verlässt ihr Haus in Sivergues nur, um Neugeborene zu segnen oder Sterbenden beizustehen. Hat das zweite Gesicht, sagt man.»

«Das zweite Gesicht?» Alex war verwirrt.

«Ja, sie ist *clairvoyant*. Wie sagt man – hellsichtig?»

«Oh. Und Jeanne ist mit ihr befreundet?»

«Sagen wir mal so, die beiden erfreuen sich gegenseitig an ihrer Seltsamkeit. Ich würde zu gern wissen, wie sie wohnen. Es heißt, in ihren Häusern hätten einst die Widerständler gehaust.»

«Die was, bitte?»

«Die Kämpfer der *résistance*, die sich gegen die deutschen Besatzer gestellt haben», erklärte Mado.

Jetzt schritt die Bäckerin über den Platz. Sie trug eine Bluse, die ihr etwas zu eng schien, einen schmalen Rock und hohe Schuhe. Ihr Mann, der Bäcker, huschte schwer beladen hinterher.

«Kein leichtes Schicksal für den Mann», kommentierte Fantomas den Auftritt. «Nun, andererseits teilt er sich Nacht für Nacht ein Schlafzimmer mit der erotischsten Frau Frankreichs. Was meint ihr? Da kann man es schon mal in Kauf nehmen, der Lastesel zu sein!»

«Die Leute, die gegen die Nazi- ... Schufte gekämpft haben», nahm Alex den Faden wieder auf, in dem sie sich, so gut es ging, mit den gelernten Ausdrücken aus Loïcs ‹Tim-und-Struppi›-Heften behalf.

«... konnten sich hier gut verstecken.» Ein Alex unbekannter Mann ließ sich auf dem Stuhl neben ihnen nieder. «Pardon, ich habe gelauscht.»

«*Bonjour, Monsieur le Facteur*», grüßten Fantomas und Mado höflich.

«Sie sind der Briefträger?», wollte Alex wissen. «Doch nicht etwa der Nachfolger des Unglücklichen, der auf der Straße nach Buoux ...»

«... von einem Felsen erschlagen wurde. Doch, das bin ich. Höchstselbst. Und ich habe heute meinen freien Tag. Wundervolles Wetter dafür, oder? Paul Mitterrand mein Name, nicht verwandt, nicht verschwägert mit dem Präsidenten, aber wenn ich das mal so bescheiden sagen darf: Wir packen ordentlich was an, wir zwei!»

Alex war sich unsicher, ob sie ihm die Hand reichen oder ihn auf die Wangen küssen sollte. Vorsichtshalber rührte sie sich gar nicht. «*Enchantée.*»

«Sie sprechen über die Leute, die von überall aus der Welt zu uns in den Lubéron kommen? *Eh ben,* der Lubéron war schon immer Zufluchtsort für Leute, die gegen den Strom geschwommen sind. Früher waren es Frauen wie Sie», er deutete auf Mado und Alex, «die sich vor einer Verfolgung als Hexen in den Höhlen versteckt haben.»

Mado hob eine Braue, und Alex unterdrückte ein Lachen.

«Dann waren es die Waldenser, die aufgrund ihres Glaubens hierher geflüchtet sind. Und dann die Leute von der *résistance* natürlich. Die haben hier in der Gegend ordentlich was auf die Beine gestellt, um den Nazis Feuer unter ihren arischen Ärschen zu machen.

Aber ich will Sie nicht weiter langweilen mit meinen Geschichten.» Er wandte sich an die Bedienung. «Einen *petit noir*, bitte. Merci.»

Alex schwirrte der Kopf. Hexen, Sektenmitglieder, Widerstandskämpfer – mit jedem Tag, der verging, entdeckte sie hier einen neuen besonderen Menschenschlag.

Sie ließ den Blick über die Szenerie schweifen, und plötzlich setzte ihr Herz aus, nur um im nächsten Moment so irre zu schlagen, als müsste es einen Wettlauf gewinnen. Dort war er, die Arme ein bisschen vom Körper abgespreizt, als müsste er auch auf dem Pflaster das Gleichgewicht halten.

Loïc war aus Marseille zurückgekehrt.

Der Fluss sprudelte über die Kieselsteine. Zirruswolken hingen wie rosafarbene ausgefranste Wattebäusche über den Bergen.

«Er ist auch in dich verliebt, weißt du», sagte Mado und tauchte einen rot lackierten Zehennagel ins Wasser.

Sie waren in die Berge gewandert, die sich hinter der *Auberge* erhoben. Der Wind rauschte in den Baumwipfeln, und Alex fühlte, wie etwas in ihr wühlte, das sie schon lang nicht mehr gespürt hatte. Im Licht der untergehenden Sonne musterte sie Mado.

«Woher willst du das wissen?»

«Er hat es Fantomas gesagt, im Vertrauen.» Mado lächelte und versenkte jetzt beide Füße im Fluss. «Aber Fantomas, dieser Meisterschurke, er kann kein Geheimnis für sich behalten! Also hat er es mir erzählt.»

Das Wühlen in ihrem Bauch wurde stärker. «Ich glaube, er hat mir Nachrichten geschrieben, ... aber ich bin mir nicht ganz sicher», fügte sie hastig hinzu.

«Nachrichten? Hier nach oben zu uns?»

«In die Comic-Alben. Ich habe geantwortet. Aber jetzt glaube ich, dass die Nachrichten nicht für mich bestimmt waren.»

Mado lachte. «Geh hin und küss ihn endlich! Und dann spielt ihr Flug zum Mond.»

«Du liest wohl auch Liebesromane, wenn du dich so gut mit Romantik auskennst?»

Die Sonne versank hinter einer Bergkuppe. Dunkelheit sickerte langsam ins Tageslicht.

«Mein literarisches Wissen ist breit gefächert. Oh, sieh mal, der Wind nimmt zu!» Mado deutete auf die schwankenden Zweige. «Der Mistral kommt. Auf dem Markt heute haben sie darüber geredet.»

«Pfff.» Alex dachte noch immer über Loïc nach. «Darüber lachen wir Norddeutschen doch.»

«Der Mistral ist kein gewöhnlicher Wind.» Mado stand auf und schlüpfte in ihre Flip-Flops. «Er verändert alles. Lass uns jetzt besser nach Hause gehen.»

Alex erwachte davon, dass die Läden gegen das Scheunenfenster krachten. Sie stand auf, um sie von außen zu verriegeln. Als sie um die Scheune herumgehen wollte, musste sie sich gegen eine Böe stemmen. Im Dorf bellten die Hunde, und vom Gebirge klang es, als heulte ein Wolf. Zurück auf ihrer Matratze, konnte sie lange Zeit nicht wieder einschlafen. *Er ist auch in dich verliebt*, hörte sie Mado sagen. Alex war nicht sicher, ob sie das glaubte. Als Loïc und sie sich im Café wiedergesehen hatten, hatte er kaum ein Wort gesagt. Sie nahm sich fest vor, es am nächsten Tag herauszufinden.

Mado, Loïc und Fantomas wollten nach L'Isle-sur-la-Sorgue fahren, was dreißig Kilometer entfernt lag, um nicht immer nur den braven Bürgern von Apt und Umgebung mit ihren Kunststücken die Taschen auszunehmen, und Alex wollte mitkommen.

Nach einem Kaffee und einem Stück Baguette vom Vortag, das sie mit Butter und Lavendelhonig beschmierten, brausten sie auf Mados Mofa ins Tal hinunter. Der Himmel war klar, wie leer gefegt von Dunst und Staub, und auf den gewundenen Straßen fuhren sie abwechselnd mit dem Wind und gegen ihn, sodass es sich mal anfühlte, als ob das Mofa frisiert war, und dann wieder, als sei es kaputt. Sand und Gräser wirbelten ihnen entgegen. Der Mistral fegte die Kirschblüten mit solch einer Wucht von den Bäumen, dass Alex blinzeln musste, um sie nicht in die Augen zu bekommen. Mauern, Dächer und Wiesen verschwanden unter einem rosafarbenen Meer.

«Diesmal ist er besonders heftig», bemerkte Fantomas, als sie in Apt auf die Rückbank seines Wagens kletterten. «Hab die ganze Nacht kein Auge zugetan.»

Loïc, der auf dem Beifahrersitz Platz genommen hatte, drehte sich zu Alex um. Sie erwiderte seinen Blick, konnte ihn aber nicht lesen. Im Wagen roch es nach den Feuerkegeln, nach Mados Vanilleöl und Tabak. Bäume bogen sich südwärts unter der Wucht des Mistrals.

Does it really happen?, spielten Yes aus den Lautsprechern, und Alex wusste nicht, ob es an den Gitarrenriffs und Synthesizerklängen lag, aber sie hatte das Gefühl, dass sie weinen müsste.

Auf der gesamten Fahrt konnte sie kaum aufhören, Loïc anzusehen.

L'Isle-sur-la-Sorgue mit seinem Antikmarkt funkelte in dem breiten Sonnenstrahl, der zwischen den zerrissenen Wolken aufschien. Hunderte von silbernen Gabeln,

Messern und Löffeln lagen auf Klapptischen ausgebreitet, zwischen Nachttöpfen aus Porzellan, Ölgemälden und Teppichen. Alex sah zu, wie Loïc, Fantomas und Mado, die nun ihre Wolfsmaske trug, das Balanceseil zwischen zwei Laternenpfählen aufspannten, und sie hob ihre Minolta vor die Augen, während Loïc in wenigen Zügen den ersten Laternenpfahl erklomm. Noch immer hatte er nichts zu ihr gesagt.

Mado und Fantomas begannen, sich ihre Feuerkegel zuzuwerfen. Den Lichtschein, den das silberne Besteck und all die Kannen und Schalen reflektierten, nahm Alex lediglich am Rande wahr. Sie hatte nur Augen für Loïc. Als er sich hoch aufrichtete und losspazierte, schoss sie das erste Foto. Der Wind schien ihm nichts anzuhaben, er umspielte seinen Körper, pustete durch seine Haare, bewegte das Seil, doch Loïc packte seinen Balancierstab nur fester und setzte einen Fuß vor den anderen. Sie sah seine weißen Zähne funkeln, während er sich lachend durch den Wind bewegte, die Freude an dem, was er tat, war offensichtlich.

«Hast du nie Angst zu fallen?», fragte sie ihn später, als er wieder auf den sicheren Boden zurückgekehrt war und Mado und Fantomas das Geld der Umstehenden eingesammelt hatten. Sie drängten sich im Innenraum einer Bar, um sich vor dem Wind zu schützen, der nun über die Marktstände brauste und in die Markisen der Restaurants fuhr. Loïc an ihrer Seite war ganz warm.

Er lachte. «Nein.»

«Der Typ ist schon als Kind über die Dächer von Marseille spaziert.» Fantomas schlug Loïc auf die Schulter.

Wieder blickte Alex ihn an. «Du warst die letzten Tage auf einer Baustelle, richtig?»

Er nickte. «Ich bin Dachdecker, das wusstest du vielleicht nicht.»

Sie spürte, wie ihr der Mut sank. Warum war er so distanziert? «Ich wusste nicht, dass du schon einen Beruf hast.»

«Na ja, ich bin einundzwanzig.»

«Das ist es, was ich an dir so liebe, Kumpel.» Fantomas schlug ihm auf den Rücken. «So alt schon und packt immer noch zu!»

«Du bist auch einundzwanzig, Kumpel.»

Fantomas grinste. «Aber im Herzen noch ein Kind.»

«Wohl eher ein Baby», zog Mado ihn auf.

Ein Nachrichtenjingle schmetterte seine Fanfare in die Bar. Auf dem Fernsehbildschirm erschien ein Mann in Anzug und Krawatte.

«*Die Textilfabrik in Izmir hat im vergangenen Jahr eine Million laufende Meter Leichentuch aus Grobleinen in den Iran exportiert. Für das laufende Jahr liegt eine Order über vier Millionen Meter vor*», verkündete der Sprecher.

Mado wurde plötzlich still.

«Willst du deinen Kaffee nicht trinken?», fragte Alex, nachdem die Nachrichtensendung vorbei war. Aus den Augenwinkeln konnte sie sehen, wie Loïc sich sein Seil um die Schulter hängte und auch Fantomas aufstand.

Mado hatte ihre Tasse nicht angerührt. «Wann hört das auf?», fragte sie, während sie weiter auf den Tisch starrte.

«Was meinst du?»

«Dieser verdammte Krieg. Vier Millionen Meter Leichentuch für die iranischen Opfer. In einem einzigen Jahr!»

«Kommt ihr, oder was?», rief Fantomas vom Eingang.

Alex deutete auf Mado und schüttelte unmerklich den Kopf.

Im Fernsehen begann ein Fußballspiel, und die Stimmen in der Bar wurden lauter.

«Weißt du, dass ein Großteil dieses Leichentuchs für

iranische Kinder und Jugendliche bestimmt ist?» Mado sah ihr mit einem bitteren Ausdruck in die Augen.

Alex erschrak. So hatte sie ihre Freundin noch nicht erlebt.

«Der Irak hat die besseren Waffen, denn er bekommt sie von den USA, von der Sowjetunion und von Frankreich. Aber der Ayatollah schickt seine Kinder. Er denkt, irgendwann wird dem Gegner doch die Munition ausgehen, wenn er so viele Kinder schickt.»

Alex schluckte. «Mado», flüsterte sie. «Lass uns doch jetzt gehen.»

Ein Tor fiel, und die Männer in der Bar schrien auf.

Während der Fahrt hörten sie eine Kassette mit Liedern von Charles Trenet, die Loïc im Handschuhfach gefunden hatte. Der Mistral rüttelte am Wagendach, und ihr Schweigen wurde schwer, während Trenet das Meer besang. Alex bemerkte, dass Mado weinte, ohne einen Laut von sich zu geben. Das ganze Meereslied lang weinte sie so, bis ihre blaue Mascara verlaufen war. Dann zog sie einen Taschenspiegel aus ihrer Handtasche und studierte ihr Gesicht. «Wir wollen nach Fontaine-de-Vaucluse, zur Quelle», sagte sie an den Spiegel gerichtet.

Fantomas sah sie im Rückspiegel an. «Wer ist wir?»

Mado nahm Alex' Hand und hielt sie in die Höhe. «Na, wir zwei!»

Alex musterte sie von der Seite. «Wir müssen jetzt kein Programm machen», sagte sie leise. «Wir können auch ganz einfach nach Hause fahren.»

«So ein Quatsch! Wir wollen Spaß haben, solange diese Scheißwelt noch steht!»

«An der Quelle?» Fantomas warf ihnen im Rückspiegel einen skeptischen Blick zu.

«Na klar. Millionen Touristen können nicht irren», gab Mado zurück.

«Millionen Touristen, die einen Pastis nicht von einem Ricard unterscheiden können und im Sommer Sandalen mit Socken tragen?» Fantomas lachte herzlich.

«Quelle! Quelle!», rief Mado und klatschte in die Hände.

«Quelle?», wandte sich Fantomas an Loïc, und der steckte sich eine Zigarette an und nickte.

Douce France, sang Charles Trenet, während Fantomas nun beschleunigte. *Cher pays de mon enfance.* Loïc, Mado, und Fantomas sangen mit.

Sie parkten die alte Kastenente zwischen Wagen mit klingenden Markennamen, deren Nummernschilder von fremden Ländern kündeten. Der Wind wirbelte ihnen Sand und Schmutz entgegen, als sie ausstiegen. Er zerrte an ihren Haaren und Kleidern, und Mado breitete die Arme aus, als wäre sie ein Vogel. Auf drei rannten sie los.

Atemlos erreichten sie das Ufer, und als Alex die Sorgue sah, stieß sie vor Überraschung einen Schrei aus. Nie zuvor hatte sie einen solch schillernden Fluss gesehen. Sonnensplitter funkelten auf dem Wasser, das türkis, grün und blau ineinanderströmte. Dort, wo es sich an den Steinen brach, schäumte es milchweiß. Loïc sprang auf die Mauer, die den Fluss säumte, und balancierte darauf, vorbei an den flüssigen Farben, und Fantomas ging auf seinen Händen, Mado machte ein paar Tanzschritte und drehte sich um sich selbst, und dann hielt Alex die Luft an. Sie hatten die Quelle erreicht.

«Ist sie nicht wunderschön», sagte Mado, die bemerkte, wie still Alex geworden war.

Alex hatte nicht gewusst, dass Quellen so still sein konnten. Die Wasseroberfläche sah aus wie ein glatt geschliffener Saphir.

«Hier hat Petrarca immer gesessen und an seine Laura gedacht», erklärte Mado.

Alex, die nicht wusste, was sie sonst sagen sollte, erkundigte sich, ob Petrarca der Gegend treu geblieben sei, und Mado lachte. «Soweit ich weiß, ist er bloß Laura treu geblieben. Ansonsten ist er schon an die sechshundert Jahre tot.»

Er habe das Sonett erfunden, führte sie aus, während Fantomas sich auf einen Stein setzte und Tabak und Haschkrümel zu mischen begann. «Weil er Laura etwas Schönes schreiben wollte, und weil er fürchterlich verliebt in sie war», erklärte Mado und zwinkerte Alex zu.

Alex spürte, wie es sie heiß durchströmte. Das Thema Liebesgedichte war ihr unangenehm. Mittlerweile war sie sicher, dass Loïc ihre Bemerkung gelesen hatte. Er musste beschlossen haben, dass sie ein bisschen irre war oder in ihn verliebt oder beides.

Sie sah auf und bemerkte, dass Mado Fantomas einen Ellenbogen in die Seite rammte.

«*Eh ben?*», fuhr der auf. «Ich hab dich hier zur Quelle gefahren, nun lass du mir auch mal meinen Spaß!»

Während sich die beiden stritten, sah Loïc zu ihr herüber, und Alex schluckte. Ein Strom floss durch ihren Körper und wirbelte alles durcheinander. Sie sprachen kein Wort.

Auf dem Rückweg, kurz vor Lumières, qualmte der Wagen. Sie hielten auf dem Seitenstreifen der Landstraße und stiegen aus, um nachzusehen. Fantomas wankte mit rot gekifften Augen zur Motorhaube, öffnete sie und blickte angestrengt hinein. «Riss in der Ölwanne», stellte er fest, öffnete einen seiner Stiefel und riss sich die Socke vom Fuß. Er musste sich am Wagen festhalten, so sehr schwankte er dabei. «Oh weh, ist mir schwindelig.»

«Willst du die Ölwanne mit deiner Socke stopfen?», erkundigte sich Mado.

«Was für einen Quatsch ... du manchmal redest.» Fantomas häufte ein paar Zweige vor dem Auto auf. «Und das, wo du doch so belesen und schlau bist. *Hé,* Loïc, reich mir doch mal den Benzinkanister an!»

Loïc tat wie geheißen, und Mado ging dazwischen. «*Ohé, les gars*! Ich bin auch manchmal lebensmüde, aber es gibt doch immer für alles eine Lösung.»

Fantomas warf seine Socke auf den improvisierten Scheiterhaufen, ließ sein Feuerzeug klicken und zündete das Ganze an. Dann holte er einen Lötkolben vom Rücksitz und musterte ihn. «Träume ich, oder bewegt der sich?»

«Gib her, du Versager!» Loïc riss ihm den Kolben aus der Hand und hielt ihn in die Flammen, die jetzt, da die Socke auch Feuer gefangen hatte, munter prasselten. Dann legte er sich so unter den Wagen, dass nur noch seine Beine herausschauten. Eine Weile werkelte Loïc an der Unterseite des Autos herum. Dann wurden die Beine sehr still.

«Lebst du noch?», fragte Alex beunruhigt.

Mado blickte nach links und rechts und knabberte dabei an einem Finger. «Wenn jetzt die Polizei kommt, Leute ...»

«Was hast du denn schon zu verlieren, Mademoiselle-ich-nehme-nie-Drogen?», schimpfte Fantomas.

«Hier ist es so dunkel wie in ’ner Erdspalte», kam es dumpf unter dem Wagen hervor. «Fantomas, leuchte doch mal mit deinem Feuerzeug!»

Mado sprang mit einem Schrei dazwischen. «Ihr seid so bescheuert, Jungs, so was Dämliches wie euch hab ich noch nie in meinem Leben gesehen! Weg da, ich mach das jetzt!»

Sie schob sich unter den Wagen, und dann gab es augenscheinlich ein Gerangel, denn Alex sah, wie Loïcs Beine zuckten. Augenblicke später rutschte er unter dem Wagen hervor. Mado folgte wenig später.

«Sollte jetzt wieder funktionieren!» Sie klopfte sich den Staub von ihren Klamotten.

Fantomas starrte sie an. «Wieso kannst du mit einem Lötkolben umgehen?»

«Vielleicht, weil ich keine Drogen nehme?» Sie trat mit ihren Stiefeln das Feuer aus. «Loïc, ich würde sagen, du fährst. Du bist klarer im Kopf als der Idiot!»

Die Reparatur war offensichtlich erfolgreich gewesen, denn auf dem restlichen Weg nach Apt qualmte der Wagen kein einziges Mal. Loïc steuerte das Auto auf die Place de la Bouquerie, wo Mado ihr Mofa abgestellt hatte.

Als sie sich verabschiedeten, küsste Loïc Alex auf die Wange, aber zog den Kuss in die Länge, und sein Mund war ihrem sehr nah.

«Es ist manchmal ein bisschen schwierig, wenn ich bei meiner Familie in Marseille war», sagte er leise. «Es tut mir leid, ich bin dann ...»

«Ist schon in Ordnung», sagte Alex. Sie wollte ihm nicht zeigen, wie verwirrt sie war.

«Wir sehen uns wieder?», fragte er. «Du bleibst noch ein bisschen?»

Sie gab sich betont gleichgültig. «Mal sehen», meinte sie.

Der Mistral zog tosend über Berge und Täler. Wie eine Urgewalt entwurzelte er Bäume, verwandelte Flüsse in gischtende, wild schäumende Wassermassen und fegte in Apt die Straßen leer. Madame Mercier, die ihre Schwägerin in einem Dorf am Mont Ventoux besucht hatte, erzählte, dass sie auf dem Gipfel des Berges Windgeschwindigkeiten von 320 Stundenkilometer gemessen hätten. Nachts konnte Alex die Milchstraße mit ihren Milliarden von Sonnen glitzern sehen.

Eine Reihe von Ereignissen erschütterte die Dörfer. In

der Bäckerei der Martinez' in Apt erklärte ein Kunde Madame Martinez seine unsterbliche Liebe – vor den Augen von Monsieur. Pierre Vassiliu erklärte, er wolle mit seinem Citroën DS in Bonbon-Rosé in den Senegal auswandern. Und die Polizei fuhr wieder einmal mit Blaulicht auf die Place Jules Ferry.

«Stellt euch vor, Monsieur Brahimi hat einen Mann geohrfeigt und getreten, nur weil der an seiner Tür geklingelt hat», erzählte ihnen Madame Mercier am nächsten Tag.

«Er hat vielleicht das Schild an Monsieur Brahimis Haustür für bare Münze gehalten?», vermutete Alex.

«Welches Schild, um Himmels willen?»

«Das Schild, das besagt, dass man sich für Auskünfte jeglicher Art an den *chef de famille* wenden könne.»

Madame Mercier schlug die Hände über dem Kopf zusammen. «Aber jeder im Lubéron weiß doch, dass man bei den Brahimis nicht klingeln darf!»

Es war Ende April, als der Mistral endlich nachließ. Die Dörfer schienen zu funkeln, so rein geblasen waren sie von Staub und Erde. Zum ersten Mal seit Wochen hatte Alex gut geschlafen. Sie erwachte von einem Geräusch.

«Hier», sagte Mado, die schon angekleidet am Tisch saß. «Ist für dich, glaube ich. Habe ich vor der Tür gefunden!»

Sie lächelte und reichte Alex einen Tim-und-Struppi-Band. Ein Brief war daran befestigt, auf den jemand mit Bleistift ALEX geschrieben hatte.

Ihr Herz klopfte schneller, als sie den Umschlag aufriss.

«Liebe Alex», las sie. «Ich scheine nicht gut darin zu sein, dir Zeichen zu senden. Vielleicht sind Randnotizen in Comic-Alben auch leicht übersehbar (ich hatte mir Mühe gegeben, leserlich zu schreiben, es ist aber nicht meine Stärke). Vielleicht hast du meine Sätze aber auch gar nicht bemerkt. Darum schreibe ich sie dir hier noch mal gesammelt:

Ich liebe dein Lachen.

Ich finde es schön, dass du da bist.

Das mit dem Licht in der Nacht meine ich ernst.

Du glaubst vielleicht, dass ich so ein cooler Typ bin, der auf dem Seil tanzt (ja, bin ich). Ansonsten bin ich ziemlich schüchtern. Ich möchte, dass du das weißt.

L.»

«Was hast du?», rief Mado, die sah, dass Alex weinte.

«Ich ...» Sie deutete auf den Brief, dann auf sich selbst, weinte noch mehr und musste dann lachen.

«Es ist entweder sehr lustig oder sehr traurig?», riet Mado.

Alex schüttelte den Kopf und lachte noch mehr. «Loïc.»

«Ja, soweit habe ich mir das schon gedacht, dass der Brief von ihm stammt.» Sie reichte Alex eine Tasse Kaffee. «Hat er dir etwas Schönes geschrieben?»

Alex fühlte, wie ein Glücksgefühl sie von oben bis unten durchströmte. «Ja, sehr.»

«Dann, schätze ich, ist heute dein Glückstag.»

«Was meinst du?»

«Du hast einen Job. Der Forellentöter hat heute Morgen gekündigt.»

«Um diese Uhrzeit?»

Draußen leuchteten die Wolken noch rosa.

«Scheint, als konnte er nicht länger damit warten.»

«Da wird sich euer Chef sicher freuen, wenn er das erfährt!»

«Entschuldige, wenn ich schon jetzt deine Illusionen zerstören muss, aber das hier ist das Gastrogewerbe.»

Mado stürzte ihren Kaffee hinunter. «Der Chef ist schon da.»

Auf dem Weg in die Herberge musterte Alex Mado von der Seite. In den wenigen Wochen, die sie nun zusammenlebten, war sie ihr vertrauter geworden, als ihre Freunde in Hamburg es jemals gewesen waren.

«Ich habe manchmal das Gefühl, dich von früher zu kennen», meinte sie, während sie durch das Gras zur Terrasse des Restaurants gingen.

Mado wandte sich ihr zu und lachte. «Ich kenne dich immerhin aus dem italienischen Fernsehen.»

Doch Alex' Gedanken flogen schon wieder zu Loïcs Brief zurück. Sie war so glücklich, dass sie zu hüpfen begann. Bald, ganz bald, würde sie ihn endlich wiedersehen.

APT, GEGENWART

Der Ort sah genauso aus wie in ihren Träumen. Vor dem Café Grégoire war die Place de la Bouquerie noch immer kopfsteingepflastert, und links von der Hauptstraße floss unbeirrt der Calavon. Selbst der Wind zerrte wieder an ihren Haaren. Fast war ihr, als würde Loïc gleich vor ihr stehen oder Fantomas, so wie damals. Als sie ausgezogen waren, um Außerirdische zu sehen.

Ihr Schatten war scharf umrissen, als sie das Ende der Rue Saint Pierre erreichte. Der Himmel über Apt leuchtete kobaltblau.

Sie hatten sich in einem Café verabredet, das Alex nicht kannte. Die Türen und Fenster des alten Fotostudios daneben waren jetzt in Lavendelviolett gestrichen. «Souvenirs de Provence» stand auf einem Schild.

Alex erkannte sie schon von Weitem. Ihre Silhouette wirkte schmal, und sie stand sehr aufrecht. Niemand wusste genau, wie alt sie war, diese Grande Dame des französischen Kinos, Véronique Lamont machte ein großes Geheimnis darum. Sie war eine dieser Frauen, deren Schönheit zeitlos wirkte. Ein Lichtstrahl fiel auf ihr Gesicht, während sie sich jemandem in ihrer Entourage zuwandte. Auf einmal musste Alex an die Komödie denken, in der die Lamont die Filmtochter von Catherine Deneuve gegeben hatte. Beide waren in diesem Lustspiel zu

Höchstform aufgelaufen. *Die Chemie zwischen den Diven*, schrieben die Kritiker. Da habe es gefunkt.

In einem anderen Film hatte Véronique eine erfolgreiche Geschäftsfrau und Mutter gespielt, die in ihren Fünfzigern an Alzheimer erkrankte. Alex hatte geweint im Kino, nicht nur, weil sie an ihre eigene Mutter denken musste, sondern weil Véronique am Ende des Films gestorben war.

Auf einmal spürte sie eine große Vertrautheit gegenüber dieser Frau, mit der sie in den kommenden Wochen zusammenarbeiten würde. Ja, sie meinte, Véronique zu kennen, so wie man ein Mädchen wiedererkennt, mit dem man vor Jahrzehnten in eine Schulklasse gegangen ist, das man weinen gesehen hat, weil es eine Sechs hatte oder Liebeskummer und in dessen Begleitung man auf einer Party war. Natürlich war es kein Wunder, dass sie meinte, Véronique Lamont zu kennen. Sie hatte gesehen, wie sie sich wegen dieses Schufts Wronski vor den Zug warf und an der Seite von Marcus Aurelius ein Reich befehligte. Diese Frau war auf dem Scheiterhaufen gestorben, hatte ihr Gedächtnis verloren, sich mit einer schwierigen Mutter versöhnt.

Das war es, was die Rezensenten über sie schrieben: Véronique Lamont vermittelte denjenigen, die sie sahen, das Gefühl, ihre Freundin zu sein. Sie war die Frau, die geheimste Gefühlsregungen kannte. Die Eine, die einen verstand.

Alex war bei den Filmleuten angekommen, die sich am Tisch um Véronique Lamont versammelt hatten. Die *équipe*, mit der sie in den kommenden Wochen zusammenarbeiten würde. Gleich würde sie ihre Hände schütteln und sich ihre Namen und Funktionen merken. Doch in diesem Moment gab es nur Véronique Lamont, deren Gesicht vor Freude leuchtete, als sie sich ihr zuwandte und sie grüßte.

Alex erstarrte. Die Knie wurden ihr schwach.

Sie hatte sich nicht geirrt. Sie kannte Véronique Lamont tatsächlich. Aber nun, da die Schauspielerin aufstand, um ihr entgegenzutreten, jetzt, da sie ihr so nahe war, dass Alex die Falten um ihre Augen sehen konnte, fragte sie sich, warum sie all die Jahrzehnte über so blind gewesen war.

Sie war älter geworden, das sicher. Ihre Nase war schmaler, ihre Haare blond und ihre Augen strahlend grün.

Aber sie roch noch immer nach Vanille.

Die Frau, die da vor ihr stand, war die Freundin ihrer Jugend. Die Frau, der sie ihr Leben verdankte.

Die Wolfsfrau.

Mado.

LUBÉRON, MAI 1984

Acht Monate vor dem Mord

Und jetzt nicht das Thema Tierschutz ansprechen, in Ordnung? Der Job ist hart, aber wir teilen alle das Trinkgeld. Die Kollegen sind schwer in Ordnung. Du wirst sehen, das macht dir bestimmt Spaß!»

Spaß war ein Begriff, den Alex nicht mit dem Aufschlitzen eines Fisches und dem anschließenden Ausnehmen in Zusammenhang gebracht hätte, aber was das Team anbelangte, hatte Mado recht. Sie lachten viel, auch wenn das Arbeitstempo zunahm, je näher sie der Mittagszeit kamen.

Der Job des Forellentöters bestand nicht nur darin, die Fische in dem kleinen Teich neben der *Auberge* einem schnellen Tod zuzuführen, sondern auch darin, die Teller in die Spülmaschine einzuräumen und Kochgeschirr abzuwaschen. Unfassbar gewaltige Mengen von Geschirr. Der Abwasch war lang und mühsam, und er schien nicht zu enden. Jedes Mal, wenn Mado oder Gérard, der andere Kellner, mit den Tellern der Gäste hereinkam, oder wenn Patrick, der Chef, einen seiner Töpfe geleert hatte, fing die Arbeit von vorne an.

«Dafür haben wir den Winter über frei», tröstete Mado sie, als sie sich am frühen Nachmittag auf eine Seitenterrasse zurückzogen, um selbst Mittag zu essen.

«Nur den Winter?», fragte Alex entsetzt.

«Na ja, und auch die Montage, wenn das Restaurant geschlossen ist. Und weil Patrick ein netter Mensch ist, gibt er uns manchmal auch ein paar Stunden für den Markttag in Apt frei.»

Patrick, der sich zu ihnen gesellt hatte, murmelte, dass ihn seine Nettigkeit eines Tages ins Grab brächte, und Mado stimmte ihm zu. «Dann bist du aber hoffentlich neunzig oder hundert», fügte sie hinzu.

«Solange stehe ich den Stress nicht durch, bedaure.» Patrick löffelte seine *bouillabaisse* und schmatzte. «Mhm, die ist wirklich gut!»

Gérard tupfte sich den Mund ab. «Diese feine Note von Safran», stimmte er zu.

Auch Alex löffelte genüsslich. Sie hatte in ihrem Jahr auf Reisen nicht wirklich gut gegessen. Das hier wog alles auf.

«Ziemlich viele Deutsche in diesem Jahr», bemerkte der andere Abwäscher, den sie Chou nannten, obwohl er keinerlei Ähnlichkeit mit einem Kohlkopf aufwies.

«Was kümmert es dich, welche Nationalitäten wir hier bedienen?», fragte Mado.

«Ne me prends pas le chou», murmelte Chou, eine Redewendung, die Mado ihr mit «nerv nicht» übersetzte. Jetzt wusste Alex auch, woher der Abwäscher seinen Namen hatte.

Mado tischte ihnen zum Nachtisch einen *banon* auf, den sie mit frischem Baguette aßen, und dann ging es wieder los.

Den ganzen Tag über dachte Alex an den Brief, den Loïc ihr geschrieben hatte. Sie hätte ihm für ihr Leben gern in die Augen gesehen, doch bei der vielen Arbeit in der *Auberge* war an einen Ausflug runter ins Dorf kaum zu denken.

«Bald fahren wir nach Apt», tröstete Mado sie, wenn sie

wieder einmal nach einem langen Tag erschöpft nebeneinander auf der Matratze lagen. «Wir warten nur noch ab, bis diese Riesenfamilie abgereist ist ...»

Doch die Riesenfamilie hatte offenbar einen riesigen Urlaub. Neue Pensionsgäste kamen. Auch der Strom der Restaurantbesucher riss nicht mehr ab.

Alex kannte Loïcs Adresse nicht, also konnte sie ihm nicht schreiben. Am Sonntagabend aber beendeten sie ihre Schicht endlich einmal früher.

«Apt, ein Feierabendbier im Grégoire und Balsam für das Herz meiner Freundin.» Mado tänzelte auf dem Weg in die Scheune.

Alex tänzelte ein bisschen mit. Sie freute sich so sehr darauf, Loïc zu sehen.

«Verdammte Scheiße, das darf doch nicht wahr sein!» Mado hatte die Tür zur Scheune geöffnet.

Ein längliches Loch gähnte vor ihnen im Boden.

«Was zum Teufel?» Alex trat zu ihr.

Mado griff nach der Taschenlampe neben dem Eingang und leuchtete das Loch aus. «Der Normanne war hier.»

«Der Normanne? Was meinst du? Warum sollte er unseren Fußboden aufreißen?»

Ganz still war Mado plötzlich geworden. Plötzlich fasste sie sich an den Kopf.

«Mado?» Sie sah, dass die Freundin am ganzen Körper zitterte und griff nach ihrem Arm.

«Das war mein Versteck.»

«Dein Versteck? Was hast du ...?»

«Du musst mir versprechen, nicht böse auf mich zu sein.»

Mados Gesicht wirkte im Schein der Taschenlampe aschfahl.

«Böse, warum sollte ich ...» Alex war zutiefst verwirrt.

«Weil ich dich angelogen habe.»

«Worüber um Himmels willen?»

Mado erhob sich und knipste die Tischlampe an. «Es betrifft meine Herkunft. Ich wollte es eigentlich für mich behalten, weil es wirklich niemanden was angeht. Aber jetzt ... Dieser Scheißtyp lässt mir keine andere Wahl.»

Alex wartete. Eine merkwürdige Unruhe beschlich sie.

«In diesem Versteck lag eine Kopie meiner Geburtsurkunde.»

«Und die soll der Normanne gestohlen haben?»

Mado atmete schwer. «Er ist der Einzige hier, der mir hinterherschnüffelt. Das haben sogar die Merciers von nebenan mitbekommen.»

«Hinterherschnüffeln? Aber ...»

Mado holte tief Luft. «Ich glaube, dass mich dieses Schwein mit der Urkunde erpressen will. Vielleicht hat er vor, sie dir zu zeigen. Damit du mir nicht mehr vertraust.»

«Aber ich vertraue dir. Du bist meine Freundin.» Alex legte eine Hand auf ihren Arm.

Mado wischte mit einem Finger unter ihren Augen entlang.

«Ich bin ebenfalls Deutsche», sagte sie in einem Hochdeutsch, aus dem jeglicher französische Akzent verschwunden war.

Alex starrte sie an.

«Genauer gesagt, meine Mutter ist Deutsche. Geboren bin ich in Offenburg. Meine Eltern haben erst später in Straßburg geheiratet. Und bei meiner Geburt hieß ich mit Nachnamen Schmidt.»

Alex lachte erleichtert. «Das ist dein sagenhaftes Geheimnis? Und damit will dich der Normanne erpressen? Meine Güte, und ich dachte, du erzählst mir, du hättest sonst was angestellt!»

«Du ahnst nicht, wie sehr die Leute hier die Deutschen hassen!», flüsterte Mado.

«Na ja, ich hab so eine Ahnung, aber ...»

«Außerdem habe ich jetzt seit fünfzehn Jahren die französische Staatsbürgerschaft.» Mados Tränen flossen weiter. Ungeduldig wischte sie sie ab. Unter ihren Augen blieben blauschwarze Spuren zurück. «Es nervt mich, wenn die Leute mir ‹*Jawohl, Herr Führer*› entgegenbrüllen, wenn sie meine Geburtsurkunde sehen.»

«Willkommen im Klub, mir gefällt das auch nicht so gut.» Alex griff nach der Kaffeedose und löffelte das Pulver daraus in ihre Becher. «Aber mir hättest du es doch einfach sagen können!»

«Siehst du, jetzt bist du mir doch böse.»

«Bin ich nicht. Ich verstehe es nur nicht.»

Mado mied ihren Blick. «Kennst du das, wenn man sich manchmal einfach neu erfinden möchte?», fragte sie schließlich.

Alex dachte an die vielen Male beim Trampen, wenn sie irgendeine Geschichte über sich erzählt hatte, um den Fahrer zu unterhalten, oder vielleicht auch sich selbst. «Schon, ja.»

«Ich glaube, dass ich nie so richtig dazugehört habe», fuhr Mado fort, fast, als hätte sie sie nicht gehört. «Französischer Vorname, deutscher Nachname, ein Grenzkind. Und als einziges Kind in unserer Nachbarschaft in Offenburg hatte ich keinen Vater, als ich aufwuchs.»

Alex setzte Wasser auf. «Aber dein Vater ist irgendwann wieder aufgetaucht?»

«Ja, das ist er.» Mado ließ sich auf einen der Stühle sinken. «Und dann kam alles ganz plötzlich. Als ich sechs war, haben meine Eltern geheiratet, wir sind nach Frankreich gezogen, und ich habe seinen französischen Namen angenommen.»

«Ging es dir damit dann besser?»

«In gewisser Weise schon. Obwohl ich immer noch außen vor war, denn jetzt gab es ja eine neue Sprache. Und die konnte ich nicht.»

Alex ging ein Licht auf. «Bist du deswegen so versessen darauf, dass ich Französisch lerne?», fragte sie und schnitt eine Grimasse, um Mado aufzuheitern.

Sie lachte. «Vielleicht.»

«Und seitdem hast du dir gewünscht, eine normale Französin zu sein, kein Grenzkind, das ohne Vater klarkommen muss?»

«So könnte man es zusammenfassen.» Mado lächelte. «Wobei ich mein Normalitäts-Ideal noch nicht ganz erreicht habe, als Kellnerin *und* Feuerschluckerin.»

Alex erwiderte ihr Lächeln. «Na, Gott sei Dank.»

«Findest du?»

«Natürlich. Du bist genau richtig so.»

Mados Lächeln wurde breiter. Sekundenlang sahen sie sich an.

Draußen war es jetzt ganz dunkel geworden. Nach Apt würden sie wohl nicht mehr fahren an diesem Abend.

«Ich muss dir auch was sagen.» Alex goss den Kaffee auf. Jetzt oder nie, bevor Mado auf falsche Gedanken käme, sollte sie zufällig auf Alex' Papiere stoßen. «Der Pass, mit dem ich reise, gehört nicht mir.»

Sie bemerkte, wie Mado erstarrte. «Heißt das, du bist ...?»

«Nein, nein, ich bin genau die, als die ich mich vorgestellt habe!» Alex lachte nervös. «Ich habe nur leider meinen Reisepass vor ein paar Wochen mit dem einer Fahrerin vertauscht. Französisch-italienische Grenze. Unsere Pässe sahen von außen gleich aus. Beamte haben uns die Dinger wieder reingereicht, und wir haben nicht drauf geachtet. Hier!» Sie stand auf und zog den Pass aus ihrer Schultasche. «Ich bin jetzt 34 Jahre alt und heiße Sabine Schulte. Ich sage dir das nur, falls du den Pass mal findest und dich wunderst. Schöner Mist, aber harmlos. So, jetzt weißt du Bescheid.»

Mado nahm den Pass in die Hände, hielt ihn unter das Licht der Lampe und blätterte darin. Dann fuhr sie mit dem Finger über den grünen Einband, prüfte das Foto, die Stempel, die Dicke der Seiten. «Sieht echt aus. Oder ist sehr gut gemacht.»

«Natürlich ist er echt!», fuhr Alex auf.

«Was macht dich da so sicher? Es gibt Menschen, die reisen mit gefälschten Papieren.»

«Du meinst RAF-Terroristen und so?», versuchte Alex, einen Witz zu machen.

«Die meine ich, ja.» Mado blieb ernst. Sie trank einen Schluck, dann sah sie sie an. «Du solltest deinen Reisepass als verloren melden, Alex. Das ist nicht so harmlos, wie du meinst.»

Alex rollte mit den Augen. «Ich glaube, dass du jetzt etwas übertreibst.»

«Und was, wenn nicht? Wenn diese Sabine Schulte deinen Pass mit Absicht behalten hat? Die RAF ist gar nicht so weit hergeholt. Vergangenen Monat hat sie eine Bank in Würzburg ausgeraubt. Was, wenn die Frau dabei geschnappt wurde? Dann steht dein Name jetzt auf einer Fahndungsliste. Und ich beherberge dich!»

«Wow, ich hab's ja verstanden. Aber den alten Pass als verloren melden und einen neuen beantragen? Im Ausland? Weißt du, wie aufwendig und umständlich so was ist?»

Mado drehte sich zu ihr. «Ich meine es ernst, Alex.»

Minutenlang sprachen sie kein Wort.

«Ich weiß, wie wir es anstellen, ohne dass es unangenehm für dich wird», sagte Mado, nachdem sie ihren Kaffee ausgetrunken hatte. «Wir lassen den Pass, den du bei dir trägst, verschwinden und sagen, dass dir deine Papiere gestohlen wurden. Dann musst du nur noch deine Eltern bitten, dir eine Kopie deiner Geburtsurkunde zu schicken, und mit der beantragen wir einen neuen Pass im Konsulat von Marseille.»

«Ich wusste, dass du praktisch begabt bist, als ich dich das erste Mal mit Feuer jonglieren sah.» Alex grinste.

«Gut.» Mado griff den Scherz nicht auf. «Dann hätten wir das geklärt. Sobald wir nach dem ganzen Kellnern und Forellentöten einen freien Tag bekommen, fahren wir nach Marseille.»

Die Nachricht vom Forellentöter der *Auberge des Falaises,* der aus Gewissensgründen seinen Job aufgegeben hatte, verbreitete sich bis nach Roussillon.

«Dieser Mistral, *c'est le vent du fada,* der Wind, der verrückt macht», erklärte Madame Dutronc, Fantomas' Mutter, während sie Alex, Mado, Loïc und Fantomas Platten mit gegrilltem Gemüse und gewürzter Wurst auftrug. «Diesmal war er besonders schlimm, und die Leute denken sich versponnene Sachen aus, wollen auswandern oder bringen sich um.» Sie stemmte die Hände in die Hüften. «Alain, hast du dir überhaupt die Hände gewaschen, bevor du dich an den Tisch gesetzt hast?»

Fantomas blickte schuldbewusst auf seine schwarzen Nägel. «Das geht nicht besser, Maman.»

«Alain?», fragte Alex, nachdem sich Madame wieder entfernt hatte. «Ist das dein richtiger Name?»

«Ja, aber für dich immer noch Fantomas.» Er lud sich Blutwurst auf seinen Teller, riss ein Stück Baguette ab und stopfte es sich in den Mund.

Sie saßen im Restaurant seiner Eltern, und obwohl es ein Wochentag war, drängten sich die Gäste im Raum. Rot-weiß karierte Decken bedeckten die Tische, und auf jedem standen Karaffen mit Wasser und Wein. Alex spürte, wie sie sich nach dem langen Arbeitstag entspannte. Sie bemerkte aber auch, dass Loïc sie ansah. Sie hatten noch immer keine Gelegenheit gefunden, allein zu sein.

«Tut gut, sich nach einem solchen Tag selbst bedienen zu lassen, oder?», raunte Mado ihr zu.

Alex nickte.

«Madame Dutronc sagt, wir seien immer willkommen, aber wir wollen ihre Freundlichkeit nicht ausnutzen. Obwohl», sie blickte zu Fantomas hinüber, der sich erneut Essen aufhäufte, «wenn es nach ihm ginge, wären wir hier jeden Tag.»

Fantomas hob die Schultern und spreizte die Finger seiner freien Hand. «Ja, was? Der Mensch hat ein Grundrecht auf Nahrung!»

«Aber der Mensch kommt in der Regel auch für seine Nahrung auf», erwiderte Mado.

Alex lachte und blickte wieder zu Loïc hinüber.

«Ah, nicht dieses Hypnose-Spiel schon wieder!» Fantomas sprach mit vollem Mund, während er zwischen den beiden hin und her sah. «Wollt ihr euch nicht mal verabreden, ihr zwei?»

Loïc grinste.

«Lass sie», verlangte Mado.

Fantomas' Augenbrauen rutschten wieder in ihren erstaunten Zustand. «Das Leid dieser zwei ist auch mein Leid.»

«Ist es nicht», entgegnete Mado und beendete das Thema.

Die Sterne funkelten am Himmel, als sie wieder hinaustraten, so gründlich hatte der Mistral Staub und Dunst davongepustet. Straßenlaternen malten gelbe Kegel auf das Pflaster. Alex spürte Loïc überdeutlich an ihrer Seite, die Wärme seines Körpers prickelte auf ihrer Haut.

«Wollen wir noch in den Ocker gehen?» Fantomas

deutete auf die hochgezackten Felsen am Rand des Dorfs. Eine silbrige Linie glitzerte auf den Spitzen, wo das Mondlicht sich brach. «Ich hab noch LSD.»

«Du bist so ein Idiot.» Mado zog ihren Mofaschlüssel aus der Tasche.

Fantomas klang ehrlich entrüstet. «Was habe ich denn jetzt schon wieder gesagt?»

«Nichts, aber wenn *ich* deine Mutter wäre, würde ich dir echt ins Gewissen reden wegen dieser Scheißdrogen!»

«Lieber Gott im Himmel!» Fantomas sank dramatisch auf die Knie und faltete die Hände. «Ich danke dir von Herzen, dass *Maman* meine Mutter ist und nicht *Mado*!»

Wieder musste Alex lachen.

«Kommst du?» Mado reichte ihr den Helm.

Ohne zu überlegen, was sie tat, trat Alex zu Loïc und legte die Arme um ihn. Im nächsten Moment spürte sie seine Hände auf ihrem Rücken. Sie schloss die Augen und atmete seinen Duft ein. Minutenlang hielten sie sich so fest. Schließlich löste sie sich von ihm und sah ihm in die Augen. Sein Mund war nur Zentimeter von ihrem entfernt.

«Wenn der Normanne sich nach mir erkundigt, sagst du ihm, ich sei in Straßburg, klar?», schärfte ihr Mado ein, die ein paar Tage frei bekommen hatte, um in Offenburg eine neue Geburtsurkunde zu beantragen. «Das gilt auch für alle anderen, die neugierig sind.»

Alex leckte Zeige- und Mittelfinger an und reckte sie zum Schwur in die Höhe. «Pfadfinderehrenwort!»

Sie hatte geglaubt, dass Mado ihr fehlen würde, und das tat sie auch. Und doch genoss sie es, mit sich und ihren Gedanken – vor allem an Loïc – für eine Weile allein zu sein. Sie hatte ihn nicht geküsst, als sie sich in Roussillon von ihm verabschiedet hatte, weil Mado und Fantomas zugesehen hatten, das bedauerte sie jetzt schmerzlich. Ihre Träume wurden so lebhaft wie zuletzt in ihrer Kindheit, und zu allem Überfluss bekam sie offenbar Halluzinationen.

Loïc nahm in Form von schwarzhaarigen Gästen Gestalt an, die sich auf die Restaurant-Terrasse setzten, nur um sich im nächsten Augenblick in jemand ganz anderen zu verwandeln. Sie sah ihn im Gegenlicht um die Ecke biegen. Wenn jemand in der *Auberge* nur die Arme leicht vom Körper abspreizte, wie Loïc es häufig tat, dachte sie, er müsse es sein. Doch er war es nie.

Weder Loïc noch Fantomas kam sie während Mados Abwesenheit in der folgenden Woche in Buoux besuchen. Stattdessen freundete sie sich mit Gérard, dem Kellner, an.

Er gehörte zu den seltenen Menschen, die sich ehrlich für ihr Gegenüber interessieren, und er sprach ein ziemlich gutes Englisch, wie sie in ihren gemeinsamen Mittagspausen feststellte. Er fragte sie nach ihrem Leben, und Alex, die als Tramperin daran gewöhnt war, immer nur den Fahrern zuzuhören, erzählte von ihren Freunden in Hamburg, von ihren Eltern, ihrem Bruder, und warum sie alleine losgezogen war.

«Und Mado? Verstehst du dich gut mit ihr?», fragte er sie irgendwann. «Sie ist ein bisschen eigen, oder? Aber furchtbar attraktiv!»

«Wenn du an ihr interessiert bist, musst du dich hintenanstellen, mein Lieber!»

Gérard grinste. «Fürchte, dass das nicht in Didiers Sinne ist.»

«Didier?»

«Mein Freund.»

Sie wechselten einen schnellen Blick, und Alex ging ein Licht auf. «Du dachtest, ich sei lesbisch.»

«*Touché.*»

«Mein Tomboy-Style, verstehe.» Sie grinste. «Ist gesünder, wenn man so viel trampt wie ich.»

«Tomboy?» Gérard kannte den englischen Begriff nicht.

Alex deutete auf ihre kurzen Haare. «Mädchen, das wie ein Junge aussieht?»

«Mädchen, das wie ein Junge aussieht – ich mag dich.»

«Freund von Didier – das beruht ganz auf Gegenseitigkeit.»

In ihren Pausen führte Gérard sie durch die Anlage der *Auberge*, über verschlungene Wege und ausgetretene Steinstufen zu den Häusern mit den blau lackierten Fensterläden, in dem die Gäste wohnten, und zeigte ihr den Speisesaal. Die Wände bestanden aus rohen Steinen und waren mit Fotografien und Grafiken geschmückt.

«Ist das jemand von den Besitzern?» Sie deutete auf das Bild eines hübschen, dunkelhaarigen Mädchens, das verträumt in die Kamera blickte.

Gérard schüttelte den Kopf. «Das ist Sophie. Eine Belgierin, die hier ein paar Jahre lang gearbeitet hat.»

«Eine Belgierin?», wiederholte Alex. «Das heißt ...»

«Das heißt, sie ist heroinsüchtig und hat Aids.»

Weil sie nicht wusste, was sie dazu sagen sollte, deutete sie auf eine gerahmte Grafik. «Und das hier? Sieht wie ein Konzert-Flyer aus.»

«Genau das ist es. Es ist der Flyer für ein legendäres Konzert, das vor ein paar Jahren in der *Usine*, unserer ehemaligen Konzerthalle, stattgefunden hat. Pierre Vassiliu, den kennst du ja, Jacques Higelin, Alain Bashung, *Téléphone* und noch ein paar Leute sind da aufgetreten, die sonst in Paris die Konzerthallen füllen.» Er lachte. «Sie haben so große Verstärker dabeigehabt, dass in Apt der

Strom ausgefallen ist. Ich kann dir sagen, der Schlachter in der Rue des Marchands und ein paar andere, die ihre Ware kühlen müssen, waren nicht erfreut. Zumal sie die ganze Nacht nicht schlafen konnten, so laut war es. Angeblich hat man die E-Gitarren bis nach Saignon hinauf gehört.»

«Wow.»

«Ja, wow, Alex, du sagst es. Für Didier und mich gab dieser Abend den Ausschlag. Wir haben uns gesagt: Wenn eine Kleinstadt es schafft, so einen Zauber auf die Beine zu stellen, dann ist es *unsere* Kleinstadt. Wir haben uns hier also Arbeit gesucht», er machte einen kleinen Tanzschritt. «*Et nous voilà!*»

Die Geschichten schwirrten Alex durch den Kopf, während sie tagsüber die Forellen aus dem Bassin fischte, ihnen mit einem Holzlöffel auf den Kopf schlug und sie dann mit dem Kartoffelschäler ausnahm. Nachts flogen die Bilder durcheinander und verwoben sich in ihren Träumen zu einem bizarren Geflecht. Sie träumte von dem Mädchen auf dem Foto, Sophie, die langsam starb, und von einem wütenden Schlachter. Sie hörte das Geräusch, das die Forellen in der Tüte machten, wenn sie sie vom Bassin in die Küche trug, und sie spürte den Schmerz der Fische tief in ihrer Brust. Sie wälzte sich im Bett und hatte Sehnsucht. Nach Loïc und Mado.

Mado hatte ihr erlaubt, während ihrer Abwesenheit ihr Mofa zu benutzen. Damit tuckerte sie einmal nach Feierabend hinauf nach Sivergues. Die roséfarbene Citroën DS von Pierre Vassiliu sauste an ihr vorbei, und dann meinte sie Jeanne in der Ferne reiten zu sehen, ganz kurz nur, eine bunte Figur wie aus einem ihrer Märchenbücher, aber vielleicht war auch das nur die Illusion einer weiteren Geschichte.

«Muss ich mir Sorgen machen, weil du deine Freunde

nicht mehr siehst?», wollte Patrick wissen. Er mochte ihr Chef sein und an die strenge Hierarchie der Küche gewöhnt, aber er behandelte seine Mannschaft, als wäre er ihr Arzt oder Therapeut.

Alex beruhigte ihn. Sie vertiefe sich bloß in die Kunst des Alleinseins, eine ihrer Ansicht nach zu Unrecht unterschätzte Freizeitbeschäftigung. Einmal schlug sie sogar das Mittagessen mit den Kollegen aus und wanderte den Weg über die mohngefleckte Wiese zum Fluss.

Zum ersten Mal sehnte sie sich nach ihrer Schallplattensammlung zu Hause in Hamburg. Sie zog sich die Schuhe aus, wackelte mit den Zehen und sang dem Fluss Peter Gabriels «Supper's Ready» vor, dieses ganze dreiundzwanzig Minuten lange Meisterwerk der Popmusik, und da, wo ihr die Worte fehlten, sang sie La La La. Als sie zu den «loving arms» kam, musste sie wieder daran denken, wie lang sie und Loïc sich bei ihrem letzten Treffen umarmt hatten. Warum nur kam er sie nicht besuchen? War er bei seinen Spaziergängen in der Höhe in irgendeine Schlucht gestürzt? Sie überlegte, nach Apt zu fahren und ihn zu suchen. Doch wieder kam eine neue Gästewelle, und sie fand keine Zeit.

Eines Morgens, während die Sonne hinter den Bergen aufging, beschloss sie, im Becken der *Auberge* zu schwimmen, das vom Wasser des Aigue Brun gespeist war. Ein leichter Wind malte Muster auf die Wasseroberfläche, und sie warf sich ins Becken und zerteilte die Muster mit ihren Armen, als wollte sie beweisen, dass sie kräftiger war.

An diesem Abend konnte sie endlich einmal früher Feierabend machen. Also schnappte sie sich Mados Mofa und sauste zur Telefonzelle nach Apt hinunter. Was auch immer sie entschied, sie musste ihre Papiere regeln. Mado hatte recht.

Es war ihr Vater, der sich meldete. Alex atmete erleichtert auf. «Papa! Geht es dir gut?»

«Nichts, was ein gutes Buch und ein kleines Glas Cognac nicht richten könnten.»

«Ärger bei deiner Arbeit?»

«Das Übliche, aber mach dir keine Sorgen um mich. Dr. Warnke hat meinem Befinden eine Eins minus gegeben.»

Alex musste lachen. Der Hausarzt ihres Vaters gab seinen Patienten Noten, das hatte sie fast vergessen. «Eine Eins klingt toll, aber wieso das Minus?»

Es rauschte in der Leitung. «Eine Eins, weil ich, was meine Blutwerte anbelangt, Jahrgangsbester bin. Und weil er sich für mich freut, dass ich mit der Geschichte über Christiane Gärtringen vorangekommen bin. Du weißt, diese RAF-Terroristin, die es offenbar auf sich genommen hat, mein Leben zu beherrschen, indem sie mir ständig entwischt.»

«Und das Minus?»

«Tja, weil sie eben schon wieder entwischt ist. Und weil es noch immer nicht für eine Geschichte reicht.»

«Die Frau scheint es dir wirklich angetan zu haben, Papa.»

«Frau!», hörte sie ihn schnaufen. «Das ist fast noch ein junges Mädchen, stell dir vor! Diplomatentochter. Ist als blutjunges Erstsemester zur RAF gekommen. Es hat gerade wieder ein paar Verhaftungen gegeben, ich weiß nicht, ob du die Nachrichtenlage in der Bundesrepublik verfolgst. Einer der früheren Weggefährten der Gärtringen hat geplaudert. Äußerst ungewöhnliche Geschichte.» Es raschelte am anderen Ende der Leitung, und Alex stellte sich vor, wie er vor dem olivgrünen Telefon in seinem Arbeitszimmer saß und in seinen Papierbergen wühlte. «Das war übrigens lustig, als wir dich neulich in

Rimini im Fernsehen gesehen haben. Eine Reklame mit dir und Adolf Hitler, hm? Wie kam es denn dazu?»

Alex lachte. «Ich wurde tatsächlich auf der Straße angesprochen, ob ich mir vorstellen könnte, für einen Reklamefilm zu modeln. Es war lustig, mal auf der anderen Seite der Kamera zu stehen.»

«Du fotografierst noch immer?»

«Natürlich, Papa, mehr denn je!»

«Deine Mutter hat sich fürchterlich aufgeregt, aber gut, was macht man nicht alles, wenn man jung ist. Ich war während meines Studiums Kartenabreißer in einem Pornokino auf der Reeperbahn.»

«Papa!»

«Ich weiß. Dann lieber geschmacklose Reklamefilme drehen. Egal. Wie geht's dir?»

Während Alex von Mado, Loïc und Fantomas erzählte, hörte sie, wie er den Rauch seiner Zigarette in den Hörer blies.

«Klingt, als wärst du dort bemerkenswerten Menschen begegnet.»

Sie schob eine Münze nach und holte noch weiter aus. Gabriel, Monsieur Brahimi, Gérard, von jedem erzählte sie etwas. Dass oben im Bergdorf Sivergues eine 110 Jahre alte Frau wohne, die in die Zukunft sehen könne. Die Landschaft sei voller Farben und Kanten, und der Wind sei verrückt.

Durch die Leitung konnte sie einen Schrei hören, dann fiel etwas zu Boden. «Alexandra!», rief ihre Mutter ihr ins Ohr.

«Hallo Mama. Wie geht es dir?»

«Als ob dich das interessieren würde! Wo bist du? Warum rufst du nie an?»

«Ich rufe doch gerade an. Und ich bin immer noch im Lubéron-Gebirge.»

«Wo?»

Durch die Glastür der Telefonzelle konnte sie den Schieler über den Platz tänzeln sehen. Als er ihren Blick bemerkte, blieb er stehen, warf seinen Kopf in den Nacken und lachte. Sie winkte ihm zu. «Noch immer in der Provence.»

«Aha. Und hast du dir mal langsam Gedanken um deine Ausbildung gemacht?»

Alex sah, wie der Schieler näher kam. Jetzt presste er sein Gesicht an die Scheibe. Lustig sah das aus.

«Ich möchte Fotografin werden», erklärte sie.

«Und dann dein Leben lang Hochzeiten fotografieren? Weil du Hochzeiten ja so spießig findest? Oder vielleicht Bewerbungsfotos im Fotostudio?»

«Keine Ahnung. Eher nicht.»

«Gott, Alexandra!» Der Wutausbruch kam so plötzlich, dass sie zusammenschrak. «Warum kannst du nicht wie jeder andere halbwegs normale Mensch etwas Vernünftiges machen? Ist es dir eigentlich peinlich, so zu leben wie dein Vater und ich – oder Justus?»

Jetzt leckte der Schieler an der Scheibe. Sein Gesicht verschwand hinter dem warmen Hauch.

Es gelang ihr, ihre Stimme ruhig zu halten. «Wie kannst du so etwas sagen, Mama?»

«Ja, natürlich, jetzt bin ich wieder die Böse!»

«Das meinte ich nicht, Mama. Und das weißt du ganz genau.»

«Bei dir weiß man nie etwas, Alexandra! Hör zu, ich werde jetzt nicht auf deine Provokationen eingehen. Aber so viel sei dir gesagt, wenn du vorhast, als freie Künstlerin dein Leben zu fristen – Papa und ich unterstützen dich nicht, bis wir alt und grau sind!»

«Ihr unterstützt mich überhaupt nicht, ich verdiene hier mein eigenes ...»

«Ja, mit Reklamefilmchen und was weiß ich noch alles! Wie auch immer, solltest du deine Meinung ändern: Justus hat gesagt, dass er dir helfen würde, einen Ausbildungsplatz zu finden. Zum Beispiel als Rechtsanwaltsgehilfin. Du könntest ihm übrigens mal schreiben zum Dank.»

Als Alex endlich auflegte, fühlte sie sich wie nach einer langen Krankheit. Erschöpft trat sie aus der Telefonzelle und ließ sich auf den Kantstein fallen. Ihr fiel ein, dass sie nicht nach der Geburtsurkunde gefragt hatte. Der Schieler setzte sich neben sie und nahm ihre Hand.

Sie wusste nicht, wie lange sie so dasaßen, der Schieler und sie, aber es war merkwürdig beruhigend, auch, wenn der Schieler oft zuckte und in Gelächter ausbrach. Sie beobachtete die Bäckerin, die in ihren hohen Absätzen auf die Straße klackerte, die Glastür zum Geschäft zuklinkte und die Rollläden herunterließ. Der enge Rock umspannte ihr Gesäß, während sie sich bückte, um das Schloss unten anzubringen. In diesem Moment bemerkte Alex die Männer, die auf den Platz getreten waren. Ein Junge auf seinem Mofa wandte sich im Vorbeifahren so lange nach der Bäckerin um, dass Alex fürchtete, er würde seinen Kopf wie in dem Exorzisten-Film einmal um 360 Grad umdrehen.

Die Bäckerin richtete sich auf, verstaute ihren Schlüsselbund in der Handtasche und strich sich langsam einen Krümel von der Bluse. Von St. Anne schlug es sechs Uhr.

«*Mille-neuf-cent-cinquante-trois!*», schallte Monsieur Brahimis Stimme von der Place Jules Ferry zu ihnen. «Da habe ich Algerien bekämpft!»

Der Schieler horchte auf, dann schlug er entzückt die Hände zusammen.

«Na, komm schon», flüsterte Alex ihm zu. «Lauf!»

Der Schieler sprang auf, doch sie blieb sitzen. Sie fühlte sich so müde wie schon lange nicht mehr.

«Also, wenn das nicht unser Engel ist!» Plötzlich stand Fantomas vor ihr, und, was noch schöner war, Loïc stand neben ihm. «Du siehst aber gar nicht gut aus. Was ist los? Hat dich der Auftritt von Madame Martinez nicht beeindruckt?»

Alex konnte nur Loïc ansehen. Er hatte sich die Augen mit Kajal geschminkt. Nichts in seinem Ausdruck verriet, ob er sich freute, sie zu sehen, aber ihr Herz schlug auf einmal ganz wild.

«Doch, ehrlich gesagt, schon.»

Fantomas lachte. «Ja, die braven Bürgermänner von Apt, die wissen jeden Abend verlässlich, worauf sie sich freuen dürfen. Wenn ihre Frauen ihnen die Show gönnen.» Er zündete sich eine Zigarette an. Dann blickte er von Alex zu Loïc und wieder zurück. «Ihr guckt euch ja schon wieder so an! Soll ich euch mal ein bisschen allein lassen, euch zwei?»

«Nein!», sagte Alex schnell.

Fantomas grinste. «Willst die Vorfreude noch ein bisschen genießen, was? Na ja, wie auch immer, was hältst du davon, wenn wir dieses LSD probieren, von dem ich neulich geredet habe? Solange die Oberaufpasserin noch nicht wieder da ist.»

Alex stand auf, damit die Jungs nicht weiter auf sie hinabsehen mussten. «Ich weiß nicht. Habt ihr LSD schon mal probiert?»

Beide schüttelten den Kopf. «Sind aber neugierig», erklärte Fantomas.

Sie überlegte. «Ich glaube, heute bin ich nicht in der Stimmung.»

Täuschte sie sich, oder sah Loïc enttäuscht aus? «Aber was haltet ihr von morgen?»

Loïc nickte. «Morgen also.» Die Abendsonne schien in seine schwarz umrandeten Augen. Es klang wie ein Versprechen.

*

Mado sah ihre kleine Schwester schon von Weitem auf einer Bank im Tuilerienpark sitzen, lange bevor Amira sie erkannte. Sie war gewachsen, ihre dünnen Beine berührten den Sandboden, das hatten sie beim letzten Mal noch nicht getan. Als Amira sie endlich bemerkte, sprang sie auf und lief auf sie zu. Ihr Schulranzen hüpfte auf ihrem Rücken, und ihre geflochtenen Zöpfe wehten hinter ihr her. Auch Mado begann jetzt zu rennen, und als sie sich trafen, hielten sie einander ganz fest. Niemand achtete auf sie, davon war Mado überzeugt, ein gewöhnlicher Samstagnachmittag in Paris war das, Geschwister und Freunde trafen sich so in den Parks. Amira roch nach Erdbeer-Kaugummi und Apfel-Shampoo.

«Wie groß du geworden bist!» Mado hielt sie eine Armlänge von sich.

Ihre kleine Schwester lächelte stolz. Dann wurde sie ernst. «Was ist mit deinen Augen?»

«Was soll denn mit ihnen sein?»

«Sie sind blau geworden!»

Mado lächelte. «Ah ja, das sind meine neuen Kontaktlinsen. Wie gefällt's dir? Flashy, oder? Trägt man jetzt so.»

Amira zog die Unterlippe vor. «Ich mochte dich lieber mit deinen echten Augen. Ich mochte dich überhaupt lieber so, wie du früher warst.»

«Na komm schon, man muss mit der Mode gehen. Hast du Hunger? Möchtest du ein Eis essen? Oder eine Pizza?»

Amira lachte und klatschte in die Hände. «Au ja! Eine Pizza hätte ich gern.»

Sie kauften eine Riesenpizza für sechs Francs in einem kleinen Laden. Das kam ihnen günstig vor, bis sie hineinbissen und feststellten, dass die Pizza oben kalt war und unten angebrannt. Amira lachte, und ihre Zahnspange funkelte in der Sonne. «Da haben wir aber kein Glück gehabt», sagte sie.

«Soll ich deinen Ranzen tragen?», fragte Mado.

«Unsinn, das kann ich schon selber.»

«Weiß irgendjemand, dass ich dir schreibe?»

Amira wurde ernst. «Nein, das habe ich dir doch versprochen!»

«Das Geld hast du bekommen?»

«Natürlich! Sonst wäre ich ja nicht hier.»

«Wir müssen eine andere Filiale für die Poste-restante-Briefe wählen.» Mado nahm ihre Hand.

«Aber warum denn? Die kennen mich da schon alle», protestierte Amira. «Und die Frauen am Schalter sind so nett! Wenn ich drankomme, sagen sie: ‹Oh, hallo Amira, heute ist leider kein Brief gekommen.› Oder: ‹Hallo Amira, heute ist wieder ein Brief für dich da!›»

«Genau deshalb müssen wir wechseln.» Mado hatte das Gefühl, dass sie beobachtet wurden. Unruhig sah sie sich um. «Ich will nicht, dass sie dir irgendwann Fragen stellen, die du nicht beantworten kannst.»

«Ich kann gar keine Fragen beantworten.» Amiras Unterlippe begann zu zittern. «Ich weiß ja nicht mal, wo du wohnst!»

Auf einer Bank ihnen gegenüber saß ein Mann, den Hut tief ins Gesicht gezogen und las Zeitung. Mado zog Amira mit sich fort. Als sie sich weit genug von dem Mann entfernt hatten, bemerkte Mado, dass er ihnen nachsah. «Hey, hast du Lust, das Musée de l'Orangerie besuchen?»

«Was ist das?» Amira sah sie stirnrunzelnd an.

«Das ist ein Kunstmuseum. Mit Bildern. Du magst doch

Bilder, oder? Malst du noch immer so gern?» Sie beschleunigte ihre Schritte, dann warf sie einen Blick über ihre Schulter. Der Mann war auf seiner Bank sitzen geblieben und las wieder in seiner Zeitung. Mado atmete auf.

«Ja.» Amira blieb stehen und nahm ihren Ranzen herunter. «Ich hab dir das Papier mitgebracht, das du haben wolltest. Ich dachte schon, Mama würde merken, dass ich es geklaut habe, aber sie hat's nicht.»

«Das hast du gut gemacht! Und du hast nichts geklaut. Meine Geburtsurkunde gehört ja mir!»

«Ich dachte immer, du wärst auch in Deutschland geboren.» Amira sah sie aufmerksam an.

«Tja, siehst du. Da hast du wieder mal etwas über mich gelernt!»

«Oh, und ich hab dir noch was mitgebracht, guck mal! Wie gefällt's dir?»

Es war ein Bild, das sie mit Filzstiften gemalt hatte. Zwei schwarzhaarige Mädchen, ein kleines und ein großes, waren darauf zu sehen. **A + A**, hatte Amira darübergeschrieben und ein Herz um die beiden Buchstaben gemalt. Darunter hatte sie auf Persisch **Für meine große Schwester** geschrieben.

Mado beugte sich rasch darüber, damit Amira ihre Tränen nicht sah. Sie wusste, dass sie die Zeichnung vernichten musste, so wie alles, was ihre Vergangenheit verraten könnte.

«Warum sagst du nichts? Magst du es nicht?»

Sie schloss ihre kleine Schwester in die Arme. «Ich mag es sogar sehr! Ich werde es einrahmen und bei mir zu Hause aufhängen.»

«Kann ich dich dort mal besuchen kommen? Dann könnte ich mir das Bild angucken.»

Mado schüttelte den Kopf. «Das geht nicht, Kleines. Noch nicht. Aber ich verspreche dir ...»

Amira stampfte mit dem Fuß auf. «Das sagst du immer! Und dann treffen wir uns doch wieder in dem blöden Paris.»

«Es tut mir leid.» Mado versuchte, Amira wieder in den Arm zu nehmen, doch ihre Schwester stieß sie weg. Dann brach sie in Tränen aus.

«Komm her.» Mado kniete sich vor sie. Amira mochte zwar schon zwölf Jahre alt sein, doch sie war klein für ihr Alter. Vorsichtig strich sie ihr mit dem Finger die Tränen fort. «Ich weiß, dass es nicht richtig ist. Und glaub mir, wenn ich nur eine einzige Sache auf dieser Welt ändern könnte, dann würden wir zwei uns nie wieder trennen.» Sie lächelte. «Dann würde ich dich jetzt einfach mitnehmen, mein Spatz!»

Amira blickte sie unter nassen Wimpern an. «Warum tust du es nicht einfach?»

«Weil du noch ein Kind bist und bei Mama und Papa leben solltest.»

Amira runzelte die Stirn. «Ich will nicht mehr bei Mama und Papa sein!»

«Warum nicht? Sind sie denn nicht lieb zu dir?»

«Sie sind traurig», erklärte Amira, nachdem sie eine Weile überlegt hatte. «Mama weint viel. Sie macht Papa Vorwürfe wegen dir!»

«Man sagt *deinetwegen*. Warum macht sie ihm Vorwürfe? Was sagt sie genau?»

«Ich weiß es nicht.» Amira fuhr sich mit ihrer Hand über die Augen. «Sie flüstern immer, wenn es um dich geht. Aber ich verstehe auch so, dass sie sich streiten.»

Mado bemerkte, dass eine Gruppe von Spaziergängern sie neugierig ansah. «Wir sollten hier nicht so stehen bleiben, Kleines. Lass uns in die Orangerie gehen. Da ist es schön still, und wir können uns die Bilder anschauen.»

Später, als sie Amira mit der Métro zur Gare de l'Est begleitete, sagte Amira plötzlich: «Ich glaube, Mama weiß, dass wir uns treffen.»

Mado erschrak. «Sie hat meine Briefe aber nicht gefunden, oder?»

Amira schüttelte den Kopf. «Sie weiß es trotzdem. Wir müssen ...»

Das Quietschen der Bremsen verschluckte Amiras Worte. An der Haltestelle Opéra klackten die Türen auseinander, und jetzt strömten noch mehr Menschen herein, sodass Amira und sie aneinandergepresst wurden. Mado musterte die Menge, so, wie sie es gelernt hatte, schnell und effektiv. Sie sah Frauen in hübschen Kostümen mit müden Gesichtern, Männer in Anzügen, dazwischen Touristen, die im Gedränge einen Stadtplan von Paris auseinanderfalteten. Es roch nach Schweiß und Parfüm und so, wie es eben roch unter der Oper, in dieser von Phantomen bewohnten Unterwelt. Ein Musiker blies in sein Saxophon.

«Ich kann dich nicht verstehen, Kleines!», rief Mado.

«Ich sagte, dass wir vielleicht bald nach Teheran fahren!»

«Nein!», schrie Mado zurück. «Das könnt ihr nicht tun!»

«Wir müssen! Großmutter liegt im Sterben.»

«Amira, ich will nicht ...»

«Ich weiß, dass es gefährlich ist, nach Teheran zu reisen, Papa hat es mir erklärt, aber es ist ja seine Mama. Und unsere Oma!» Sie sah Mado flehentlich an. «Bitte komm mit!»

Mado schüttelte den Kopf. «Das geht nicht. Ich kann nicht mal nach Deutschland kommen, das weißt du. Und ich möchte auch nicht, dass du ...»

«Du kannst mir überhaupt nichts verbieten!» Amira presste die Lippen aufeinander.

Mado nickte. Tatsächlich, das konnte sie nicht.

Sie schwiegen, bis sie den Gare de l'Est erreichten. Gemeinsam mit den anderen quollen sie aus dem Abteil. Sie schwiegen, während sie durch den Schacht gedrängt wurden, die Treppen hinauf, in die Bahnhofshalle. Mado suchte auf dem Plan hinter dem Glaskasten das richtige Gleis.

«Ich wollte mich nicht mit dir streiten», sagte Amira kleinlaut.

«Ich auch nicht.» Mado schloss sie in die Arme.

«Ich möchte, dass es wieder so ist wie früher», flüsterte Amira an ihrer Wange.

Mado wusste nicht, was sie darauf entgegnen sollte. Sie wünschte es sich auch.

Als der Zug in Richtung Deutschland anfuhr, beugte sich Amira aus dem Fenster und winkte. Mado winkte zurück, bis sie sicher war, dass Amira sie nicht mehr sehen konnte. Dann setzte sie sich ihre Sonnenbrille auf und ließ die Tränen fließen.

Sie weinte hinter ihrer Brille während der Métro-Fahrt zu der kleinen Buchhandlung im 11. Arrondissement. Und sie weinte, als sie dort, noch immer geschützt hinter ihrer Sonnenbrille, ihre Anordnungen entgegennahm.

Später im Zug holte sie Amiras Zeichnung hervor, um sie noch einmal zu betrachteten. Sie würde sie nicht vernichten, entschied sie. Stattdessen würde sie sie verstecken. Besser als unter der Bohle im Boden. Und sie wusste auch schon genau, wo.

*

Der Himmel leuchtete kobaltblau, während Alex durch die Berge brauste. Von der hochgelegenen Straße konnte sie in Täler mit igelförmigen grünen Büscheln sehen, Lavendel im Embryonalzustand. Weiter sauste sie, fort von der Traurigkeit, die sie am Vortag gelähmt hatte, vorbei an dem Felsen, unter dem der Briefträger lag. Vorbei an der Wiese, auf der sie ihre erste Nacht im Lubéron verbracht hatte und die jetzt rot getupft war, übersät mit blühendem Mohn. Vorbei an Steinmauern, zwischen denen es hellgrün sprießte. Weiter, immer weiter fuhr sie, bis sie das Dorf Roussillon erreichte, das bei Tageslicht orange und rot aussah.

Sie folgte Fantomas' Wegbeschreibung durch verwinkelte Gassen, vorbei an hibiscusbewachsenen Häusern, alt wie die Zeit. An einer Tür, die ein Messing-Wildschwein zierte, klopfte sie. Ein Riegel knarrte, und die Tür flog auf.

«*Bonjour!*» Ein Mann mit einem braun gerauchten Zigarettenstummel im Mund winkte sie herein. Er drehte sich um und brüllte so laut, dass der ausgestopfte Fuchs unter der Decke in Schwingung geriet: «Alain! Die Deutsche ist da!»

Sie hatten beschlossen, sich bei Fantomas zu Hause in Roussillon zu treffen, um auf ihrem LSD-Trip ungestört zu sein.

Fantomas kam aus seinem Zimmer gehüpft und küsste sie auf die Wange. Seine Augen glitzerten. «Bereit?», flüsterte er.

Alex nickte.

Loïc kam zum Fenster hereingeklettert, just, als sie Fantomas' Zimmer betraten. Er trug bunte Holzperlenketten um den Hals und eine Jacke aus Schafsfell. Darunter war sein Oberkörper nackt. Sommersprossen übersäten seine Brust.

«Wo kommst du denn her?», fragte sie betont gelassen.

Er grinste und zuckte mit den Schultern. «Vom Dach.»

Ein paar Herzschläge lang standen sie sich so dicht

gegenüber, dass Alex jeden einzelnen gelben Punkt in seinen Augen sah. Dann klatschte Fantomas in die Hände. «*Mesdames et messieurs*, wir sind hier heute nicht zusammengekommen, um uns stundenlang anzustarren und den armen alten Fantomas auszuschließen, sondern um auf den Trip unseres Lebens zu gehen!»

«Ich bin ein bisschen aufgeregt», bekannte Alex.

«Fein, dann bist du nicht allein!» Fantomas zog aus einer Schublade einen Umschlag mit drei winzigen Papierfetzen hervor, die er verteilte. Sie verhakten ihre Arme miteinander wie beim Bruderschaftstrinken.

«Einer für alle!», sagte Fantomas.

Loïc stopfte sich den Papierfetzen in den Mund – im selben Moment wie Alex. «Und alle für einen!»

Dann sahen sie sich an.

«Und nun?», fragte Alex.

«Warten wir ab!»

Sie ließ sich im Schneidersitz auf dem Boden nieder und nahm ihre Kamera in die Hände. Jetzt erst bemerkte sie den Benzingeruch in Fantomas' Zimmer. In einer Ecke lagen seine Feuerkegel. Durch den Sucher betrachtete sie sie. Dann richtete sie ihn auf das Madonna-Poster, das über Fantomas' altem Kinderbett hing.

«Ich bin müde», bemerkte Loïc.

Fantomas gähnte. «Mein Gott, ja! Ich auch. Wie ist es bei dir, Alex?»

Sie ließ die Minolta wieder sinken und horchte in sich hinein. Ihr Herz klopfte schneller als sonst, aber das mochte daran liegen, dass sie so dicht neben Loïc saß. «Geht so», sagte sie.

Fantomas stöhnte. «Und dieses Zeug soll Kraft geben? Den Teufel tut es!»

«Ich dachte, LSD verursacht Halluzinationen», wandte Loïc ein.

Alex kicherte.

Es klopfte an der Zimmertür, und Madame Dutronc steckte ihren Kopf herein. «*Bonjour,* Alexandra, schön, dass Sie uns besuchen kommen! Alain, *chéri*, dein Schulfreund Julien hat angerufen, um zu fragen, ob er vorbeikommen darf.»

«Mein Schulfreund? Maman, ich gehe nicht mehr zur Schule, und Julien ist auch nicht ... oh, verdammt!» Er sprang auf die Füße. «Sag ihm, dass er heute auf gar keinen Fall vorbeikommen kann!»

«Aber, Liebes, er ist doch schon auf dem Weg!»

«Du hast ihm gesagt, dass er kommen soll?»

«Ich wusste ja nicht, dass ihr Jungs euch gestritten habt. Seid ihr eigentlich hungrig? Wir können nachher alle zusammen essen, ich habe Lammkoteletts gemacht.» Madame Dutroncs Lächeln war riesig, bemerkte Alex. Es erhellte den ganzen Raum.

«Wir gehen raus, Maman, tut mir leid. Los, los!» Fantomas griff mit einer Hand nach Alex, mit der anderen nach Loïc.

Loïc riss sich los, nachdem Madame Dutronc das Zimmer verlassen hatte. «Was ist denn in dich gefahren?»

«Julien ist ein *flic*!», zischte Fantomas. «Beim Drogendezernat in Marseille!»

Ein so großes Lachen stieg in Alex auf, dass sie sich an der Wand abstützen musste.

«Los, los, wir türmen durchs Fenster!» Fantomas wedelte mit den Händen. «Alex, das ist kein Stück witzig! Wenn Julien rauskriegt, dass wir LSD geschluckt haben, verpfeift er uns, das ist mein voller Ernst!»

Alex bemühte sich, aus dem Fenster zu klettern, aber das war schwieriger, als sie gedacht hätte, denn das Fenster war geschrumpft.

Endlich gelang es ihr, sich durch das geschrumpfte

Fenster zu quetschen. Sie umklammerte ihre Minolta und sprang.

«Oh!», rief sie draußen voller Staunen. Das Dorf hatte eine neue Dimension angenommen. Dort, wo die Straße vorhin noch gerade hinuntergeführt hatte, waberte sie in die Breite und stellte sich am Horizont wieder auf.

«Sehr einfallsreich von der Straße!», kicherte sie.

Neben ihr landete Loïc auf den Füßen. Als er sich umsah, weiteten sich seine Augen. «Abgefahren!», stieß er hervor.

Endlich kam Fantomas, doch es dauerte eine Ewigkeit, bis er den Boden erreichte, da er sich in Zeitlupengeschwindigkeit an einem Bettlaken abseilte.

Alex lachte noch mehr.

Fantomas hielt sich den Kopf fest, nachdem er sicher gelandet war. «Das ist ja schlimmer als im Alpha Jet!», stöhnte er.

Alex konnte sich unter einem Alpha Jet nichts vorstellen. Aber bestimmt flog das Ding, und tatsächlich fühlte auch sie sich wie auf einer Startbahn. Allerdings wie auf einer merkwürdig gebogenen Bahn. Ihr Körper wurde von einer ungeheuren Kraft zurückgedrückt, und in ihrem Kopf begann es zu rauschen.

Plötzlich stand eine Frau vor ihnen. «Entschuldigung, findet hier ein Sportfest statt?», fragte sie.

«Nein, das glaube ich nicht», kicherte Alex.

Fantomas aber erklärte der Frau, dass hier in der Tat ein Sportfest stattfinde, und beschrieb ihr den Weg. «Mensch, Alex», schimpfte er. «Kaum gerätst du unter Menschen, kannst du dich nicht mehr benehmen!»

Alex grinste.

«Und du musst mit dem Grinsen aufhören, das ist echt auffällig.»

«Ich kann nicht!» Prompt musste sie wieder lachen.

Während sie die merkwürdig gebogene Straße hinabgingen, erzählte Loïc von einem Film mit Bud Spencer, in dem er ‹der Grinser› genannt wurde. Durch eine Operation musste er immerzu grinsen, auch, wenn er verärgert war. Niemand nahm ihn mehr ernst.

Alex verlieh ihrer Hoffnung Ausdruck, dass ihr ein solches Schicksal erspart bliebe, aber dann stockte sie und deutete auf ein ockerrotes Haus. «Wow! Habt ihr schon mal eine solche Farbe gesehen?», fragte sie.

Fantomas und Loïc blieben ebenfalls stehen.

«Abgefahren!», bemerkte Loïc erneut.

«Jesus und Maria, was für ein ungewöhnliches, unfassbar intensives Rot!» Fantomas ging vor Bewunderung in die Knie.

Alex stand und staunte, während sich die Straße vor ihr blähte und wand.

Auf einmal begann Fantomas zu lachen. «Aber das ist ja das Restaurant meiner Eltern! Wieso habe ich das denn nicht gleich erkannt?»

Alex lachte, und dann lachte auch Loïc. Sie lachten so sehr, dass sie sich aneinander festhalten mussten. Sie lachten, bis sie die Ockerfelsen erreichten. Dann blieben sie ehrfurchtsvoll stehen.

Orange, rotbraun, violett und gelb zackte es in den Himmel. Die Farben flirrten und strömten und vermischten sich mit dem Himmelsblau. Dazwischen leuchteten Baumkronen, ein intensives Grün.

Einen flüchtigen Moment lang bedauerte Alex, keinen Farbfilm eingelegt zu haben, dann konzentrierte sie sich auf die Schatten in den Ockerreliefs. Sie fotografierte, ohne einen Ton zu sagen. Das Glücksgefühl in ihrem Bauch überwältigte sie. Endlich legte sie ihre Arme um Loïc, und einen Herzschlag später spürte sie seine Hände auf ihrem Gesicht. Fantomas sprang zu ihnen und umschlang sie beide. Die Sonne stieg höher, während sie so dastanden und sich zu dritt umarmten. «Bleib», bat Loïc in das Rauschen der Bäume. «Bleib hier bei uns, Alex.»

«Ja, bleib!», wiederholte Fantomas.

Sie blickte von einem zum anderen. Ihre Gesichter waren sehr nah. «Natürlich bleibe ich», versicherte sie.

Fantomas löste sich als Erster. Er machte ein paar Schritte in die wogenden Farben hinein, dann hockte er sich hin und griff in den Sand. «Seht euch das mal an!», rief er. «Meine Hände leben!»

Darüber musste Alex so heftig lachen, dass sie sich kaum beruhigen konnte. Aber dann nahm sie ebenfalls ein bisschen Ocker auf und ließ ihn durch ihre Finger rieseln. Der Ocker leuchtete in der Sonne, Trilliarden von glitzernden Punkten, aber noch beeindruckender war, dass sie das Blut durch ihre Adern fließen sehen konnte.

Zum ersten Mal begriff sie, dass sie als Mensch ein Wunder war. Ihr eigenes Blut versorgte sie. Sie bestand aus einem Kreislauf, und dieser Kreislauf war mit dem der Ockerfelsen, der Bäume und des Himmels verbunden. Sie war eins mit dieser Welt.

Die Erkenntnis überrollte sie mit einer solchen Gewalt, dass sie zu weinen anfing. Loïc hockte sich neben sie, nahm mit dem Zeigefinger ihre Tränen ab und betrachtete sie.

«Ich kann alles in diesem Ozean sehen», flüsterte er. «Da ist eine Tiefe, die bis zum Mittelpunkt der Erde reicht. Da sind Fische und Meeresungeheuer und Seesterne und Plankton.»

Sie war sich nicht ganz sicher, ob er all diese Lebewesen tatsächlich aufzählte. Ihre Französisch-Kenntnisse waren zurückgeebbt, und in die Lücken floss wieder ihre Fantasie.

Sie wanderten tief in die Ockerberge hinein. Es wurde

bereits dunkel. Die hohen, farbigen Zacken der Felsen beschützten sie. An einem Baum blieb Alex stehen und staunte: Sie konnte sehen, wie sich das Harz durch die Rinde wand.

«Hier bewegt sich alles, einfach alles», staunte Fantomas.

Aber- und Abermillionen von Wassermolekülen krochen durch die Stämme. Das Holz war bis zum Bersten mit Leben gefüllt. Alex legte ihre Hände auf den Stamm, und sofort flossen ihre Lebenskräfte in die des Baumes und die Kräfte des Baumes in sie. Sie begriff, dass sie mit den Bäumen sterben würde und die Bäume mit ihr.

Fantomas ließ sich in die weiche Ockererde fallen und vergrub seinen Kopf in den Händen. «Ich habe Angst vor dem Tod.»

«Das musst du nicht», tröstete Alex und legte einen Arm um ihn. «Du wirst zu Erde zerfallen, und die Bäume nehmen die Erde auf und wachsen. Du lebst also ewig weiter.»

Fantomas blickte auf, und seine braunen Augen wirkten wieder erstaunt. «Du hast recht. Das hatte ich nicht bedacht.»

Loïc streichelte den Baum. Dann hockte er sich neben Alex und legte seine Hände auf ihr Gesicht, ihre Arme, ihre Hände. Sie musste wieder ein bisschen lachen, weil es so merkwürdig aussah, wie Loïc ihre Haut abtastete. Ein Zweig knackte, und sie blickten auf.

Es war eine Frau, die in einer Hand eine Staffelei trug und in der anderen eine Tasche. Sie nickte ihnen kurz zu, dann ging sie weiter, aber in diesem Augenblick sah Alex alles: dass sie alt war, und dass sie keine Menschen mochte, nur die Landschaft, die sich in den Himmel schob.

«Dora Maar», flüsterte Fantomas. «Sie kommt immer hierher, solange ich denken kann.»

Die Zeit wand sich, als wäre sie lebendig. Alex sah Dora Maar und Pablo Picasso vor sich, dann Fantomas, als er klein war. Sie sah die Ockerfelsen vor Jahrmillionen. Zeit war nicht mehr linear.

Und dann begriff sie, dass ihr Körper nicht nur in den Bäumen weiterleben würde, sondern auch in den Köpfen der Menschen. Sie würde ja mit ihren Bildern Geschichten erzählen.

Tiefer, immer tiefer versanken sie in diesem Zauberwald, aus dem sich die Felsen erhoben. Alex streichelte die Bäume. Fantomas wühlte sein Gesicht in den Sand. Loïc kletterte in die Krone eines Baums und blieb dort sitzen.

Als sie den Friedhof erreichten, blieb Loïc stehen. Die Gräber thronten auf einem Felsen. Im Mondlicht schimmerten sie silbern, und in einer der Gruften flackerte ein Totenlicht. In Roussillon flammten die Lichter der Straßenlaternen auf und tauchten das Dorf in einen gelben Schein.

«Hier möchte ich einmal begraben liegen», sagte Loïc und blickte Alex und Fantomas fest an.

Der Vollmond leuchtete orangefarben am Himmel.

So fühlt es sich also an, wenn man sich für einen Ort entscheidet, dachte Alex. Wenn man einen Ort nicht deshalb wählt, weil man dort geboren ist, sondern frei und aus eigenen Stücken.

So fühlt es sich an.

LUBÉRON, JUNI 1984

Sieben Monate vor dem Mord

Der Tag, an dem Alex zwanzig wurde, war ein Montag, und die *Auberge des Falaises* hatte geschlossen.

«*Joyeux anniversaire*», sang Mado, während sie ihr einen Becher Kaffee ans Bett brachte. Sie hatte eine überraschend schöne und helle Singstimme. Alex richtete sich auf und rieb sich die Augen. «Wow! Woher weißt du ...?»

«Du erwähntest das Datum ein paarmal.» Mado lachte. «Daraus habe ich geschlossen, dass es dir wichtig ist.»

Alex nahm den Becher entgegen und grinste. «Das ist es tatsächlich. Ich liebe es, Geburtstag zu haben. Das ist der beste Tag im Jahr!»

«Süß.» Mado setzte sich neben sie auf die Matratze und wuschelte ihr durchs Haar. «Heute Abend fahren wir nach Apt runter, aber bis dahin musst du dich allein beschäftigen. Schaffst du das, Geburtstagskind?»

Alex lächelte und nickte. Sie bemerkte, dass Mado ihre Kontaktlinsen eingesetzt hatte und geschminkt war. «Bist du schon lange auf? Und was hat dich so beschäftigt? War es eine Geburtstagsüberraschung für mich?»

«Warte es ab.»

Mado lächelte geheimnisvoll, so wie sie es seit ihrer Rückkehr häufig tat. Sie hatte nichts über ihren Ausflug erzählt, aber etwas an ihrem Verhalten hatte sich verändert. Alex fand, dass sie entspannter wirkte. Also war das Problem mit ihren Papieren wohl gelöst.

Während sie später zum Fluss hinaufging, hörte Alex die Zikaden zirpen. Sie fühlte sich erfrischt und ausgeschlafen. Das Gras war feucht unter ihren bloßen Füßen. Die Hitze, die sich mit Beginn des Monats eingeschlichen hatte und seither ihre Tage bestimmte, hatte noch nicht eingesetzt. Außer ihr war niemand unterwegs.

Während sie die frühlingssatte Luft einsog, dachte sie an Loïc. Seit ihrem LSD-Trip hatte sie ihn nicht mehr gesehen.

Aus dem Haus der Merciers wehte ihr der Geruch von Knoblauch, frischer Tomatensuppe und knusprigem Brot entgegen. Sie spürte, dass sie Hunger hatte, und kehrte zurück in die Scheune, um etwas Essbares zu suchen. Mado und sie hatten einen Vorrat an Dosen mit roten Bohnen und Käse angelegt, aber jetzt war die winzige Kammer, in der sie ihre Essensvorräte vor den Mäusen versteckten, leer. Mado schien bereits weggefahren zu sein. Ihr Mofa war fort.

«Wie schön, dass ich geboren bin», summte Alex sich vor, während sie den Rest der Scheune nach Lebensmitteln absuchte. Doch alles, was sie fand, war ein Stück Baguette vom Vortag. Es war so trocken geworden, dass sie es mit einem Stein zerschlagen musste. Trotzdem aß sie jeden Krümel auf.

Um drei Uhr naschte Alex die Gänseblümchen von der Wiese. Sollte gesund sein, hatte sie gehört. Um vier war ihr Hunger so groß, dass ihre Gedanken um das Wildschwein der Merciers kreisten. Um fünf war sie fast bereit, dem Wildschein etwas anzutun. Doch das Wildschwein war ausgeflogen, stellte sie fest, nachdem sie das Grundstück der Merciers durchpflügt hatte, gemeinsam mit allen anderen. Vielleicht war es so weit, jemand hatte eine Atombombe gezündet. Vielleicht war sie die einzige Überlebende und mutterseelenallein auf der Welt.

Um halb sechs dachte Alex, sie würde vor Hunger sterben. Aber ihre Kraft reichte nun nicht mal mehr dafür, den Weg zur *Auberge* hinaufzuwandern, um in Patricks Küche einzubrechen. Um Viertel vor sechs, als sie wimmernd im Gras hockte, hörte sie ein Mofa.

Mado war endlich wieder da.

«Tut mir leid, tut mir leid!», rief sie ihr entgegen. «Mir ist eben gerade wieder eingefallen, dass wir nichts mehr zu essen haben und dass du nicht von hier wegkommst. Hier!» Sie reichte ihr eine Spinat-Quiche. «Frisch gekauft bei Madame Martinez!»

Alex verschlang die Quiche mit drei Bissen. «Und jetzt?», fragte sie verzweifelt und blickte sich wild um.

«Und jetzt bist du hoffentlich bereit für ein kleines Geburtstagsfest!» Mado lachte.

Alex beäugte ihren leeren Rucksack. «Ein Fastenfest?!»

«Kein Fastenfest, Dummerchen, etwas Schönes! Vielleicht hast du Lust, dich noch ein bisschen chic zu machen?» Mado deutete auf das zerrissene T-Shirt und die alte Jeans, die Alex trug.

«Nein, danke, ich möchte einfach nur am Leben bleiben. Und wenn ich nicht auf der Stelle noch ein paar weitere Krümel zu essen bekomme ...»

«Schon gut!» Mado reichte ihr den Helm. «Models sind ja dafür bekannt, am liebsten ungeschminkt zu gehen. Immer schön *understated*, was?»

«In erster Linie schön *verhungert.*»

«Ja, ja.» Mado ließ den Motor an. «Auch dafür sind Models bekannt!»

«Warte!», rief Alex, als sie anfuhr. «Ich sollte vielleicht meine Minolta mitnehmen.»

«Die brauchst du heute Abend nicht, Schätzchen.»

«Aber ich brauche meine Minolta immer!»

«Vertrau mir. Heute mal nicht.»

Erst als sie um die Kurve bei dem Kindererholungsheim brausten und Alex sich an Mados seidener Taille festklammerte, fiel ihr die Veränderung an ihr auf. «Woher hast du dieses Kleid?», schrie sie gegen den Fahrtwind.

«Gehörte mal Valérie!», rief Mado zurück.

«Wem?»

«Der Tochter der Merciers! Bevor sie beschlossen hat, dass Männersachen ihr besser stehen.»

Alex schwante etwas. «Wir fahren jetzt aber nicht zu irgendeiner Sache, für die man gut aussehen muss?»

Mado lachte. «Bloß zu deiner Geburtstagsfeier, *chérie*! Ich hatte dich gewarnt.»

«Äh, Mado, können wir noch mal umdrehen?»

Mado lachte noch mehr. «Zu spät!»

Als sie die Place de la Bouquerie erreichten, war der Platz von einer dichten Menschenmenge bevölkert. Alex erkannte die Bäckerin in einem tief ausgeschnittenen Kleid, Gabriel in einem dunkelblauen Anzug, Jeanne in einem türkisfarbenen Reiterkostüm und Fantomas in schwarzer Hose und weißem Hemd. Als Mado bremste, kam Loïc auf sie zugelaufen, auch er sah ungewohnt festlich aus. Jetzt erst bemerkte Alex das Transparent, das von einer Seite des Platzes zur anderen gespannt war.

JOYEUX ANNIVERSAIRE, ALEX!, stand darauf.

Sie spürte, wie ihr die Tränen in die Augen traten, aber da hatte Loïc sie schon vom Beifahrersitz gerissen und schloss sie fest in die Arme.

«Sie wollte unbedingt in diesem Aufzug bleiben», hörte sie Mado sagen. «Ja, natürlich hab ich ihr vorgeschlagen, sich umzuziehen, was denkst du denn! Nein, ich glaube, sie besitzt gar kein Kleid.»

Irgendwo brandete Gelächter auf, und jemand klopfte ihr auf die Schulter, sodass sie aus der Umarmung aufsah. Es war Gabriel, der ihr ein Glas in die Hand drückte, aus dem es schäumte. Dann rief er: «Auf Alex und ihren rebellischen Geist!»

Die Menschen um sie herum erhoben ihr Glas.

Die Trommler, die bei ihrer Ankunft einen Tusch gespielt hatten, schlugen nun einen Trommelwirbel, und Alex schlug die Hände vors Gesicht und weinte, weil sie vielleicht noch nie in ihrem Leben so glücklich gewesen war. Als sie die Hände wieder herunternahm, führten Mado und Loïc sie in die kleine Bar gegenüber des Café Gregoire, in der sie noch nie gewesen war und deren Eingang jemand mit bunten Girlanden geschmückt hatte.

Alex sah, dass der Schieler über den Platz tanzte, und als er sie sah, machte er einen Luftsprung. Patrick trat ihr entgegen und küsste sie links-rechts-links, dicht gefolgt von Gérard, der trotz des feierlichen Anlasses seine Kellnerschürze trug.

«Ich hätte nie geglaubt, dass ich einmal eine Forellentöterin bedienen würde», erklärte er augenzwinkernd. «Aber da die Forellentöterin zufällig meine Lieblingskollegin ist ...»

«Ich verstehe nicht ...» Alex konnte kaum sprechen. «Heißt das ...» Sie wandte sich zu Mado um. «Hast du das hier organisiert?»

«Ich, Loïc und Gabriel.»

«Aber ... du magst Gabriel doch gar nicht!»

«Soso.» Gabriel war lächelnd neben sie getreten. «Hat Mado das so gesagt?»

Ein Kind, das zwischen den Erwachsenen über den Platz rannte, sprang Mado mit Anlauf auf den Arm.

«Habe ich», sagte Mado mit einem Grinsen, während

sie dem Kind über die Haare streichelte. «Aber dann hat Gabriel einen Vorschlag gemacht, den ich nicht ablehnen konnte.»

Alex wollte gerade fragen, was für einen Vorschlag – und dann sah sie es selbst.

Das erste Bild, das ihr ins Auge fiel, war das von Mado mit der Wolfsmaske und den Feuerlinien. Es war viel größer als der Abzug, den sie in Gabriels Atelier gemacht hatte. Dann sah sie ihre anderen Fotografien: Monsieur Mercier mit seinem Wildschwein. Fantomas in James-Dean-Pose. Gabriel mit dem scharf gestochenen Pinsel. Madame Martinez vor ihrer Bäckerei. Loïc, hoch oben vor einem Abendhimmel, einen erstaunten Ausdruck im Gesicht.

Wieder fand sie keine Worte.

«Wir haben alle gesammelt», erklärte Mado. «Die Abzüge sollten richtig groß sein. Entwickelt hat sie Monsieur Charrentier.»

«Wer?», fragte Alex schwach.

«Das wäre wohl ich.» Ein Mann, den sie ein- oder zweimal im Café Grégoire gesehen hatte, trat auf sie zu. «Raymond Charrentier, *bonsoir, enchanté.*»

«Und Sie sind wer?»

«Der Fotograf in diesem Ort.»

«Der ...»

«Ich habe mein Atelier am Ende der Rue Saint Pierre, gegenüber dem Kindergarten, und ich muss sagen, Ihre Freundin kann sehr überzeugend sein.»

«Meine ...»

«Komm schon», sagte Mado. «Du hast gesagt, dass du vor Hunger sterben möchtest, aber ich denke, dass wir diesen Plan noch etwas verschieben sollten. Fantomas' Maman, ich meine, Madame Dutronc, und Madame Mercier haben gemeinsam für uns gekocht!»

Sie deutete auf eine Tafel, die unter der Bildergalerie aufgestellt war. «Madame Mercier hat *tomates farcies* gemacht und außerdem eine *tapenade*, von der du noch deinen Enkeln vorschwärmen wirst!»

«Und von mir stammen die *tartelettes aux epinards*, die Baguette für die *tapenade* und die Würstchen!» Madame Dutronc stellte sich vor sie, küsste sie auf die Wangen und beglückwünschte sie. Dann ließ sie ihren Blick über Alex' zerlöchertes T-Shirt wandern. «Als *ich* jung war, haben sich die Mädchen hübsch gemacht», bemerkte sie. «Heute versuchen sie alles, um das Gegenteil zu erreichen. *Ah, bon Dieu*, ich werde diese Zeit nicht mehr verstehen!»

Alex wandte sich zu Loïc um. Schweigend nahm er ihre Hand und zog sie mit sich. In einer Ecke, unter einem riesenhaften Monsieur Brahimi, der seine Faust in die Luft reckte, sah er sie eindringlich an. Sie standen sich so dicht gegenüber, dass sich ihre Gesichter fast berührten. Und dann spürte sie seine Lippen auf ihren und schloss die Augen. Fühlte seine Hände auf ihrem Rücken, seine Haut unter ihren Fingern. Presste sich an ihn. Spürte, wie sein Atem schneller ging.

«Na, endlich», ließ sich Fantomas neben ihnen vernehmen. «Hat das Anstarren also ein Ende gefunden.»

«Alain, du musst mir beim Tragen helfen!», hörte sie seine Mutter rufen, während sie in Loïcs Kuss versank.

Und dann Mados helle Stimme: «Monsieur Charrentier, ich bitte Sie! Wenn Sie das nicht fotografieren, haben Sie das Motiv des Jahres verpasst.»

Alex lachte, und an ihren Lippen spürte sie, dass auch Loïc lachte. Dann klickte es, und ein Blitz strahlte auf.

Pierre Vassiliu hob sein Glas und prostete ihr zu. Zum ersten Mal bemerkte sie, dass es nicht sein großer Schnurrbart war, der ihn von den meisten anderen Menschen unterschied, sondern seine lächelnden Augen, die, selbst wenn er ernst war, leuchteten. Selten hatte sie eine solche Freude in den Augen eines Menschen gesehen.

«Er sieht aus wie ein gut gealterter Che Guevara», bemerkte Gérard.

«Wer? Pierre Vassiliu?»

Gérard lachte und deutete auf das Bild von Monsieur Brahimi.

«Oh.» Alex wusste kaum, was sie sagen sollte. «Danke», brachte sie verlegen hervor.

«Er hat Wut und Stolz in den Augen. Einen Volkshelden hast du da aus ihm gemacht.»

«Ich mag das Bild auch», bemerkte Loïc mit seiner tiefen Stimme.

Alex blickte zwischen Loïc und Gérard hin und her. «Es ist sehr freundlich von euch, das zu sagen. Aber ... es war gar nicht meine Absicht. Ich wollte ihn nur ... ich weiß nicht. Ich sehe ihn so.»

«Und genau das ist die Stärke deiner Bilder.» Gérard nahm einen Schluck aus seinem Glas. «Du zeigst sie nicht so, wie die anderen sie sehen. Du hast einen sehr eigenen Blick. Nicht nur auf die Menschen, sondern auch auf ihre Umgebung. Hier.» Mit dem Finger fuhr er über die Linien der Häuser und den Durchgang des Platzes zur Rue des Marchands. «Der Goldene Schnitt.»

Er bemerkte, wie sie ihn ansah und lachte. «Abschluss in Kunstgeschichte. Endlich ist er mal zu was gut!»

«Und das sagst du mir jetzt erst?»

«*Eh bien,* so spannend ist es auch nicht. Außerdem höre ich dir lieber zu.»

«Was hat sie denn so Spannendes zu erzählen?» Monsieur Charrentier, der Fotograf, war zu ihnen getreten.

«Gar nichts», erklärte Alex. «Gérard hier fragt mich nur immer sehr geschickt aus.»

«Tut er das?» Monsieur Charrentier musterte Gérard lange.

Dieser erwiderte den Blick, ohne mit der Wimper zu zucken.

Loïc zog sie mit sich fort. «Ich würde die zwei jetzt alleine lassen.»

Mado trat zu ihnen. «Seht mal, Leonard ist auch gekommen!»

Alex bemerkte den kanadischen Musiker, der mit seinem schwarzen Hut auf dem Kopf in der Ecke stand und ihre Bilder musterte. Auf dem von Madame Martinez klebte, wie sie jetzt erst bemerkte, ein roter Punkt.

«Wir verkaufen die Bilder?», fragte sie ungläubig.

Mado und Loïc wechselten einen schnellen Blick. «Nicht böse sein, Liebes», sagte Mado schnell. «Ich fürchte, du musst etwas von dem Verkaufserlös an uns abtreten. Die Abzüge für die Bilder, die Miete für das Lokal, die Getränke ... Ich fürchte, wir haben uns etwas übernommen. Das Geld, das wir gesammelt haben, hat nicht gereicht.»

Alex umarmte Mado und Loïc gleichzeitig. «Ihr habt eine Vernissage für mich organisiert. Meine allererste Vernissage!»

Loïc räusperte sich. «Das war ursprünglich nicht so geplant.»

«Die finanziellen Zwänge», erklärte Mado.

«Ich liebe euch!» Alex strahlte.

Mado und Loïc umschlossen sie fester.

«Wir lieben dich auch!», flüsterte Mado ihr ins Ohr.

Es war ein Abend, den Alex niemals vergessen wollte, solange sie lebte. Gabriel hatte seinen Plattenspieler und die Lautsprecherboxen mitgebracht, Fantomas legte auf, und Alex tanzte abwechselnd mit Mado und Loïc. Die kleine Tanzfläche am Ende der Bar füllte sich. Madame Mercier wurde von Pierre Vassiliu herumgewirbelt, Monique

Martinez tanzte mit sämtlichen anwesenden Männern, und Gabriel schob eine junge Frau mit langen schwarzen Locken, von der Alex nur wusste, dass sie Aïcha hieß, in einem Rollstuhl im Kreis. Aïcha warf die Hände in die Luft und bewegte ihre Finger anmutig zur Melodie von «Douce France».

Loïc umschlang Alex von hinten, und sie hörte, wie er leise mitsang.

Jemand spielte den Song, der Pierre Vassiliu reich gemacht hatte, und bei der Zeile, in der es um den komischen Akzent eines komischen Menschen ging, drehten sich mehrere Gäste zu Alex um und lachten ihr zu.

Jetzt trat Mado an den Plattenspieler, und Augenblicke später ertönte ein Disco-Song, den Alex nicht kannte, aber der augenscheinlich allen in die Beine fuhr. Jemand schob sie auf die Tanzfläche, und plötzlich war sie umringt: Mado kam vom DJ-Pult heruntergeschossen und begann, sich mit einer Wildheit zu bewegen, dass Alex kaum die Augen von ihr abwenden konnte. Loïc und Fantomas tanzten in exakt aufeinander abgestimmten Bewegungen nebeneinander. Es sah aus, als hätten sie es genau einstudiert, und wirkte gleichzeitig so witzig, dass alle im Raum zu lachen begannen. Monique Martinez tanzte inzwischen sehr sinnlich alleine, und Madame Mercier legte mit Monsieur Charrentier, dem Fotografen, einen flotten Foxtrott hin. Und dann, wie auf Kommando, zeigten alle mit dem Finger auf Alex und sangen *Alexandrie, Alexandra*!

Und Alex begann zu tanzen, wie sie nie zuvor getanzt hatte. Sie wirbelte herum, warf ihre Arme in die Luft, stampfte mit den Füßen, und die Menschen um sie herum klatschten ihr zu.

Dann legte Fantomas «What a feeling» auf, und das war Gérards Auftritt, denn er bot, immer noch in Kellnerschürze, die gesamte Choreografie aus «Flashdance» dar, so wie Irene Cara sie vor den gestrengen, rauchenden Juroren im Film getanzt hatte, komplett mit Pirouetten und Sprüngen.

Als es hell wurde und sich die Tanzfläche allmählich leerte, deutete Loïc auf die Bilder an den Wänden. An jedem einzelnen Rahmen klebte ein roter Punkt. «Alle verkauft.»

Alex schlug die Hände vor den Mund. Keinen Ton brachte sie hervor.

«Los, geht schon, ihr beiden!» Mado war zu ihnen getreten. «Ich kümmere mich um den Rest hier.» Sie machte eine Armbewegung, die Gabriel einschloss, der noch immer stumm und konzentriert auf der Tanzfläche herumschlich, über die schmutzigen Gläser bis hin zu dem leeren Buffet.

«Nichts da, wir helfen!», protestierte Alex.

«Loïc, wärst du bitte so freundlich?»

Loïc grinste und nahm Alex am Arm.

Der Morgen leuchtete über den Straßen. Aus der Bäckerei der Martinez duftete es nach frisch gebackenem Brot. Alex blieb stehen und schlang ihre Arme um Loïc. Neben ihnen ratterte der erste Lieferwagen des Tages über das Pflaster.

Loïc führte sie in den Gang, der von der Rue des Marchands in das Gassengewirr der Stadt abzweigte.

«Hier wohnst du also», staunte sie.

Es war ein winziges, schmales Haus, das wie eingepresst zwischen zwei größeren stand. Eine schmale Treppe führte von der kleinsten Küche, die sie je gesehen hatte, in einen Schlafraum, in dem nur eine Matratze lag.

Seine Stimme war kaum mehr als ein Flüstern. «Ja.»

Alex drehte sich zu ihm um und zog ihm sein Shirt über den Kopf. Auch seine Schultern waren mit Sommersprossen übersät. Sie begann, die Sommersprossen zu küssen. Er öffnete ihre Jeans. Seine Hände waren rau, aber seine Bewegungen sehr zärtlich.

An diesem Tag kamen sie nicht mehr aus dem Bett.

Alex wusste, wie es war, sich groß und mutig zu fühlen, aber sie hatte nicht gewusst, dass jemand anderes einem dieses Gefühl auch vermitteln konnte. Wenn sie mit Loïc am Markttag durch Apt schlenderte, starrte jeder sie an. Monsieur Brahimi schien seinen Kummer über das Jahr 1953 zu vergessen, der Schieler hörte auf zu hüpfen, ja, selbst Madame Martinez, die vor ihrer Bäckerei stand, um eine Zigarette zu rauchen, blickte dem jungen Paar sehnsüchtig hinterher.

«Die beiden pulsieren vor Liebe», erklärte Gabriel das Phänomen. «Daran kann man sich entweder erfreuen, oder man ist neidisch.»

«Und du?», hörte Alex Mado fragen.

«Na, neidisch natürlich.» Gabriel lachte gutmütig. «Ist eben *le grand amour, hein*? Und der Großen Liebe begegnet man nicht tagtäglich.»

Alex wollte alles über Loïc erfahren, und darum freute sie sich, als sie eines Tages auf dem Stapel von ‹Tim-und-Struppi›-Bänden ein Familienalbum fand. Ob sie es ansehen dürfe, wollte sie wissen, und Loïc nickte.

Das Album enthielt nicht ein einziges Kindheitsfoto von ihm. Stattdessen zeigte es Männer und Frauen auf einem Seil. Es waren Fotos aus verschiedenen Epochen, ausgeschnittene Zeitungsartikel, Zeichnungen, Skizzen von Gebäuden mit Höhenangaben und sogar eine Radierung, die mindestens hundert Jahre alt aussah.

«Waren deine Vorfahren alle Seiltänzer?», fragte sie staunend.

Loïc lachte auf diese Weise, die sie so liebte, indem er

all seine Zähne zeigte und seine Nase krauszog. «Meine Vorfahren haben als Dachdecker gearbeitet. Also, wenn sie nicht gerade im Knast waren. Nein, das hier sind die Helden meiner Kindheit. Ich sammele Bilder von Seiltänzern, seit ich mit elf Philippe Petit im Fernsehen gesehen habe.»

Alex bedauerte, nicht zu wissen, wer das war.

«Das ist der Typ, der vor zehn Jahren ein Seil zwischen die Zwillingstürme in New York gespannt hat und darübermarschiert ist.» Er deutete auf das Bild eines Mannes, der auf einem Seil hoch über Manhattan kniete und mit seinem Arm die Welt zu grüßen schien. «In fast fünfhundert Metern Höhe! Ohne Sicherheitsnetz! Aber ich kann den Kerl jetzt nicht mehr leiden, weißt du.»

«Warum das nicht?»

«Du kannst dir sicher vorstellen, dass man eine solche Aktion nicht allein bewerkstelligen kann.»

Alex nickte.

«Tatsächlich hat Philippe Petit seinen Coup sechs Jahre lang mit seinen Freunden geprobt. Sie haben ihn all die Jahre über bestärkt, ihm geholfen, seine Ausrüstung nach oben in die Zwillingstürme geschleppt. Sie haben ihn fotografiert, ihn angefeuert, mit ihm zusammen Angst gehabt. Aber kaum ist er von dem Seil runter, hat er sie auch schon vergessen. Nachdem er berühmt wurde, waren ihm seine Freunde nichts mehr wert.»

Es waren die längsten Sätze, die Alex ihn je hatte sagen hören, und zum ersten Mal, seit sie ihn kannte, beschlich sie eine Ahnung, wie wichtig ihm die Freundschaft mit Fantomas, Mado und ihr war.

Seine Augen leuchteten auf, während er eine Seite weiterblätterte. «Sieh mal, die hier sind meine Lieblingsartisten!»

Alex betrachtete das Bild, das er offensichtlich aus einer Zeitung ausgeschnitten hatte, und hielt die Luft an. Es zeigte eine Frau in weißem Brautkleid, die auf einem dünnen Seil einem Mann im schwarzen Anzug entgegenging.

«Das sind Francine Pary und Roland Schmidt», erklärte Loïc. «Die haben sich 1959 in La Rochelle das Jawort gegeben.»

Alex betrachtete die Balancestäbe der beiden, die die Bildachse durchschnitten. «Während sie da oben waren?»

«Na ja, sie waren Seiltänzer, die konnten das.» Er zog sie zu sich heran. «Wollen wir das auch tun?»

Alex grinste, während sie ihn küsste. «Heiraten oder zusammen auf dem Seil tanzen?»

Loïc fuhr mit den Händen über ihre Hüften. «Was fändest du denn riskanter? Wir können gern das weniger Gefährliche zuerst ausprobieren.»

«Oh, das wäre dann das Seiltanzen.»

Loïc küsste die Haut hinter ihrem Ohr. «Das werden wir noch sehen!»

Von nun an trank Alex literweise Kaffee, weil sie zum Schlafen keine Zeit mehr fand. Tagsüber musste sie arbeiten, und nachts liebte sie Loïc. Sie liebte Loïc auch tagsüber, in Gedanken. Manchmal besuchte er sie in den Pausen, und dann sprangen sie in das Schwimmbecken, das unverändert moosgrün und quellkalt geblieben war. Zurück in die *Auberge* gingen sie anschließend so langsam wie möglich. Sie machten drei Schritte, blieben stehen und küssten sich. Manchmal blieben sie auch nur stehen, um sich in die Augen zu blicken. Und wenn sie das lang genug getan hatten, küssten sie sich wieder. Patrick merkte an, er habe nicht gewusst, dass es eine solche Fortbewegungsart überhaupt gebe, und bat Alex, einen Gang höher zu schalten, wenn sie die Reise als Forellentöterin weiter mitmachen wolle. Alex entschuldigte sich und erklärte, das wolle sie auf jeden Fall.

Alles war einfach geworden: Sie rief ihre Eltern an und erklärte ihnen, dass sie in Frankreich bleiben würde. Bei der Polizei meldete sie ihren Reisepass als vermisst. Und im Konsulat der Bundesrepublik Deutschland in Marseille beantragte sie einen neuen.

Es wurde immer heißer. Der Calavon trocknete von den Gorges d'Oppedette bis zur Durance aus, und in Apt klaffte sein Flussbett rissig und braun. Das Gras verdorrte. Manchmal dachte Alex, sie hörte die Hitze vor Kraft brüllen, aber es waren bloß die Zikaden.

Ein Zettel am Eingang des Café Grégoire kündete von der nahenden *Fête de la Cerise* in Bonnieux, Weitspuckwettbewerb inklusive, und Loïc, Mado und Fantomas, die sich in der Gluthitze nicht dazu aufraffen konnten, mit Feuer zu jonglieren, übten, Kirschkerne zu spucken, bis ihre Zähne rosa waren, in der Hoffnung auf einen geldwerten Preis.

Zu ihrer aller Überraschung gewann der Schieler. Er schaffte es, einen Kirschkern neun Meter weit zu spucken, und bekam für diese Leistung einen Korb Kirschen und einen *clafoutis*.

Ende des Monats, pünktlich zur landesweiten *Fête de la Musique*, bekam Alex die Mitteilung, dass ihr Reisepass im Konsulat von Marseille abholbereit wäre. Patrick erklärte erneut, dass ihn seine Nettigkeit noch ins Grab bringen würde, und gab ihr für den Tag frei.

*

«Hast du den Lötkolben dabei?» Mado warf ihre Tasche in den Kofferraum, behielt aber die Zeitung, die sie im Grégoire aufgelesen hatte, in der Hand.

Wie sie erwartet hatte, verdrehte Fantomas die Augen. «Äußerst witzig, Mado. Ja, ich habe meinen Lötkolben dabei, aber ich werde ihn nicht brauchen. Ein Kumpel von mir hat gerade den Wagen gecheckt.»

«Einer von deinen Ufologen-Freunden?» Sie zwinkerte Alex zu, die neben ihr auf die Rückbank kletterte.

«Nein, nicht einer meiner Ufologen-Freunde, sondern einer meiner Automechaniker-Freunde. Im Gegensatz zu dir habe ich da 'ne Menge Auswahl.»

«Autsch.» Mado ließ ungerührt eine Kaugummiblase platzen.

«Ufologen-Freunde?», hakte Alex nach.

«Ja. Hat Fantomas dir nicht erzählt, dass er an Außerirdische glaubt?»

«Was heißt *glaubt*?» Fantomas startete den Motor. «Es *gibt* Außerirdische. Punkt.»

Loïc kramte im Handschuhfach nach einer geeigneten Kassette. «Freunde. Nicht diese Diskussion schon wieder.»

Mado musste lächeln, während Fantomas den Wagen auf die Landstraße in Richtung Aix-en-Provence lenkte. Die Musik von The Clash schepperte durch den kleinen Autolautsprecher. *Should I stay or should I go.*

«*Go* natürlich», sagte Alex voller Inbrunst. Mado betrachtete ihr glückliches Gesicht.

Wie sie das alles hier vermissen würde! Die Autofahrten mit Musik, ihre gemeinsamen Auftritte, ihre Kameradschaft, ja, auch wenn sie ihm das niemals verraten würde, selbst die Kabbelei mit Fantomas.

Während sie auf die Landstraße einbogen, schlug sie die Tageszeitung auf. Es waren die üblichen Meldungen von Krieg, Mord und Streik, vermischt mit Rezepten und Fashion-News. Mado betrachtete das Bild einer Blondine, deren Schulterpolster locker mit denen eines Rugby-

Spielers konkurrieren konnten, und blätterte wieder zurück zum Auslandsteil. Unter der Überschrift **Irak erhöht den Druck auf Iran** war das Bild von Kämpfern in einer Staubwolke hinter einem Wall aus Sandsäcken abgedruckt.

Sie sah von der Zeitung auf und ließ die Augen über die Landschaft draußen schweifen. Der erste Lavendel blühte auf den Feldern. Vor ihnen tauchte eines dieser igluförmigen Trockensteinhäuser auf, die sie hier *bories* nannten. Es war so leicht zu vergessen, was in der Welt vor sich ging, wenn man in der Provence lebte, dachte sie. Es genügte, keine Zeitung mehr zu lesen, kein Radio mehr zu hören. Man konnte sich einbilden, überall sei es so friedlich wie hier.

Sie erreichten die Stadtmauern von Sivergues, und Fantomas verlangsamte den Wagen. Eine uralte, schwarz gekleidete Frau tauchte vor ihnen auf.

«La Dent!», rief Fantomas aus und blieb stehen. Loïc und er stiegen aus. Durch das geöffnete Fenster hörte Mado, wie die zwei der alten Dame ihre Hilfe anboten, doch die schüttelte nur resolut den Kopf. Mado sah Alex an, die instinktiv nach ihrer Minolta griff.

«Nicht.» Sie legte eine Hand auf ihren Arm. «La Dent zu fotografieren, bringt Unglück, sagen die Leute hier.»

Alex fuhr sich durch ihr kurzes Haar. «Glaubst du an so was?»

«Nein, aber ...» Wie sollte sie es ihr sagen? Sie war mit Aberglauben aufgewachsen. Es war schwer, sich davon zu trennen. «Wir müssen die Sitten respektieren.»

«Entschuldige.» Alex ließ die Kamera wieder sinken. «Da hast du natürlich recht.»

Als Fantomas den Wagen startete, wollte Mado die Zeitung wieder zuschlagen, als ihr das Wort *Sprengstoff* in die Augen fiel. Es war nur eine kleine Notiz. Aus einem Steinbruch im belgischen Ecaussinnes waren 816 Kilogramm Sprengstoff gestohlen worden, ein absoluter Rekord.

Mado blickte erneut aus dem Fenster. Karge Felsen flogen an ihr vorbei. Sie wunderte sich darüber, dass ihre Kontakte in Paris ihr nichts davon gesagt hatten, aber vielleicht misstrauten sie ihr mittlerweile. Sie biss sich auf die Lippen, aber sie hatte ihre Entscheidung getroffen: Sie würde aussteigen. Auch wenn das bedeutete, dass sie für viele Jahre ins Gefängnis gehen musste. Aber danach würde sie ein neues Leben beginnen, ein normales Leben. Mit Freundschaften, mit ihrer Familie, wenn sie sich denn eines Tages gegenseitig verzeihen konnten, am liebsten hier in der Provence.

Sie betrachtete Alex von der Seite, die zu einem Lied der Raoul Petite im Sitzen tanzte. Ihre erste und einzige Freundin. Die Frau, der sie vielleicht eines Tages ihre Geschichte erzählen würde, die ganze.

Aber zunächst wollte sie diesen Sommer genießen. Es war vermutlich für eine lange Zeit der letzte in Freiheit. Das Netz zog sich enger, sie musste bald handeln.

Aber einen Sommer noch, das versprach sie sich und ließ eine Kaugummiblase platzen. Einen Sommer mit ihren Freunden. Wie eine ganz normale Frau.

*

Alex küsste ihren brandneuen, echten Reisepass, dann stopfte sie ihn in das Geheimfach ihrer Schultasche und trat zu Fantomas, der vor dem Plakat mit den RAF-Terroristen stand.

«Die sind echt viel attraktiver als unsere», bemerkte er und deutete auf das Bild von Adelheid Schulz. «Diese Frau hat so wahnsinnig sinnliche Lippen. Meinst du, dass sie auch beim Sex 'ne Waffe trägt?»

Ein Mann in dunklem Anzug, der einen eingeschweißten Ausweis an einem Band um den Hals trug, blickte ihn missbilligend an.

«Erstens, du Chauvi», bemerkte Alex, «geht es bei Revolutionärinnen nicht um Schönheit. Und zweitens ist das deutsche Konsulat wohl kaum der geeignete Ort, um sich lobend über Terroristinnen zu äußern.»

Fantomas sah sie staunend an. «Dein Französisch ist wirklich schon sehr viel besser geworden!»

«Dank Mado.»

«Ja, dank der alten Sklaventreiberin.» Er zeigte auf das Bild von Christiane Gärtringen. «Die hier würde ich übrigens auch nicht von der Bettkante stoßen!»

«Du bist wirklich widerlich, hat dir das schon mal jemand gesagt?»

«Ja, Mado erwähnte es ein paarmal. Alles geregelt?»

«Alles geregelt.» Alex klopfte auf ihre Schultasche. «Wir können gehen.»

Sie hatten Loïc bei seinen Eltern abgesetzt, und Mado war gleich nach ihrer Ankunft hinunter an den Hafen gegangen, angeblich, weil sie Fernweh hatte, deshalb war Alex allein mit Fantomas beim Konsulat gewesen.

«Um auf die Außerirdischen zurückzukommen», sagte er, während sie zum Wagen gingen.

Alex lachte. «Dieses Thema haben wir doch schon in Apt abgehakt.»

«Ja, weil Mado das so wollte! Aber jetzt ist sie nicht da. Wusstest du, dass ein Bauer in der Gegend ein Ufo gesehen hat?» Er musste ein bisschen lauter sprechen, weil ein Streicherquintett, das sich vor dem Konsulat postiert hatte, jetzt einen Satz von Brahms zum Besten gab.

«Nein, das wusste ich nicht», rief Alex zurück.

«Ist jetzt schon fast zwanzig Jahre her. Die Außerirdischen sind bei ihm im Lavendelfeld gelandet. Ich schwör dir, zehn Jahre lang wuchs an der Stelle nichts mehr!»

Er erzählte weiter, während er den Wagen durch den dichten Verkehr lenkte. «Jeder weiß, dass Außerirdische die Provence lieben. Ein Kumpel meinte, dass sie in letzter Zeit wieder öfter aufkreuzen würden. Über dem Plateau d'Albion.»

«Warum ausgerechnet dort?», fragte Alex, während sie einer Gruppe von barfüßigen Kindern zusah, die zwischen den Mülltonnen Ball spielten. Frauen in schwarzen Kleidern saßen auf Plastikstühlen vor einem Haus.

«Na, da sind doch die Atomraketen. Die finden sie wahnsinnig spannend. *Eh ben*, kann man von ihrer Warte auch verstehen.»

«Da ist was, bitte?» Alex verschluckte sich fast.

«Na, die französischen Atomraketen. Für den Fall, dass die Sowjets irgend 'n Scheiß bauen. Dann gibt's von unserer Seite aus ...» Er ballte die Hand zu einer Faust. «*Pouf, boum!*»

«Verstehe.» Alex fühlte, wie sich ihr Magen zusammenzog. Genau das war es, worüber sie nicht mehr nachdenken wollte. Atomwaffen. Scheiß Kalter Krieg. Schnell wechselte sie das Thema. «Wir fahren jetzt zu Loïc nach Hause, richtig? Warst du schon mal da?»

Fantomas' Miene verfinsterte sich, als ein Mopedfahrer so dicht an ihm vorbeifuhr, dass der Rückspiegel abknickte. «Noch nicht, nein. Aber ich hoffe, seine Maman hat uns was zu essen gemacht.»

Loïcs Eltern und sieben Geschwister wohnten in einer Seitenstraße unweit der Rue du Panier. Eine Gruppe von Jungs in ihrem Alter hatte sich vor einer Graffitiwand aufgestellt und spielte afrikanisch klingende Volkslieder. Alex hielt sich ihre Minolta vor die Augen und beobachtete ihre Gesichter. Der Typ, der das Akkordeon spielte, hielt die Augen geschlossen, während seine Finger über die Tasten tanzten. Fantomas bugsierte den Wagen in eine Parklücke. Der Akkordeonist öffnete die Augen, als spürte er, dass sie ihn beobachtete. Alex drückte ab.

Plötzlich wurde der Wagen von Schlägen erschüttert.

«*Putain de merde*, park deine Scheißkarre woanders, *espèce de con du 84*!» Ein kahl rasierter Kopf erschien vor dem Fenster.

«Tja, die mögen die Leute aus dem Vaucluse hier nicht so.» Fantomas startete den Wagen und fuhr seufzend wieder an.

«Und unhöflich sind sie auch», pflichtete Alex ihm bei.

«Das ist Marseille. Musst du wissen, wenn du dich mit Loïc einlassen willst.»

Alex konnte sich ein Lächeln nicht verkneifen. «Längst geschehen.»

«Ich meine ernsthaft, Alex. Mit Heiraten und Kinderkriegen und so.»

«Wow! Wo kommt das denn plötzlich her?»

«Verdammt!» Fantomas ohrfeigte sich rechts und links, während er die Straße hinabfuhr. «Ich hab ihm versprochen, nichts zu sagen.»

«Was denn?», fragte Alex beunruhigt.

Er drehte sich zu ihr. «Versprich mir, dass du ihm nicht sagst, woher du das hast!»

«*Äh* ... versprochen?»

«Loïc steht auf dich. Ich meine: so richtig. Kenne den Typen seit zwei Jahren. Und ich habe ihn noch nie so gesehen.»

Jemand hinter ihnen hupte.

«Ist rot, du Idiot!» Fantomas lehnte sich aus dem Fenster und deutete in Richtung der Ampel. «Rot!»

Der Wagen hupte wieder. Fantomas fuhr seufzend

an. «Auch das ist Marseille. Die Leute hier denken, dass Ampeln und Schilder nur Vorschläge sind. *Aber ist kein Vorschlag!*» Er ballte die Faust in Richtung des Dränglers. «Ist 'ne rote Ampel! Und wenn ich jetzt sterbe, dann nur wegen dir!»

«Willst du mir damit irgendwas sagen?», fragte Alex, nachdem er seine Schimpftirade beendet hatte.

«Ja.» Fantomas schnaufte. «Es würde mich nicht wundern, wenn der Kerl es sehr ernst meint. Ich meine, der liebt dich. Und er ist mein Lieblingskumpel. Also tu ihm nicht weh.»

«Tu ich nicht. Ich liebe ihn auch.»

Als sie endlich einen Parkplatz gefunden hatten, spielte die afrikanische Band noch immer. Sie betraten das Haus und stiegen eine enge Treppe empor, die nach Katzenurin roch. Ganz oben, hatte Loïc ihnen erklärt. Sie klopften, und ein etwa fünfjähriges Kind öffnete ihnen. Es trat Fantomas blitzschnell gegen das Schienbein, dann rannte es weg. Fantomas unterdrückte einen Fluch.

In einer Wohnküche, an der sich die Tapeten wellten, stand ein Tisch mit mehreren Stühlen. Einigen fehlten die Lehnen, andere waren nur dreibeinig. Kinder aller Größen liefen durch den Raum. Es roch nach Knoblauch. Loïcs Mutter, eine kleine schwarzhaarige Frau, brach bei ihrem Anblick in einen italienischen Wortschwall aus.

Mado, die offenbar schon vor ihnen angekommen und unter einem Berg jüngerer Geschwister verschwunden war, versuchte, sich aufzurichten.

Alex grüßte und stellte sich vor, doch die Mutter verwedelte ihre Worte in der Luft.

«Wir möchten gern Loïc besuchen», versuchte Alex es noch einmal. «Er ist doch hier?»

«Luigi ist in seinem verdammten Zimmer», fuhr die

Mutter sie an. Jetzt erst bemerkte Alex den Mann, der in der Ecke saß. Er trug seine verbliebenen Haare zu einer einzigen fettigen Strähne über den Schädel gekämmt und ein Unterhemd mit dem Emblem von Olympique Marseille. Nur einen Atemzug lang umfasste Alex ihre Minolta. Dann fing sie seinen feindseligen Blick auf und ließ den Apparat los, als hätte sie sich daran verbrannt. Mado deutete dezent auf eine Tür.

Alex fand Loïc auf einer Matratze liegen. Bei ihrem Eintritt schlug er ein Buch zu, als hätte sie ihn bei etwas Ungehörigem ertappt.

«Feuillets d'Hypnos», entzifferte sie die Worte auf dem Einschlag.

«Hat alles geklappt?» Loïc stand auf und schlang seine Arme um sie.

«Ja, ohne Probleme. Was ist das?» Sie deutete auf das Buch, das er sich jetzt in den Hosenbund stopfte.

«René Char. Der größte französische Dichter aller Zeiten. Ehrlich gesagt, der einzige Grund, warum ich hierher zurückgekommen bin. Wollte das Buch wiederhaben.» Aus der Küche drangen Rufe auf Italienisch. «Maman hat zum Essen gerufen. Lass es uns hinter uns bringen.»

«Was hat er geschrieben? Dieser René Char?»

Seine Augen leuchteten auf. «Die coolsten Sachen, die man sich vorstellen kann. *Wirklich du bist mit dem Leben im Rückstand / Dem unsäglichen Leben / Dem einzigen schließlich, dem du dich vereinigen magst.*»

Alex küsste ihn. «Bist du auch mit dem Leben im Rückstand?»

Er lächelte und umarmte sie wieder. «Jetzt nicht mehr.»

Sie fuhren auseinander, als Fettsträhne hereingepoltert kam. «Deine Mutter hat euch gerufen. Und das hier ist kein Bordell!»

«Immer sachte, Papa», sagte Loïc leise.

Der Vater hob drohend eine Faust. «In meinen eigenen vier Wänden tue ich, was ich will!»

Alex erstarrte.

«Na, wenn das so ist, wollen wir dir die vier Wände mal überlassen.» Loïc legte einen Arm um Alex und schob sie Richtung Tür.

Der Vater starrte Alex an und sagte einen Satz auf Italienisch, in dem sie die Worte *Flavoral* und *Nutte* verstand. Loïc schob sie weiter. «Lass uns gehen, mein Vater hat schon wieder gesoffen.»

Eine Ohrfeige knallte Loïc ins Gesicht.

Sekundenlang rührte sich niemand. «Beim nächsten Mal ruf ich die Bullen», sagte Loïc. «Aber mach dir keine Sorgen. Ein nächstes Mal wird es nicht geben, Papa. Ciao.»

Loïc nahm seine Maman in den Arm, und Alex versuchte, ihr die Hand zu geben. Mado wuschelte dem Jungen, der Fantomas getreten hatte, durch die Haare. Kaum hatten sie die Tür hinter sich geschlossen, brach drinnen ein Streit aus.

Sie hörten die Stimmen noch unten, als sie wieder auf der Straße standen. Etwas flog aus dem Fenster. Der Trompeter der Band duckte sich weg.

Nachdem sie ein paar Schritte gegangen waren, zündete Loïc sich eine Zigarette an. Seine Finger zitterten, als er das Streichholz abschlug. «Schlage vor, wir holen uns irgendwo 'ne Pizza.»

Alex nahm seine freie Hand und sagte kein Wort.

«Wir können auch wieder nach Hause fahren», schlug Fantomas vor. «Schön was rauchen in der Natur.»

Loïcs Gesicht war unbeweglich. «Nein, wir ziehen das jetzt hier durch.»

Sie schlenderten die Straße zum Vieux Port hinunter. Alex und Mado sahen sich an.

«Wusste gar nicht, dass ihr Italiener seid», sagte Fantomas nach einer Weile, um das Schweigen zu brechen.

«Sind wir auch nicht, wir sind Korsen.»

Fantomas kratzte sich am Kopf. «Gehört Korsika nicht zu Frankreich?»

In diesem Moment trat ein Mann in Polizeiuniform auf sie zu. «Alain! Wenn das mal kein Zufall ist!»

Fantomas schrak sichtlich zusammen. «Julien!»

«War neulich mal wieder in der Heimat.» Der Polizist sah Fantomas unbewegt an.

«Ja, schön da, nicht wahr?»

«Ja, sehr schön. Außer man erfährt, dass der Jugendfreund durchs Fenster türmt, nur um einem zu entgehen.»

«Das war ... wir haben geübt. Mein Freund hier ...» Fantomas deutete auf Loïc. «Er ist Seiltänzer. Und wir haben für unseren Auftritt heute Abend bei der *Fête de la Musique* geprobt.»

«Soso.» Der Polizist grinste noch immer. «Habt ihr denn dafür auch eine Genehmigung?»

«Wir brauchen keine Genehmigung!», protestierte Fantomas. «Es ist doch die *Fête de la Musique*, da darf jeder teilnehmen!»

«So, wollt ihr also Musik machen auf dem Seil?»

«Julien, es war nur ein ganz kleines bisschen Gras, und ich wollte kein Risiko eingehen, weil du ja jetzt so streng bist, lass uns gern mal treffen auf ein Bier, ich freu mich ja, dich zu sehen.» Fantomas redete sich um Kopf und Kragen.

«Ausweise!», bellte der Angesprochene.

Alex angelte den nagelneuen Reisepass aus ihrer Schultasche, und Loïc fischte eine zerfledderte *carte d'identité* hervor. Sie drehte sich nach Mado um. Doch die war plötzlich nicht mehr zu sehen.

Der Polizist nahm sich alle Zeit der Welt, um ihre Ausweise zu prüfen. Für Alex' bundesdeutschen Pass interessierte er sich am meisten. Als er die leeren Seiten zu Ende durchblättert hatte, wandte er sich wieder an Fantomas. «Ich sag dir das jetzt, weil wir mal Freunde waren, Alain. Hör mit den Scheißdrogen auf!»

Fantomas versicherte, dass er sich jetzt ganz auf die Feuerjonglage konzentrieren wolle.

Mado blieb verschwunden, selbst nachdem der Polizist abgezogen war. Sie gingen das Hafenbecken ab, für den Fall, dass Mado wieder das Fernweh überkommen hatte, und fragten Passanten nach ihr. Doch «hübsch mit langen schwarzen Haaren» schien hier kein Alleinstellungsmerkmal zu sein.

Am Ende gingen Loïc, Fantomas und Alex allein zum Auto. Loïc gab Fantomas Fahranweisungen für den Weg hinauf ins Marseiller Stadtviertel La Savine.

«Ich habe kein gutes Gefühl dabei, dass wir Mado zurückgelassen haben», bemerkte Alex leise.

«Wir suchen sie später weiter», beruhigte sie Loïc.

Die Sonne stand tief, als Fantomas den Wagen in Richtung Norden lenkte. Melodien wehten durch die heruntergekurbelten Fenster ins Auto. Am Campus der Université Aix-Marseille klang ihnen ein fröhlicher Bossa Nova entgegen, und eine Gruppe von Leuten in ihrem Alter, die wie Studenten aussahen, tanzten dazu. Als sie die *mairie* des 13. Arrondissements erreichten, wurden die Rhythmen härter. Und dann, als Fantomas den Wagen auf die Straße nach La Savine lenkte, verstummte die Musik ganz.

«Hier ist ja gar nichts los», bemerkte Fantomas, während sie immer weiter hinauffuhren. «Abgesehen von den Typen da hinterm Baum. Hast du die gesehen, Kumpel? Was die da haben, sieht eher nach Waffen als nach Instrumenten aus.» Und nach einer Pause: «Du, mir ist nicht ganz wohl.»

«Alles in Ordnung, die kenn ich», sagte Loïc, lehnte sich mit dem Kopf aus dem Fenster und stieß einen Pfiff aus. Die beiden Männer verschwanden.

«Woher denn so?» Alex wurde es jetzt auch ein bisschen mulmig.

«Bin hier aufgewachsen», erklärte Loïc knapp.

«Du bist in La Savine aufgewachsen?» Fantomas riss den Kopf zu Loïc herum. Das Auto schlingerte leicht.

«Na ja, nicht in La Savine direkt, die Siedlung gibt es ja erst seit elf Jahren. Aber in dem Hochhaus da hinten, siehst du's? Also quasi direkt nebenan.»

«Hat es mit diesem Viertel irgendwas Besonderes auf sich?», erkundigte sich Alex.

«Ja, wenn du mit *was Besonderes* meinst, dass es das härteste Pflaster von Frankreich ist.» Fantomas verlangsamte jetzt etwas.

«Nun übertreib nicht.» Loïc zündete sich eine Zigarette an. «In den Vororten von Paris ist es nicht besser, glaube ich.»

Fantomas sah ihn nicht an. «Ich weiß noch, wie wir in der neunten Klasse einen Ausflug nach Marseille gemacht haben», erklärte er mit leicht zitternder Stimme. «Ich musste Maman schwören, dass ich keinen Fuß in die *Quartiers Nord* setze. Sie meinte damals: Alain, da kommst du lebend nicht mehr raus!»

Loïc lachte, aber es klang nicht fröhlich. «Bin ich lebend wieder rausgekommen? Ja! Kommen wir alle hier wieder lebend raus? Auch ja.»

Wohntürme ragten vor ihnen auf, in denen die Fenster erleuchtet waren. Dunkelheit senkte sich über die menschenleeren Straßen. Von irgendwo ertönte ein Pfiff, ähnlich dem, den Loïc eben ausgestoßen hatte.

Alex räusperte sich. «Ist das hier so ’ne Art Mutprobe oder so was?»

«Nein.» Loïc sah angespannt aus. «Das ist mein Projekt.»

«Hier willst du übers Hochseil gehen?», fragte Alex nach.

«So ist es.» Er wandte sich an Fantomas. «Kannst da parken, Kumpel.»

«Papa bringt mich um, wenn er erfährt, dass ich seinen Wagen in La Savine geparkt habe», murmelte Fantomas.

«Tut er nicht», sagte Loïc, während sich nun eine Gruppe von schlecht gelaunt wirkenden jungen Männern auf sie zubewegte. «Vertrau mir einfach.»

«Dir vertrau ich ja, aber nicht denen da.» Fantomas machte eine Kopfbewegung in Richtung der Männer, die jetzt fast ihr Auto erreicht hatten, aber Loïc achtete nicht auf ihn. Mit einem Satz war er aus dem Wagen gesprungen, kaum, dass Fantomas angehalten hatte, und lächelte die Männer an. Sie begrüßten sich mit einer langen und kompliziert aussehenden Abfolge von Handbewegungen. «Marcel, Alter», sagte Loïc zu dem, der wie der Anführer wirkte. «Gut, dich zu sehen!»

«Gleichfalls. Hast du was für die ...», es folgte ein Wort, das Alex noch nie gehört hatte, «mitgebracht?»

Loïc deutete auf die Heckklappe. «Alles dabei.»

Alex stieg aus, und die Männer begrüßten sie zu ihrer Überraschung höflich mit Wangenküssen. Wenig später liefen ein paar etwa zwölfjährige Jungen auf sie zu. Sie waren sehr dünn und trugen Sporttrikots.

Einen Moment lang fühlte sie sich an die ersten Wochen nach ihrer Ankunft in Apt erinnert, denn wieder verstand sie nur Bruchstücke ihres Gesprächs. Fantomas nahm sie beiseite und weihte sie ein.

«Sie sind dankbar, sagen sie, weil die Stadt keine Musikgruppen in dieses Viertel geschickt hat. Deshalb wollte Loïc wohl hierher.»

Alex nickte und beobachtete, wie Loïcs Art zu sprechen, seine Körperhaltung, wie sich überhaupt alles an ihm veränderte, je länger er sich mit den Leuten hier unterhielt. Sie hob ihre Minolta, um diese neue Version von ihm zu fotografieren, aber Loïc, der ihre Bewegung wahrnahm, schüttelte den Kopf.

Mado müsste jetzt hier sein, schoss es ihr in den Sinn. Sie stellte sich vor, wie die jüngsten Kinder um sie herumtoben würden, wie Mado sie mit ihrer Wolfsmaske zum Lachen brächte, wie sie genau wüsste, was man sagen musste, damit sich ihre Gesichter entspannten.

Mado, dachte sie. Warum bist du nicht da?

Sie half Loïc und Fantomas, das Seil zwischen zwei Laternen zu spannen, nicht zu hoch, damit auch die Kinder darauf balancieren konnten. Dann entzündete Fantomas die Feuerkegel und begann zu jonglieren.

Und Loïc sprang aufs Seil.

Alex fotografierte ihn im Gegenlicht, eine schwarze Seiltänzersilhouette im Schein von Fantomas' Fackeln und den Straßenlaternen. Sie machte ein Bild von ihm, wie er mit einem Rückwärtssalto hinuntersprang, und dann, wie er einen der Jungen ermunterte, über den schwankenden Strick zu gehen.

Ihr schien, als müssten die Jungen um ihr Gleichgewicht kämpfen, aber nicht so sehr wie jemand, der das zum ersten Mal tat. Als wären sie erst jetzt, wo sie der Straße enthoben waren, in ihrem Element.

Auf der Rückfahrt sagten sie kein Wort.

Fantomas lenkte den Wagen zum Alten Hafen hinunter. Und da saß sie und blickte ihnen entgegen, so, als hätte sie sie erwartet. Genau an der Stelle, wo sie Julien, den *flic* getroffen hatten, wenige Stunden zuvor. Sie erhob sich von ihrem Poller, schob sich die langen, glänzenden Haare über die Schulter und lächelte.

«Da seid ihr ja endlich», sagte Mado.

LUBÉRON, JULI 1984

Sechs Monate vor dem Mord

Hört endlich auf, mich zu nerven, ich hab mich in der Menge verloren, wie oft soll ich euch das noch erklären!» Mado befestigte ein paar Lavendelhalme in ihrem geflochtenen Zopf. Ihre Rückkehr aus Marseille war nun eine Woche her, und noch immer bedrängten die Freunde sie mit ihren Fragen.

«Ich verstehe es nur einfach nicht.» Fantomas streckte sich im Schatten aus. «So dicht war die Menge um uns herum doch gar nicht. Außerdem haben wir uns echt Sorgen um dich gemacht!»

Es war Montag, Ruhetag in der *Auberge des Falaises*, und Loïc wollte ein Seil über einer Schlucht weiter flussaufwärts spannen, um darauf spazieren zu gehen. Er hatte sogar Pfeil und Bogen mitgenommen, um das Seil auf die andere Seite der Schlucht zu schießen, wo Fantomas es an einem Baum befestigen sollte, aber der Plan war an Fantomas' Phlegma gescheitert. Es sei einfach viel zu heiß, meinte er.

Alex genoss die Stille hier oben in den Bergen. Im Garten der Merciers bogen sich die Kirschbäume unter der Last ihrer roten Früchte, und in den Tälern dehnten sich die Lavendelfelder wie ein violettfarbenes Meer. Im Vergleich dazu erschien ihr Marseille wie ein ferner, lauter, schmutziger Ort.

Hinter ihren halb geschlossenen Lidern bemerkte sie eine Bewegung. Madame Mercier trat mit einem Tablett in den Händen auf sie zu. Darauf balancierte sie eine Karaffe und fünf Gläser.

Alex, die zwischen Loïcs Beinen saß, seufzte wohlig. «Es stimmt schon, Mado. Wir sorgten uns gar sehr.»

«Du klingst, als kämst du aus dem letzten Jahrhundert, Mädchen», bemerkte Madame Mercier, die das Tablett auf dem Baumstumpf absetzte, der ihnen als Tisch diente.

«Das liegt daran, dass sie gerade Alexandre Dumas den Älteren liest.» Mado sprang auf, um ihrer Nachbarin das Tablett abzunehmen. «Ist das etwa Ihre berühmte Zitronenlimonade? Ich glaube, ich bin gestorben und jetzt im Paradies!»

Madame lächelte geschmeichelt, und Loïc holte einen Stuhl aus der Scheune für sie.

«Zwingt Madeleine dich dazu, diese alten Schinken zu lesen?» Madame Mercier schenkte jedem von ihnen ein Glas ein.

«Mein ewiger Dank sei Ihnen gewiss, Madame», versicherte Alex, die ihr Glas entgegennahm. «Ja, zu Beginn war es in der Tat eine Übung, zu der ich mich verpflichtet fühlte. Nun aber scheue ich die Mühe nicht länger, und die Freude über die drei Musketiere hat obsiegt.»

«Sehen Sie, Madame Mercier?», frohlockte Mado. «Also, ich bin sehr beeindruckt!»

«Nun denn, wenn es hilft, unsere schöne französische Sprache unter den Ausländern zu verbreiten ...» Madame Mercier wirkte nicht sehr überzeugt.

Alex und Loïc sahen sich an und unterdrückten ein Lachen. Seit der Fahrt nach Marseille fühlte sie sich ihm noch näher. Sie hatten lange miteinander geredet in der darauffolgenden Nacht. Loïc hatte ihr von seiner Kindheit im Norden von Marseille erzählt. Wie er sich damals gewünscht hatte, einen menschlichen Kompass zu haben, jemand, der ihm zeigte, dass es noch etwas anderes gab als Maloche und Drogendealerei.

«Und wie wurdest du zu dem Loïc, den ich liebe? Der Kinder zum Staunen bringt und über Hochseile spaziert?», hatte sie ihn gefragt.

«Der kam erst spät zum Vorschein. Nachdem wir in den *Panier* gezogen sind. Mit dem Stadtteil habe ich auch die Schule gewechselt.»

Er erzählte von seinem Französischlehrer, einem jungen *mec*, kaum älter als er selbst, der in seiner Freizeit von zwölf Meter hohen Klippen in den Calanques sprang und Gedichte las. Loïc und ein paar andere Jungen aus der Klasse waren ein paarmal mit ihm ans Meer gefahren und ebenfalls von einer Klippe gesprungen, was niemand wissen durfte, vor allem nicht sein Vater, der ihn dafür verprügelt hätte. Die Höhe hatte es ihm angetan.

«Aber ich wollte nicht springen, ich wollte oben bleiben», flüsterte er in Alex' Schulter. «Verstehst du?»

Sie verstand ihn sehr gut.

«Alex muss nächsten Montag ihre Sprachkenntnisse unter Beweis stellen», nahm Mado das Gespräch mit Madame Mercier jetzt wieder auf. «Dann wird sie sich nämlich an der Kunsthochschule von Aix-en-Provence um einen Studienplatz bewerben.»

«Zu viel der Ehre. Ich werde der Schule lediglich einen Besuch abstatten. Zum Tag der offenen Tür.»

«Wenn du uns endlich erzählst, warum du vor meinem Freund Julien geflüchtet bist, kann ich euch fahren.» Fantomas goss seine Limonade in einem Zug hinunter. «Dann machen wir die Tour zu viert.»

«Sehr gut, einer für alle», lobte Mado.

Alex reckte Loïcs Köcher mit den Pfeilen und seinen Bogen in die Luft. «Und alle für einen!»

Fantomas zog die Brauen zusammen. «Verdammt. Fällt mir jetzt erst ein: Nächsten Montag braucht mein Vater seinen Wagen. Müsst ihr doch mit dem Mofa hinfahren.»

«Mit dem Mofa nie im Leben», widersprach Mado. «Dazu ist die Strecke durch die Schlucht zu weit. Wenn wir da liegen bleiben! Zwischen Apt und Aix gibt es keine einzige Tankstelle. Aber wir könnten per Anhalter fahren.»

«Kinder!» Madame Mercier knetete ihre Hände. «Das solltet ihr auf keinen Fall tun. Dieses Per-Anhalter-Fahren ist sehr gefährlich!»

«Alex ist schon durch ganz Europa per Anhalter getourt», erklärte Loïc stolz.

«Wirklich?» Madame Mercier wirkte nicht beeindruckt. «Na, dann hast du bislang mächtig Glück gehabt, Mädchen. Warum nehmt ihr nicht den Bus?»

«Was?», entrüstete sich Mado. «Das sind hin und zurück vier Stunden Fahrt!»

«Lieber vier Stunden im Bus verbringen als für immer tot im Graben.» Madame Mercier blickte düster. «In der Schlucht treibt in letzter Zeit ein Vergewaltiger sein Unwesen. Stand im *Provençal*.»

Fantomas legte sich ins Gras und streckte alle viere von sich. «Am allerbesten ist es immer noch, wenn man gar nichts tut», schlussfolgerte er.

Alex aber wollte etwas tun, sie musste sich nur noch entscheiden. An der Kunsthochschule könnte sie Techniken wie die von Dora Maar studieren, aber ihr gefiel auch die Vorstellung, das Handwerk von der Pike auf zu lernen. Raymond Charrentier hatte ihr eine Lehrstelle in seinem Fotostudio in Apt in Aussicht gestellt, wollte sie aber vorher noch ein bisschen kennenlernen, hatte er gesagt.

Am Markttag vor ihrem geplanten Trip nach Aix-en-Provence traf sie ihn im Grégoire.

«Du bist also in Westdeutschland aufgewachsen», stellte er fest, während sie ihren Kaffee tranken. «Im hohen Norden, richtig? Das stelle ich mir spannend vor.»

Alex wusste nicht, was so spannend an einer Kindheit im Dauerregen sein sollte, außer man bezog seine Erregung aus einer stattlichen Sammlung von Gummistiefeln, und das formulierte sie auch so.

Monsieur Charrentier lachte. «Und witzig bist du auch. Das gefällt mir. Ganz zu schweigen von deinen Bildern. Aber das habe ich dir ja schon an deinem Geburtstag gesagt. Deine Porträts sind wirklich sehr gut.»

Ob er denn keine anderen Lehrlingsanwärter hätte, wollte sie von ihm wissen.

Monsieur Charrentier schüttelte den Kopf. «Den einen oder anderen Interessenten hätte ich schon, aber bislang hat mich niemand so begeistert wie du.» Er erzählte, dass er erst seit zwei Jahren im Lubéron lebe, ursprünglich aus Paris stamme und noch dabei sei, sein Geschäft aufzubauen.

Aus den Augenwinkeln sah Alex, dass Mado und Fantomas, die mit Loïc ein paar Tische weiter saßen, sich wieder einmal stritten. Sie konnte nicht verstehen, worum es ging, aber auf einmal schlug Fantomas seine Faust auf die Platte und brüllte: «Du bist so eine Spießerin, Mado!»

«Eine turbulente Freundschaft, zwischen den beiden da», bemerkte Monsieur Charrentier.

Alex sah zu Loïc hinüber, der sich zurückgelehnt hatte und finster aussah. «Ja, da stimme ich zu.»

«Und – hast du auch schon politische Fotos gemacht? Ich meine so fotojournalistische Sachen, Streiks, Demonstrationen? In Westdeutschland ist ja so einiges los!»

Alex dachte an einen Tag in der zwölften Klasse, an dem sie mit Bine auf eine Friedensdemo gegangen war. Sie hatte sich erst im letzten Moment gegen die Minolta entschieden, weil sie Angst hatte, für eine Spionin gehalten zu werden. Oder schlimmer noch: einen Bullen in Zivil.

«Mein Interesse ist den Menschen in ihrem privaten Umfeld vorbehalten», erklärte sie.

«Meins auch», raunte eine Stimme an ihrem Ohr.

Sie blickte auf und sah den Normannen, der sich eine Zigarette anzündete. «In Ordnung, wenn wir uns dazusetzen?», fragte er.

Gabriel, der neben dem Normannen stand, zog eine entschuldigende Grimasse.

Alex stand auf. «*Bonjour* Gabriel. *Au revoir* Monsieur Charrentier. Mich dünkt, wir verhandeln diese Angelegenheit lieber weiter, wenn ich aus Aix-en-Provence zurückgekehrt bin.»

Der Fotograf hielt eine Hand hoch. «Eine Sache nur, Alex. Ich weiß, dass du diese ganzen alten Schinken liest, um dein Französisch zu verbessern.»

«Ja?»

«Lies auch mal was Modernes. Oder guck Fernsehen oder so.»

«Ihr Wunsch ist mir Befehl, Monsieur Charrentier.»

Alex ließ sich auf den freien Platz neben Loïc fallen und blickte zwischen Mado und Fantomas hin und her. «Es scheint, als haltet ihr ein Rendezvous für ein Duell.»

«Kein Rendezvous, kein Duell, nix mehr», grollte Fantomas. «Sag deiner Freundin, dass sie für mich gestorben ist!»

«Du kannst es mir ruhig selbst sagen», erwiderte Mado hitzig. «Ich sitze direkt neben dir.»

Alex fühlte, wie Loïc unter dem Tisch ihre Hand nahm. «Mado hat uns die Wahrheit gesagt. Warum sie wirklich verschwunden ist in Marseille.»

«Du kannst es verstehen, oder?» Mado wandte sich zu Alex. Ihre Schminke war verlaufen, und in ihren blauen Augen flackerte ein seltsames Licht. «Sag, dass du es verstehst!»

«Was denn?»

«Dass ich keine Lust auf eine Nacht in der Zelle hatte! Fantomas hatte schon wieder seine Drogen dabei, stell dir vor, sie hätten die gefunden, wir hätten alle mit dringehangen!»

«Du bist so was von paranoid», schnaubte Fantomas. «Ich hatte ’n bisschen Gras dabei, oh ja, die Welt geht unter!»

«Ich verstehe dich», sagte Alex schlicht. Und an die anderen beiden gewandt: «Man darf sehr wohl Angst haben, wenn Polizisten einen kontrollieren! Umso mehr, wenn der Freund, mit dem man unterwegs ist, Drogen dabeihat! Und? Wollt ihr sie deshalb auf ewig in der Hölle schmoren lassen?»

Loïc und Fantomas starrten sie an.

«Liest du jetzt die Bibel?», brachte Fantomas endlich hervor.

«Bedauere, es sind immer noch ‹Die drei Musketiere›.» Alex seufzte. «Ihr ahnt nicht, wie voluminös der Band ist.»

Die Hitze lag über der Combe de Lourmarin wie eine dicke, schwere Decke. Alex fächelte sich mit der Mappe, die Gabriel ihr geliehen hatte, Luft zu. Der Bauer hatte sie an einem Feldweg etwa zehn Kilometer hinter Apt abgesetzt, und jetzt standen sie in dieser von Gott und allen Fahrern des Départements verlassenen Schlucht. Es war, als hätte jemand den autofreien Montag ausgerufen. Dabei waren sie extra früh nach Aix-en-Provence aufgebrochen, um der Mittagshitze zu entgehen.

«Was ist, wenn wir verdursten?», fragte sie.

«Wird, glaube ich, nicht passieren.» Mado schüttelte den Kopf, dass ihre glitzernden, christenkreuzförmigen Ohrgehänge klimperten. «Hier fließt normalerweise der Aigue Brun durch. Deswegen auch der Name *Schlucht*, weißt du? Der Fluss trennt hier den Großen vom Kleinen Lubéron.»

«Deine geografischen Kenntnisse in allen Ehren, aber wenn du *normalerweise* sagst, meinst du, dass der Aigue Brun auch jetzt im Juli fließt?»

Mado ließ sich auf einen Stein sinken. «Bin zu entkräftet, um nachzusehen.»

Alex blickte umher auf der Suche nach Schatten. Aber da war nichts als Stein und Gestrüpp. Ein einsames Haus erhob sich in der Ferne. Zikaden sangen ihr eintöniges Lied.

«Wer auch immer gleich anhält», sagte sie an Mado gewandt. «Du steigst diesmal hinten ein, in Ordnung?»

Mados blaue Augen leuchteten in der Sonne. «Warum das denn?»

Alex deutete auf ihre Stilettos, das Minikleid, die Ketten, die sie darüber trug, ihre langen, schwarzen Haare. «Weil das alles ein bisschen zu schön zum Trampen ist. Weil *du* zu schön bist. Das bringt dich in Gefahr.»

«Gefahr, pff.» Mado klopfte einen Stein aus einem ihrer hochhackigen Schuhe. «Wir sind erwachsen und können uns wehren, oder?»

«Trotzdem. Ist sicherer, wenn ich vorne sitze.»

Mado hob eine Augenbraue. Dann fischte sie in ihrer Handtasche nach einem Lippenstift. «Ja, was? Wenn die uns hier verdurstet finden, will ich wenigstens gut aussehen.»

Alex ließ sich neben sie fallen. «Kann ich dich mal was fragen?» Sie wechselte ins Deutsche.

«Machst du ja schon.»

«Warum bist du wirklich weggelaufen in Marseille, als der Polizist aufgetaucht ist? Mit deinen Papieren ist jetzt alles in Ordnung, oder?»

«Natürlich ist mit meinen Papieren alles in Ordnung!» Mado lachte und zupfte an ihren Spitzenhandschuhen. «*Ich* bin nicht diejenige, die ihren Reisepass mit dem von fremden Fahrern vertauscht!»

Alex schwieg. Ein Raubvogel zog tief über ihnen Kreise. Die Hitze wog schwerer denn je.

«Pass auf», sagte Mado endlich. «Ich will nicht sagen, dass da nicht noch ein anderer Grund wäre. Aber ich kann darüber nicht reden. Noch nicht. Du wirst alles erfahren. Vertraust du mir?»

«Natürlich vertraue ich dir.» Alex hob ihre Minolta. «Kann ich ein Foto von dir machen, wie du da sitzt?»

Mado öffnete den Mund zu einer Antwort, doch in diesem Augenblick hörten sie das Geräusch eines Motors.

Es war ein Auto, und besser noch: Es hielt.

«Kann ich euch an der Rotonde absetzen?», fragte der Fahrer, der sie nach Aix mitgenommen hatte. «Von da aus könnt ihr zu Fuß zur Kunsthochschule gehen.»

Alex blickte sich um, als sie ausstieg: Glanzpolierte Autos sausten über den Cours Mirabeau, alle mit heruntergekurbelten Fenstern, aus denen Stimmen und Lieder herauswehten. Männer und Frauen, viele davon in ihrem Alter, saßen in den Cafés, und ein nie abreißender Strom von Neuankömmlingen verteilte Wangenküsse an ihre bereits wartenden Freunde. Aus einer Jukebox drang Madonnas «Material Girl».

«*Jeunesse dorée.* Die goldene Jugend.» Mado wechselte

erneut ins Deutsche. «Aix ist so eine Art Reichenvorort von Marseille, musst du wissen. Falls du wirklich vorhast, hierherzuziehen.»

Alex beobachtete eine Frau, die hingebungsvoll ihrem männlichen Gegenüber lauschte und deren einziger Beitrag zur Konversation darin bestand, ihre langen blonden Haare von einer Seite zur anderen zu verfrachten. «Na, ich bin mir sicher, dass die an der Kunsthochschule anders drauf sind», meinte sie.

Sie bogen in das Gewimmel der Seitenstraßen ein. Überquellende Blumenläden reihten sich an Konditoreien, Gemüsegeschäfte und Fromagerien, aus denen es so köstlich duftete, dass Alex jetzt erst bemerkte, wie hungrig sie war.

«Ich habe zwanzig Francs und den unbedingten Willen, sie auszugeben», erklärte sie.

Mado lachte. «Zwei Baguettes, eine Tüte Kirschen und eine wirklich gute Käsesorte sollten für den Preis drin sein. Geht aber heute auf mich, der Spaß.»

Sie füllten ihre Flaschen mit Wasser aus einer Fontäne und spritzten sich gegenseitig so lange nass, bis die Umstehenden protestierten.

Dann setzten sie sich mit ihrem *casse-croûte* auf die Stufen eines Hauseingangs und beobachteten das Treiben um sie herum.

«Was ist das nur mit euch französischen Frauen», sinnierte Alex, «dass ihr alle so gut ausseht?»

«Ist vor allem in Aix-en-Provence so», entgegnete Mado. «Und natürlich in Paris.»

«Schon ein bisschen unheimlich.» Alex hielt sich die Kamera vor die Augen und blickte durch den Sucher. Eine Gruppe von langbeinigen Frauen in gut geschnittenen Kleidern schritt vor ihr über den Platz. «Sie sehen fast aus, als wären sie nicht echt.»

«Oh, glaub's mir, sie sind es. *Aixoises,* wie sie leiben und leben.»

Eine der Frauen blieb mit ihrem Absatz zwischen zwei Pflastersteinen stecken. Die anderen drehten sich zu ihr um und lachten. Eine hielt die Unglückliche fest, während die sich vorbeugte, einen nackten Fuß in die Luft gereckt, um ihren Schuh zu befreien. Alex drückte ab.

Als sie die Kamera wieder herunternahm, bemerkte sie, dass Mado sie ansah.

«Wie machst du das?», fragte sie.

«Was?» Alex verstaute die Minolta wieder in ihrer Schultasche.

«Immer den richtigen Moment zu finden.»

Alex zuckte mit den Schultern. «Hab das wohl ganz gut trainiert.»

«Ich würde das auch gern können.»

«Was, fotografieren?»

«Den richtigen Moment finden.» Mado sah aus, als ob sie noch etwas sagen wollte. Doch dann schloss sie den Mund wieder.

Die Kunsthochschule erinnerte Alex an ihre alte Schule in Hamburg. Lange Säulengänge, ein Schulhof und über allem der Geruch von Druckerfarbe, Klebstoff und Papier.

«Verzeihen Sie, bitte.» Sie wandte sich an ein Linda-Evangelista-Lookalike, das in diesem Moment an ihnen vorüberstelzte. «Könnten Sie mir bitte sagen, wem ich meine Mappe zeigen darf?»

Die Angesprochene presste ihre knallrot geschminkten Lippen aufeinander. «Malerei oder Skulptur?»

«Fotografie.»

«*Eh bien,* dann wohl mir.» Sie blickte auf die Uhr an ihrem Handgelenk. «In einer halben Stunde. Mein Büro ist dort drüben.»

Ein Mädchen in Begleitung eines älteren Ehepaars schob sich so dicht an ihnen vorbei, dass Alex gegen Mado stieß und diese wiederum auf ihren Stilettos ins Wanken geriet. Die Dame an der Seite des Mädchens redete in einer Alex unbekannten Sprache auf die Remplerin ein, dann wandte sie sich höflich an Mado.

«مشکلی نیست», antwortete Mado geistesabwesend.

Alex blieb der Mund offen stehen. «Was war das denn für eine Sprache?»

«Persisch.» Mado winkte ab. «Wollen wir noch ein bisschen herumgehen, bevor du dich zu dem Mode-Drachen ins Büro setzt?»

«Du sprichst Persisch?»

«Ich habe nur *keine Ursache* auf Persisch gesagt. Es war offensichtlich, dass sich die Dame bei mir entschuldigt hat.»

Ein Junge tippte Mado schüchtern auf die Schulter. Er musste sich dafür auf die Zehenspitzen stellen, so viel größer war sie. «Entschuldigen Sie, aber könnten Sie sich vorstellen, für mich Modell zu sitzen? Ich ... ich zahle auch dafür.»

Mado betrachtete den Jungen mit zusammengekniffenen Augen.

Alex ging rasch dazwischen. «Meine Freundin ist leider sehr schüchtern», sagte sie.

Der Junge riss ungläubig die Augen auf.

«Können wir noch mal darauf zurückkommen, dass du Sprachen aus allen Winkeln der Welt beherrschst?» Alex drückte sich an einer überdimensionierten Pappmaschee-Puppe vorbei.

«Nicht aus allen Winkeln. Und nein, auf dieses langweilige Thema können wir nicht zurückkommen. Ich habe mal *keine Ursache* auf Persisch aufgeschnappt, jetzt habe ich es eben benutzt, *voilà, fin de l'histoire*. Oh, sieh mal da, dieser eingestürzte Betonpfeiler! Ob das wohl eine Skulptur ist oder eher der unglückselige Ausgang eines Renovierungsversuchs?»

«Woher soll ich das wissen, ich bin keine Expertin!»

«Na ja, aber angehende Kunststudentin.»

«Ich bin mir da nicht mehr so sicher. Ehrlich gesagt, kann ich nicht einmal malen.»

«Wirklich nicht?»

Alex hob bedauernd die Schultern. «Der Geist ist willig, aber die Zeichnungen sind schwach.»

«Vielleicht musst du das im Gespräch mit dem Mode-Drachen nicht gleich im ersten Satz erwähnen.»

Alex seufzte. «Was sage ich dann?»

«Alexandra Richter. Ich komme aus Hamburg.» Alex versuchte, Linda Evangelista die Hand zu reichen, doch die nickte nur und deutete auf einen Stuhl.

«Und Sie wollen aus welchem Grund Kunst studieren?»

«Ich interessiere mich für Fotografie.»

«Und Sie haben Arbeitsproben mitgebracht?»

«Ah ja, sicher.» Alex öffnete die Mappe. Da lagen sie, in Seidenpapier eingeschlagen, damit sie nicht verklebten: Loïc in seinem Staunen, Fantomas, der lässig am Wagen lehnte, Gérard in seiner John-Travolta-Pose, Monsieur Brahimi als Revolutionär.

«Erstaunlich.» Linda Evangelista machte einen Schmollmund. «Sie sind wie alt, wenn ich fragen darf?»

«Zwanzig.»

«Sie sind erst zwanzig und trotzdem schon so konventionell?»

«Konventionell?» Alex verschluckte sich fast. Es war das erste Mal in ihrem Leben, dass jemand sie so nannte.

«Ja, konventionell.» Die Professorin schien sich an

dem Adjektiv nachgerade zu berauschen. «Ihre Technik ist gut. Die Subjekte treten klar zutage, die Belichtung stimmt, aber es tut mir sehr leid ...» Sie ließ die Bilder fallen, als wären sie obszön. «Das ist nun wirklich keine Kunst.»

So vorsichtig sie konnte, schlug Alex die Bilder wieder ein und verstaute sie in Gabriels Mappe. Ihre Finger zitterten nicht.

«Jetzt habe ich Sie verärgert», stellte die Professorin fest. «Das war nicht meine Absicht.»

«Ich bin nicht verärgert», erklärte Alex mit fester Stimme. «Nur erstaunt, dass Sie nicht richtig gucken können, so als Kunstprofessorin.» Sie erhob sich und klemmte sich die Mappe unter den Arm. «Und wer mich ärgert, bestimme immer noch ich.»

Der Statuenfriedhof an der Ausfahrt von Aix-en-Provence wirkte wie eine Mischung aus Vorgarten und Apokalypse. Enthauptete Marmorfiguren standen einträchtig neben Engeln, denen ein Flügel abhandengekommen war, Resten von römischen Pfeilern und abgebrochenen Balkonen, komplett mit Eisengirlanden in Weinrebenform. Ein Verkäufer beschwor lauthals die Vorzüge einer Badewanne mit Löwenfüßen. Besucher fotografierten sich gegenseitig vor Römerschrott.

«Zu konventionell!» Alex konnte es noch immer nicht fassen. «Das muss ich meinen Eltern erzählen, dass mich eine Professorin zu konventionell findet.» Ein ganzer Schwung Autos rauschte ihnen entgegen, und sie reckte ihren Daumen. Ohne es zu merken, war sie ins Deutsche gerutscht. «Mensch, werden die sich freuen! War ihre Erziehung also doch nicht umsonst.»

«Du bist zwanzig. Wird dir ab jetzt häufiger passieren, dass man dich konventionell nennt.» Mado grinste.

«Wie *leben* Menschen mit diesem Vorwurf?»

«Man gewöhnt sich mit der Zeit dran. Gehört zum Alterungsprozess. So, Alex, und jetzt gibst du mir mal deine Kamera und stellst dich da hin!» Sie deutete auf einen Engel, der noch seine zwei Flügel besaß.

Alex kicherte und stellte sich vor die Marmorstatue.

Klick, machte es, und Mado nahm die Minolta wieder herunter. «Oh Gott, keine Ahnung, ob das Bild scharf geworden ist. Sah aber super aus!» Sie deutete in Richtung des Engels. «Er würde unseren Vorgarten sehr zieren, nicht wahr?»

«Ich bin mir nicht sicher, ob dieses Gepäckstück unsere Chancen beim Trampen erhöht.»

Tatsächlich standen sie jetzt schon seit zwei Stunden auf dem Seitenstreifen vor dem Statuenfriedhof. Niemand hielt an.

«Die Fahrer kommen alle aus Aix und haben genug schöne Frauen gesehen», mutmaßte Mado.

«Gut möglich. Der Anblick kann schon ermüdend sein. He, guck mal, der Typ da! Hält der für uns?» Alex deutete auf einen roten Peugeot, der neben einer zerstörten Marmortreppe hielt. Aus dem heruntergekurbelten Wagenfenster schmetterte Julio Iglesias.

«Nicht, der ist blöd!», zischte Mado.

«Warum das denn?»

«Hör doch mal auf die Musik!»

«Wenn du jetzt nur noch bei Leuten einsteigst, die Raoul Petite hören ...»

«Hallo, ihr zwei!», rief der Fahrer zu ihnen herüber. «Ich fahre nach Bonnieux. Und ihr?»

«Nach Apt», sagte Alex, ohne weiter auf Mados Protest zu achten. Als sie den Wagen erreicht hatten, deutete sie mit dem Kopf auf die hintere Autotür, und Mado stieg augenrollend ein. Erst jetzt bemerkte Alex, dass auf der

Rückbank, die mit Zeitungspapier ausgelegt war, ein Bündel geköpfter Hühner lag.

Der Fahrer zündete sich eine Zigarette an, während er wieder anfuhr. Ein Stück Glut flog durch den Wagen. «*De niña a mujer*», schnulzte es aus dem Lautsprecher.

«Ich wäre Ihnen sehr verbinden, wenn Sie meine Haare nicht in Brand setzen würden», bemerkte Mado von hinten.

Der Fahrer musterte sie im Rückspiegel und grinste. «Bist 'n hübsches Mädchen. Aber zum Glück für deine Freundin steh ich mehr auf halbe Jungen wie sie.» Er legte Alex eine Hand auf ihr Bein.

«Pfoten weg!» Alex schob seine Hand beiseite, aber jetzt schlug ihr Herz schneller.

Der Fahrer grinste und beschleunigte. In diesem Moment bemerkte Alex das Jagdgewehr, das er mit dem Lauf nach oben an seine Seite geklemmt hatte. Der Fahrer sah ihren Blick und grinste noch breiter. «Jagdsaison ist eröffnet.» Er bog auf die Route Nationale in Richtung Lourmarin ab. «Meine zumindest. Was soll ich sagen? Ganz schön leichte Beute in diesem Jahr.»

Ganz still war es hinten auf der Rückbank geworden. Alex traute sich nicht, sich umzudrehen. Julio Iglesias' Stimme zitterte sich dem Höhepunkt seines Liebesliedes entgegen. Hühnerfedern flogen umher.

Als sie die Stadt hinter sich gelassen hatten, verlangsamte der Fahrer seinen Wagen, lenkte auf einen Seitenstreifen und blieb stehen. Und während Julio Iglesias «L'homme que je suis» anstimmte, griff er nach seinem Jagdgewehr. Mit einer Geschwindigkeit, die Alex ihm nicht zugetraut hätte, richtete er den Lauf auf sie. «Hose runter!», sagte er rau.

Im nächsten Augenblick blitzte eine Klinge an seinem Hals auf.

«Ganz schlechte Idee, Arschloch», hörte sie Mados Stimme von hinten. Dort, wo die Spitze seinen Hals berührte, sickerte ein Tropfen Blut.

Dann knallte der Schuss.

APT, GEGENWART

Alex wusste nicht, wie lange sie so dastand und Véronique Lamont ansah, die in Wirklichkeit Mado war. Die Frau, die sie aus großer Not gerettet, aber auch verlassen hatte nach jenem schrecklichen Wintertag.

Vanilleduft stieg von ihrer Haut auf. Vorsichtig, damit Mado es nicht merkte, sog sie ihn ein.

«Wenn es einen Menschen gibt, auf dessen Augen Verlass ist, dann bist du es», redete Mado sie auf Deutsch an. «Du hast mich sofort erkannt, ich bin beeindruckt.»

Noch immer brachte Alex keinen Ton hervor. So viele Fragen wirbelten ihr durch den Kopf, dass sie nicht wusste, wo sie beginnen sollte.

«Du hast einen tollen Blick, Alex, hattest ihn schon damals. Und ich liebe die Filme, die du gedreht hast. Habe sie alle gesehen. Das war einer der Gründe, warum ich wollte, dass du bei diesem Projekt die Kamera führst. Aber nicht der Hauptgrund.» Ihr Blick fuhr über den Mondsteinring an Alex' Finger, dann wanderte er zurück zu ihrem Gesicht.

«Warum hast du dich nie mehr bei mir gemeldet?», fragte Alex heiser.

«Das ist eine Frage, die ich dir beantworten werde. Sehr bald.»

«Warum hast du einen anderen Namen angenommen?»

«Auch das werde ich dir erzählen. Hab Geduld. Lass uns zunächst einmal über den Film sprechen, den wir gemeinsam drehen werden. Du hast das Drehbuch gelesen, nehme ich an?»

Alex öffnete den Mund, um etwas zu entgegnen, überlegte es sich aber wieder anders. «Selbstverständlich.»

«Interessant, oder? Die Geschichte einer Frau, die vorgibt, jemand anderes zu sein.»

Etwas an Mados Tonfall ließ sie aufhorchen. «So wie du?»

Mado ging nicht darauf ein. «Es ist der erste Film, den ich selbst produziere. Ich möchte, dass er etwas Besonderes wird.»

Ein Läuten durchbrach ihr Gespräch. YAN blinkte es in großen Lettern auf Alex' Smartphone.

«Geh ruhig ran», sagte Mado mit einem Lächeln. «Wir zwei werden in den nächsten Wochen noch sehr viel Gelegenheit haben, uns zu unterhalten.»

Alex strich mit dem Finger über das Display. Doch Yan hatte schon wieder aufgelegt. Sie wählte seine Nummer, und die Mailbox sprang an. So ging es schon seit Tagen. Immerzu verfehlten sie sich.

Sie wandte sich wieder Mado zu, doch die sprach nun mit einer Frau, die ein kleines Kind an der Hand hielt.

«Natürlich kannst du deine Tochter zu den Dreharbeiten mitbringen», hörte sie Mado sagen. «Solange die Kleine nichts Ansteckendes hat.»

Das kleine Mädchen fasste Mado am Ärmel. Die beugte sich zu ihr hinunter und flüsterte ihr etwas ins Ohr.

Eine Kellnerin erschien, und einem plötzlichen Impuls folgend, berührte Alex ihren Arm.

«Pardon, Madame, wissen Sie zufällig, seit wann das Fotostudio zuhat?» Mit einer Kopfbewegung deutete sie auf die Lavendeltür des Souvenirgeschäfts.

Die Kellnerin runzelte die Stirn.

«Oh, das? Seit Ewigkeiten.»

«Ist Monsieur Charrentier wieder nach Paris zurückgegangen?»

«Wer?»

«Der Fotograf.»

Die Kellnerin blickte sich nach Véronique Lamont um. Sicher brannte sie darauf, ein Autogramm von ihr zu ergattern oder zumindest in ihrer Nähe zu sein.

«Keine Ahnung.»

Alex öffnete den Mund, um weiter zu fragen, doch die Frau unterbrach sie. «Entschuldigen Sie, wollten Sie was bestellen?»

«Einen Kaffee, bitte.» Alex wusste, dass sie es nicht länger hinauszögern konnte. Sie setzte sich zu den anderen und stellte sich vor, bevor sie alle zusammen den Drehplan für die nächsten Wochen durchgingen. Aber sie konnte sich kaum auf das Gespräch konzentrieren.

Wieder und wieder sah sie zu Mado hinüber.

Und die erwiderte ihren Blick jedes Mal.

Das Hotel in Roussillon war aus groben Steinen erbaut und sah aus, als hätte es schon der Französischen Revolution, nazideutschen Besatzern und Millionen von Touristen getrotzt. Es stand etwas außerhalb des Dorfes, ein solide gebauter Außenseiter mit Pool.

Alex seufzte. Ausgerechnet Roussillon. Ob es Mados Idee gewesen war, sie hier einzuquartieren? Immerhin war der Rest der Filmcrew in Bonnieux untergebracht. Der Assistentin zufolge, die sich um die Buchung gekümmert hatte, waren allein sie und «die Lamont» an einem anderen Ort. Das sei immer so, hatte sie ihr geflüstert. Frankreichs Superstar wolle ihre Ruhe, abgeschirmt von der Außenwelt.

Alex schlenderte durch den mit schwerem Teppich ausgelegten Hotelflur und betrachtete die Bildergalerie. Lavendelfelder, das Dorf Roussillon im Abendlicht, Ockerfelsen in Rot und Gelb, all das, was die Leute für provenzalisch hielten. Ihr wurde flau im Magen. Es wühlte sie auf, hier zu sein.

In ihrem Zimmer goss sie sich ein kaltes Mineralwasser aus der Minibar ein. Dann ließ sie sich auf die Chaiselongue vor einem der Fenster fallen. Von hier hatte sie einen guten Blick auf die Ockerberge draußen, ob sie es wollte oder nicht. Sie stand auf und schloss den Vorhang. Dann dachte sie nach.

Hatte Mado sich aus Nostalgie für das Drehbuch entschieden, weil die Geschichte in Apt und Umgebung spielte? Wollte sie die Menschen aus ihrer Vergangenheit wiedersehen? Sicher würden sie auf alte Freunde treffen, Fantomas vielleicht oder Gabriel, den Maler. Alex überlegte, wem sie alles begegnen konnte. Ob im Lubéron die Zeit wohl seit ihrem Weggang eingefroren war?

Sie stand auf und durchquerte den Raum mit langen Schritten. Die Gedanken an ihre Vergangenheit machten sie nervös. Auf einmal wurde ihr bewusst, dass sie so gut wie nichts über Véronique Lamonts Privatleben wusste. Nicht verheiratet, keine Kinder, gibt nur selten Interviews, und wenn, dann sind Fragen zu ihrer Person tabu, so weit war sie unterrichtet. Sie kramte ihr Tablet aus der Tasche und gab den Namen in eine Suchmaschine ein.

Etwas über neun Millionen Treffer. Sie klickte auf den Wikipedia-Eintrag und öffnete den Reiter «Leben». Geboren in Paris, stand da, aufgewachsen in ärmlichen Verhältnissen, Schulabbruch vor dem Abitur. Modelkarriere, Schauspielausbildung im Lee Strasberg Institute in New York. In einem gesonderten Eintrag zu ihrer Zeit als Model hieß es, sie sei insbesondere von Kosmetikherstellern gebucht worden, wegen ihrer außergewöhnlich schönen Haut. Modeschaffende schätzten ihre langen Beine, den schmalen Körper und ihren aufrechten Gang. Alex klickte sich durch ein paar Bilder, die Véronique in ihren Zwanzigern zeigten: rote Haare, leuchtend grüne Augen, ein wilder, entschlossener Blick. «Die Kamera liebt ihr Gesicht, weil es symmetrisch und geheimnisvoll ist», wurde der Fotograf Helmut Newton in einer *Vogue*-Ausgabe von 1986 zitiert. Tatsächlich gab es nicht wenige, die sich fragten, woher die Lamont ursprünglich stammte. Haar- und Augenfarbe ließen auf eine irische Abstammung schließen, Nase und Lippen hingegen, so ein Kommentar auf der nicht autorisierten Véronique-Lamont-Fanpage, sähen «orientalisch» aus.

Was auch immer das geheimnisvolle Gesicht und der aufrechte Gang für bejahende Gefühle in Modeschöpfern dies- und jenseits des Atlantiks ausgelöst haben mochten – die Modelkarriere der Lamont überdauerte nicht einmal die Karottenhosenzeit. «Zu prüde, das Mädchen», erklärte der Assistent eines italienischen Modelabels. «Will sich weder vor mir noch vor den anderen Models ausziehen.»

«So schamhaft wie meine Großtante Bertha», so die Ankleiderin einer Berliner Fashion Show.

«Genierlich und wenig auskunftsfreudig», schrieb auch ein offenbar frustrierter Interviewer des *Madame Figaro*, nachdem die Lamont für ihre Rolle als bretonisches Fischermädchen die Goldene Palme erhalten hatte und in Cannes in einem hochgeknöpften Kleid über den roten Teppich marschiert war.

Abgesehen von Mutmaßungen der Klatschreporter, warum Frankreichs hochgeschätzter Filmstar nicht ein einziges Mal in tief dekolletierten Kleidern gesichtet wurde und warum sie sich vertraglich zusichern ließ, sich nicht nackt, ja, nicht einmal in Badekleidung filmen zu lassen, erschütterte der Wechsel ihrer Haarfarbe von Rot zu Blond Mitte der Neunziger die Pressewelt.

Ob man sie dazu gezwungen habe, um nun in kommerziell erfolgreicheren Filmen auftreten zu können, wollte etwa die Reporterin einer feministischen Zeitschrift namens *Rote Zora* wissen. Gefeiert für den Haarfarbenwechsel wurde Véronique Lamont hingegen von *Madame Figaro*, die offenbar beschlossen hatte, nicht länger nachtragend wegen des «genierlichen» Wesens der Schauspielerin zu sein. In einer noch heute von Sammlern geschätzten Ausgabe von 1995 widmete sie ihr das Cover mit dem Titel: *Blond comme Lamont – so glänzt der Trend!*

Alex drehte an dem Mondsteinring an ihrem Finger, wie immer, wenn sie aufgewühlt war. Wie konnte es sein, dass sie in all den Jahren nicht bemerkt hatte, wer die Lamont eigentlich war?

Eine Nachricht flammte auf ihrem Telefon auf. Anruf in Abwesenheit, dann eine Textnachricht von Yan.

Ich muss dir etwas Wichtiges sagen.

Sie blickte auf ihre Armbanduhr, während sie seine Nummer wählte. In Los Angeles war es jetzt ein Uhr nachts. Yan ging nicht ran.

Ihr Herz klopfte, während sie wieder an das dachte, was sie soeben erfahren hatte. Auch sie hatte Mado nie mit freiem Oberkörper gesehen.

Was verbirgst du?, dachte sie, während sie den Vorhang wieder aufriss. Rot und orange flammte es von den Ockerfelsen her auf.

Warum hast du deinen Namen gewechselt?

Und vor allem: *Warum bist du jetzt wieder da?*

LUBÉRON, JULI 1984

Sechs Monate vor dem Mord

Und wer ist *jetzt* die Beute, möchte ich wissen?» Mado deutete auf den Fahrer, den sie gemeinsam gefesselt hatten und der vor ihnen im Straßengraben lag. Ihre christenkreuzförmigen Ohrgehänge funkelten im Schein der untergehenden Sonne.

Kein Wort brachte Alex hervor. Der Schuss war ins Wagendach gegangen, so schnell hatte sie den Lauf nach oben geschlagen.

Mado nahm die Jagdflinte vom Fahrersitz und begutachtete den Abzug. «Und wieder einmal hast du genau den richtigen Moment abgepasst. Hut ab!»

Alex spürte, wie ihre Hände zitterten. Das Zittern kroch über ihre Arme in ihren Hals.

«Ich hätte gut Lust, ihm in den Fuß zu schießen.» Mado umschloss Hinter- und Vorderschaft.

Der Fahrer heulte auf, und jetzt fand Alex ihre Stimme wieder. «Ich denke, das ist keine gute Idee.»

«Das würde ihn aber lehren, Frauen nicht mit einer Waffe zu bedrohen, um sie zum Geschlechtsverkehr zu zwingen, *n'est-ce pas*?», wandte sich Mado an den Fahrer. «Das würde dich lehren, oder?»

Der Fahrer stieß einen Fluch aus, und Mado richtete das Korn auf seinen Fuß. «Sag's mir, du Schwein! Sag mir: Ja, das würde mich lehren!»

«Es würde mich lehren», brachte der Fahrer mit brüchiger Stimme hervor.

Mit einem Klicken entriegelte Mado das Magazin. Es folgten ein paar quälend stille Sekunden. Dann hörte Alex von jenseits des Tals einen Wagen. Sie legte Mado eine Hand auf den Arm. «Ich glaube, wir haben dem Mann sein unrechtes Handeln vor Augen geführt.» Sie deutete mit dem Kopf nach hinten.

Jetzt schien Mado das Auto auch zu hören. «Alles klar. Aber um sicherzugehen, nehmen wir seinen Wagen. Los, setz dich ans Steuer!»

Der Fahrer stieß einen Laut aus, irgendetwas zwischen Jammern und Protest.

«Ich kann nicht Auto fahren. Das müsstest du dann bitte übernehmen.»

«Ich bin auch noch nie ein Auto gefahren.»

Das Motorengeräusch kam näher.

«Schätze, wir haben keine andere Wahl.» Widerwillig warf Mado das Gewehr auf den Rücksitz und stieg vorne ein.

In diesem Augenblick tauchte der Wagen hinter der Kurve auf. Geistesgegenwärtig zückte Alex ihre Kamera und richtete sie auf den gefesselten Fahrer.

«Wozu sollte das denn gut sein?», blaffte Mado aus dem heruntergekurbelten Fenster.

Alex deutete auf den Wagen, der vor ihnen in einer Staubwolke verschwand. «Die sollen denken, dass es sich hier nur um ein Shooting handelt.»

Einen Moment lang starrte Mado sie an, dann brach sie in Gelächter aus. «Ein Shooting!» Sie lachte, dass ihr die Tränen über die Wangen liefen. «Ein *Shooting* sagst du!»

Der Fahrer versuchte, sich aufzurichten, aber Alex wies ihm mit einem Tritt gegen den Oberkörper wieder seinen Platz auf dem Boden.

«Ein Shooting!» Noch immer lachend, drehte Mado den Schlüssel im Zündschloss. Alex beeilte sich, auf den Beifahrersitz zu springen. Der Wagen sprang an.

Ein Brüllen ließ sie innehalten.

«Wir sollten ihn vielleicht auch knebeln, was meinst du?» Mado drehte sich fragend zu ihr um. «Er macht so einen Lärm.»

«Kann uns egal sein. Wir hören es ja gleich nicht mehr. Das heißt, wenn du es schaffst, den Wagen vom Fleck zu bewegen.» Alex deutete nach unten. «Gaspedal ist, glaube ich, rechts.»

Mado steuerte den Wagen vom Seitenstreifen, und schon schossen sie mit heulendem Motor davon.

«Ich bin ja, wie gesagt, keine Expertin», bemerkte Alex. «Aber kann es sein, dass du in den nächsten Gang schalten musst? Die Gangschaltung ist meines Erachtens hier.» Sie deutete auf den Knüppel in der Mitte.

Mado zog ihn mit aller Macht nach oben, während sie weiter Gas gab. Man hörte ein lautes Plopp – und der Knüppel war ab.

«Jessesmaria», stöhnte Mado, während sie das Loch im Wagen begutachteten. Ein kräftiger Wind blies ihnen aus der Lücke entgegen, in der eben noch der Gangschaltungsknüppel gesessen hatte. Federn wirbelten durch die Luft.

Alex fühlte sich etwas schwindelig werden.

«Was mache ich jetzt?», fragte Mado, während sie weiter über die Landstraße brauste. Lila blühende Lavendelfelder zischten an ihnen vorbei.

«Ich habe nicht die geringste Ahnung.»

«Du hast mir gesagt, ich soll an dem Ding ziehen!»

«Ja, das war, bevor ich wusste, dass du Superkräfte hast! Mensch, Mado, normalerweise braucht man Werkzeuge und Maschinen, wenn man ein Auto zerlegen will! Und von *ziehen* habe ich auch überhaupt nichts gesagt!»

Eine Kreuzung tauchte vor ihnen auf.

«Und jetzt?»

«Langsamer fahren auf jeden Fall!»

«Ich kann nicht!»

«Doch, doch, das kannst du.» Alex verbannte jegliche Panik aus ihrer Stimme. «Du kannst alles, du bist Super-Mado, du kannst deine Freundin vor einem Schurken retten, ein Gangschaltungsdingsda aus seiner Verankerung ziehen ...»

«Nein, ich meine, ich kann nicht langsamer fahren, selbst, wenn ich auf die Bremse trete. Und guck mal, jetzt nehme ich sogar den Fuß vom Gas!» Wie zum Beweis reckte Mado ihren rechten Stiletto in die Luft. Das Auto raste mit unverminderter Geschwindigkeit auf die Kreuzung zu. Und in diesem Moment sah Alex ihn. Den Wagen, der von rechts kam. Sie steuerten direkt auf ihn zu.

Später hätte sie nicht mehr sagen können, wie sie darauf gekommen war. Aber sie griff beherzt zum Schlüssel und drehte ihn im Zündschloss um. Mado machte eine Bewegung mit dem Lenkrad, und der Wagen schlitterte auf die Fahrbahnmitte. Dort drehte er sich einmal um sich selbst – und blieb mit einem Ächzen stehen.

«Da war kein Segen auf diesem blöden Auto.» Mado schlug die Wagentür zu und stapfte davon. «Ich hab's doch gleich gesagt, dass ich nicht einsteigen will! Und dass dieser Fahrer 'n Arschloch ist, war auch klar! Wenn er schon diesen bescheuerten Julio Iglesias hört.» Sie wandte sich Alex zu, die ebenfalls ausgestiegen war. «Was ist? Wieso setzt du dich hin?»

Alex konnte nicht antworten. Das Herz klopfte ihr bis zum Hals, und ihre Beine fühlten sich an, als wären sie flüssig. Sie schüttelte den Kopf.

Mado setzte sich neben sie auf den heißen Asphalt und legte den Arm um sie. «Tut mir leid. Ging nicht gegen dich, die Schimpftirade. Du wolltest bloß schnell nach Hause, kann ich ja verstehen. Komm jetzt, es wird bald dunkel. Und wir sind erst bei Lourmarin.»

Alex machte den Mund auf. Noch immer brachte sie keinen Ton hervor. Dann legte sie den Kopf auf Mados Schulter und weinte.

«Ach, Kleines», machte Mado und streichelte ihr über den Kopf.

Aber Alex konnte sich nicht beruhigen. «Ist dir klar, dass wir eben fast gestorben wären?», schluchzte sie. «Zwei Mal?»

«Sind wir aber nicht.» Mado streichelte ihr weiter über den Kopf.

Lange saßen sie so da, ohne sich zu bewegen. Die Sonne tauchte die Landstraße vor ihnen in pfirsichfarbenes Licht.

«Wieso hattest du überhaupt ein Messer?», fragte Alex schließlich.

«Dazu hat mir Valérie geraten. Als mir der Normanne aufgelauert hatte, meinte sie, ich sollte immer ein Messer mit mir herumtragen. Na, die Lektion habe ich mir gut gemerkt.»

«Oh Gott!» Alex musste auf einmal lachen. «Wie du dieses Gangschaltungsdings rausgerissen hast! Ich dachte, ich falle in Ohnmacht!»

Mado kratzte sich am Kopf. «Ja, weiß auch nicht, wie ich das geschafft habe. Manchmal gehen meine Superkräfte einfach mit mir durch.»

An diesem Abend trampten sie nicht weiter. Stattdessen überließen sie das Auto wohl oder übel sich selbst und wanderten nach Lourmarin. Die Luft roch schwer nach

Rosmarin, als sie das Dorf erreichten. Am dunkelblauen Himmel schimmerte ein erster Stern.

«Was hältst du von einem Besuch auf dem Friedhof?», erkundigte sich Mado.

«Ich möchte heute lieber das Leben feiern.»

«Das tun wir auch.» Mados Augen wirkten fiebrig. «Wir kaufen uns eine Flasche Wein und trinken sie auf dem Grab von Albert Camus.»

Alex fühlte sich leicht vor Hunger und unendlich erleichtert und so, als ob sie wieder weinen müsste. Sie nickte. Die Kehle war ihr sehr eng.

Mado hakte sich bei ihr ein. «Wir sind die zwei Musketiere, und wo sind wir am liebsten?»

Alex hob ratlos die Schultern.

«In Lebensgefahr!»

«Nein, nein», protestierte Alex, «da bin ich überhaupt nicht gerne!»

«Stell dir einfach vor, D'Artagnans Heldenseele ist in deinen Körper gefahren.» Mado hüpfte ein bisschen. «Errötend schlägt der Tod das Auge nieder, wenn er dich sieht!»

«Hast du irgendwas genommen?»

«Ja, Adrenalin und Mordlust. Wir sind Sicheln, die graziös unsere Feinde niedermähen, auch diejenigen, die Julio Iglesias hören!» Mado schob mit der freien Hand eine Strähne hinter ihr Ohr. «Nichts kann uns den Mut und die Frisur verwirren! Wir fallen doch immer wieder aufs Pferd!»

Alex lachte, dann weinte sie wieder. «Ach, Mado. Ich will nirgendwo mehr hinfallen.»

«Außer vielleicht auf das Grab eines großen Schriftstellers mit ordentlich was zu trinken?»

Alex gab zu, dass sie bei dieser Art von Fall eine Ausnahme machen könnte. Und so betraten sie die einzige geöffnete Bar im Dorf und kauften sich eine Flasche Wein.

Rote Totenlichter flackerten über die Gräber. Etwas rauschte über ihren Köpfen, und Alex hob den Blick. Im Mondschein erkannte sie die Form einer Fledermaus. Mado nahm einen Schluck aus der Flasche, dann streckte sie sich auf dem steinigen Boden aus. «*Das Reisen, das gleichsam eine höhere und ernstere Wissenschaft ist, führt uns zu uns selbst zurück.* Das müsste dir gefallen, oder? Von Camus.»

Alex überlegte, während sie nach der Flasche griff. «Dazu müsste man vielleicht wissen, was dieses Selbst ist.»

«Du von allen Menschen solltest doch wissen, was dein Selbst ausmacht.» Mado war nach ihren Musketier-Albernheiten wieder ernst geworden.

«Sollte ich das?»

«Ja, klar. Die Frau, die den Menschen in die Seele schaut.»

«Seltsam, dass du das sagst.» Alex spürte Mados intensiven Blick, während sie sich neben sie legte. «Denn ausgerechnet bei dir bin ich mir manchmal nicht so sicher, was ich sehe.»

Mados Stimme war nur noch ein Flüstern. «Aber du kennst mich doch.»

«Nicht wirklich.» Alex blickte über den Friedhof, auf dem sich das Rot der Totenlichter mit dem Nachtblau vermischte. «Wenn mich jemand fragen würde: Wie ist denn deine Freundin? Dann würde ich sagen: Sie ist wie die Farbpalette eines Malers. Ein paar Töne laufen ineinander über, andere mischen sich gar nicht. Sind vielleicht sogar ...», sie suchte nach dem Wort, das sie im Kunstunterricht gelernt hatte, «... komplementär.»

«Ha!» Mado lachte. «Habe ich es mir doch gedacht, dass dieser Ort dich inspiriert!»

«Ich meine es ganz ernst. Du bist so voller Widersprüche! Auf der einen Seite bist du die gesetzestreueste Person, die ich kenne, und auf der anderen nimmst du vollkommen ohne Skrupel eine Waffe in die Hand. Dann bist du irre belesen. Du sprichst Deutsch, Französisch und Persisch ...»

«Ich spreche kein Persisch. Ich weiß nur, wie man *keine Ursache* auf Persisch sagt.»

«Und du hast ein fotografisches Gedächtnis!»

«Sagt meine Lieblingsfotografin.» Mado richtete sich auf und griff wieder nach der Flasche. «Ich weiß, was du sagen willst: Dass ich aus meiner Begabung nichts mache. Aber soll ich dir mal was sagen? Ich bin glücklich mit meinem Leben, wie es gerade ist.»

«Mit Kellnern in einer Dorfherberge? Ernsthaft?»

Mado ließ ihre weißen Zähne aufblitzen. «Und Feuerjonglage.»

«Stell dein Licht nicht so unter den Scheffel! Und was ist mit der Schauspielerei?»

Jetzt lächelte Mado spöttisch. «Ja, wenn wir denn eines Tages mal damit anfangen würden! Na ja, wie auch immer. Ich mag einfach die Texte von Boris Vian.»

«Siehst du, das meine ich. Du hast diese ganze fantastische, literarische Bildung. Du könntest studieren! Ich kenne niemanden, der so wissenshungrig ist wie du.»

Dunkel war es jetzt geworden. Nur die Totenlichter zuckten über die Gräber. Über ihnen flammte ein Stern am Firmament. Mado legte sich auf den Rücken. «Ich will das alles nicht, Alex. Ich wünsche mir einfach bloß, normal zu sein.»

Alex fühlte, wie ihr der Alkohol zu Kopf stieg. «Konventionell?» Sie kicherte.

«Ja, genau.» Mado lachte jetzt auch. «So wie du. Wobei es nicht sehr konventionell war, wie du vorhin unseren

Fahrer gefesselt hast. Und dann hast du ihn auch noch fotografiert!»

«Ich sollte das Bild entwickeln und der Kunstprofessorin zeigen.»

«Ja, und dann fragst du: Wer ist jetzt konventionell? Hm?»

Alex wälzte sich vor Lachen, bis ihr wieder einfiel, dass es das Grab von Albert Camus war, auf dem sie sich wälzte, und darum hörte sie wieder damit auf.

«Danke», sagte sie leise.

«Wofür?»

«Du hast vorhin mein Leben gerettet.»

«Das habe ich sehr gern getan.»

«Und danke, dass du mich bei dir aufgenommen hast, als ich nichts hatte als eine Wiese.»

«Das habe ich auch gern getan.» Mado nahm schweigend ihre Hand. Eine halbe Ewigkeit lang lagen sie so auf Camus' Grabplatte. Mados Atem neben ihrem wurde leise und tief. Doch dann sagte sie plötzlich: «Alex, sollte ich eines Tages verschwinden, wirst du mich dann in Erinnerung behalten?»

«Was ist das für eine Frage? Natürlich werde ich das. Du bist meine beste Freundin. Und wieso solltest du verschwinden? Du hast doch gesagt, du bist glücklich, da wo du bist.»

«Vielleicht bist du ja auch diejenige, die verschwindet.»

Alex gähnte. «Quatsch. Ich bin auch glücklich hier.»

«Auf einem Grabstein?» Mado kicherte.

«Ja, wenn der richtige Tote darunter liegt.» Sie legte sich auf die Seite. Nach einer Weile spürte sie, dass Mado einen Arm um sie legte.

«Du bist meine beste Freundin», flüsterte sie.

In den folgenden Tagen wurde die Euphorie über ihr Überleben von der Erkenntnis überlagert, dass sie einen Mann gefesselt am Straßenrand zurückgelassen hatten. Immer wieder überlegten sie, ob sie Spuren hinterlassen haben könnten. Mado, die die ganze Zeit über ihre Spitzenhandschuhe getragen hatte, ging davon aus, dass man ihre Fingerabdrücke weder auf dem Gewehr noch auf dem Lenkrad finden würde. Allerdings seien sie ziemlich auffällig gewesen. Man würde sie als Tomboy und Madonna beschreiben, blond und dunkel, vielleicht sogar als Fotografin und Modell.

«Oder wenn sie schlau sind», Mado grinste, «als Aramis und D'Artagnan.»

Ein paar Tage nach dem Vorfall fuhr Alex abends mit Mados Mofa zu Loïc nach Apt hinunter und erzählte ihm alles. Loïc war so außer sich vor Entsetzen, dass sie ihm versprechen sollte, nie wieder zu trampen, was sie natürlich nicht tat.

«Allerdings werde ich nie wieder zu jemandem in den Wagen steigen, der Julio Iglesias hört oder tote Hühner herumkutschiert», beruhigte sie ihn.

Doch je mehr Zeit verstrich, desto nervöser wurde sie. Bestimmt hatte der Fahrer sie längst angezeigt, und nun suchte die Polizei das auffällige Ganovinnenpaar. Mado durchsuchte jede Zeitung, die ihr in die Finger kam, aber in keiner wurde über einen gefesselten Mann am Straßenrand berichtet.

Die Wochen verstrichen und nichts geschah, außer dass die Hitze flirrte.

«Vielleicht sollten *wir* zur Polizei gehen», schlug Alex endlich vor. «Um die Begebenheit aus unserer Sicht darzutun. Immerhin wollte der Julio-Iglesias-Jünger Hand an mich legen.»

Mado sah sie an und seufzte. «So ungern ich das tue,

aber ich werde dir jetzt moderne Romane geben. Die liest du, wenn du ‹Die drei Musketiere› endlich durchhast. Oder Klatschpresse. Das geht so echt nicht weiter mit deinem Französisch von anno dazumal!»

«Vielleicht ist er auch im Straßengraben verdurstet», überlegte Alex später, während sie in der Leihbücherei von Apt standen und Zeitschriften durchblätterten, die von nicht standesgemäßen Hochzeiten, unehelichen Kindern und dem Glück von Prinzessin Caroline mit Stefano Casiraghi kündeten. Sie umfasste Mados Handgelenk. «Oh Gott, dann hätten wir ihn umgebracht!»

Doch gerade als sich Alex in den Gedanken hineinsteigern wollte, sah sie es. In der Ausgabe vom *Provencal*, die sie in der Hand hielt, gab es einen Artikel über den mutmaßlichen Vergewaltiger aus der Schlucht von Lourmarin. Ein Mann sei gefunden worden, gefesselt im Straßengraben, auf den die Beschreibung der Opfer zutraf. Bei der Gegenüberstellung erklärten drei Frauen, dass dies der Mann sei, der ihre Autos unter einem Vorwand angehalten, sie dann mit einem Gewehr bedroht und vergewaltigt habe. Der Mann sei nun in Untersuchungshaft.

Alex und Mado sahen sich lange an, nachdem sie den Artikel gelesen hatten.

«Ist das zu glauben, D'Artagnan?», fragte Mado schließlich.

Alex schüttelte langsam den Kopf und hob ihre Rechte. «Mitnichten, Aramis.»

Dann klatschten sie sich ab.

Sie beschlossen, Madame Mercier nicht zu sagen, dass sie den Vergewaltiger aus der Schlucht von Lourmarin erstens getroffen und zweitens paketfertig für die Polizei hergerichtet hatten, brachten ihr aber aus der Bäckerei von Monique Martinez einen mit kandierten Früchten garnierten Schokoladenkuchen mit. «Weil Sie immer so lieb und besorgt um uns sind», sagte Mado, als sie ihr das Geschenk überreichte. «Und auch, weil wir beschlossen haben, jetzt öfter auf Sie zu hören.»

LUBÉRON, AUGUST 1984

Fünf Monate vor dem Mord

Bei Rustrel starben die Belgier, aber das hielt sie nicht davon ab, eine Party zu feiern.

«Lasst uns alle hinfahren!», schlug Mado vor, die sich seit der Geschichte mit dem Vergewaltiger recht munter zu fühlen schien.

Alex freute sich. Sie wollte, genau wie Mado, feiern, dass sie noch am Leben war. Loïc sagte, dass am Tag der Feier Vollmond sei und dass man bei Vollmond unbedingt tanzen müsse. Fantomas willigte ein, sie zu fahren, und so brausten sie an einem Freitagabend nach der Arbeit in der *Auberge* los.

Die Belgier wohnten über mehrere Dörfer von Caseneuve bis Rustrel verteilt, aber die Feier sollte bei Sophie in Viens stattfinden.

Alex, die seit dem Rundgang in der *Auberge* wusste, dass Sophie an Aids erkrankt war, hatte ihre Minolta eingepackt. Vielleicht freuten sich Sophies Freunde später über die Bilder von der Feier, meinte sie, während die feuerroten Ockerfelsen des Colorado von Rustrel vor ihnen aufragten, doch Fantomas verdarb ihr die Hoffnung.

«Sophies Freunde haben doch auch Aids. Und sie sind alle Junkies. Nächstes Jahr um diese Zeit sind sie sicher schon alle tot.»

Loïc drehte sich zu Alex und Mado um. Er sah toll aus,

fand Alex, mit seinen verwuschelten schwarzen Haaren, dem schwarzen Kajalstrich um die Augen und dem schwarz-rot gestreiften T-Shirt, das ihm über eine Schulter fiel.

«Ich habe über diese Party nachgedacht ... Ist es nicht irgendwie ...» Er suchte nach dem richtigen Wort.

«Unangebracht?», vollendete Mado seinen Satz.

«Ja. Ist es nicht irgendwie unangebracht – wir vier hier kerngesund und in Feierlaune, und unsere Gastgeber halbtot?»

«Überhaupt nicht», versicherte Fantomas, während er einem Esel auswich, der vor ihnen über die Fahrbahn galoppierte. «Die *wollen* feiern. Hab im Grégoire gehört, wie sehr sie sich auf den Abend heute freuen!»

Lampions schaukelten in den Bäumen vor einem Haus, das etwas abseits des Dorfes lag. Alle Fenster waren hell erleuchtet, und von drinnen drangen wummernde Bässe.

«Hier muss es sein», meinte Fantomas und parkte die Kastenente vor einem üppigen Rosmarinstrauch.

Die Tür stand offen, und sie traten ein.

Kerzen flackerten im Raum. Eine Lavalampe warf einen rosafarbenen Schimmer an die Wände. Auf Sitzkissen und einem Flokatiteppich kauerten ein paar Männer und Frauen, die Alex in der schwachen Beleuchtung nicht gleich erkannte. An der Wand hing ein Che-Guevara-Poster, und aus den Lautsprecherboxen einer gigantischen Stereoanlage sangen die Bee Gees: *Stayin Alive*.

Eine der Frauen, die im Schneidersitz auf dem Flokati gehockt hatte, wuchtete sich in die Höhe und trat auf sie zu.

«*Bonsoir*, wie schön, dass ihr da seid, willkommen auf unserer Party!» Sie beugte sich vor, um Alex links-rechts-links zu küssen, und Alex zuckte nur einen Sekundenbruchteil zurück. Niemand wusste, wie ansteckend Aids war, aber es erschien ihr unhöflich, ihre Angst zu zeigen, wo sie doch die Gastfreundschaft der Frau in Anspruch nahm.

«Ich bin Sophie, und dies ist meine Abschiedsfeier!»

«Abschied wovon?», fragte Alex und hätte sich im nächsten Moment am liebsten auf die Zunge gebissen.

«Na, vom Leben. Die Ärztin in Apt hat mir noch etwa drei Monate gegeben. Jetzt guck nicht so erschrocken, *shit happens*. Und ihr seid?»

Alex stellte sich, Mado, Loïc und Fantomas vor.

«Ah, die famosen Vier, natürlich. Toll, dass ihr gekommen seid.» Sie wankte ein bisschen, und dabei fiel der Schein der Lavalampe auf ihr Gesicht. Alex sah, dass Sophies Pupillen stecknadelgroß waren. Und dass ihr Gesicht nur noch wenig Ähnlichkeit mit dem Mädchen hatte, dessen Porträt in der *Auberge* hing. Sie sah aus, als ob sie mindestens sechzig wäre, aber nach dem, was Gérard ihr erzählt hatte, konnte sie nicht älter als dreißig sein.

Sophie wies mit einer unsicheren Hand in den Raum. «Bitte, tut mir den Gefallen und tanzt. Meine Freunde sind alle zu scheu, um den ersten Schritt zu tun!»

Fantomas, der dem Gespräch mit hoch erhobenen Brauen und erstauntem Blick zugehört hatte, wich etwas zurück. «Ich glaube, dass wir nicht lange bleiben können ...»

«Natürlich können wir», ging Mado dazwischen. Die Lichter funkelten in ihren blauen Augen, und sie legte einen Arm um Alex. «Und klar wollen wir tanzen! Deswegen sind wir ja hier!»

«Ich habe kein gutes Gefühl», wisperte Fantomas, nachdem Sophie sich entfernt hatte.

Alex sah Loïc an. Der erwiderte ihren Blick, doch ausnahmsweise konnte sie ihn nicht lesen.

Schlagzeug-Rhythmen hämmerten in den Raum, dann

ertönte die Stimme von Nina Hagen. *«Once upon a time, when Jesus was walking down his way on his earth ...»*

«NunSexMonkRock!», riefen Alex und Mado gleichzeitig, dann sahen sie sich an und lachten.

«Kenne ich nicht», meinte Fantomas, aber im nächsten Moment zog Mado sie schon in die Mitte des Raums, und sie begannen zu tanzen. Alex fühlte sich augenblicklich in ihre Schulzeit zurückkatapultiert. Sie hatten auf der Abifeier zu «Antiworld» getanzt, und sie sah den Abend wieder vor sich: Renni, der wie ein Gnom durch den Raum gehüpft, und Bine, die in Tränen aufgelöst gewesen war. *Jetzt ist alles vorbei*, hatte Bine geschluchzt. *Wir sind erwachsen. Das ganze Schöne ist vorbei.*

Alex aber hatte sich an jenem Abend so glücklich gefühlt wie selten zuvor. Es war gut, dass die Schulzeit vorbei war. Sie wollte endlich reisen, alles hinter sich lassen, hinaus in die Welt.

Sie betrachtete Mado, die die Augen geschlossen hielt und tanzte, als sehe ihr niemand dabei zu. Alex bemerkte, dass sie sich auf eine sinnliche, fast orientalische Weise bewegte. Ihre Hände übersetzten die Musik in Schnörkel. Ihre langen, schlanken Beine sahen wie die einer Bühnentänzerin aus. Und doch war nichts an ihren Gesten kalkuliert. Im Gegenteil, es war, als ob Mado eine Rolle ablegte, und als dürfte sie bei diesen Gesten endlich sie selbst sein.

Das Lied wechselte zum nächsten Titel auf dem Album, und jetzt erhoben sich ein paar Leute vom Boden und tanzten mit. Mado griff nach Alex' Händen, und sie sahen sich an und lachten wieder, und dann sprangen sie zu «Smack Jack» auf und ab.

«You've got no future and no past», intonierte Nina Hagen, und Mado sang laut mit.

Nur am Rand wurde Alex bewusst, dass dies ein Song über Heroinabhängigkeit war. Doch in diesem Moment, während sie mit Mado tanzte und die Lichter funkelten und ihr Herz schneller schlug, war das Lied für sie reine Lebensfreude. Und vielleicht hing das miteinander zusammen, vielleicht konnte man das Leben nur dann voll auskosten, wenn man wusste, dass es jederzeit enden konnte, und wenn man selbst in große Gefahr geraten war.

Sie ließ sich auf den Flokati neben Loïc fallen, als das Lied vorbei war, und er schlang den Arm um sie. Noch immer pochte ihr Herz, und sie bemerkte, dass Mado, die sich neben Fantomas gesetzt hatte, sie weiter ansah.

So ruhig sie konnte, erwiderte sie ihren Blick.

«*Hé!*» Sophie ließ sich neben ihr auf dem Boden nieder. «Jetzt fällt es mir wieder ein. Du bist doch die Fotografin, die in dieser Bar in Apt ausgestellt hat?»

«Fotografin ist zu viel gesagt, ich fange erst an zu lernen ...» Nur mit Mühe wandte Alex ihren Blick von Mados Augen ab.

«Magst du einmal mit mir mitkommen?» Sophie lächelte sie an, und Alex bemerkte, dass ihr ein Zahn ausgefallen war.

«Worum geht's denn?»

Sophie erhob sich mit einiger Mühe, und Alex sprang auf, um ihr zu helfen.

«Ich habe eine Idee.»

Auf der Place Lauze de Perret hatte jemand einen Aprikosenkern-Weitspuckwettbewerb organisiert. Fantomas, der gerade seinen Wagen abschließen wollte, schrak zusammen, als ein Kern mit voller Wucht auf die Windschutzscheibe flog.

«*Ils sont tous fada à Apt,* alle verrückt hier!», schimpfte Fantomas, als sie sich an der Schlange der Spucker vorbeischoben, die dem Aussehen nach großenteils

Touristen waren. Dem Gewinner winkte ein Pfund der süßen Früchte, stand auf einem Pappschild neben dem Stand.

Es war Markttag, und Alex wollte Sophies Idee mit Raymond Charrentier besprechen. Händler wie Besucher glühten in der Mittagshitze, aber das schien niemanden davon abzuhalten, sich in den Trubel zu mischen.

Loïc nahm Alex an die Hand, und zu viert bahnten sie sich einen Weg durch das Stadttor und in die Rue Saint Pierre.

«Oh nein, geschlossen!» Alex bemerkte den Hinweis in der Ladentür zum Fotoatelier. «Ob er wohl im Grégoire sitzt?»

«Na klar, wo sonst?» Fantomas wich einem verirrten Aprikosenkern aus. «Nicht hier, du Idiot, der Wettkampf ist da hinten!» Er schüttelte die Faust.

Loïc legte den Arm fester um Alex, und die Berührung schickte einen Schauer über ihre Haut. Sie bemerkte, dass ihnen Blicke folgten, wenn sie zu viert unterwegs waren, aber natürlich galten die Blicke in erster Linie Mado. Sie hielt sich sehr aufrecht, während sie so in ihrem Minikleid mit den langen Perlenketten über das Pflaster schritt, erwiderte Grüße und Wangenküsse, beugte sich zu Kindern hinab und strahlte alle an.

«Wenn sie nicht so verdammt nervig wäre, würde ich mich in sie verlieben», murrte Fantomas, der sah, wie sie eines der Kinder emporhob und dabei wie ein Wolf heulte. «Wie passt das eigentlich zusammen, gleichzeitig so nervig und so schön zu sein?»

«Sag nicht immer, sie sei nervig!», verteidigte Alex ihre Freundin.

«Wie würdest *du* es denn finden, wenn dir jemand in einer Tour Vorschriften macht?»

Mado setzte das Kind ab und wirbelte zu ihm herum.

«Ist dir in deinem dicken, bedröhnten Schädel schon mal die Idee gekommen, dass ich es nur gut mit dir meine?»

«*Tu vois*, und schon wieder wirst du mir erzählen, ich soll mit dem Kiffen aufhören!»

Ihr Streit ging im Lärm der Marktschreier unter, die sich vor der Place de la Bouquerie postiert hatten. Sie hatten das Grégoire erreicht. Auf der Terrasse erkannte Alex den Fotografen und steuerte direkt auf ihn zu.

«*Bonjour*, Monsieur, ist der Tisch hier noch frei?»

«*Bonjour*, Alex. Bitte, setz dich zu mir. Gibt es etwas Neues?»

«Ja. Ich mache die Lehre bei Ihnen im Fotostudio!»

Charrentier lachte. «Da hätte ich wohl auch noch ein Wörtchen mitzureden, *n'est-ce pas*?»

«Aber Sie haben es mir doch selbst vorgeschlagen!»

«Schon gut. Hab dich bloß aufgezogen. Ich freue mich, Alex, wirklich, ich freue mich sehr! Also, keine Kunsthochschule? Und das wirst du nicht bereuen?»

«Nicht, wenn Sie mich ein bestimmtes Projekt in Ihrem Studio durchführen lassen.»

Wieder lachte Monsieur Charrentier. «Und was wäre das für ein Projekt, Alex?»

«Ich möchte die Belgier fotografieren. Vor und nach ihrem Tod.»

Dem Fotografen verschlug es mehrere Sekunden lang die Sprache. «Die belgischen Junkies? In meinem Studio?»

«Ich kann sie natürlich auch woanders fotografieren. Aber im Studio, richtig ausgeleuchtet, das wäre schon besser.»

«Nein.»

«Sophie hat es selbst vorgeschlagen!»

«Das Mädchen, das früher in der *Auberge des Falaises* gekellnert hat?»

«*Exactement.* Sophie möchte, dass ich der Welt zeige, was Heroin mit den Gesichtern anstellt. Und dass man am Ende von Heroin stirbt. Und dann möchte sie zeigen, wie man nach dem Tod aussieht. Also, wenn man seine Seele verloren hat.»

Charrentier nahm einen langen Schluck von seinem Pastis. «Nein.»

«Wie – nein? Das ist ein großartiges Projekt!», verteidigte Alex Sophies Anliegen. «Und es könnte Leute hier in Apt davon abhalten, Heroin zu nehmen!»

«Ja, ist eine gute Idee. Theoretisch. Aber Leichen in meinem Fotostudio? Nein.»

«Vielleicht ist es auch einfach nur Sophie.»

«Ich möchte keine einzige Leiche in meinem Fotostudio haben!», protestierte Monsieur Charrentier laut.

Von einem Tisch in der Nähe blickte eine ältere Dame herüber und schüttelte den Kopf.

Charrentier senkte seine Stimme. «Was sollen denn meine Kunden denken? Ich meine – die, die für meine Dienste auch bezahlen?»

«Sagen Sie Ihnen, Sie machen Kunst! Und für die Unkosten würde ich selbst aufkommen!»

Loïc, Mado und Fantomas, die sich jetzt an einem Nebentisch niedergelassen hatten, gaben eine schauspielerische Glanzleistung ab, indem sie so taten, als würden sie ihrem Gespräch nicht folgen. Vor der Cafévitrine saß Leonard Cohen und schrieb etwas in ein Notizbuch. Nicht weit von ihm redeten Gabriel und der Normanne aufeinander ein.

«Hör zu.» Der Fotograf beugte sich vor. «Du darfst in deiner Freizeit so viele Kunstprojekte machen, wie du möchtest. Aber bei mir lernst du klassische Studiofotografie. Mit lebenden Menschen.»

Alex zog die Brauen zusammen.

«Und du kannst in meiner Dunkelkammer deine Bilder entwickeln. Ich verkaufe dir die Materialien zum freundschaftlichsten Freundschaftspreis. Aber keine Leichen, haben wir uns verstanden?»

Sie blies die Luft aus und schwieg.

«Ich weiß, das ist etwas, was einem Erwachsene immer sagen, aber später wirst du dich darüber freuen zu wissen, wie es ist, ein Fotostudio zu führen. Du wirst von deiner Kunst nicht leben können, das können die allerwenigsten. Also brauchst du einen Brotberuf.»

«Und wie sähe dieses Brot denn konkret aus?»

«Es würde dir schmecken, da bin ich mir sicher. Du darfst kreativ sein, daran hindere ich dich ja nicht.»

«Inwiefern darf ich kreativ sein?»

Charrentier winkte Aïcha, der Kellnerin. «Einen Café für *mademoiselle*, bitte. Das ist es doch, was du immer trinkst, Alex?»

Sie nickte.

«Also, wie soll ich es dir erklären? In einem Fotostudio geht es oft darum, besondere Anlässe festzuhalten. Die Menschen kommen zu uns, weil sie etwas zeigen möchten, das es in ihrer Wirklichkeit nicht gibt.»

«Und zwar?»

«Eine heile Familie. Freudige Kinder vor der Kommunion. Ein Bewerbungsfoto, auf dem sie attraktiv und sympathisch wirken.»

Alex runzelte die Stirn. «Und wir verkaufen ihnen diese Illusion, und das ist es dann, was wir kreativ nennen?»

«*Eh bien*, Illusion ... So, wie du das sagst, Alex, klingt es ja fast verwerflich. Wir zeigen sie bloß von ihrer besten Seite. Ein Foto ist schließlich für die Ewigkeit.»

Alex fing Loïcs und Mados Blicke vom Nebentisch auf. «Ich weiß nicht, ob mir diese Sicht auf die Menschen zusagt. Ich möchte sie lieber so zeigen, wie sie sind.»

«Was heißt das schon?» Monsieur Charrentier zündete sich eine Zigarette an und blies den Rauch aus. «Ein Mensch besteht aus tausend Facetten. Und wir Fotografen bilden die Graustufen ab.»

«Und doch entscheiden Sie sich dafür, bloß Weiß zu zeigen.»

«Nun sei doch nicht so idealistisch! Ich habe ein Fotostudio zu betreiben!» Er senkte die Stimme. «Und ich kann wohl kaum die Miete dafür zahlen, wenn ich die Leute hier mit der Nase darauf stoße, wie unehrlich ihre Ehen, wie dysfunktional ihre Familien und wie ungeeignet sie für die von ihnen angestrebten Posten sind!»

Alex schwieg eine Weile. Die Fotocollagen von David Hockney fielen ihr ein, Ausschnitte von Menschen, aus allen möglichen Blickwinkeln aufgenommen und neu zusammengesetzt. «Und wenn wir den Service zusätzlich anbieten?», fragte sie schließlich.

«Welchen Service?» Inzwischen wirkte Raymond Charrentier richtig ungehalten. «Den Menschen zu zeigen, wie weit sie von ihrem Idealbild entfernt sind?»

«Aber das sind sie doch gar nicht.» Alex blickte um sich. Aïcha kam ihnen, ein Tablett auf der Hand, entgegen, Aïcha mit den langen schwarzen Locken und dem großen Lächeln. Sie dachte daran, wie sie an ihrem Geburtstag in ihrem Rollstuhl nur mit den Händen getanzt hatte. Jetzt bewegte sie ihren ganzen Körper, wiegte sich in den Hüften, während sie zwischen den Tischen umherging, beugte sich zu Jeanne, die an diesem Tag ein goldfarbenes Diadem in ihrem Haar befestigt hatte, und grüßte den Hindu-Mann in seinem weißen Lendenschurz. Und dann sah sie zu Loïc hinüber, der jeden Tag aufs Neue um sein Gleichgewicht kämpfte und der diesen Kampf immerzu gewann. «Im Gegenteil. Sie sind Helden, alle miteinander! Aber nicht auf diese gekünstelt glatte Weise, wie man sie in einem Studio erzeugt. Sie haben all diese ... Besonderheiten, tut mir leid, ich kann es nicht besser ausdrücken. Sind Sie nicht auch aus diesem Grund in den Lubéron gezogen? Weil die Menschen hier so besonders sind?»

Monsieur Charrentier wandte den Blick ab. «Ich bin hierhergezogen, weil ich das Klima besser vertrage.»

«Trockene Gluthitze?» Lächelnd nahm sie ihren Café entgegen. «*Merci,* Aïcha.»

Charrentier zog eine Braue hoch. «Alex, ich muss doch sehr ...»

«Pardon. Also, Sie sind nicht der Menschen wegen hierhergezogen?»

«Nein.»

Sie schwiegen, und an den Nebentischen dröhnten die Gespräche auf.

«Also, wenn Sie mein Chef werden wollen», sagte Alex endlich, «dann müssen Sie mir auch mal was über sich erzählen!»

Jetzt sah der Fotograf aus, als ob er sich ein Lächeln verbeißen müsste. «So funktioniert das nicht, Mädchen.»

«Sondern?»

«Andersherum.»

«Über mich wissen Sie aber schon alles.»

«Hör zu, Alex. Ich würde dich wirklich gern ausbilden, auch wenn ich jetzt schon ahne, dass das nicht immer leicht sein wird. Es ist mir egal, wie du mich und meine Fähigkeit, mit hohen Temperaturen umzugehen, einschätzt, und es ist mir auch egal, wie du es findest, dass ich die Menschen in meinem Atelier nicht hässlicher aufnehme, als sie sind, aber zwei Dinge sind mir wichtig. Erstens: Du bringst mir keine Leichen ins Haus – nein, lass mich bitte ausreden, Alex – und zweitens: Ich muss dir vertrauen können.»

«Das können Sie!»

«Du weißt nicht, worauf ich hinauswill.» Er senkte die Stimme. «Die Menschen hier in Apt und aus den Dörfern bringen mir ihre Filme zum Entwickeln. Und es sind manchmal ...» Er blickte zu Mado, Loïc und Fantomas hinüber, die immer noch so taten, als hörten sie nicht zu, «... sehr private Dinge darauf zu sehen.»

«Und jetzt wollen Sie wissen, ob ich mit meinen Freunden darüber reden werde. Nein, werde ich nicht. Darauf können Sie sich verlassen. Ha, wenn Sie wüssten, wie vielen Autofahrern ich beim Trampen schon die Beichte abgenommen habe!» Sie fuhr mit Daumen und Zeigefinger über ihren Mund. «Ich bin verschwiegen wie ein Grab!»

Raymond Charrentier sah sie einen Moment lang fassungslos an, dann lachte er. Loïc, Mado und Fantomas blickten ruckartig auf.

«Mit dir habe ich mir ja schön was eingefangen, Mädchen! Vermutlich bestimmst du jetzt auch, wann du bei mir anfangen wirst.»

«Nicht vor November», sagte Alex hastig. «Ich will noch die Saison in der *Auberge* beenden. Denn ich schätze mal, Ihr Lehrgeld ist nicht so üppig. Und ich bin noch immer knapp bei Kasse.»

Wieder lachte der Fotograf. «Abgemacht. Erster November also. Ich hoffe, dass ich das nicht bereuen muss.»

Alex ließ sich auf den freien Stuhl neben Loïc fallen. Er sah sie mit diesem Lächeln in seinen gelb gepunkteten Augen an, und ein Kribbeln durchfuhr sie. Er war erleichtert darüber, dass sie nun endgültig dableiben würde, das sah sie in seinem Blick.

«Gut gemacht, Alex.» Mado legte eine Hand an ihre Wange. Es war nur eine flüchtige Geste der Zärtlichkeit, aber Alex spürte sie so intensiv wie Loïcs Arm um ihre Schulter. Einen verwirrenden Augenblick lang wusste sie nicht, wen sie tiefer liebte.

Fantomas schaltete sich ein. «Er will das nicht mit Sophie, oder?»

Alex schüttelte den Kopf.

«Aber dafür hast du soeben eine Lehrstelle ergattert», sagte Mado hell.

Loïc küsste sie. «Du wirst also hierbleiben.»

«Ja.» Alex holte tief Luft. «Das werde ich.»

Plötzlich trat Jeanne an ihren Tisch, rückte das Diadem in ihren Haaren zurecht und sagte: «Bevor man eine Leiter besteigt, sollte man sich vergewissern, ob sie an der richtigen Wand lehnt.»

«Danke, Jeanne», sagte Alex. «Aber ich bin mir sicher, das tut sie.»

*

Mado fühlte Alex' Hände an ihrer Hüfte, während sie das Mofa um eine Kurve lenkte. Seit ihrer Nacht auf dem Grab von Albert Camus fühlte sie sich ihr näher denn je. Wieder wünschte sie, dass sie ihr alles erzählen könnte. Dass sie befreundet bleiben würden, selbst, wenn sie im Gefängnis saß. Ja, dachte sie, während sie durch die unwirklich bunte Ockerlandschaft brauste, wenn es jemanden gab, dem sie vertraute, dann war es dieses helle Mädchen aus dem Norden, das tagsüber wie ein Engel durch die Weltgeschichte schwebte und nachts schlief wie ein Stein.

Sophies Haus sah bei Tageslicht heruntergekommen aus. Verschwunden waren die Lichter, die es in der Nacht verzaubert hatten. Geblieben waren Chaos und Müll.

Sie parkte das Mofa neben einem verrosteten Fahrrad

ohne Sattel und spürte, wie Alex vom Soziussitz heruntterglitt. Ein dünner Punk in gelb-schwarz gestreiften Hosen kam um die Ecke geschlurft.

«*Bonjour*, wir suchen Sophie», erklärte Mado, und der Punk deutete mit dem Daumen auf eine unbestimmte Stelle hinter sich.

Sie lag zusammengekauert wie ein Kind auf den Steinen einer halb fertigen Terrasse, offenbar bewusstlos.

«Sophie», flüsterte Alex und berührte sie an der Schulter. «Wir sind es, Alex und Mado.»

Sie hatte Fieber. Nachdem Mado ihre Stirn befühlt hatte, nahm sie ihr Handgelenk und zählte ihren Puls.

«Wir müssen sie in den Schatten legen», sagte sie. «Nimm du sie an den Füßen, ich greife ihr unter die Schultern. Warte mal. So.»

Gemeinsam trugen sie Sophie unter die Platane, die in einer Ecke des Gartens wuchs. Noch immer wachte sie nicht auf. Ihr Körper war mit Einstichstellen übersät. In den Armbeugen war die Haut blau und verschorft. Mado hob mit Daumen und Zeigefinger die Haut auf Sophies Handrücken an. Die Hautfalte blieb stehen.

«Wir müssen ihr etwas zu trinken geben», sagte Mado. «Bleibst du bei ihr? Ich hole etwas aus dem Haus.»

Die Küche sah aus, als hätte ein Orkan darin gewütet. Gläser, Besteck, Teller und Töpfe stapelten sich in der Spüle, von wo aus das Chaos weiter über die Anrichte, den dreibeinigen Tisch, die Stühle, ja, sogar den Boden wucherte. Dazwischen lagen benutzte Spritzen und Löffel mit braun verkrusteten Resten darauf. Als sie den Wasserhahn aufdrehte, kam nichts heraus.

«Ich fahre schnell ins Dorf und kaufe Wasser», verkündete sie, zurück bei Alex.

In diesem Moment schlug Sophie die Augen auf. Sie versuchte zu sprechen, brachte aber keinen Ton hervor.

Alex strich ihr vorsichtig über das Haar. «Bleib ganz ruhig, Sophie. Tut dir etwas weh?»

Sophie begann zu weinen. «Mein Körper ...»

Alex gab Mado mit den Augen zu verstehen, sie solle fahren. Fast kindlich sah sie aus, wie sie da neben Sophie hockte, mit ihrer gesunden, jungen Haut. Und auch so ratlos wie ein Kind, das nicht wusste, warum das Schlechte in der Welt geschah. Mado musste sich zurückhalten, um sie nicht in den Arm zu nehmen. Das war es, was Alex immer wieder in ihr auslöste: der Wunsch, ihre Beschützerin zu sein.

Als sie zurückkehrte, waren Sophies Augen wieder geschlossen. Alex schien sanft auf sie einzusprechen. Erst als sie sich den beiden näherte, bemerkte sie, dass Alex sang.

«Danke für diesen guten Morgen, danke für jeden neuen Tag.»

«Was soll das, Alex, warum singst du ihr ausgerechnet dieses Christenlied vor?»

Alex hob die Schultern. «Bin konfirmiert worden, mir fiel nichts anderes ein.» Dann, nach einer Pause: «Was bist du eigentlich – Protestantin oder Katholikin?»

«*Ich danke es dem lieben Gott tausendmal, dass er mich zur Atheistin hat werden lassen.* Georg Christoph Lichtenberg.» Sie kniete sich zu Sophie auf den Rasen, hob mit einer Hand ihren Kopf an und flößte ihr mit der anderen Wasser aus der Plastikflasche ein. Sophie verschluckte sich ein bisschen, aber dann trank sie doch.

«Was machen wir denn jetzt mit ihr?», fragte Mado, während sie zu Sophie hinabsah. «Wir können sie hier nicht einfach so allein lassen. Oder mit den anderen Junkies.»

«Ich denke, wir sollten ihr etwas zu essen geben. Sie ist sehr schwach.»

«Kein Hunger», brachte Sophie mühsam hervor.

«Sophie, hör mir gut zu», sagte Mado. «Weißt du, wo du bist?»

«Mir tut alles weh.»

«Sollen wir dich zu einem Arzt bringen? Oder ins Krankenhaus?»

Sophie verzog den Mund. «Hab doch gar kein ... Krankendings.»

Mado und Alex sahen sich an. Das hatten sie auch nicht. Niemand, den Mado kannte, hatte eine Krankenversicherung. Die war teuer, und beim Arzt musste man das Geld trotzdem vorstrecken, und die Kasse zahlte einem die Summe erst Monate später zurück, wenn überhaupt.

«Es kann so teuer nicht sein, einen Arzt zu holen», meinte Alex schließlich. «Wie viel Geld hast du noch, Mado?»

«150 Francs. Und du?»

«Auch so viel etwa. Komm, dann rufen wir jetzt einen!»

Mado fuhr mit dem Mofa in die Telefonzelle nach Rustrel und telefonierte die Ärzte der umliegenden Dörfer ab. Doch so sehr sie sich bemühte – sobald sie sagte, dass es sich um eine der Belgierinnen handelte, lehnte der betreffende Arzt ab. Er sei gerade gestern da gewesen oder vergangene Woche, und er habe noch andere Patienten als die Heroinsüchtigen vom Colorado.

«Das ist unterlassene Hilfeleistung!», schimpfte Mado, aber die Sprechstundenhilfe, die sie zuletzt ans Telefon bekam, erklärte, der Tag habe nun mal nur vierundzwanzig Stunden und die Praxis sei voll mit alten Menschen, die die Hitze nicht vertrügen, und bei einem Kind, das sie gerade behandelten, ginge es jetzt um Leben und Tod.

Mado sparte sich den Hinweis, dass es genau darum auch bei Sophie ging, und fuhr zurück.

Im Dorf holte sie eine Tüte Mirabellen, Käse und ein Baguette und kam gerade rechtzeitig zurück, um zu sehen, wie der gelb-schwarz gestreifte Punk Sophie einen Schuss in den Oberschenkel setzte.

Minuten später kehrte das Leben in Sophies Augen zurück, wenn auch eines, das sie aus winzigen Pupillen sah. Doch ihre Stirn war noch genauso heiß wie zuvor.

«Du kommst ... wegen der Fotos», krächzte sie, als sie Alex zum ersten Mal richtig wahrnahm.

Die nickte.

«Dann mach eins.»

Mado sah, wie Alex zögerte.

«Soll ich dir noch die Haare kämmen? Oder dir etwas zum Umziehen holen?»

Sophie schüttelte langsam, aber entschlossen den Kopf. Dann richtete sie sich auf, und Mado half ihr, sich an den Stamm der Platane zu lehnen.

«Es ist mutig und großartig, dass du das tust», sagte Alex leise.

Wieder schüttelte Sophie den Kopf. «Ist es nicht. Ich hab ... mein Leben verschwendet. Falsche Leute ... falsche Entscheidungen ...»

Mado musste den Blick abwenden, so sehr schnürte es ihr auf einmal den Hals zu.

«Aber du willst, dass andere daraus lernen.» Alex' Stimme klang so zärtlich. Vielleicht würde sie eines Tages auch mit ihr, Mado, so sprechen. Vielleicht würde sie sie verstehen.

«Das will ich. Los, fotografier mich jetzt!»

Alex holte die Minolta aus ihrer Schultasche, und Mado beobachtete, wie sie verschiedene Blickwinkel ausprobierte, näher zu Sophie herantrat, und sich dann wieder so weit entfernte, dass man im Bildausschnitt vermutlich die ganze Sophie sah: ein knapp eins siebzig langer, verwundeter Körper, Einstichstellen, eingefallenes Gesicht.

«Wird das 'n verdammter Beauty Shoot?», knarrte Sophie, und zu ihrer Überraschung bemerkte Mado, dass sie grinste.

Alex lächelte zurück und drückte ab.

*

Es wurde noch heißer, obwohl Alex das kaum für möglich gehalten hätte. In der *Auberge* buken sie mit den letzten Kirschen des Jahres *clafoutis*, dass der Ofen nur so qualmte, und Alex schleppte sich von der Glut gebeugt durch die Küche, wobei sie sich uralt fühlte.

Eine Woche nun war seit dem Tag bei Sophie vergangen, und noch immer kam es ihr so vor, als hätte sie die Zeit bei ihr geträumt. Raymond Charrentier hielt Wort; sie durfte die Bilder, die sie von ihr gemacht hatte, in der Dunkelkammer seines Studios entwickeln. Seine Neugier war geweckt. Er wollte wissen, ob die Belgier in «so einer Art linksalternativen Kommune» lebten, wie sie über die Aufrüstung dachten, ob sie einen Sprengstoff-Diebstahl in Belgien erwähnt hatten und welche Art von Bildern oder Plakaten an ihren Wänden hing. Alex entgegnete, der Kalte Krieg und Dynamit seien für die Belgier sicherlich zweitrangig, da sie in erster Linie damit beschäftigt seien, nicht zu sterben.

Sophies ironisches Lächeln schimmerte rot und schwarz im Entwicklerbad auf, und Alex fand, dass ihr diese Großaufnahme am besten gelungen war. Es lag so viel in Sophies Zügen, dachte sie, während sie das Bild betrachtete, als es zum Trocknen an der Leine hing. Der Tod stand ihr schon ins Gesicht geschrieben, und gleichzeitig wirkte sie fast trotzig vergnügt.

Sie zeigte Gérard das Bild, und sie verglichen es mit dem Porträt der Sophie in ihrer Zeit als Kellnerin. Nur fünf Jahre lagen zwischen beiden Bildern.

«Das beweist doch wieder einmal, wie relativ Zeit ist», meinte Gérard, «und dass es einzig darauf ankommt, wie man sie füllt.»

Sie fragten Patrick, ob sie Sophies aktuelles Porträt neben das alte hängen durften, aber Patrick erklärte, seine Nettigkeit sei zwar legendär und er habe größtes Verständnis für Kunst und Künstler, aber in seinem Restaurant wolle er keine Bilder von Leuten hängen haben, die dem Tod ins Gesicht sahen. Also schlug Alex das Foto in Papier ein und legte es zu ihren Sachen in Mados Obstkistenregal.

Die schwüle Luft lähmte jede Bewegung, und doch gelang es Pierre Vassiliu, alles für seinen Umzug in den Senegal vorzubereiten, wo er ein Jazz-Café eröffnen wolle, wie er im Grégoire erzählte. In der *Auberge* kamen neue Gäste von auswärts an. Unter ihnen war ein britisches Ehepaar, das sich sehr für das Essen in der Provence interessierte. Der Mann, ein gut gelaunter Mittvierziger namens Peter, bestellte trotz der Bruthitze ein ganzes Menü.

Während der Lubéron unter der Hitze ächzte, wurden die Steine im ausgetrockneten Flussbett weiß wie Knochen. Mados Augen leuchteten noch blauer in ihrem sonnengebräunten Gesicht. Fantomas nutzte die Temperaturen als Vorwand, um außer Kiffen und Fahren bei heruntergekurbeltem Fenster rein gar nichts mehr zu tun, aber Loïc trainierte unbeirrt weiter für seinen Hochseilakt.

Für Alex war der Sprung ins eiskalte Becken morgens mehr denn je der schönste Moment des Tages. Wenn sie arbeitete, und das tat sie sechs Tage die Woche, schlief sie noch immer meistens bei Mado in der Scheune. Aber der siebte Tag gehörte Loïc, und, wenn möglich, nur ihm allein.

Nicht jedoch an diesem Morgen.

«Gabriel hat mit Maurice Masse geredet!» Fantomas ließ sich, eine Bäckertüte in der Hand, neben sie auf die Matratze fallen.

Alex, die damit beschäftigt war, Loïcs Füße zu untersuchen, die wund vom Seillaufen waren, fuhr auf.

«Verdammt!» Loïc rieb sich die Augen. «Wie zum Teufel kommst du hier herein?»

«Rutscht mal rüber.» Fantomas drängelte sich dichter an seinen Freund. «Ist verdammt unbequem, wenn ich hier so halb auf dem Boden liege. Die Haustür stand offen. Aber hast du nicht gehört, was ich gerade gesagt habe? *Gabriel hat mit Maurice Masse geredet!*»

«Wer soll das sein?» Alex streichelte vorsichtig über Loïcs linken Fuß.

«Ein Bauer hier in der Gegend, der ein Ufo gesehen haben will.» Loïc streckte die Arme nach ihr aus und zog sie zu sich heran.

«Könnt ihr mit eurem Vorspiel bitte warten, bis ich wieder raus bin?», beschwerte sich Fantomas. «Und nein, Maurice *will* das Ufo nicht gesehen haben. Er *hat* es gesehen, Punkt! Habe ich dir doch schon neulich in Marseille erzählt, Alex! Jedenfalls, der Rummel um seine Person nervt ihn. Deswegen redet er auch normalerweise mit niemandem über das Ufo. Aber Gabriel hat es geschafft! Hab es eben von Monique Martinez gehört, die hat es wiederum von Gabriels Nachbarin. Das ist so unfassbar, Leute! Wir müssen auf der Stelle zu Gabriel, damit er uns das genau erzählt.»

«Hast du uns wenigstens was mitgebracht aus der Bäckerei?»

«Klar, bin ich euer persönlicher Bäckerbote? Nein, Loïc, das wird dich jetzt überraschen.» Fantomas zog ein einzelnes Croissant aus seiner Tüte und begann zu essen. «Aber mein Geld reicht nicht für drei.»

Loïc warf sich auf ihn, um ihm das Croissant zu entwinden. Schnell stopfte Fantomas sich das Gebäckteil ganz in den Mund.

Klick machte es, und Alex legte ihre Minolta wieder beiseite.

Fantomas protestierte mit vollem Mund.

«Ja, ich weiß, das wird vielleicht kein schmeichelhaftes Foto. Aber lass die Bevölkerung von Apt darüber urteilen. Bei meiner nächsten Vernissage.»

«Bist du mit dem Auto hier?» Loïc wehrte Fantomas' Angriff auf Alex ab, indem er seine Arme festhielt. «Zweimal kauen heißt Ja.»

Fantomas kaute zweimal.

«Prima. Dann kannst du uns ja jetzt zum Schwimmen fahren!»

Das *Trou de Gargas* war ein Wasserloch in der Nähe von St. Saturnin, das so tief war, dass es bis zum Mittelpunkt der Erde reichte. Das behauptete zumindest Fantomas, der in der Schule mal Jules Verne gelesen hatte. Die Trübheit des Wassers stehe außerdem in proportionalem Verhältnis zu der Anzahl von Selbstmördern, die hier ihr Ende gefunden hätten, erklärte er. Darunter der Schwager des Schlachters, der während des Mistrals im März mit seinem Wagen hineingefahren war.

Sie hatten Mado aus Buoux abgeholt, und jetzt standen sie zu viert am Ufer und sahen sich um. Das Wasserloch war von intensivem Grün. Rote Ockerfelsen ragten ringsherum auf.

«Wie viele Leichen lagen denn da schon drin?», fragte

Alex, während sie den Picknickkorb schwang, den Madame Mercier ihnen gepackt hatte.

«Was heißt *lagen*?», grinste Fantomas. «Das Loch hier ist so tief, dass man die Leichen nie bergen wird.»

Mado, die einen Fuß ins Wasser gehalten hatte, zuckte zurück, als hätte sie ihn versehentlich mit Salzsäure benetzt.

«Ich wette, das stimmt gar nicht», versuchte Alex sie und sich selbst zu beruhigen. «Du kennst unseren Freund doch. Der denkt sich immer was aus.»

«*Mein* Freund ist er nicht.» Mado zog ihren Rock aus, behielt aber ihr T-Shirt an.

«Ich fürchte, dass Fantomas mit dieser Geschichte ausnahmsweise recht hat», erklärte Loïc. «Ich hab es neulich im *Provençal* gelesen. In dem Teich liegen tatsächlich Selbstmörder. Aber höchstens ein oder zwei.» Er bemerkte Alex' Blick und grinste. «Du musst zugeben, dass dies ein ausgesucht schöner Ort zum Sterben ist.»

Alex folgte seinem Blick über das Wasser, die Ockerberge, die Pinien, das hüfthohe Gras.

«Oder würdest du dich lieber von einem Hochhaus stürzen?»

Alex brauchte nicht lange zu überlegen. «Ganz bestimmt nicht», versicherte sie und sprang Loïc und Fantomas hinterher.

Es wurde ein herrlicher Nachmittag. Das Wasser war weich und voller Ton. Sie spielten Fangen, aber das war nur kurze Zeit lustig, weil immer nur Mado dran war. Sie schwamm extrem langsam, was vielleicht auch an dem T-Shirt lag, das sich mit Wasser und Ton vollsog und sie, Fantomas' Meinung nach, in die Tiefe zu den Leichen ziehen würde.

«Zieh doch endlich das verdammte Ding aus, Mado! *Putain merde*, du mit deiner verdammten Prüderie!»

«Für dich ziehe ich schon mal gar nichts aus!», rief sie zurück und paddelte ans gegenüberliegende Ufer, wo sie sich schwer atmend an einem Erdklumpen festhielt.

Fantomas lachte. «Also, dich würde man glatt ausmustern, wenn du zum Militär gehen wolltest», meinte er.

«Du Idiot, was hast du denn für eine Ahnung vom Militär, du hast doch überhaupt nicht gedient!»

«Nein, das konnte ich zum Glück vermeiden.»

«Wie hast du das angestellt?» Alex dachte an Renni und ihre anderen Kumpels, die versucht hatten, den Dienst an der Waffe zu verweigern, und dann vorgeladen wurden, um laut darüber nachzudenken, wie sie ihre Freundin verteidigen würden, sollte sie von einem Russen vergewaltigt werden.

«So.» Fantomas schob sich seine nassen Haare ins Gesicht, streckte die Zunge raus und schielte. «Hab einen auf komplett irre gemacht.»

«Na, da musstest du dich ja nicht groß verstellen», rief Mado und hievte sich aus dem Wasser.

Später saßen sie glücklich und erschöpft am Ufer und tranken lauwarmes Mineralwasser, das nach Plastik schmeckte. Nur Loïc hatte einen dicken Ast von einem Ockerfelsen zum nächsten gelegt und spazierte darauf hin und her. Fantomas drehte einen Joint.

«Wo wir gerade bei Toten sind», meinte er.

«Wir haben schon vor Stunden das Thema gewechselt!», protestierte Mado.

«Stellt ihr euch auch manchmal vor, ihr wärt tot und was Kumpels und Eltern dann über euch sagen würden und wie die Begräbnisrede so klingen würde?»

«Klar», meinte Loïc, der auf seinem Ast in die Hocke ging. «Tagtäglich. Immer vorm Einschlafen.»

«Nein, im Ernst. Ich stelle mir das manchmal vor.»

Alex kicherte.

«Also, in meinem Fall würden sie alle ganz schrecklich weinen.» Ein träumerischer Ausdruck schlich sich in Fantomas' Gesicht. «Unser Alain, würden sie sagen, er war so klug, so gut aussehend, so talentiert! Und jetzt ist er tot!»

Mado brachte einen ihrer Oh-Gott-kannst-du-nerven-Blicke zustande.

«Dann sehe ich meinen Mathelehrer. Der kommt auch zum Begräbnis. Und auf einmal sieht er ein, dass er mich zeit meines Schullebens falsch eingeschätzt hat. Er sieht noch mal meine alten Mathearbeiten durch und kommt zu dem Ergebnis, dass er sich seinerzeit bei der Benotung total verrechnet hat. Er sagt dem Priester, er soll das mit in seine Rede einbauen. Und dann weinen meine Eltern ganz fürchterlich, vor allem Papa. Weil er mir doch immer Vorhaltungen gemacht hat, von wegen, ich soll mich mehr anstrengen in Mathe. Und jetzt tut es ihm furchtbar leid.»

«Deine Fantasie möchte ich haben», rief Loïc und schlug Rad auf seinem Ast.

«Um das Thema jetzt wieder auf was Reales zurückzubringen», fuhr Fantomas fort. «Während ihr zwei Turteltauben euch vorhin fertig gemacht habt, bin ich mit meiner Ufo-Forschung vorangekommen.»

Mado verdrehte wieder ihre Augen.

«Das heißt, du warst bei Gabriel?», fragte Alex.

«Wollte ich, aber Gabriel war nicht da.» Er hielt einen Moment inne und runzelte die Brauen.

«Nein, Gabriel ist nicht von Außerirdischen entführt worden!», sagte Loïc. «Red einfach weiter.»

«Du kannst meine Gedanken lesen, Alter, das ist echt unheimlich, ist dir das klar?»

«Jetzt mach es nicht so spannend!», platzte Alex heraus.

«Also gut, ich hab mich im Greg umgehört, und da war ein Engländer, der mich daran erinnert hat, wo man fantastisch Ufos sehen kann!»

Mado schlug sich die Hände vors Gesicht und stöhnte.

«Auf diesem Plateau d'Albion?» Alex dachte daran, wie Fantomas ihr in Marseille zum ersten Mal davon erzählt hatte.

«Richtig! Er meinte, momentan kreisen die da drüber wie wild gewordene Bienen.»

Mado nahm die Hände herunter. «Alain, nein.»

«Bah, kein Grund, so ernst auszusehen! Ich habe noch von keinem einzigen Fall gehört, bei dem Außerirdische Menschen angegriffen haben.» Er nahm einen tiefen Zug und blies den Rauch in Kringeln aus. «Ich glaube, dass die uns niedlich finden. Hihi, sind wir ja irgendwie auch.»

«Alain, nein! Das Gebiet ist streng überwacht. Ihr könntet verhaftet werden, wenn ihr da rumschleicht.»

«Weißt du, was mich langsam nervt?» Fantomas fuhr wütend zu ihr herum. «Deine ewigen Vorhaltungen! Verdammt, ich kenne keinen Menschen außer dir, abgesehen von meinen Eltern vielleicht, der einem so tierisch alles verdirbt! Du bist einfach die größte Spielverderberin aller Zeiten! Kein Sex, keine Drogen, nicht mal dein T-Shirt ausziehen willst du. Was ist eigentlich dein Problem?»

Mado sprang auf die Füße. «Das geht dich verdammt noch mal einen Scheißdreck an!»

«Eh, les gars.» Loïc sprang endlich von seinem Ast herunter und schlenderte auf sie zu. «Der Abend ist zu schön zum Streiten. Ich schlage vor, dass jeder das tut, worauf er Lust hat. Ich fahre mit Fantomas zum Plateau d'Albion, und Mado kann was anderes unternehmen, wo ist das Problem?» Er berührte Alex an der Wange. «Was ist mit dir?»

Sie blickte zwischen Loïc und Mado hin und her. Es war das erste Mal, dass sie sich zwischen den beiden entscheiden musste. Am Ende sagte sie mit einem Anflug von schlechtem Gewissen: «Ich komme mit euch. Ufos würde ich auch gern mal sehen.»

Es war erstaunlich kühl auf dem Plateau, das hatte sie nicht erwartet. Über ihr funkelten die Sterne, Abermillionen von Sonnen, die gerade entstanden, verglühten oder zerbarsten. Sie fragte die Jungs, was die Sterne ihrer Meinung nach täten, und Fantomas zuckte die Achseln und meinte, die faulenzten vielleicht so vor sich hin.

Loïc deutete in den Himmel. «Eine Sternschnuppe, Alex! Hast du die gesehen?»

Sie folgte seinem Blick. Ein glühender Punkt flog zwischen all den Sonnen, dann noch einer, dann eine ganze Handvoll. Es war ein richtiger Schwarm.

Auf einmal fiel ihr ein, wie sie sich als Kind immer etwas gewünscht hatte, wenn sie eine Sternschnuppe sah. Sie schlang ihre Arme um Loïc und dachte: *Lass das hier niemals aufhören. Lass uns drei und Mado für immer zusammen sein.*

Fantomas blickte gen Himmel und rieb sich die Hände. «Okay, ihr Marsmännchen, ich bin bereit, wenn ihr es seid.»

«Vielleicht sind sie schüchtern.» Alex ließ Loïc nicht los.

«Ich hab noch nie von schüchternen Außerirdischen gehört», brummte Fantomas.

«Na ja, hier hast du den Beweis: Sie lassen sich kein bisschen blicken.» Loïc küsste Alex' Ohr.

«Meinst du, dass die kiffen?»

«Schätze, das hängt von der jeweiligen Galaxie ab. Aber einen Versuch können wir ja mal starten.»

Fantomas löste Alex' linke Hand von Loïcs Hüfte. «Hilf mir mal. Ich kann im Dunkeln nicht Hasch zerkrümeln und mischen gleichzeitig.»

«Wo sind denn nun eigentlich diese Atomraketen?», fragte Alex.

«Alle in unterirdischen Silos.» Loïc küsste ihren Hals.

Irgendwo ging ein Scheinwerfer an.

«Hallo, wir sind's!», imitierte Fantomas eine Außerirdischen-Stimme. «Höre, ihr habt 'n bisschen *shit* für uns?»

Es waren aber keine außerirdischen Kiffer, die da aus der Dunkelheit auf sie zutraten, sondern Männer in Uniformen. «Nicht bewegen!», brüllte einer und richtete den Strahl seiner Taschenlampe auf sie.

Vor Schreck ließ Alex das heiß gekrümelte Hasch von ihrer Handfläche fallen. «Scheiße, die Bullen!», fluchte sie leise.

«Das sind keine Bullen, das sind verdammte Soldaten!», keuchte Fantomas, während sie zurück zum Wagen liefen.

Loïc joggte neben ihm in lockerem Schritt. «Du musst unbedingt an deiner Fitness arbeiten, Mann!»

«Ich bin Feuerjongleur, kein Seiltänzer, da muss man nicht so fit sein!»

Die Schritte hinter ihnen wurden schneller. «Stehen bleiben!»

Mit einem Sprung retteten sie sich ins Auto. Loïc ließ den Motor an, und sie rasten los.

Erst als sie ein paar Meter gefahren waren, traute sich Alex, nach hinten zu sehen. «Einer der Typen notiert sich deine Autonummer», sagte sie zu Fantomas.

«Der Wagen gehört meinem Vater.» Fantomas machte eine wegwerfende Handbewegung. «Dem fällt schon eine gute Ausrede ein. Kundenakquise für das Restaurant oder so.»

Sie schwiegen, während sie den Berg hinunterfuhren.

«Ich schätze, wir können das nicht ewig machen», sagte Loïc nach einer Weile.

«Abenteuer erleben?»

«Nein. Die Sachen auf unsere Eltern schieben. Wir sind einundzwanzig, Mann. Wir müssen auch mal Verantwortung übernehmen.»

Fantomas drehte sich entsetzt zu ihm. «Hat Mado dir das Gehirn gewaschen?»

«Nein, ich meine, ganz ehrlich. Wir können sie nicht ewig für unsere Taten geradestehen lassen. Dein Vater, der wünscht sich nichts so sehr wie einen Sohn, dem er irgendwann den Laden übergeben kann. Und mein Vater, das weiß ich, der wünscht sich das auch.»

«Bist du jetzt komplett irre geworden, Loïc? Willst du im Ernst Dachdecker werden in Marseille?»

«Gibt schlimmere Schicksale.»

Fantomas raufte sich die Haare, und der Wagen geriet leicht ins Schlingern. «Das ist doch wohl jetzt nicht wahr!»

«Mal ehrlich, willst du ewig so leben wie jetzt?» Loïcs Stimme klang ruhig. «Straßenkunst und Kiffen? Sehen, was der Tag so bringt?»

«Was spricht dagegen, Herrgott noch mal?»

«Dieses und jenes.»

«*Putain con*, und das ausgerechnet von dir, Loïc! Dein Alter war im Knast, dein Onkel ist Mafia, und jetzt fängst du an und willst Steuerformulare ausfüllen und sonntags in die Kirche gehen!»

Loïc lachte leise.

«Das ist kein bisschen witzig!» Fantomas schlug frustriert auf sein Lenkrad ein.

«So, wie du es sagst ...» Loïc senkte seine Stimme, sodass Alex Mühe hatte, ihn über das Motorengeräusch zu hören. «Hör zu. Mein ganzes Leben schon warten die Arschlöcher darauf, dass ich so werde wie Papa, Onkel Henri und Pépé. Aber weißt du was? Die können warten, bis sie verfaulen. Ich trainier noch für den Akt im Quartier Nord, und wenn sie mich dabei festnehmen, *tant pis*, danach ist sowieso Schluss mit der Artistik. Ich will 'n anständiges Leben führen.»

«Artistik ist auch anständig!»

«Ja, aber man weiß nie, ob man seinen nächsten Hochseilakt auch überlebt.»

«Ich dachte, genau das würde dich daran so reizen!»

«Jetzt nicht mehr.» Loïc sprach nun so leise, dass Alex ihn kaum noch verstehen konnte. «Ich würde gern irgendwann mal Kinder haben.»

Auf einmal spürte sie ihr Herz schneller klopfen. Die Vorstellung, einen kleinen Loïc zu bekommen oder eine Mini-Alex oder eine Mischung aus ihnen beiden, war ungeheuer. Aber gar nicht abwegig. Ein Kind von Loïc, ein mutiges, tanzendes Wesen. Ganz ruhig griff sie nach vorn und nahm seine Hand.

Fantomas schüttelte den Kopf. «Na, meinetwegen. Wenn ich Patenonkel werden darf.»

Sie beschlossen, im Grégoire noch was zu trinken, doch als sie auf die Place de la Bouquerie rollten, war das Café dunkel. Eine einsame Gestalt stand dort und rauchte, und im Kegel der Autoscheinwerfer erkannten sie Gabriel.

Fantomas kurbelte die Scheibe herunter. «*Bonsoir*, Gabriel! Ich habe dich den ganzen Tag gesucht! Du hast mit Maurice Masse ...»

«Ihr müsst mir helfen», unterbrach Gabriel ihn mit erstickter Stimme. «Ich bin am Ende. Bei mir ist eingebrochen worden. Meine ganzen Ersparnisse sind weg.»

*

Mado konnte nicht schlafen. Immer wieder lauschte sie auf ein Motorengeräusch, auf Schritte, auf irgendein Zeichen, dass Alex nach Hause kam. Das Ziffernblatt ihres

Weckers zeigte drei Uhr zwanzig. Sie konnte nur hoffen, dass Alex in Apt geblieben war und bei Loïc schlief. Das tat sie zwar selten, wenn sie am nächsten Tag in der *Auberge* arbeiten musste, aber es war denkbar. Sie wälzte sich auf die andere Seite und stöhnte. Leider war es wahrscheinlicher, dass man sie auf dem Plateau festgenommen hatte, denn jede zivile Person, die dort auftauchte, war verdächtig.

Zu Recht.

Verdammter Fantomas! Sie richtete sich auf der Matratze auf, schlüpfte in ihre Sandalen und trat vor die Tür. Es war kühl, der Fluss gurgelte in der Ferne, sonst war alles still. Und dann sah sie die Meteoren. Sie sausten über den Himmel, ein ganzer Schwarm erhellte die Felsen. Eine andere Sommernacht fiel ihr ein, etwa ein Jahr vor dem Tag, der alles veränderte. Damals hatte sie auch nicht schlafen können, und auch Amira hatte sich an ihrer Seite gewälzt. Sie war mit Amira auf dem Arm ans Fenster getreten. «Du darfst dir etwas wünschen», hatte sie Amira gesagt.

Amira hatte nicht lange überlegen müssen. Sie wollte das rote Kinderfahrrad, das sie in einer Auslage gesehen hatte.

Sie hatte es nie bekommen.

Mado wischte sich die Tränen vom Gesicht, während sie zusah, wie die Sternschnuppen über den Himmel blitzten. *Lass Amira gesund und glücklich sein*, bat sie. *Meine Eltern auch. Und Alex, Loïc und Fantomas.*

Wieder einmal wurde ihr bewusst, wie wichtig ihr die drei waren. Alex sowieso. Aber auch Loïc und Fantomas. Sie hatte sie als Tarnung benutzt, sicher. Eine Gang von Straßenkünstlern, wer käme schon auf die Idee, sie in dieser Umgebung zu suchen? Und sie hatte ihre Rolle von Anfang an gut gespielt. Aber je mehr sie sich in diese

Rolle hineinfand, desto klarer wurde ihr auch, wie gern sie sie spielte. Und wie gern sie mit den dreien zusammen war.

Wieder raste eine Sternschnuppe über den Himmel.

Bitte, lass ihnen nichts geschehen.

Alex würde ein Verhör nicht überstehen, sie wusste nicht, was man dabei beachten musste. Mado hörte die Fragen so deutlich, als wären sie bereits ausgesprochen: Was wissen Sie über Ihre Mitbewohnerin? Haben Sie sie jemals bei einer Lüge erwischt? Und das haben Sie ihr alles geglaubt?

Am Ende würde Alex reden. Nicht, weil sie eine Verräterin, sondern weil sie so verdammt gutgläubig war. Und dann wäre es nur noch eine Frage der Zeit, bis die Polizei die Scheune durchsuchte.

Ihr Puls beschleunigte sich. Etwas lag in der Luft, das spürte sie, so wie sie den Mistral kommen fühlte.

Sie ging hinein und knipste das Licht an. Ihr Blick auf den Stapel Zeitungen und Zeitschriften, den Gäste aus der *Auberge* dagelassen hatten. *Stern*, *Spiegel*, *The Economist*, *Le Monde*, *Il Corriere della Sera*, eine *New York Times*. Einiges davon hatte sie noch nicht gelesen. Sie setzte sich im Schneidersitz auf den Boden und überflog die Artikel.

Ronald Reagan, diese Witzfigur von US-Präsident, hatte während einer Mikrofonprobe gescherzt, dass er die Sowjetunion bombardieren wolle. Die Sowjetunion wiederum kündigte eine Serie von Raketentests im Pazifik an.

Und dann sah sie es: Die Action Directe hatte einen Sprengstoffanschlag auf das Gebäude der Westeuropäischen Union in Paris verübt, jener militärischen Organisation, die die NATO in Europa stützen sollte. Der große Sprengstoffdiebstahl in Belgien vor zwei Monaten fiel ihr ein, und sie stieß einen leisen Pfiff aus. Das war das Zeichen: Die Kämpfenden Kommunistischen Zellen in

Belgien und die Action Directe in Frankreich arbeiteten jetzt auch praktisch zusammen.

Mado ließ die Zeitung sinken und lauschte. Stille. Nur der Aigue Brun rauschte über sein Bett.

Die Polizei würde bei ihr nichts finden außer Amiras Zeichnung. Aber sollte irgendjemand irgendwo eine Gehirnzelle mehr besitzen als die Idioten vom örtlichen *Commissariat*, könnte dieser Jemand durch den persischen Schriftzug eins und eins zusammenzählen.

Vorsichtig schraubte sie den bronzenen Sockel unter der Tischleuchte auf. Da war das Bild, sorgsam zusammengefaltet. Sie strich das Papier glatt und betrachtete es. Ein Mondstrahl erhellte das Gesicht des kleinen Mädchens, den Mund, den Amira wie ein U gezeichnet hatte, die Hand, mit der sie die des großen Mädchens hielt.

Mit zitternden Fingern fischte Mado nach einem Streichholz und entzündete es. Doch noch während das Holz aufflammte, blies sie es aus. Sie konnte es nicht.

Vorsichtig verstaute sie die Zeichnung wieder im Sockel der Lampe. Dann stand sie einfach nur da.

«Nur noch diesen einen Sommer, dann werde ich mich stellen», flüsterte sie gen Himmel, an dem sachte der Morgen aufschien.

*

Gabriel stellte das Tablett mit der Mokkakanne und den Tassen vor ihnen ab und atmete schwer. «Es war der Normanne», sagte er und deutete auf das Sofa, auf dem sie zu dritt nebeneinandersaßen, Alex in der Mitte, links und rechts von ihr Loïc und Fantomas. «Da, genau da, ist der Diebstahl passiert!»

«Woher weißt du das?» Fantomas warf sich ein Stück Würfelzucker in den Mund. «Du warst doch nicht dabei.»

«Nein, aber ich weiß ja wohl noch, wo ich mein Geld aufbewahrt habe!»

«Warum hast du deine Ersparnisse im Sofa versteckt?», fragte Alex erstaunt.

«*Eh bien,* ich konnte sie ja wohl schlecht zur Bank bringen.»

«Weil du keinen Bock auf die Zinsen hattest?» Loïc liebte das Konzept von Zinsen. Geld irgendwohin zu tragen, wo es sich magisch von selbst vermehrte, machte in seinen Augen alles wett, was der Kapitalismus an Schlechtem in die Welt getragen hatte. Alex küsste sein Ohr.

«Nein, weil ich keine Lust auf blöde Fragen habe.» Gabriel verlieh seiner Stimme ein bourgeoises Näseln: *«Ah, bonjour Monsieur van de Berg, haben Sie endlich ein Bild verkauft? Und weiß das Finanzamt schon davon?* Hier kennt doch jeder jeden, und die Arschlöcher von den Banken kennen die Arschlöcher vom Finanzamt und umgekehrt!»

Alex trank ihren Kaffee und schluckte. «Und du bist dir ganz sicher, dass es der Normanne war, der das Geld aus dem Sofa genommen hat?»

«Natürlich! Bevor Fantomas und der Normanne kamen, steckte das Geld noch schön ordentlich dort in der Ritze. Nachdem sie abgezogen sind, war es weg.»

«Ich dachte, er wäre bei dir eingebrochen?», hakte Alex nach.

«Einbruch, Diebstahl, während er zu Besuch war, was weiß ich denn, ich steck ja nicht in seinem verrückten Normannen-Hirn!»

«Bei uns in der Scheune ist er auch mal eingebrochen», bemerkte Alex nachdenklich.

Loïc sah sie erstaunt an. «Hat er euch auch Geld gestohlen? Das hast du mir ja noch gar nicht erzählt!»

«Nein, kein Geld, wir haben ja gar keins ... Aber er hat etwas mitgenommen, das Mado gehört.»

«Dieser Abend, an dem er da war ...» Fantomas begann, einen Joint zu drehen. «Da hat er sich reichlich merkwürdig verhalten, das ist mir auch aufgefallen!»

«Der Normanne ist immer merkwürdig», kommentierte Loïc.

«Aber dann verstehe ich nicht, warum du dich mit ihm abgibst!», wandte Alex sich an den Maler. «Ich meine, niemand von uns kann ihn leiden. Überall schnüffelt er herum. Dieser Typ bringt nur Unglück!»

«Ganz deiner Meinung. Aber er hat Verbindungen zu Galerien in der Normandie. Er hat mir eine Ausstellung in Deauville versprochen, jetzt zur *Rentrée*. Und in Deauville verbringen die reichen Pariser ihre Wochenenden.»

«Nur, dass er dir bei unserem letzten Treffen gesagt hat, dass die Ausstellung in Deauville nicht zustande kommt», erklärte Fantomas. «Und kurze Zeit später wurde er unruhig und ist Hals über Kopf gegangen.»

«So ist es.» Gabriel nickte. «Und mit ihm meine fünftausend Francs.» Er wischte sich über die Augen. «Damit wollte ich über die nächsten Monate kommen. Und jetzt habe ich nichts mehr.»

Alex wünschte, sie könnte ihm das Geld geben. Er hatte so viel für sie getan. Hier in seinem Atelier hatte sie ihre ersten Fotos entwickelt. Nie hatte er ihr etwas dafür berechnet. Und dann hatte er mit Mado und Loïc zusammen ihre Geburtstagsfeier organisiert. Er hatte dafür gesorgt, dass sie ihre Bilder verkaufen konnte. Hatte sie mit Raymond Charrentier bekannt gemacht. «Gibt es irgendetwas, das wir für dich tun können?», fragte sie.

Gabriel blickte auf, als hätte er nur darauf gewartet. «Das gibt es tatsächlich. Und hier ist mein Plan.»

Es wurde hell, als Gabriel geendet hatte. Bis ins kleinste Detail hatte er die List ausgeheckt.

Loïc regte sich als Erster. «Das ist überhaupt keine gute Idee.»

«Dann liefere mir eine bessere!», entgegnete Gabriel.

«Wir können das versuchen, aber ohne Waffe.» Loïc war hartnäckig. «Niemand von uns nimmt eine Waffe in die Hand!»

«Sie ist ja nicht geladen!», argumentierte Gabriel. «Sie soll ihm bloß Angst machen. Damit er die Tat gesteht!»

Alex, Loïc und Fantomas sahen sich an.

«Man muss es aus ihm herauspressen, versteht ihr das denn nicht?» Gabriel sprang auf und fuchtelte mit den Händen. «Der Normanne ist verstockt!»

Eine Weile herrschte Schweigen. Alex blickte von einem Gesicht zum anderen. Sie dachte daran, dass der Normanne Mado nachgesetzt und sie sogar bedroht hatte. Und sie wusste, wie viel sie Gabriel schuldig war.

«Ich bin dabei», sagte sie leise.

Loïc fuhr überrascht zu ihr herum. Dann hörte sie Fantomas' Stimme. «Dem Scheißer werden wir's zeigen. Ich bin auch dabei, Gabriel.»

Es war, als hätte in Apt und Umgebung eine Invasion stattgefunden. Die Touristen strömten in solchen Massen in die Dörfer, als wären sie zuvor irgendwo aufgestaut worden. Oft hatte Monique Martinez schon um elf Uhr vormittags kein einziges Baguette mehr. Fantomas klagte, dass er keinen Parkplatz finde, wenn er nach Apt fuhr. Und auf der Terrasse des Grégoire waren ihre Lieblingsplätze jetzt immer von erschöpft aussehenden Deutschen, Holländern und Briten belegt, die ihre bleichen Beine sonnten und soffen wie ein Loch.

«Wenn sich die Touristenautos auf den Straßen weiter

so stauen, können wir den Normannen nicht entführen», erklärte Gabriel, der in die *Auberge des Falaises* geflüchtet war. Hier war die Dichte an erschöpften Mitteleuropäern zwar auch groß, aber das war in den Sommermonaten nichts Besonderes. Außerdem waren die Menschen, die sich nach Buoux verirrten, ein Völkchen für sich.

Alex deutete mit dem Kopf in Richtung Mado, die sich mit dem deutschen Philosophielehrer unterhielt, der sich hier für einen Monat einquartiert hatte, und legte ihren Zeigefinger auf den Mund.

«Du hast Mado nicht eingeweiht?» Gabriel starrte sie an. «Ich dachte, ihr zwei erzählt euch immer alles!»

Alex hörte Mado laut lachen. Der Philosophielehrer deutete auf das Suhrkamp-Bändchen in seiner Hand, und Mado verzog ihr Gesicht. «Ich wüsste nicht, wie sich unter diesen Umständen Ihr Getränk materialisieren würde!», sagte sie, und jetzt lachte auch der Philosoph.

«Mado wäre nicht einverstanden», erklärte Alex. «Du weißt, wie gesetzestreu sie ist.»

In der Tat war sie selbst nicht mehr ganz sicher, ob es so eine gute Idee war, den Normannen mit einer Waffe zu bedrohen. Was sie sich in jener Nacht, als sie vom Plateau d'Albion herunterkamen, überlegt hatten, erschien ihr jetzt so fremd, als hätten die Außerirdischen selbst ihr diese Gedanken ins Hirn gebeamt. Den Normannen unter einem Vorwand in Gabriels Auto zu locken, dann idealerweise nicht mit ihm in dem kilometerlangen Stau zu stehen, der sich von der Côte d'Azur bis zur Autoroute du Soleil wand, um ihn dann zu einem Geständnis zu zwingen – das alles kam Alex jetzt sehr merkwürdig vor.

«Aber sie hat doch auch ein Interesse daran, den Normannen zur Rechenschaft zu ziehen!» zischte Gabriel. «Der Normanne hat sie doch ebenfalls bedroht.»

«Sie würde eher zur Polizei gehen, um ihn anzuzeigen, als sich selbst an einem Verbrechen zu beteiligen.»

«Verbrechen, also wirklich, Alex ...» Gabriel lachte, aber es klang nicht fröhlich. «Ich will doch nur wiederhaben, was mir rechtmäßig gehört! Aber ich merke schon, dass du keine Lust mehr hast, mir zu helfen ...»

«Nein, nein», widersprach Alex hastig. «Ich hab's dir ja versprochen! Wir ziehen das jetzt durch!»

«Was zieht ihr durch?» Mado stand plötzlich neben ihnen und strahlte sie an.

«Den Spießern von Amsterdam bis Berlin Manieren beibringen», brummte Gabriel. «Aïcha hat erzählt, dass sie sich nicht mal bei ihr bedanken, wenn sie ihnen Getränke bringt!»

Mado lachte noch immer. «Du bist doch selbst aus Amsterdam!»

«Ja, aber kein Spießer.» Gabriel funkelte sie an.

Je länger die Vorbereitungen dauerten, desto mehr Mühe hatte Alex, ihren Plan vor Mado geheim zu halten. Nachts, wenn sie nebeneinander lagen, war sie kurz davor, ihr alles zu erzählen. Aber dann würde Mado versuchen, sie von dem Ganzen abzuhalten, und das wiederum konnte Alex Gabriel nicht antun. Sie legte sich auf die Seite und beobachtete ihre Freundin, die sich im Schlaf von einer Seite auf die andere warf. Ihr T-Shirt klebte nachtwarm an ihrem Rücken. Alex fiel auf, dass sie Mado noch nie mit entblößtem Oberkörper gesehen hatte. Wieder wälzte Mado sich herum, und jetzt fiel ihr Shirt so, dass Alex im Mondlicht die Narbe über ihrem Schlüsselbein erkennen konnte. Ob sie als Kind gestürzt sei, hatte sie von Mado einmal wissen wollen, aber Mado hatte diese Frage genauso abgetan wie alle anderen Fragen nach ihrer Vergangenheit.

Mado verheimlichte ihr etwas, dessen war Alex sicher.

Und deshalb, als sie lang genug nachgedacht hatte und draußen bereits der Morgen aufschien, beschloss sie, nicht länger zu zögern. Sie würde Gabriel helfen. Mado brauchte nichts davon zu wissen. Auch sie, Alex, war fähig, etwas im Verborgenen tun.

Am Morgen, bevor sie den Normannen auf der Place de la Bouquerie einsammelten, ließ sie sich von Gabriel ein letztes Mal zeigen, dass die Pistole, mit der sie den Normannen bedrohen wollten, nicht geladen war. Es war eine schöne, altmodische Waffe mit kurzem Lauf und einer Verzierung am Griff.

«Also, pass auf», hatte er gesagt und das Magazin geöffnet. «Keine Patrone drin!» Dann hatte er sich die Waffe grinsend an die Stirn gehalten und abgedrückt. «Whoopsi, immer noch am Leben!», hatte er gelacht.

Alex war ernst geblieben. Sie würde sich besser fühlen, wenn Loïc bei ihr wäre. Aber Loïc arbeitete diese Woche auf einer Baustelle in Cavaillon, und selbst wenn ihm dieser Job nicht dazwischengerutscht wäre, so hätte er sich doch geweigert, den Racheplan auszuführen. Loïc glaubte daran, dass man jeden Konflikt dieser Welt ohne Waffen beilegen konnte, ob mit dem Normannen oder der Sowjetunion.

Jetzt stopfte Alex die Pistole in ihre Schultasche, und gemeinsam machten sie sich auf den Weg zum Platz vor dem Grégoire, wo Fantomas schon im Wagen saß. Wenig später kam der Normanne in Begleitung von Gabriel auf sie zu.

«Und Mado weiß gar nicht, dass ihr mich zu dem Picknick eingeladen habt?» Der Normanne tupfte sich mit einem Taschentuch die Schweißperlen von der Stirn.

«Nein, es wird eine Überraschung für sie», ließ sich Gabriel vernehmen und schlüpfte auf den Beifahrersitz.

Der Normanne rieb sich seine fleischigen Hände.

«Dass ich das noch erleben darf – ein Picknick mit der schönen Mado!»

Alex fühlte, wie ihr Hals trocken wurde. Es war ihr unangenehm, so dicht neben ihm auf der Rückbank zu sitzen, auch ohne in Gedanken Gabriels Anweisungen durchzugehen.

Du hältst die Pistole einfach auf ihn gerichtet, während wir mit ihm reden. Du sagst kein Wort. Wenn er anfängt zu mucken, entsicherst du die Waffe. Der Normanne soll nur das Klicken hören, sonst nichts.

«Und wenn er uns bei der Polizei anzeigt?», hatte sie wissen wollen.

«Dann steht Aussage gegen Aussage. Was kann er uns denn beweisen? Außerdem sind wir in der Überzahl. Drei gegen eins.»

Sie blickte von Fantomas, der den Wagen lenkte, aus dem Fenster. Während sie die schmale Straße nach Buoux hinaufkurvten, erkannte sie die Wiese, auf der sie in ihrer ersten Nacht geschlafen hatte. Das Gras darauf war gelb versengt.

«Nach Buoux geht es aber da entlang!», protestierte der Normanne eine Viertelstunde später.

«Wir fahren nicht nach Buoux», entgegnete Gabriel.

Schweigen breitete sich im Wagen aus. Der Normanne rutschte unruhig auf seinem Polster herum. «Wenn das einer deiner schlechten Scherze ist ...» Der Normanne beendete den Satz nicht. Vielleicht fiel ihm keine logische Konsequenz zu Gabriels humoristischer Unzulänglichkeit ein, und der Maler klärte ihn auch nicht auf.

Fantomas nahm die Abzweigung nach Sivergues. Immer karger wurde die Landschaft jetzt. Durch das geöffnete Fenster wehte der Duft von Thymian.

«Ich würde gern aussteigen», bemerkte der Normanne in die Stille.

«Wir sind gleich da.»

Sie hielten an einer Stelle außerhalb des Dorfes. Alex sah sich um, als sie ausstieg, die Schultasche mit der Waffe fest an sich gedrückt. Sie hoffte, dass Jeanne nicht ausgerechnet jetzt auftauchte, um sie mit einem ihrer Orakel zu verwirren, doch keine Menschenseele war zu sehen.

«Setz dich!», befahl Gabriel und deutete auf einen flachen Stein.

Der Normanne schnaubte. «Den Teufel werde ich tun. Kannst du mir jetzt bitte erklären, was das alles soll?»

«Setzen!» Gabriel machte eine Kopfbewegung in Richtung Alex, die auf dieses Zeichen hin ihre Waffe aus der Schultasche nahm.

Einen Moment lang war nur der Wind zu hören, der über die Thymiansträucher strich.

«*Putain de merde.*» Der Normanne setzte sich.

«Ich will mein Geld zurück», erklärte Gabriel.

«Welches Geld?»

«Jetzt tu nicht so unschuldig! Die fünftausend Tacken, die du aus meinem Sofaknick geklaut hast!»

«Ja, tu nicht so unschuldig!», fiel Fantomas ein.

Alex versuchte, die Waffe ruhig auf den Normannen zu halten.

Der Normanne blickte von einem zum anderen. «Ihr seid ja vollkommen irre. Ich habe überhaupt kein Geld geklaut!»

«Doch, das hast du. Du weißt es, wir wissen es. Also raus damit!»

Das fleischige Normannengesicht verzog sich zu einem Grinsen. «Ein schöner Plan, ich muss schon sagen! Würde aber noch besser funktionieren, wenn ihr hier den Richtigen am Wickel hättet! Ich hab deine Scheißkohle nicht, Gabriel. Aber frag mal ihn!» Er deutete auf Fantomas.

«Willst du meinen Freund beleidigen?», fragte Gabriel drohend.

Alex hielt den Moment für gekommen, ihre Waffe zu entsichern. Das Klicken ließ alle vier zusammenfahren.

«Ja, willst du Gabriels Freund beleidigen?», echote Fantomas.

Der Normanne blickte zu Alex. In seinen Augen sah sie Angst. Ein winziges Zucken nur, aber es reichte, dass sie auf einmal Mitleid mit ihm empfand. Der rechte Arm, mit dem sie die Waffe hielt, wurde ihr langsam schwer.

«Hör zu, wir haben alle keine Lust, hier oben den Tag zu verbringen.» Gabriels Ton klang versöhnlich. «Sag einfach, dass du derjenige warst, der das Geld genommen hat. Du musst es mir nicht auf einen Schlag zurückzahlen. Ich kann ein paar Wochen warten. Dann ist alles wieder gut.»

«Aber ich habe dein verdammtes Geld nicht!» Die Stimme des Normannen überschlug sich.

Niemand hatte Alex gesagt, wie schwer es war, so lange mit ausgestrecktem Arm eine Waffe zu halten. In Filmen sah es immer ganz einfach aus. Sie überlegte, ob sie ihren rechten Arm mit dem linken abstützen sollte, entschied sich aber dagegen, weil es vermutlich lächerlich aussah.

Gabriel und Fantomas schauten sich ratlos an.

«Zum letzten Mal. Hast du mein Geld genommen, ja oder nein?»

«Nein!»

Gabriel machte wieder eine Kopfbewegung in Richtung Alex. Der Normanne wurde weiß.

Alex war nicht ganz sicher, was die nächste Eskalationsstufe sein sollte. Sie hatte die Pistole bereits entsichert. Das Magazin war leer. Was jetzt?

Auf einmal dachte sie daran, wie der Normanne Mado

nachstellte. Wie er bei ihnen eingebrochen war. An Mados Verzweiflung. Wut wich dem Mitgefühl, das sie eben noch empfunden hatte, und sie machte einen Schritt auf ihn zu.

Der Normanne fuhr zurück und hob beide Hände. «Verdammte Scheiße, nehmt das Flintenweib zurück, ich würde euch ja alles sagen, aber *merde*, ich hab dein verdammtes Scheißgeld nicht!»

«Was bist du nur verstockt, Normanne.» Gabriel schüttelte den Kopf. «Fangen wir noch mal von vorne an. Also, an dem Abend, an dem du mir gesagt hast, dass das mit der Ausstellung in Deauville doch nichts wird, da hast du dich auf mein Sofa gesetzt, richtig?»

«Oh Gott.» Der Normanne fuhr sich mit seinen dicken Händen über die Stirn. «Jetzt verstehe ich. Du bist sauer wegen Deauville. Meine Güte, wenn es das ist, ich kann noch mal mit einem Galeristen in Arcachon reden. Auch ein schöner Urlaubsort.»

«Erst mal will ich meine fünftausend Francs.»

«Ich hab sie nicht, okay?!», schrie der Normanne und drehte seine Handflächen nach oben.

Alex machte noch einen Schritt auf ihn. Der rechte Arm war ihr mittlerweile tonnenschwer geworden und zitterte leicht.

«Sag es doch einfach, Normanne!», forderte Fantomas ihn auf.

«Da gibt es nichts zu sagen! *Ich hab die Kohle nicht genommen!*»

Allmählich hatte Alex das Gefühl, dass er die Wahrheit sagte. Gabriel schien zu einem ähnlichen Schluss zu gelangen, denn er sagte: «In Ordnung. Fahren wir nach Apt zurück.»

«Wenn ihr glaubt, dass ich noch mal zu euch in den Wagen steige, seid ihr komplett verrückt!»

Alex, Fantomas und Gabriel sahen sich an. Langsam ließ Alex die Pistole sinken.

«Wir werden dich im Auge behalten», sagte Gabriel. «Von jetzt an hat das schöne Leben in Apt für dich ein Ende!»

Der Normanne erhob sich. Nach einem letzten Blick auf Alex, die ihre Waffe wieder in der Schultasche verstaute, drehte er sich um. «Das werdet ihr noch bereuen!», rief er über seine Schulter. «Ihr Wichser! Das werdet ihr noch so was von bereuen!»

Sie schwiegen, während sie zum Wagen zurückgingen. Plötzlich blieb Gabriel wie vom Donner gerührt stehen.

«Das gibt es doch nicht», flüsterte er.

Hinter einer Gruppe von Sträuchern tauchte eine schwarz gekleidete, winzige Gestalt auf. Sie bewegte sich so langsam, dass Alex sie zunächst für ein scheues Tier hielt.

«La Dent», sagte Fantomas ehrfurchtsvoll.

Die Gestalt sah sie und hielt inne.

«Was macht sie hier draußen?», fragte Gabriel nervös.

Nun bewegte sich die Gestalt auf sie zu. Alex betrachtete ihr Gesicht. Es war dunkel und von langen, tiefen Falten durchfurcht. Ihr fiel ein, was man über sie sagte. Dass sie nur noch vor die Tür trat, wenn jemand geboren wurde oder starb.

«Wir sollten ihr helfen.» Gabriel rührte sich als Erster. «Vielleicht ist sie verwirrt und findet nicht mehr nach Hause.»

Sie setzten sich gleichzeitig in Bewegung. Als sie die alte Frau erreichten, hob sie eine Hand. Augenblicklich blieben sie stehen.

Alex grüßte sie als Erste, doch die Alte schüttelte nur den Kopf. «Armes Mädchen», hörte sie sie murmeln. «Armes Kind.»

Alex blickte sich um, ob sie vielleicht jemand anderen meinte, denn eines von La Dents schwarzen Augen blickte schräg hinter sie, aber gleichzeitig auf seltsame Weise durch sie hindurch. Ihre Hände waren gichtgekrümmt, bemerkte Alex, und sie trug ihre weißen Haare in einem langen Zopf.

«Meinen Sie mich?», fragte Alex leise.

La Dent machte noch einen Schritt auf sie zu, dann riss sie Alex' Hand an sich, drehte sie um und fuhr mit ihrem Finger über die Linien darin. Alex hatte halb erwartet, dass ihre Nägel schwarz sein würden und sie die Berührung abstoßen würde, aber das Gegenteil war der Fall. La Dents Hände waren verrunzelt und mit braunen Flecken übersät, aber gleichzeitig bewundernswert gepflegt. Im nächsten Moment brannte der Blick der Alten auf ihrem Gesicht. «Sehr gute Augen», sagte sie. Ihre Fingerkuppen strichen über ihre Handinnenfläche, aber nun las sie nicht mehr darin. Sie streichelte ihre Hand, als ob sie sie trösten müsste. Langsam rann eine Träne über ihr verrunzeltes Gesicht. «Armes Kind», wiederholte sie.

Alex war verwirrt. Die vergangenen Stunden hatten sie ausgelaugt. Sie war nicht mehr sicher, ob sie richtig gehandelt hatte, wusste nicht mehr, ob sie den Normannen tatsächlich für schuldig hielt. Vielleicht war das alles ein großes Missverständnis. Vielleicht waren die Verhältnisse in Apt vertrackter, als sie geglaubt hatte. Vielleicht war sie, die vor einem grauen, spießigen Leben in der BRD hinein in eine buntere Welt geflüchtet war, in einen großen Schlamassel geraten. Zum ersten Mal wurde ihr bewusst, wie sehr das Leben in der Provence von Drogen und Kriminalität geprägt war.

Und doch.

Sie hatte Loïc, sie hatte Mado, sie fotografierte. Ihr Leben war schön.

«Sehr gute Augen», wiederholte La Dent leise. «Aber Augen allein können nicht sehen.»

Niemand bewegte sich mehr. Gabriel und Fantomas standen wie erstarrt.

«Der Tod kommt euch besuchen.» La Dents Stimme war nur mehr ein Flüstern. «Aber du wirst auch neues Leben spüren. Du wirst es überleben. Gott segne dich, mein Kind.»

Alex spürte eine Gänsehaut auf ihren Armen. Über ihr im Himmel schrie ein Vogel. Mehrere Schreie lang blieb sie reglos stehen.

Als sie sich wieder rühren konnte, war La Dent verschwunden.

Ohne ein Wort zu sprechen, stiegen sie in den Wagen. Fantomas ließ den Motor an. Das Geräusch durchschnitt die Stille. Alex schrak zusammen.

«Könnt ihr mich in Buoux absetzen?», fragte sie.

Auf der Fahrt zog sich das Schweigen hin. Jeder von ihnen schien in seine eigenen Gedanken versunken, und Alex vergaß sogar, Gabriel seine Waffe zurückzugeben, bevor sie ausstieg.

Sie ging in die Scheune und legte sie dort unter die Matratze. Mado war zum Glück nicht da. Dann wanderte sie zum Aigue Brun hoch, bis ihre Gedanken sich beruhigten. Die gestreiften Felsen ragten rings um sie auf. Es war beruhigend zu wissen, dass sie schon seit Jahrmillionen hier standen. Unverrückbar.

Dann brach sie in Tränen aus.

Als sie sich wieder beruhigt hatte, zog sie sich aus und stieg in den Fluss. Das Wasser war so flach hier oben, dass es ihren Körper nicht bedeckte, selbst wenn sie sich der Länge nach auf die Kiesel ins Flussbett legte. Aber sie tat es trotzdem. Ließ das Wasser über sich hinweg laufen, bis sie sich ganz gereinigt fühlte. Schließlich, als sie vor

Hunger nicht mehr denken konnte, stand sie auf und ging zurück.

Auf der Wiese vor der *Auberge* tollten Kinder. Der Philosophielehrer saß mit einem Strohhut auf der Terrasse und las in einem Buch. Die Welt war wieder friedlich. Alex atmete auf.

Doch als sie die Scheune erreichte, fand sie Mado mit blau geweinten Augen. Die verlaufene Schminke bedeckte ihr ganzes Gesicht. Mit einer Handbewegung deutete sie nach innen. Und Alex sah, dass alles verwüstet war.

«Fehlt etwas?», fragte sie. Ihr fuhr der Schreck in den Magen, als sie daran dachte, dass sie die Waffe unter der Matratze versteckt hatte.

Mado deutete auf den aufgeschraubten Sockel der Lampe. Sie weinte noch immer.

«Was war darin?», flüsterte Alex.

Noch immer konnte Mado vor Weinen kaum sprechen. «Etwas ...», sie schlug die Hände vors Gesicht, «... etwas, das mir sehr wichtig war.»

APT, GEGENWART

Die Terrasse des Grégoire wirkte viel kleiner, als Alex sie in Erinnerung hatte. An den spärlich besetzten Tischen saßen Touristen. Nirgends entdeckte sie eine bekannte Gestalt.

Während der ersten Drehwoche hatte sie keine Gelegenheit gefunden, mit Mado zu sprechen, dafür war gleich zu Drehbeginn zu viel passiert. Die kleine Tochter der Continuity-Frau hatte Masern bekommen, woraufhin sich alle untersuchen lassen mussten. Dann war ein Unwetter aufgezogen und hatte ihren Drehplan zunichtegemacht. Während der verbliebenen vier Tage hatten sie durchgearbeitet, zwanzig Stunden pro Tag. Alle waren sie müde und gereizt gewesen – bis auf Mado. Alex begriff, warum jeder mit dieser Frau arbeiten wollte. Sie spielte nicht nur fantastisch, sie war auch zu allen freundlich, von der Continuity-Frau mit ihrem masernkranken Kind bis hin zu den Caterern, dazu war sie pünktlich und diszipliniert.

Was sie aber vor allem erstaunte, war die Leichtigkeit, mit der Mado in ihre Rolle fiel. Sie hatten das Filmende zuerst gedreht. Die Protagonistin des Films, eine Hochstaplerin, war in Apt enttarnt worden, und Mado hatte bei der ersten Aufforderung des Regisseurs geweint. Ihre Verzweiflung hatte so echt ausgesehen, dass es Alex allein beim Blick in ihren Kameramonitor den Hals zusammenzog. Echte Tränen liefen Mado über die Wangen, wie damals in der Scheune oder als sie in der Bar in L'Isle-sur-la-Sorgue über die Leichentücher für iranische Kinder geweint hatte, und einen Moment lang überrollten sie Gefühle aus der Vergangenheit.

Als der Regisseur Mado bedeutete, mit dem Weinen aufzuhören, hatte sie gleich wieder gelächelt, und erneut musste Alex an damals denken. An Mados plötzliche Aufgedrehtheit auf der Fahrt zur Quelle in Fontaine-de-Vaucluse.

Was hast du uns damals vorgespielt, dachte sie, und zu ihrer Überraschung spürte sie Wut in sich aufsteigen.

«Wir reden, sobald der Drehplan uns etwas Luft dafür lässt», hatte Mado ihr versprochen. «Meine Assistentin wird die *Auberge des Falaises* für uns mieten.»

«Warum können wir uns nicht einfach bei einem Spaziergang unterhalten?», hatte Alex wissen wollen.

«Weil du unser Gespräch mit einer professionellen Kamera aufzeichnen sollst. Glaub mir, du brauchst die Aufnahme in guter Qualität!»

Alex bestellte eine *Noisette* und fischte nach ihrem Handy. Weil sie nicht mehr wusste, wie Fantomas mit vollem Namen hieß, gab sie *Alain* und *Fantomas* in die Suchmaschine ein, doch die Treffer führten sie nicht weiter. Auch das Restaurant seiner Eltern existierte nicht mehr.

Um sich abzulenken, scrollte sie durch die Branchen-News. Das Porträt einer jungen Frau sprang ihr ins Auge. Auch das weckte Erinnerungen in ihr.

Die Frau, die es nicht mehr gibt, lautete der Titel, der über dem Porträt prangte. Und darunter: Genre Dokudrama (D / FR).

Sie klickte auf die Projektbeschreibung. Das Blut rauschte ihr auf einmal in den Ohren.

Es war der Übergang von der zweiten zur dritten RAF-Generation, las sie, während ihr Puls pochte. *Die Zeit, in der sich europäische Terroristinnen und Terroristen zusammenschlossen. RAF, Brigate Rosse, Action Directe. Der Film beleuchtet vor allem die Rolle der Frau in linksterroristischen Vereinigungen. Eine Schlüsselfigur spielt dabei die deutsche RAF-Terroristin Christiane Gärtringen.*

Bilder aus der Vergangenheit stiegen in ihr auf, verschwommen wie unter Wasser, als hätte sie die Zeit bereits fortgespült. Sie sah alles wieder vor sich: Ihr Vater, wie er sich über Dokumentenstapel beugte, an den Schläfen schon ergraut. Ein Fahndungsplakat an einer Raststätte, grobkörnige, vertraute Gesichter. Jemand spielte *Keine Macht für Niemand* auf einem Kassettenrekorder. Eine neue Ausgabe der Zeitschrift *Stern*, Polizisten in Grün. «Haben sie sie gefunden?», flüsterte sie.

Das musste sie ihrem Vater erzählen. Jetzt sofort.

«Christiane Gärtringen», sagte sie, nachdem er abgenommen hatte. «Sie drehen ein Dokudrama über sie!»

Einen Moment lag war es so still am anderen Ende der Leitung, dass sie fürchtete, er habe sie nicht verstanden.

«Wo hat sie sich die ganze Zeit versteckt gehalten?», fragte er, als säßen sie einander gegenüber und führten ein Gespräch weiter, das sie nur kurz unterbrochen hatten.

«Das weiß ich nicht, Papa.»

«Lebt sie denn überhaupt noch?»

Ihr Kaffee kam, und sie bedankte sich bei dem Kellner.

«Ich habe keine Ahnung, aber ... Ja, es ist durchaus möglich, dass Christiane Gärtringen noch lebt.»

«Das ist ... ich kann es kaum glauben.»

«Ich auch nicht. Ich musste gleich an dich denken. Geht es dir gut?»

Am anderen Ende hörte sie ein Räuspern. «Zwei minus, würde Dr. Warnke wohl sagen, wenn er noch leben würde. Und dir?»

Ein Summen zeigte einen eingehenden Anruf an. Yan.

«Glatte zwei, schätzungsweise, aber ...» Sie trank einen Schluck. «Es ist viel passiert, Papa. Ich bin gerade in Südfrankreich, und ... ich werde dir alles erzählen, aber jetzt muss ich wieder auflegen. Yan versucht, mich anzurufen. Melde mich ganz bald!»

Yan hatte schon wieder aufgelegt. Rasch wählte sie seine Nummer. Wieder sprang nur die Mailbox an.

Ist alles in Ordnung bei dir?, tippte sie und wählte das Icon aus, von dem nur sie beide wussten, dass es Schmugglerjunge hieß.

Dann lehnte sie sich zurück und blickte über den Platz. Die Bar gegenüber, in der sie ihren zwanzigsten Geburtstag gefeiert hatte, gab es noch immer. In den alten Mauern des Café du Commerce aber, in dem die Leute einen Pastis getrunken und ihre Busfahrkarten nach Aix oder Avignon gekauft hatten, steckte jetzt ein teuer aussehendes Restaurant.

Während sie sich auf ihrem Handy durch die Fotos von damals klickte, kam ihr ein Gedanke: Hatte sie sich vielleicht zu schnell ein Bild von den Menschen gemacht? Fantomas hatte sie als den unbekümmerten Fahrer gezeigt, der sie von einem Abenteuer zum nächsten brachte. Loïc, das war der Mann, der um sein Gleichgewicht kämpfte. Und Mado? Sie mochte die Einzige sein, die sie richtig dargestellt hatte: als jemand, der sich hinter einer Maske verbarg.

Dann blickte sie auf das Bild, das Loïc auf dem Hochseil über der Wiese zeigte. Sie betrachtete das Foto sehr lange. Drehte an dem Mondsteinring an ihrem Finger. Und staunte darüber, wie klein der Schmerz geworden war.

Auf einmal stand der Kellner wieder vor ihr.

«Sie möchten, dass ich bezahle?», mutmaßte sie, während sie hochsah.

Er lachte. «Du kennst dich noch immer aus mit Kellnerwünschen, Alex.»

«Nein, das gibt es ja nicht!» Sie erhob sich so heftig, dass ihr Stuhl umkippte. Sie hätte ihn gleich erkennen können, er hatte sich kaum verändert. «Ist das schön, dich wiederzusehen, Gérard!»

Es schien ihr merkwürdig, dass Gérard immer noch in Apt lebte, er, der doch immer so neugierig und weltoffen gewesen war.

«Gut siehst du aus», sagte er, während er nach einem Stuhl griff. «Derselbe Stil wie früher. Wie hast du dazu noch gesagt – Tomboy? Und das Grau steht dir gut, der Schnitt sieht klasse aus!»

«Ich mag deine Frisur auch gern.» Sie grinste. Er war ebenfalls ergraut.

«Warum bist du zurückgekommen?», fragte er.

«Um einen Film zu drehen.»

«Bist du Regisseurin geworden?»

«Kamerafrau.»

Er schwieg eine Weile, als müsste er seine Worte sorgfältig abwägen. «Ich hätte gedacht, dass dich die Regie anzieht», sagte er schließlich. «Ich fand damals immer, dass du Menschen gut inszenierst.»

«Das stimmt nicht», widersprach sie. «Als ich mit dem Fotografieren anfing, habe ich die Menschen bloß beobachtet. Und dann im rechten Moment abgedrückt.» Sie musterte ihn. «Warum lebst du noch hier?»

Gérard lächelte und zuckte mit den Schultern. «Ich war eine Zeit lang sehr glücklich. Hier zu leben, erinnert mich daran. Oh, und jetzt fällt es mir wieder ein!» Er klatschte in die Hände. «Am Tag nach deinem zwanzigsten Geburtstag hast du ein Bild von mir gemacht. Ah, was gäbe ich darum, es noch einmal zu sehen!»

«Oh, wenn's nur das ist.» Alex scrollte durch den Ordner, den sie schlicht «1984» genannt hatte. «Hier.»

Sie hielt ihr Handy so, dass sie das Bild zu zweit betrachten konnten. Gérards Augen weiteten sich.

Das Bild zeigte einen jungen Mann in Kellnerschürze, in einer Pose, die an John Travolta in «Saturday Night Fever» erinnerte: eingeknickte Hüfte, den rechten Zeigefinger nach oben gereckt.

«Glaubst du, dass wir die Summe unserer jüngeren Ichs sind?», fragte er, nachdem er das Bild ausgiebig betrachtet hatte. Sie hatte vergessen, dass er Kunstgeschichte studiert hatte, damals. Ihr war nie bewusst gewesen, wie tiefgründig er war.

Sie schüttelte den Kopf. «Ich glaube, dass wir mehr sind als das.»

«Inwiefern?»

«Ich glaube, dass unsere Erfahrungen neue Erkenntnisse hervorbringen, die es uns möglich machen ...» Sie rang nach Worten. Es war so lange her, dass sie Französisch gesprochen hatte. Vielleicht hatte sie es mittlerweile verlernt.

«Die es uns möglich machen, uns immer wieder neu zu gebären?», vollendete Gérard ihren Gedankengang.

Sie dachte an Mado und fühlte, wie ihr schwindelig wurde. «Ich weiß es nicht. Ich denke nur, dass wir mehr sind als Menschen, die älter werden.»

Er stand auf und nahm ihre Tasse. «Ich muss wieder zurück an die Arbeit. Was machst du heute Abend?»

Sie konnte ihm nicht sagen, dass sie Mado treffen würde. Selbst ihr Treffen mit «Véronique Lamont», das hatte Mado ihr eingeprägt, war streng geheim.

«Da bin ich beschäftigt.»

«Heute Nachmittag dann, wenn ich meine Schicht beendet habe? Es gibt da etwas, das ich dir erzählen will. Und außerdem ...» Er zögerte.

«Ja?»

«Ich glaube, dass ich mich bei dir entschuldigen muss.»

«Bei mir? Wofür denn?»

«Heute Nachmittag, *d'accord*? Ist ein bisschen länger, die Geschichte. In zwei Stunden vor dem Cinéma César?»

«Hat deine Geschichte was mit Filmen zu tun?»

«Nein.» Er lächelte. «Ich dachte bloß, dass dich die Nähe zu Filmen beruhigen könnte.»

«Bin ganz entspannt.»

«Ganz die alte Alex, *hein*? Das Leben der anderen beobachten, ohne sich selbst groß einzubringen!»

Alex öffnete den Mund, aber Gérard machte eine Handbewegung. «Pardon, das war unangebracht. Ich habe dich nur früher um diese Gabe beneidet, und ich fürchte, ich neide sie dir immer noch.»

Ohne auf eine Antwort von ihr zu warten, nahm er sein Tablett auf, und an der Art, wie er sich beim Hineingehen in den Hüften wiegte, erkannte sie den jungen Mann, der er gewesen war.

Die Place Jules Ferry war leer bis auf ein paar Katzen. Kein *mille-neuf-cent-cinquante-trois,* kein Blaulicht, niemand. Alex trat auf das Haus zu, in dem Gabriel gewohnt hatte. Es schien leer, die Fenster waren von innen vernagelt. Monsieur Brahimi hingegen schien sein Haus noch zu bewohnen, selbst der weiße Streifen auf dem Platz vor seiner Tür war noch da. Darüber hing das alte Hinweisschild: *«Für Auskünfte aller Art wenden Sie sich an den Chef des Hauses»,* und sie stellte sich vor, wie es wäre, wenn sie jetzt klingeln würde: Bonjour, Monsieur Brahimi, ich erbitte Auskunft. Können wir die Rollen, die wir im Leben spielen, auch wechseln? Und was macht uns dann im Kern aus?»

Ziellos wanderte sie durch die Gassen und versuchte vergeblich, Ordnung in ihre Gedanken zu bringen. Ihr Kopf schmerzte. Zu viele Puzzleteile, die sich nicht zusammensetzen ließen: Mado, die zu Véronique geworden war. Gérard, der glaubte, sich bei ihr entschuldigen zu müssen. Und was wollte Yan ihr sagen? Ihr Herz zog sich zusammen. Sie hatte Sehnsucht nach ihm. Noch einmal versuchte sie, ihn zu erreichen, aber vergeblich. Auch auf ihre Nachricht hatte er nicht reagiert.

Beim Blick auf ihr Handy bemerkte sie, dass es Zeit war für ihr Rendezvous. Sie nahm den Durchgang, der die Place Jules Ferry mit dem Cinéma César verband. Es roch nach Unrat und Hundekot, wie früher. Und dann, als sie vom Dunkel ins Sonnenlicht trat, sah sie das Filmplakat.

Minutenlang blieb sie davor stehen. Es zeigte eine Großaufnahme von Véronique Lamonts Gesicht, das an Stirn und Wangen rußbeschmutzt war. Im Hintergrund loderte das Feuer einer Explosion. Es war einer der wenigen Actionfilme, die sie gedreht hatte, und der Film hatte viel Aufsehen erregt. Eine gut sechzigjährige Actionheldin, das passte zwar gut zum Zeitgeist, aber viele hatten auch gefragt, wie glaubwürdig das war. Äußerst glaubwürdig, fand Alex, die den Film bei seiner Premiere in London gesehen hatte. Véronique Lamont spielte darin eine ehemalige Kampfpilotin, die als Söldnerin ins Cockpit zurückkehrt, weil sie sich rächen will. Mutig, entschlossen und durchtrainiert, so war sie zu Beginn des Films aufgetreten. Doch dann muss sie feststellen, dass sie nicht mehr so ausdauernd und reaktionsschnell ist. Wie sie sich dann auf ihre alte Leistungsstärke zurückkämpfte, war so mitreißend zu sehen, dass Alex darüber sogar die computeranimierten Actionsequenzen und das schwache Drehbuch vergaß.

Wenn man es wusste, konnte man sehen, dass sich Mado in diesem Gesicht versteckte. Wenn man es nicht wusste, war es bloß die Lamont. Es war wie mit diesen Folienbildern, die sie früher auf dem Schulhof getauscht hatten. Je nachdem, wie man sie hielt, zeigten sie ein anderes Motiv. Sie blinzelte, während sie das Filmplakat weiter ansah. Verblüffend. Die Gesichter von Mado und Véronique Lamont lagen übereinander, und je nachdem, wen man ansehen wollte, wechselte das Motiv.

Eine Gruppe von Schülern schob sich an ihr vorbei, irgendwo flog ein Fenster auf, jemand schimpfte. Und über all dem Lärm und irdischen Treiben wachte dieses rußgeschwärzte Gesicht mit der Andeutung eines Lächelns, als wollte die Frau dahinter sagen: *Es ist bloß Leben. Geht wieder vorbei.*

Alex betrachtete die großen, grünen Augen, die zu Véronique Lamonts Markenzeichen geworden waren. Welche der Farben war wohl ihre echte – grün oder blau?

«Ich gestehe, dass ich diesen Film schon zweimal gesehen habe.» Gérard war leise hinter sie getreten. «Und ich würde mich bereit zeigen, ein drittes Mal Eintritt zu zahlen – falls du ihn noch nicht kennst.»

Alex lächelte. «Das Drehbuch ist furchtbar.»

«Ja, aber die Lamont!» Gérard küsste seine Fingerspitzen. «Ich schwöre dir, wenn ich nicht Männern den Vorzug gäbe, ich wäre krank vor Liebe zu ihr!»

«Schätze, halb Frankreich ist deiner Meinung.»

Gérard sah sie entsetzt an. «Halb Frankreich? Die ganze Welt!»

Alex lachte.

«Komm, wir machen einen Bummel.» Gérard bot ihr seinen Arm, und sie nahm ihn an.

Es war seltsam, mit ihm durch die altbekannten Straßen zu ziehen. In Träumen oder unbedachten Momenten werden die Abwesenden wieder lebendig, das wusste Alex, seit sie den Lubéron verlassen hatte, damals im Januar 1985. Aber jetzt, da sie zurückgekehrt war, fühlte sie sich von den Menschen, die sie geprägt hatten, umringt. Da war ein Sommersprossiger mit dunklen Haaren, der genauso aussah wie Loïc damals. Und dort: ein Mädchen mit langen schwarzen Haaren und viel Schmuck, das ein kleines Kind auf dem Arm hielt: Mado.

«Du siehst erschöpft aus», bemerkte Gérard.

«Ist das Alter», beruhigte sie ihn.

Eine grauhaarige Dame trippelte ihnen entgegen, einen Einkaufskorb am Arm. Tiefe Furchen durchzogen ihr Gesicht, und doch kam sie Alex merkwürdig bekannt vor. «Wer war das?», fragte sie, als die Dame grüßend an ihnen vorübergezogen war.

«Madame Martinez.»

«Die sexy Bäckerin?»

«Exakt, nur dass sie schon lang nicht mehr arbeitet. Ihre Söhne führen die Bäckerei. Und zu ihrem Sex-Appeal kann ich nichts sagen.» Er lächelte schelmisch.

«Was ist mit ihrem Mann?»

«Der war nie so wirklich mein Fall.»

Alex lachte und stieß ihm mit den Ellenbogen in die Seite. «Idiot. Ich wollte wissen, wie es ihm geht.»

«Gut, hoffe ich, an dem Ort, an dem er jetzt ruht.»

«Oh nein.»

«Oh doch. Unser aller Schicksal.»

Alex schwieg, während sie die Rue des Marchands weiter hinuntergingen. «Es ist so seltsam, wenn man bedenkt ...», begann sie schließlich.

«Wie sich alles gewandelt hat?», beendete Gérard ihren Satz.

«Mhm.»

Wieder schwiegen sie eine Weile.

«Du wolltest mir etwas sagen.» Unter dem Portal von St. Anne blieb sie stehen.

«Ja, das wollte ich.» Gérard fuhr sich nervös durch die Haare. «Du weißt, dass Apt von den Römern begründet wurde, nicht? Aber leider gibt es hier keine Bausubstanz mehr aus der Römerzeit. Am ältesten ist immer noch die Krypta in dieser Kathedrale.» Er rüttelte am Knauf der Kirchtür, dass sich sein Trizeps wölbte. «Schade, geschlossen. In der Oberkrypta gibt es einen rechteckigen Raum, an den sich eine apsidiale Rundung mit einem Umgang anschließt.»

Alex legte ihm eine Hand auf den Arm. «Du brauchst mich nicht zu schonen oder drum herumzureden.»

Gérard starrte sie an.

«Ich denke auch an diesen Gottesdienst damals. Aber es ist okay, Gérard, wirklich. Du wolltest mir etwas erzählen.»

«Ja.» Wieder fuhr er sich durch die Haare. «Also, der Grund, warum ich dich sprechen wollte ... Es betrifft deine alte Freundin Mado.»

Alex versuchte, ihre Stimme ruhig zu halten. Wusste er etwa, dass sie in genau diesem Moment hier in Apt war? «Was soll mit ihr sein?»

«Ich nehme an, dass du sie auch gesucht hast?»

«Habe ich.»

«Und dass du dich darüber gewundert hast, dass sie nicht im Telefonbuch steht und keinerlei digitale Spuren hinterlassen hat?»

Alex nickte.

Er holte tief Luft. «Du solltest wissen, dass sie nicht die war, für die sie sich ausgegeben hat.»

«Woher willst du das wissen?»

«Madeleine Verroux, diesen Namen hat sie uns damals genannt, richtig?»

Wieder nickte sie.

«So hieß sie nicht. Sie war nicht mal Französin.»

«Noch mal, Gérard, woher ...»

«Ich habe ihre Geburtsurkunde gesehen.»

Alex brauchte eine Weile, bis einige der Puzzleteile in ihrem Kopf ineinanderfielen. Dann riss sie sich von ihm los. «Du warst das? Der Typ, der ihre Geburtsurkunde gestohlen hat? Aus dem Geheimfach unter den Bohlen?»

«Ja.» Er war sichtlich unangenehm berührt. «Das war ich.»

Ein Klingeln durchbrach die darauffolgende Stille. Gérard zog sein Handy aus der Hosentasche. «*Âllo?*»

Ein schneller Wortwechsel folgte, dem Alex nicht folgte. Das Portal von St. Anne drehte sich vor ihr.

«Hör zu», sagte Gérard, als er sein Handy wieder wegsteckte. «Ich muss los. Ein Notfall.»

«Nein.» Alex packte ihn am Arm. «Das geht nicht! Du kannst nicht einfach ...»

«Ich werde dir alles erzählen, Alex, versprochen!»

«Und du wolltest dich bei mir entschuldigen!»

«Das werde ich auch tun – nachdem ich dir alles gesagt habe, was ich weiß. Aber das hier», er deutete auf sein Handy, «ist wichtig. Seit Didiers Tod kümmere ich mich um die HIV-Kranken in der Region.»

«Es gibt immer noch HIV-Kranke in den Dörfern?»

«Ja, sehr viele sogar. Die meisten von ihnen sind ärztlich ganz gut versorgt, aber sie werden nicht jünger.»

«Gut, fahr zu deinem Notfall. Aber bitte.» Sie reichte ihm ihre Karte. «Ruf mich danach an.»

Den ganzen Weg hinauf nach Buoux dachte sie an Gérards Worte. Sie spürte ihren Herzschlag im Hals. Gleich würde sie Mado wiedersehen. Hoch in die Berge kurvte sie mit ihrem Mietwagen, vorbei am Felsen des Briefträgers, immer weiter in das dichte Grün.

Und dann war sie angekommen, inmitten der gestreiften Felsen. Zikadengesang umfing sie, als sie ausstieg. In das Zirpen mischte sich das Rauschen des Aigue Brun.

Da stand sie. Sie trug ein olivgrünes Abendkleid, das ihre grünen Augen zum Strahlen brachte. Ihr Haar leuchtete in sonnigem Gold.

Sie breitete die Arme aus, als Alex auf sie zutrat.

«Endlich», flüsterte Mado und schloss sie in die Arme. «Wenn du wüsstest, wie oft ich an dich gedacht habe, Alex. An uns beide, hier oben in Buoux.»

Alex sog ihren Duft ein und schloss die Augen.

«*Allez viens*.» Mado blickte auf die Kamera-Ausrüstung, die Alex mitgebracht hatte. «Ich sehe, du hast alles dabei.»

LUBÉRON, SEPTEMBER 1984

Vier Monate vor dem Mord

Seit dem Einbruch sprach Mado nicht mehr mit ihr. Die Luft sirrte vor Spannung. Alex bekam beim Atmen kaum Luft. Wie kleine Staubpartikel tanzten die Spannungsteilchen in der Luft, senkten sich herab und füllten ihre Lunge.

«Gib ihr Zeit», sagte Loïc.

«Ich glaube, dass sie mir nicht verzeihen wird.»

«Doch, das wird sie. Du bist ja nicht diejenige, die bei ihr eingebrochen ist.»

«Ja, aber wenn wir den Normannen nicht ... wie nennt man das noch mal, was wir mit ihm gemacht haben?»

«Schwere räuberische Erpressung.» Loïc hob auf dem Seil vorsichtig ein Bein.

Sie waren mit dem etwas heruntergekommenen Mofa, das Alex sich kürzlich zugelegt hatte, auf die Wiese gefahren, in dem sie ihre erste Nacht verbracht hatte. Hier hatte Loïc sein Seil zwischen zwei Mandelbäume gespannt.

Alex beobachtete, wie Loïc jetzt rückwärtslief. «Wenn wir den Normannen nicht schwer räuberisch erpresst hätten, wäre er nicht in unsere Scheune eingebrochen und hätte gestohlen, was auch immer Mado im Sockel dieser Lampe versteckt hat.»

«Wir wissen gar nicht, ob es wirklich der Normanne war.» Loïc probierte einen kleinen Sprung.

«Er hat es schon einmal getan! Madame Mercier hat ihn gesehen. Nur, dass er es diesmal auf *mich* abgesehen hatte. Er wollte etwas finden, das mich in ein schlechtes Licht rückt, sodass er damit zur Polizei gehen kann!»

«Wenn der Normanne dich hätte anzeigen wollen, hätte er es auch so getan. Kannst du bitte mal ein bisschen rütteln an dem Seil? Zwischen den Hochhäusern sind Winde. Ich will wissen, ob ich die Schwingungen aushalten kann.»

Alex löste ihre Beine aus dem Schneidersitz und trat näher zum Seil. «Ich wünschte, Mado würde mir zumindest sagen, was es war, das er ihr gestohlen hat.» Sie brachte das Seil in Schwingung, und Loïc hielt sich an seinem Balancestab fest.

«Du hast keine Ahnung, was es gewesen sein könnte?»

«Nicht die geringste. Sie spricht ja nicht mehr mit mir, seitdem sie weiß, dass ich den Normannen schwer räuberisch erpresst habe!»

«Was hast du auch anderes erwartet? Mado ist eine sehr gesetzestreue Person.»

Alex ließ sich zurück ins Gras fallen.

Eine Weile sah sie zu, wie Loïc über das schwankende Seil ging. Er hatte sich vorgenommen, noch in diesem Jahr seinen Drahtseilakt zwischen den beiden Hochhäusern im Norden von Marseille durchzuführen, und trainierte nun härter denn je. Zum ersten Mal spürte Alex, dass ihr das Unternehmen Angst machte. Sie dachte an die Prophezeiung von La Dent.

Der Tod wird euch besuchen kommen. Armes Kind.

«Alex, du hast gesagt, du wolltest Fotos schießen. Stattdessen sitzt du da wie ’n Häufchen Elend und brütest vor dich hin!» Loïc sprang vom Seil herunter.

«Entschuldige, ich dachte nur gerade ... Musst du das wirklich machen?»

«Was machen?» Er ließ sich neben ihr nieder. In seinen Augen funkelten die gelben Punkte.

«Auf einem Seil zehn Stockwerke über der Erde von einem Hochhaus zum anderen gehen, ohne Sicherheitsnetz.»

«*Merde*, Alex, du bist wie ausgewechselt seit dieser Geschichte! Jetzt entspann dich doch mal!»

Sie riss mit ihren Zehen ein Grasbüschel aus. «Kann ich nicht.»

Er rückte so dicht an sie heran, dass sie die Wärme spürte, die von seiner Haut aufstieg. «Weil du dich mit Mado gestritten hast?»

«Es ist mehr als ein Streit.» Sie sah auf. «Außerdem habe ich Angst um dich.»

«Ich habe auch Angst um dich.» Er nahm ihre Hand.

«Warum das denn?»

«Keine Ahnung. Ich glaube, man hat immer Angst um die Menschen, die man liebt.» Die Haut um seine Augen kräuselte sich. «Vor allem, wenn diese Menschen zu Fremden ins Auto steigen, mit Waffen herumspielen und Drogenhändlern drohen.»

«Ich habe nicht ...»

«Ach, komm schon, Alex. Du liebst das Abenteuer. Wie ich. Das ist es, was uns zueinander zieht.»

Alex sah ihm in die Augen, während sich ein Entschluss in ihr formte. «Bring es mir bei!»

«Seiltanz?»

«Ja.»

«Bist du sicher?»

Sie schluckte. Es war wie beim Trampen. Wenn man sich vor etwas fürchtete, musste man sich dem stellen. «Ja.»

Mit ein paar Bewegungen hatte er den Baum erklommen, dort, wo das Seil gespannt war. Alex, die als Kind mit Justus in der Eiche vor ihrem Reihenhaus herumgeklettert war, stieg ihm hinterher. Dann saßen sie nebeneinander auf einem Ast, und Loïc legte eine Hand auf ihren Bauch.

«Hier», sagte er. «Stell dir hier ein goldenes Licht vor.»

Die Äste malten ein Schattengeflecht auf sein Gesicht.

Alex schloss die Augen, dann nickte sie.

«Wenn du Angst hast, kannst du dich an dem Licht festhalten», hörte sie seine Stimme. «Es ist warm, es bewegt sich nicht. Es ist immer da.»

Alex prägte sich die Worte ein.

«Das ist deine Mitte. Du kannst nicht schwanken. Daran musst du denken. Bist du bereit?»

Alex öffnete die Augen wieder, und Loïc küsste sie. Einen Moment lang waren da nur seine Lippen auf ihren, die Wiese zu ihren Füßen, das goldene Licht in ihrem Bauch.

Sie standen fast gleichzeitig auf. Loïc griff nach dem Balancestab, den er zwischen den Zweigen verankert hatte.

«Ich gehe vor», sagte er. «Du hältst dich an meinen Schultern fest und folgst mir einfach. Ich verspreche dir, dass du nicht fällst.»

Das Seil schwankte ein wenig, als sie es betrat. Mit dem großen und dem zweiten Zeh umklammerte sie die faserige Trosse. Loïc, der schon mit beiden Füßen auf dem Strick stand, bewegte sich kaum. Sie holte ihren zweiten Fuß nach, und jetzt schwankte das Seil doch ein bisschen stärker. Wie von Ferne bemerkte sie, dass Loïc den Balancestab fester griff. Dann konzentrierte sie sich auf das Gefühl seines T-Shirts unter ihren Händen, und auf das Licht in ihrem Bauch. Ein Glücksgefühl stieg in ihr auf, als sie zusammen den nächsten Schritt taten. Dann noch einen. Es war ganz leicht.

In der Mitte senkte sich das Seil ein bisschen und wurde unruhig unter ihrem Tritt. Alex blickte nicht nach unten. Sie dachte nicht mehr nach. Schritt für Schritt folgte sie Loïc, bis sich das Seil wieder fester spannte unter ihrem Fuß. Sie war in ihrem Körper, und gleichzeitig war sie es nicht mehr, denn das, was sie hier tat, konnte ja eigentlich nicht sein. Als sie das andere Ende erreicht hatte, war sie im Gleichgewicht mit sich und der Welt.

Sie sprangen vom Baum hinunter und umarmten sich lange.

«Verstehst du jetzt?», fragte Loïc leise.

Ihr Herz klopfte zum Zerspringen. Da war eine Leichtigkeit in ihr, die sie nicht für möglich gehalten hätte, nicht einmal damals, als sie beschlossen hatte, mit Schultasche und Schlafsack auf Reisen zu gehen. Noch immer konnte sie nicht sprechen. Loïc küsste sie wieder. Es war ein Wunder, dass sie über einen Abgrund spazieren konnte. Sie wünschte, sie könnte Mado davon erzählen.

*

Die Schlangen vor den Postschaltern in Apt waren so lang, dass sie den gesamten Hauptraum durchschnitten. Die Wartenden sprachen gedämpft, wie in einer Kirche. Unter der Decke drehte sich ein Ventilator leise ächzend im Kreis. Mado seufzte genervt. Sie schlüpfte aus ihren Flip-Flops und stellte ihre nackten Füße auf die Fliesen, als sie den missbilligenden Blick eines Herrn in der Schlange neben der ihren bemerkte. Mado lächelte ihn an.

Du empfindest Wut, dachte sie, während ihr Lächeln breiter wurde.

Der Herr neben ihr lächelte zurück.

Es war wichtig, dass sie sich ihre Empfindungen in Erinnerung rief. So lange schon gab sie vor, jemand anderes zu sein, dass ihr manchmal schwindelig wurde. Es schien ihr kaum möglich, dass man sich zu einem solchen Grad verstellen konnte, und doch gelang es ihr jeden Tag aufs Neue. Ihr war übel. Es gab Momente, in denen sie sich selbst aus den Augen verlor.

Was bin ich doch nur für eine Schauspielerin, dachte sie, während sie einen der Polizisten grüßte. Der Polizist nickte zurück. Im vergangenen Sommer hatte er 20. Hochzeitstag mit Madame in der *Auberge* gefeiert, und Mado hatte das Ehepaar bedient.

Ein Raunen ging durch das Postamt, als die Flügeltür aufschlug und Monsieur Brahimi den Raum betrat. Mado beobachtete, wie der Polizist sein Pistolenhalfter berührte. Offenbar erwartete er, dass Monsieur Brahimi jeden Augenblick lautstark verkünden würde, was er 1953 getan hatte, aber nichts dergleichen geschah.

Endlich war sie an der Reihe. Ruhig erkundigte sie sich nach Briefen, die Poste Restante auf sie warten mochten. Die Schalterbeamtin schüttelte bedauernd den Kopf.

Draußen in der Sonne musste sie die Augen zusammenkneifen. Die Straße drehte sich vor ihr, und sie stützte sich an der weißen Mauer des Postgebäudes ab. Zwei Monate. So lange schon hatte sie nichts mehr von Amira gehört.

«Ist Ihnen nicht gut, Liebes?» Eine alte Dame mit einem Fächer in der Hand trat auf sie zu. Zu ihrem Entsetzen spürte Mado, wie Tränen in ihre Augen traten. Sie durfte sich nicht verraten. Ihre Gefühle nicht zeigen. Weder die Angst um Amira, noch ihre Verzweiflung, weil die Zeichnung aus dem Sockel der Tischlampe verschwunden war.

«Danke, das ist sehr freundlich von Ihnen, aber es geht schon», winkte sie ab.

Ein Schleier hatte sich über die Straßen von Apt gelegt.

Wie durch dichte Schwaden sah Mado das voll besetzte Grégoire. Sie hatte Mühe, die Gesichter wahrzunehmen, aber sie war einigermaßen sicher, dass der Normanne nicht auf der Terrasse saß. Mechanisch grüßte sie Aïcha, während sie an der Terrasse vorbeiging. Als sie in die Rue des Marchands einbog, tänzelte ihr der Schieler entgegen. Eine Schlange von großenteils männlichen Kunden hatte sich vor der Bäckerei von Monique Martinez gebildet.

Erst als sie ihr Mofa erreichte, das sie vor dem Cinéma César abgestellt hatte, und sich den Helm überstreifte, erlaubte sie es sich zu weinen.

Der Normanne hatte Amiras Zeichnung gefunden.

Welche Konsequenzen würde er daraus ziehen?

Sie fühlte sich wütend, verzweifelt und ohnmächtig.

Einen wilden Moment lang erwog sie, zu Hause anzurufen. Vielleicht ging Amira ans Telefon, vielleicht aber auch ihre Eltern. Sie könnte schweigen, wenn sie sich meldeten. Es würde ihr reichen, ihre Stimmen zu hören.

Sie verwarf die Überlegung wieder.

Das ist alles deine Schuld, Alex, dachte sie, während sie die Straße hinauffuhr.

*

Alex beobachtete, wie Mado mit ihrem Tablett die Küche betrat. Ihr Gesicht wurde hart, als sie ihr einen Blick zuwarf. Sobald sie draußen war, verwandelte es sich sofort wieder. Durch das breite Fenster konnte Alex sehen, wie Mado mit dem Philosophielehrer scherzte, wie freundlich sie mit den neuen italienischen Gästen umging, wie herzlich sie am Tisch daneben die Radfahrer anlächelte. Es war, als beobachte Alex zwei vollkommen unterschiedliche Frauen.

«Habt ihr euch gestritten?», fragte Patrick, während er einen Teig mit Birnenschnitzen und Lavendelblüten belegte.

Alex nickte unglücklich.

«Es geht mich ja nichts an, aber ich wäre euch sehr verbunden, wenn ihr das wieder in Ordnung bringen würdet.» Er blickte zu Gérard, der vollkommen mit der Anordnung von Flusskrebsen auf einem Teller beschäftigt schien, in Wahrheit aber lauschte. «Es gibt Gerüchte. So eine Missstimmung in der *équipe* ist nicht gut für unsere Moral.»

«Tut mir sehr leid.»

«Es muss dir nicht leidtun, Alex. Bring es einfach wieder in Ordnung. *D'accord?*»

Als ob das so einfach wäre, dachte Alex. Laut sagte sie: «Ich will es versuchen.»

«Nicht versuchen.» Patrick streute ein paar Späne dunkler Schokolade über seine Kreation. «Tun.»

Hinter den Bergen ging die Sonne unter. Ihre Schicht war zu Ende, und sie traten den Heimweg an. Mado ging so schnell, dass Alex ihr kaum folgen konnte. Als sie Mado endlich einholte, sagte sie: «Ich kann heute Nacht bei Loïc schlafen, wenn du willst.»

«Was auch immer.» Mado sah sie nicht an.

Sie schwiegen, während sie den Weg nebeneinandergingen. Es hatte am Nachmittag geregnet, und in den Blättern glitzerten Tropfen.

«Es ist wohl das Beste, wenn ich ausziehe», bemerkte Alex endlich.

Mado antwortete nicht.

«Und es nervt mich gewaltig, dass du nichts sagst.»

«Mich nerven auch einige Dinge gewaltig», gab Mado zurück.

Alex blieb stehen. «Sag mal, hast du sie noch alle? Ich habe einen Fehler gemacht, in Ordnung! Aber dafür habe ich mich entschuldigt! Was soll ich denn noch alles tun?»

«Mir einfach aus dem Weg gehen.»

Alex packte sie am Handgelenk. Mado sah sie überrascht an.

Einen Moment lang rührte sich keine von ihnen. Da war eine Spannung, die Alex sich nicht erklären konnte.

«Es tut mir sehr leid, was passiert ist.» Alex sprach als Erste.

Mado nickte, zum Zeichen, dass sie sie verstanden hatte. «Alex», sagte sie endlich. «Da war etwas in dieser Lampe, das mir sehr wichtig war.»

«Was denn?»

«Erzähle ich dir irgendwann einmal.»

Wann?, wollte Alex am liebsten fragen. Es frustrierte sie, dass Mado offensichtlich etwas vor ihr verbarg.

Ein Rufen ertönte vom unteren Ende des Weges.

Es war Madame Mercier.

«*Ah, les filles!*» Sie war den Weg vom Haus zur Straße gegangen und winkte ihnen zu. «Da seid ihr ja endlich! Wir haben schon auf euch gewartet», rief sie. «*Allez, allez*, es gibt Abendessen, ihr seid eingeladen.»

Alex und Mado sahen sich an.

«Wir reden später darüber, in Ordnung?» Noch immer sah Mado sie aus ihren tiefblauen Augen an.

Alex wollte jetzt darüber reden, aber ihr blieb nichts anderes übrig, also ließ sie Mados Arm los. «Okay.»

Madame und Monsieur Mercier waren nicht allein. An einer langen Tafel im Garten, auf der Lichter in Kristallgläsern fackelten, saßen Valérie und eine ihnen unbekannte Frau in schwarzer Lederweste, die vor allem Mado neugierig entgegensah.

«Du hast recht, Valli», hörte Alex sie auf Deutsch sagen, als sie nun auf den Tisch zutraten. «Die Mädels in der Provence sehen alle aus wie Püppchen. Nicht mein Geschmack, aber hübsch.»

Mado antwortete gut hörbar und ebenfalls auf Deutsch: «Guten Abend, mein Geschmack sind Sie auch nicht.» Dann wandte sie sich an Madame Mercier. «Es ist sehr freundlich, dass Sie für uns mit gedeckt haben, aber wir möchten Sie nicht stören. Genießen Sie den Abend mit Ihrer Tochter. *Bonsoir* Valérie, *bonsoir M'sieurdame.*»

Valéries Begleitung riss die Augen auf.

«Aber bitte, Sie stören nicht. Je mehr, desto besser.» Madame Mercier drehte den Kopf von der Tafel weg und zischte leise: «Bringen Sie mich nicht dazu, Sie zu zwingen. Ich kann diese Petra nicht ausstehen!»

Mado lächelte. «Sie brauchen jemanden, der Sie von der Freundin Ihrer Tochter ablenkt?»

«Sie ist *horrible.*» Madame Mercier verdrehte die Augen. «Ich weiß nicht, was Valérie sich dabei gedacht hat! Sie hat uns unten in Apt einen Strauß Oleander gekauft!»

Alex brauchte einen Augenblick, aber dann erinnerte sie sich wieder: Monsieur war gegen Oleander allergisch.

«Ich meine, wer kauft denn Leuten Blumen, die inmitten der schönsten Landschaft leben! Und dann auch noch Oleander, mein armer Jean-Jacques! Man könnte meinen, sie hätte ihn umbringen wollen.»

«Maman, ich kann dich hören!», warf Valérie von ihrem Platz ein. «Und nein, niemand hier hat Mordabsichten. Petra wollte nur höflich sein.» Sie erhob sich, um Alex und Mado auf die Wangen zu küssen. «Kommt ihr gerade von der Arbeit? Setzt euch, und Mado, entschuldige bitte Petras Bemerkung. Bleibt. Maman hat für uns alle gekocht!»

Auf dem Tisch erkannte Alex eine geöffnete Flasche

Wein, in Scheiben geschnittenes Baguette und eine Schale mit einer schwarzen Masse. *Tapenade*, tippte sie.

Sie fühlte, wie sich ihr Magen vor Hunger zusammenzog. In der Mittagspause hatte sie kaum etwas herunterbekommen, so drückend war die Stimmung gewesen. Sie warf einen Blick zu Mado, den diese erwiderte. «Geht in Ordnung», erklärte sie.

«Wie Sie sehen, haben wir schon mit den *hors-d'œuvres* begonnen», sagte Madame Mercier erleichtert. «Möchtet ihr Mädchen ein Glas *Côtes du Rhône*?»

Sie ließen sich Valérie und ihrer Freundin gegenüber nieder, und Monsieur erhob seine Stimme aus der dunkelsten Ecke des Gartens. «*Santé!* Darauf, dass sich meine Tochter mal wieder nach Hause bequemt hat!»

«Auf die Heimat!» Valérie hob grinsend ihr Glas.

Petra räusperte sich und wandte sich an Mado. «Entschuldige, ich wusste nicht, dass du Deutsch kannst.»

«Macht es nicht besser», entgegnete Mado ungerührt.

«Hör zu, wir Taxifahrerinnen kommen manchmal *rough* rüber, aber es ging nicht gegen dich persönlich.»

Madame Mercier stellte eine riesige Schüssel mit Salat auf den Tisch und begann, allen aufzufüllen. Alex bedankte sich überschwänglich.

«Sie sind wie eine Mutter zu mir», sagte sie zu Madame Mercier, und die wuschelte ihr durch die Haare, als sei Alex tatsächlich noch ein Kind.

«Habt ihr zwei euch beim Taxifahren kennengelernt?», fragte Mado in Valéries Richtung.

Monsieur Mercier rückte seinen Stuhl an den Tisch.

«Nein, gibt einen Treffpunkt für Frauen wie uns in Stuttgart», führte Valérie aus. «Da sind wir uns begegnet. Zum Taxifahren habe ich Petra gebracht, nachdem sie Berufsverbot bekommen hatte. Ich darf das doch erzählen, Petra?»

«Klar.» Petra sprach mit vollem Mund. «Ich schäme mich nicht dafür, dass ich zu meinen Überzeugungen steh.»

Sie bedankte sich weder bei Madame, als sie ihr Salat auffüllte, noch bei Monsieur, der ihr nachschenkte. Alex wurde mulmig. Es war ein bisschen, wie einem Unfall zuzusehen.

«Ich war mal Lehrerin», führte Petra aus. «Gemeinschaftskunde und Deutsch. Im Unterricht habe ich mit meinen Schülern Ulrike Meinhof gelesen, ‹Bambule›.» Sie wandte sich jetzt an Alex, von der sie korrekterweise annahm, dass sie Deutsche sei. «Ich weiß nicht, ob du das Buch kennst.»

Alex verneinte.

«Darin geht es um das Elend in Kinderheimen. Wie die Mädchen von den Erziehern herumgeschubst werden und wie sie dann irgendwann Bambule machen, weil sie sich nicht fügen wollen.»

Alex bemerkte, wie sich die Merciers einen Blick zuwarfen. Wusste Petra denn nicht, was es für sie bedeutete, deutsche Stimmen zu hören?

«Jedenfalls», fuhr Petra fort. «Als die Schulbehörde herausfand, dass ich mit meinen Schülern dieses Buch im Unterricht behandle, haben sie mich wie 'ne Staatsfeindin behandelt. Ich wurde zum Verhör vorgeladen. Ob ich Sympathien für die RAF hätte und so.»

«Wann hast du das Buch mit deinen Schülern gelesen?», wollte Mado wissen.

Petra kniff die Augen zusammen. «Vor sieben Jahren. 1977. Nachdem sie Meinhof, Ensslin, Baader und Raspe in Stuttgart-Stammheim ermordet haben. Ich wollte an sie erinnern, vor allem an Meinhof. Weil die klug war und dieses Buch wichtig. Auch heute noch.»

Alex versuchte, sich daran zu erinnern, was ihr Vater

ihr über diese Zeit erzählt hatte. Über sein Treffen mit Gudrun Ensslin. Ihr fiel ein, dass die vier nicht ermordet worden waren, sondern sich in ihren Zellen umgebracht hatten, Ulrike Meinhof ein Jahr vor den anderen. Aber es erschien müßig, mit Petra darüber zu streiten. Wieder bemerkte sie Madame Merciers Blick.

«Worüber unterhalten die sich?», fragte sie.

«Über Petras Zeit als Lehrerin.»

«Weißt du, wer eine gute Lehrerin abgeben würde? Mado!» Madame Mercier zwinkerte. «So, wie sie dir Französisch beigebracht hat.»

«Ja, Mado ist fantastisch, das muss ich wirklich sagen. Sie ist allerdings auch sehr streng.» Sie warf einen Blick zur Seite, doch Mado ging nicht darauf ein.

«Zu meiner Zeit waren alle Lehrer streng. Und – hat es uns geschadet?», fragte Madame Mercier, während sie aufstand. «*Ah non!*»

«Du bist also RAF-Sympathisantin?», fragte Mado plötzlich.

Petra schaufelte sich noch mehr Salat in den Mund und sprach, während sie weiterkaute. «Ja. Aber das Witzige ist: Als ich in meinem Unterricht Ulrike Meinhof durchgenommen habe, da wollte ich einfach nur eine gute Deutschlehrerin sein, die ihre Schüler zum Nachdenken bringt. Zur Sympathisantin wurde ich erst *nach* meinem Berufsverbot.»

Alex wunderte sich, wie offen Petra darüber sprach. Aber vermutlich glaubte sie, dass sie vor den provenzalischen Dorftrotteln, für die Petra sie ohne Zweifel alle hielt, alles sagen konnte, was sie wollte, und sei es, dass sie eine Anhängerin von mordenden Terroristen war.

Auch Alex erhob sich. «Kann ich Ihnen helfen, die Schüsseln für den nächsten Gang herauszutragen, Madame?»

«Nein, aber du kannst diese Nadeln verteilen.» Madame Mercier griff in ihre Kittelschürze und beförderte sechs dicke, lange Nähnadeln zutage. Einen verwirrenden Augenblick lang dachte Alex an Voodoo-Zauber. «*Euh* – wofür sind die genau?»

«Für die Schnecken.» Madame Mercier lächelte verschwörerisch und senkte ihre Stimme. «Als es vorhin geregnet hat, sind die Schnecken rausgekrochen. Ich hatte ja schon die Bekanntschaft von Valéries Freundin gemacht und dachte mir, ah, das ist es: Ich serviere gekochte Schnecken mit einer kräftigen Aioli.»

Alex lachte. «Und mit den Nadeln holen wir die Schnecken aus ihrem Gehäuse, wenn wir unerschrockene Provenzalen sind, verstehe ich das richtig?»

Madame Mercier tätschelte ihr über die Wange. «Kluges Kind!»

Als Alex sich wieder hinsetzte, fing sie Valéries Blick auf.

«Imperialistische Systeme wie die BRD kann man nur mit ihren eigenen Waffen bekämpfen», hörte sie Petra sagen. «Das ist mir klar geworden, nachdem ich Berufsverbot bekam.»

Mado sah sie aufmerksam an. «Und wie genau protestierst du?»

«Protestieren!» Petra lachte bitter auf. «Protestieren ist bloß, wenn ich sage, das und das passt mir nicht. Protest reicht nicht, wir brauchen Widerstand. Ich zitiere Ulrike Meinhof: *Widerstand ist, wenn ich dafür sorge, dass das, was mir nicht passt, nicht länger geschieht.*»

«Na, du scheinst mir ja ein echter Fan zu sein», merkte Mado an. «Und wie sieht dein Widerstand aus? Konspirative Wohnungen? Waffen besorgen? Flucht-Taxi fahren?»

Petra blitzte sie an. «Alles denkbar. Aber es ist natürlich

bequemer, hübsch geschminkt hier unterm Kirschbaum zu sitzen und das provenzalische Liebchen zu sein.»

«Du hast ja überhaupt keine Ahnung!», fuhr Alex auf. «Mado ist schlau und gebildet!»

«Ach ja? Und das nützt dem Kampf der Massen gegen Ausbeutung inwiefern? Werden durch die *Bildung* deiner Freundin», Petra versah das Wort mit Anführungszeichen, «faschistische Strukturen in der BRD getilgt?»

Valérie legte Petra eine Hand aufs Bein. «Wollen wir jetzt mal wieder das Thema wechseln? Und die Sprache vielleicht auch.»

«Ach, weil es dir wieder mal nicht passt, wenn ich meine Meinung ausspreche?», fuhr Petra auf, während sie die Nadel entgegennahm, die Madame Mercier ihr reichte. «Nanu, was mache ich denn damit?», fragte sie, für einen Moment abgelenkt.

Alex deutete auf die Platte mit Schnecken, die Madame Mercier auf dem Tisch abstellte. «Damit ziehst du das Fleisch aus dem Gehäuse», erklärte sie.

«Soll das ein Witz sein?», fauchte Petra.

Madame Mercier stellte eine Schüssel mit Aioli auf die Mitte des Tisches. «Habe ich selbst gemacht. Ist extra viel Knoblauch drin! Valérie, übersetz das deiner Freundin.»

Valérie tat wie ihr geheißen, und Petra stöhnte auf.

Sie begannen, die Schnecken aus ihren Häusern zu stochern.

«Und ihr zwei», fragte Petra nach einer Weile an Alex und Mado gerichtet. «Wie lange seid ihr schon zusammen? Und wieso sprecht ihr beide so gut Französisch und Deutsch?»

Alex verschluckte sich und begann zu husten.

«Wir sind nicht zusammen», erklärte Mado. «Alex hat einen Freund.»

Petra tupfte mit dem Zeigefinger in die Aioli-Sauce, leckte ihn ab und grinste. «Wette, das nervt dich richtig, hm?»

Alex fühlte, wie Mado neben ihr erstarrte.

Madame Mercier schaltete sich ein. «Valérie, ich verstehe kein Wort. Und sag deiner Freundin bitte, dass sie einen Löffel für die Aioli benutzen soll!»

«*Pardon, Maman.* Wir mussten nur gerade ein Missverständnis klären. Petra dachte, Alex und Mado wären ein Paar.»

«Mado ist meine Freundin, ja», hörte Alex sich zu ihrer Überraschung laut sagen. «Die beste, die ich je hatte und je haben werde. Ich würde für sie kämpfen, so wie D'Artagnan für Aramis, Athos und Porthos gekämpft hat. Aber das können Leute wie du wahrscheinlich nicht verstehen.» Sie sagte es auf Französisch, damit Madame Mercier sich nicht mehr ausgeschlossen fühlte, und es klang ein bisschen pathetischer, als sie es beabsichtigt hatte. Valérie übersetzte ihre Worte, und Madame Mercier fügte an: «Alex liest gerade ‹Die drei Musketiere› von Alexandre Dumas. Nicht wahr, Alex, das tust du doch noch immer?»

Alex nickte. «Ja, Madame. Es ist wirklich ein dickes Buch.»

Schweigen herrschte, während Madame Mercier nun in die Küche ging, um den nächsten Gang zu holen.

«Du hättest das nicht sagen müssen», flüsterte Mado ihr zu.

«Es war mir ein extrem perverses Vergnügen», gab Alex zurück.

Nach dem Essen – Madame Mercier hatte noch eine *ratatouille* zubereitet und für den Nachtisch eine *tarte à l'abricot* – wuschen Alex und Mado das Geschirr ab, so wie sie es immer taten, wenn die Merciers sie zum Essen einluden. Madame Mercier protestierte. Auch das war Teil des Rituals.

Dann verabschiedeten sie sich, gingen in ihre Scheune hinüber und zogen sich im Schutz der Dunkelheit aus, wie immer.

«Ich will mich nie wieder mit dir streiten.» Alex tastete auf der Matratze nach Mados Hand.

«Ich will mich auch nie wieder mit dir streiten.» Mado nahm ihre Hand und drückte sie.

«Und es tut mir so sehr leid. Die räuberische Erpressung, meine ich. Und alles, was danach kam.»

«*Schwere* räuberische Erpressung», korrigierte Mado, und auch ihr lehrerhafter Tonfall war wie immer. «Aber es ist schon gut.»

«Ist es?» Alex wagte kaum zu atmen.

«Ja. Du wolltest Gabriel einen Gefallen erweisen. Irgendwie kann ich das sogar verstehen.»

«Kannst du?»

«Kann ich.»

Eine Weile lagen sie so da. Von draußen drangen die Stimmen von Petra und Valérie. Es klang, als stritten sich die beiden. Dann klappte eine Tür. Alex fiel auf, dass Mado ihr noch immer nicht gesagt hatte, was im Sockel der Tischlampe gewesen war, aber sie traute sich nicht mehr zu fragen. Vielleicht war es auch in Ordnung, nicht alles zu wissen über die Menschen, die man liebte.

«Der Philosophielehrer will mich nach Deutschland mitnehmen», sagte Mado auf einmal. «Er hat mich gefragt, ob ich mir vorstellen könnte, mit ihm zusammenzuleben.»

Alex spürte ihr Herz schneller schlagen. «Was hast du gesagt?»

«Danke, aber nein danke.» Mado lachte leise. «Er war ehrlich überrascht. Dachte, er würde mich von meinem

Schicksal als Kellnerin auf dem Land erlösen, und ich wäre nun überglücklich. Männer, ganz ehrlich! Glauben, ihnen gehöre die Welt.»

«Tut sie ja irgendwie auch.»

«Ha, Welt!» Mado klang auf einmal sehr munter. «Da hast du aber uns zwei Musketiere nicht gesehen!»

Alex kicherte. Und dann schlief sie ein.

Die Kunde von ihrer Versöhnung breitete sich von Buoux aus nach Apt hinunter und gelangte irgendwie ins Café Grégoire, so wie alle Nachrichten, wenn man sie laufen ließ. Aïcha gab jeder von ihnen eine *menthe à l'eau* aus, um das Ereignis gebührend zu feiern. Patrick klopfte Alex anerkennend auf den Rücken. Und Gabriel sah aus, als ob er sie umarmen wollte, aber Mados Gesichtsausdruck hielt ihn gerade noch rechtzeitig davon ab. Selbst der Briefträger erklärte, er habe nie an ihrer Versöhnung gezweifelt, wo sie doch echte Freundinnen seien. Als sie sich in der Bäckerei einen *chausson aux pommes* kauften, den sie sich teilen wollten, fragte Monique Martinez, eine Hand graziös auf ihre Hüfte gelegt, nach dem Grund für ihren Streit, doch just, als Alex antworten wollte, trat Raymond Charrentier ein und freute sich sehr, sie beide wieder zusammen zu sehen.

Der Einzige, der zu der Sache nichts sagte, war der Normanne, denn er hatte Apt verlassen. Für immer, wie Gabriel mit einer Mischung aus Erleichterung und Bedauern anmerkte. Er würde seine fünftausend Francs wohl nicht mehr wiedersehen.

Am meisten aber freuten sich Loïc und Fantomas, dass sie sich versöhnt hatten, weil sie jetzt endlich wieder zu viert zum Schwimmen an den *Trou de Gargas* fahren und ihren nächsten Auftritt planen konnten. Die beiden wussten als Einzige, worum es bei ihrem Streit gegangen war.

Die Temperaturen sanken auf erträgliche 26 Grad, und in Apt bereitete sich der Klub der Pilzkundler auf die wichtigste Saison des Jahres vor. Fantomas, der in der Hoffnung auf bewusstseinserweiternde Funde an einem der Klubtreffen teilnahm, bedauerte, dass die Mitglieder bei dem Wort «Psilocybin» nur verständnislos geguckt hätten, und beschloss, seine Zauberpilze allein sammeln zu gehen. Er war noch immer berauscht, als er eines Tages die zehn Musiker der französischen Band Raoul Petite im Grégoire entdeckte, und nachdem er Loïc, Mado und Alex erklärt hatte, dass der Bassist mit einer ausgesprochen bunten Aura gesegnet war, outete er sich als der größte Fan der Band.

«Vor ein paar Jahren sind sie hier in Apt noch zur Schule gegangen», flüsterte er. «Und jetzt treten sie im Pariser Olympia-Stadion auf!»

«Wer ist wer?», fragte Mado, die ihre Musik aus dem Radio und von den Kassetten kannte, die Fantomas im Auto spielte.

Fantomas deutete auf eine Frau, die in diesem Augenblick zu Gabriel an den Tisch trat. «O'Hazard», flüsterte er.

«*Au hasard?*», wiederholte Mado verständnislos. «*Aufs Geratewohl?*»

«O'Hazard», wiederholte Fantomas deutlicher und lauter, und jetzt drehte sich die Frau zu ihm um und winkte ihm zu.

Fantomas wurde rot.

«Es ist ihr Künstlername», zischte er, nachdem Mado sich die Lachtränen von den Wangen gewischt hatte. «Und ja, du brauchst jetzt nichts mehr zu sagen! Ich will es gerne zugeben, ich habe eine Schwäche für sie.»

«Und der Typ, der neben Gabriel sitzt?» Alex zeigte auf einen sehr großen, sehr dünnen Mann.

«Das ist Carton.»

Wie aufs Stichwort schob der Große seinen Stuhl zurück und kam zu ihrem Tisch geschlendert. «Bist du der Typ, der in Marseille zwischen zwei Hochhäusern auf einem Seil spazieren gehen will?», wandte er sich an Loïc.

Der nickte.

«Großartig», sagte der Große und kehrte an seinen Tisch zurück.

«Carton findet dich großartig», hauchte Fantomas, und Mado lachte wieder.

Auf der Place de la Bouquerie klappten die letzten Händler ihre Schirme zusammen, und Alex beobachtete, wie der Briefträger auf die Gruppe an Gabriels Tisch zutrat. Er wurde mit großem Jubel empfangen, und Carton zog einen freien Stuhl vom Nebentisch an ihren heran. Ein paar Tische weiter saß Raymond Charrentier mit Jeanne und dem Hindu-Mann zusammen. Letzterer schien sich in seinem weißen Lendenschurz so unbehaglich auf dem Café-Stuhl zu fühlen, als sitze er auf dem Nagelbett eines Fakirs. Jeanne hingegen gestikulierte so ausgelassen, dass die goldenen Knöpfe an ihrer Uniformjacke in der Sonne blitzten und warf mit neckischem Blick auf den Fotografen ihr rotes Haar zurück. Monsieur Charrentier nickte mit einem Lächeln zu Alex herüber, und sie hob die Hand und lächelte zurück.

Die Caféterrasse kam ihr zunehmend wie eine Familienfeier vor. Hier versammelten sich die Bewohner von Apt und den umliegenden Dörfern und versicherten einander, noch da zu sein. Liebesbeziehungen bahnten sich an und Geschäfte. Wie in einer großen Familie wurde hier gestritten und geliebt. Alex fühlte ein kleines Glücksgefühl in sich aufwallen. In den letzten sechs Monaten war sie ein Teil dieser Familie geworden. Sie gehörte dazu.

«Aprikosen!», rief der Bauer, der seinen Stand direkt neben dem Grégoire aufgebaut hatte. «Letzter Aufruf! Ein Kilo für zwei Francs!»

«Zwei Franken, wie günstig!», hörte Alex eine Stimme neben sich. «Na, da nehmen wir aber ein Kilo mit, gell?»

Sie blickte auf und sah Petra und Valérie Hand in Hand vor dem Klapptisch des Bauern stehen. Petra sah sie.

«Na, wenn das nicht unsere Nachbarinnen sind!», sagte sie und trat auf ihren Tisch zu. «Du, Mado», wandte sie sich direkt an sie. «Ich habe gestern, nachdem ihr gegangen seid, immer überlegt, warum du mir so bekannt vorkommst. Du hast nicht zufällig in den späten Siebzigern in Stuttgart gelebt?»

Einen winzigen Moment lang wirkte Mado wie versteinert. Dann zog sie ihre rot geschminkten Lippen zu einem Schmollmund zusammen und krauste ihre Stirn. «Kann mich nicht erinnern, überhaupt jemals in Stuttgart gewesen zu sein.»

Valérie zog Petra fort zu einem Nebentisch. «Du baggerst sie in meiner Gegenwart an!», hörte Alex sie schimpfen. «Also wirklich, Petra, jetzt reicht's!»

«Du musst nicht gleich so beleidigt tun!», gab Petra zurück.

Alex sah Mado an. Die zuckte mit den Schultern und grinste sie an.

Jetzt hatte Monique Martinez, die ihre Bäckerei über Mittag schloss, ihren Auftritt. Sie beugte sich vor, um eine Schnalle an einer ihrer hochhackigen Sandalen zu richten. Dabei bot ihr Dekolleté einen spektakulären Einblick. Hinter ihr wartete ihr Mann, bis obenhin beladen, mit einem ergebenen Ausdruck im Gesicht.

«Oder will ich doch lieber mit Monique Martinez ins

Bett gehen?», überlegte Fantomas. «Das ist wirklich eine schwierige Entscheidung. O'Hazard oder Monique Martinez?»

Mado rollte mit den Augen. «Mit dir wird keine von beiden ins Bett gehen wollen. Oder willst du sie vielleicht mal fragen? Also, auf *die* Reaktion wäre ich ja gespannt!»

Alex sah zu Loïc hinüber, und während Fantomas und Mado zu streiten begannen, bemerkte sie, dass er ebenso mit dem Lachen kämpfte wie sie. Dann beugte er sich über den Tisch und küsste sie. Sie stand auf, setzte sich auf seinen Schoß und küsste ihn weiter.

«Alex. Alex! Erde an Alex!», hörte sie plötzlich die Stimme von Gabriel.

Er hatte wohl schon eine Weile vor ihrem Stuhl gestanden. Jetzt deutete er mit einem farbbesprenkelten Zeigefinger auf das schwarze Gerät in seiner anderen Hand.

«Guck mal, was mir Carton geliehen hat!»

Es war eine Super-8-Filmkamera, stellte Alex fest, als sie den Apparat in die Hand nahm. Ihr Vater hatte eine ähnliche zu Hause. Damit hatte er Justus und sie in ihren Familienurlauben gefilmt.

«Wir dürfen sie für ein paar Tage ausleihen.»

«Wir?» Vor Aufregung schlang Alex ihren Arm fester um Loïc.

«Ja, wir. Wir beide. Ich dachte, vielleicht hättest du Lust, einen Dokumentarfilm über mich zu drehen.»

Mado unterbrach ihren Streit mit Fantomas und wandte sich zu Gabriel um. «Du schon wieder!», rief sie. «Ich fasse es nicht! Was soll Alex denn noch alles für dich tun?»

«Pst.» Gabriel presste einen bunten Finger auf seine Lippen. Alex blickte zur Seite. Raymond Charrentier, Jeanne, der Hindu-Mann, die Musiker und selbst Aïcha, mit einem voll beladenen Tablett in der Hand, hörten ihnen zu.

«Sie *soll* gar nichts tun. Nicht wahr, Alex? Du sollst gar nichts! Aber du *könntest* mit der Kamera üben.» Gabriel lächelte gewinnend. «Wir fangen ganz einfach an, was meinst du? Du interviewst mich in meinem Atelier.»

Alex spürte, dass Mado, Loïc, ja sogar Fantomas sie gespannt ansahen. «Ich will gern einen Film drehen.» Sie streckte die Hand nach der Kamera aus. «Aber ich glaube ...» Sie spürte, dass Mado sie mit ihrem Blick geradezu durchbohrte. «Ich glaube, nicht über dich.»

Die Fenster in Gabriels Studio klapperten in ihren Rahmen, obwohl sie geschlossen waren. Gabriel brachte Mado und Alex die Kaffeetassen auf einem Tablett.

«Und du willst nicht noch mal darüber nachdenken?», fragte er Alex. «Ich könnte dir einige sehr interessante Sachen aus meiner Studienzeit erzählen. Wie du weißt, habe ich in Berlin und Rom studiert. In Italien bin ich sogar mal einem Terroristen der Brigate Rosse begegnet. Ich sage dir, der ist immer noch aktiv!»

«Da gibt es nichts zu überlegen.» Alex baute die Kamera auf einem Stativ auf, das aus Bücherstapeln, Kästen mit Ölfarben und einem alten Kanister bestand. Dann rückte sie Gabriels Stehlampe so, dass das Licht seitlich auf sein Gesicht fiel und die Falten und Konturen stärker betonte. «Wenn ich keinen Film über Alexandra David-Néel drehe, wird es schon sehr bald jemand anderer tun. Also, Gabriel, bist du bereit?»

Sie hörte, wie Mado sich hinter ihr einen Stuhl heranzog und sich darauf fallen ließ. Sie war ungewöhnlich schweigsam gewesen, nachdem sie das Grégoire verlassen hatten. Alex fragte sich, ob es an dem Streit mit Fantomas lag.

«Willst du mich auf Deutsch oder auf Französisch interviewen?», fragte Gabriel. «Kompliment zu deiner Sprachentwicklung übrigens.»

«Kompliment geht an die Lehrmeisterin.» Alex deutete mit dem Daumen über ihre Schulter. «Und auf Französisch bitte. Also, ich laufe. So, Gabriel. Wie war das damals, als du Alexandra David-Néel im Bürgermeisteramt von Digne getroffen hast?»

«Also, das war ...» Gabriel fuhr sich durch die Haare. «Hätte ich mich eigentlich noch kämmen müssen? Oder hier aufräumen?» Er sah sich in seinem Atelier um. Leinwände lehnten an den Wänden, und überall verstreut standen überquellende Aschenbecher.

«Nein, ist alles gut so, wie es ist. Also, raus mit der Sprache!»

Gabriel lachte. «Dir drücke ich nie wieder eine Waffe in die Hand, das verändert den Charakter ...» Er sah zu Mado und verstummte augenblicklich. Alex musste sich nicht umdrehen, um zu wissen, dass Mado wütend aussah.

Gabriel räusperte sich. «Also gut, ja, ich wusste ja gar nicht, wer sie war, als sie da so vor mir stand.»

«Wie sah sie aus?» Alex verengte den Ausschnitt auf Gabriels Gesicht.

«Sie hatte schlohweißes Haar. Aber ehrlich gesagt, habe ich gar nicht richtig auf sie geachtet, wegen dem, was ich gerade in der Zeitung gelesen hatte. Alle waren an dem Tag ganz aufgeregt.»

«Wieso, was war denn passiert?»

«Es war die Zeit der Studentenunruhen. Ich kam gerade aus Berlin. Da war der Schah von Persien zu Besuch gewesen ...»

«Wusste Alexandra David-Néel davon? War sie ein politischer Mensch?»

«Keine Ahnung, ich habe ja nur kurz mit ihr geredet.»

«Lass Gabriel mal von Berlin erzählen», hörte sie Mados helle Stimme hinter ihrem Rücken. Sie klang ganz ruhig.

«Quatsch, das ist doch ein ganz anderes Thema!»

«Für einen zweiten Dokumentarfilm.» Mado hatte sich aus ihrem Stuhl erhoben. Jetzt stand sie so dicht neben ihr, dass Alex ihren Duft einatmen konnte. «Über die Proteste in Berlin.»

«Aber die interessieren mich doch überhaupt nicht!» Alex stellte die Kamera aus. «Ich möchte etwas über meine Namensvetterin herausfinden! Ihre Himalaya-Reisen in die Verbotene Stadt, als erste und einzige Frau zu Beginn des Jahrhunderts ...»

«Eine gute Idee, Mado.» Gabriel zündete sich eine Zigarette an. «Das mit dem Film über die Studentenproteste. Wie gesagt, ich hab da einiges erlebt!»

Alex seufzte. Mit ihrem Bildausschnitt und der Lichtführung war sie zufrieden. Aber Fragen zu stellen – das hatte sie sich leichter vorgestellt.

«Aus den Studentenprotesten ist die RAF entstanden», fuhr Gabriel fort. «Das interessiert euch doch so in der BRD!»

Durch die geschlossenen Fenster konnte Alex Monsieur Brahimis Selbstanklagen hören. «1953 habe ich Krieg gegen mein eigenes Volk geführt!» Seine Schreie hallten von den Mauern auf dem Platz.

Alex kratzte sich nachdenklich am Kopf. «Wenn du was über Christiane Gärtringen erzählen könntest, dann würde mich das tatsächlich auch interessieren. Beziehungsweise meinen Vater. Der recherchiert schon seit Jahren zu ihrer Person.»

Gabriel hustete. «Die RAF-Terroristin? Ja, über die

würde jeder gern was wissen, oder? Bin ihr aber nie begegnet, tut mir leid.»

«Ich frage mich manchmal, ob sie überhaupt existiert», sagte Mado in ihrem Rücken.

«Klar existiert die. Ist doch auf jedem Fahndungsplakat zu sehen!»

«Ja, aber was, wenn das Plakat eine ganz andere Frau zeigt?» Mado schlenderte um den Tisch herum, auf dem Tassen, Skizzenblätter, Spachtel und Pinsel ausgebreitet lagen, zog sich eine Zigarette aus Gabriels Schachtel und zündete sie an. Alex hatte Mado noch nie rauchen gesehen. Aber jetzt sah es aus, als hätte sie nie etwas anderes getan. «Was, wenn Christiane Gärtringen ein Fantasieprodukt ist?»

«Interessante These», meinte Gabriel.

Alex blickte zwischen den beiden hin und her. Mado blies ihr den Rauch ihrer Zigarette ins Gesicht. Sekundenlang sahen sie sich an.

«Also», wandte sich Alex endlich wieder an Gabriel. «Kannst du mir was über diese Christiane Gärtringen erzählen, oder nicht?»

«Nicht.»

Sie seufzte. «Hätten wir das geklärt. Also, zurück zu Alexandra David-Néel. Als du sie an jenem Tag in der *mairie* von Digne gesehen hast – was wollte sie da?»

«Ihren Pass verlängern, habe ich doch schon gesagt!»

Alex seufzte und stellte die Kamera wieder aus. «Ich denke, das war das merkwürdigste Gespräch, das je auf Super-8 gefilmt wurde. Offensichtlich tauge ich nicht zur Interviewerin.»

Gabriel protestierte. «Ich finde, du hast das ganz hervorragend gemacht! Komm, schalt die Kamera wieder ein, ich kann dir was über den Brigate-Rosse-Typen erzählen, wenn du dich so für Revolutionäre begeisterst. Ich glaube, er war später an der Entführung von Aldo Moro beteiligt. Komm, Alex, das wird bestimmt gut!»

Alex spürte noch immer Mados Blick auf sich und schüttelte den Kopf. «Nein, danke.» Sie nahm die Kamera von ihrem improvisierten Stativ. «Darf ich die trotzdem mal haben? Ich würde gern Loïc damit filmen, wenn er über ein Seil spaziert!»

Gabriel zögerte.

«Ich denke, dass du Alex noch was schuldest», ließ sich Mado vernehmen.

«Du kannst wirklich sehr überzeugend sein», seufzte er.

Zwei Tage später, als die *Auberge* geschlossen war, hatten sie geplant, wieder zum Schwimmen nach Gargas zu fahren, wo Loïc ein paar seiner schwierigeren Kunststücke auf dem Seil ausprobieren wollte. Sollte er stürzen, würde er einfach nur in den Tonteich fallen.

Aber all das Gerede von Bürgermeisterämtern und Papieren hatte Alex wieder daran erinnert, dass es noch immer ein Problem mit ihrer Aufenthaltsgenehmigung gab. Die brauchte sie, damit Monsieur Charrentier den Lehrvertrag für sie aufsetzen konnte. Allerdings behauptete die für Ausländerangelegenheiten zuständige Amtsdame hartnäckig, sie sei nicht in der Lage, ihr eine Aufenthaltsgenehmigung auszustellen, solange Alex keinen Lehrvertrag vorzeigen könne. Die Angelegenheit drehte sich bereits seit ein paar Wochen im Kreis.

«Wie hast du es gemacht, als du damals nach Frankreich gekommen bist?», fragte sie Gabriel vor ihrem Besuch in der *mairie* am Montagmorgen, während sie im Grégoire einen Kaffee mit ihm trank.

«Na ja, erst einmal bin ich Niederländer, nicht Deutscher. Das vereinfacht die Sache doch ziemlich. Und dann hatte ich einen weiteren großen Vorteil.» Gabriel grinste. «Deine Namensvetterin hat ein gutes Wort für mich eingelegt.»

«Alexandra David-Néel?!», fragte Alex ungläubig.

«Genau die. Als sie hörte, dass ich Indien bereist habe, fand sie, ich sei einer der ihren.» Er lachte. «Wörtlich sagte sie: Wenn sich die Idioten in den Amtsstuben der französischen Provinz weiterhin so schändlich aufführen, bleibe ihr wohl nichts anderes übrig, als ihre Freunde im Elysée-Palast zu kontaktieren. Sie wolle das ohnehin tun, weil sie ja demnächst ihren hundertsten Geburtstag feiere. Es sei also keine große Sache. Der Bürgermeister von Digne habe nun die Wahl.»

Alex lachte, dann schalt sie ihn. «Das hättest du mir doch bei unserem Film-Interview erzählen können, Mann!»

Gabriel hob die Schultern. «Die guten Sachen fallen einem immer erst hinterher ein.»

«Außerdem wusste ich gar nicht, dass du auch in Indien warst.»

Gabriel winkte dem Hindu-Mann zu, der in diesem Moment über die Place de la Bouquerie schritt. «Jeder gute Hippie aus der Region hat Indien bereist.»

«Du weißt also nicht, wie ich die Dame im Amt dazu bringen könnte, sich meiner zu erbarmen?»

«Dein Französisch aus dem letzten Jahrhundert zeichnet dich als ehrenwertes Mitglied unserer Gesellschaft aus und ist sicherlich hilfreich. Aber ansonsten? *Désolé.*»

Alex erhob sich. «Weißt du, wie sehr es mich nervt, da ständig hingehen zu müssen und dann wieder zu hören, was für Papiere mir in meinem Leben fehlen? Ich hab mittlerweile richtig Angst vor dieser Frau!»

«Du wirst schon nicht enthauptet.» Gabriel lachte.

«Haben sie das nicht auch zu Marie-Antoinette gesagt?» Sie drückte Aïcha ein paar Münzen in die Hand. «Danke für den Kaffee und überhaupt für alles. Ich geh jetzt aufs Schafott.»

*

Mado lag bäuchlings im hohen Gras, stützte ihren Kopf in die Hände und beobachtete ihre Freunde. Alex, die nach ihrer Rückkehr aus der *mairie* etwas traurig gewirkt hatte, kramte jetzt in ihrer Schultasche nach der Super-8-Kamera. Als sie den Kopf hob, weil Loïc irgendetwas sagte, lachte sie aus vollem Hals. Sie war noch immer so dünn wie bei ihrer Ankunft, aber ihre feinen, blonden Haare waren gewachsen, und ihre Augen leuchteten in dem mittlerweile sonnengebräunten Gesicht hellblau. Vor allem aber bewegte sie sich anders: aufrechter, selbstsicherer. Wie jemand, der fest zu einer Gruppe gehört. Mado hatte einen Blick dafür. Mit den Jahren hatte sie gelernt, dass Haare, Gesicht, ja selbst der Körper keine verlässlichen Größen waren, wohl aber Gesten und Gang. Nun, Alex war die Veränderung gelungen. Sie war wie ein neuer Mensch.

Mado unterdrückte ein Stöhnen, als ihr wieder einmal bewusst wurde, in welcher Lage sie sich befand. Von allen Mädchen, mit denen sie sich hätte anfreunden mögen – nicht, dass es viele im Lubéron gegeben hätte –, war sie ausgerechnet auf die eine gestoßen, deren Vater investigativer Journalist in Deutschland war. Sicher hatte Alex ihm von ihr erzählt.

In ihren Ohren rauschte es. Die Angst rollte wie eine Welle heran. Flutete ihren Verstand.

Als es vorbei war, sah sie, dass Loïc Pfeil und Bogen ausgepackt hatte. Geduldig zeigte er Fantomas, wie der das Seil auf die andere Seite des Tonteichs schießen sollte. Doch der Idiot hatte wieder einmal geraucht.

«Sieh mal, du legst den Bogen so an wie eine Amazone», Loïc führte die Bewegung langsam aus. «Dann spannst du ihn mit dem Pfeil, so, guck – und *ffft*.» Er imitierte das Geräusch eines sausenden Pfeils.

Alex hielt die Super-8-Kamera, die Gabriel ihr gegeben hatte, und filmte das Geschehen.

Mado knabberte an ihrem Daumennagel, während sie zusah, wie Loïc jetzt auf Alex zutrat und sie küsste. Dabei drehte Alex die Kamera so, dass sie ihren Kuss filmen konnte, dann lachten sie, und Fantomas schoss den Pfeil aus Versehen neben seinen rechten Fuß. Der Gedanke, dass sie die drei bald schon verlieren würde, schmerzte mehr, als sie ertragen konnte. Nie hätte sie gedacht, dass sie Loïc und Fantomas wirklich lieb gewinnen würde. Und was Alex anbelangte ... Sie presste die Augen zusammen.

Wie viele Wochen würde sie sich noch geben? Die Zeit tickte. Eigentlich sollte sie längst von hier verschwunden sein.

Einen kurzen, irren Moment lang erwog sie, ihr T-Shirt auszuziehen, um ihren Freunden die Narbe zu zeigen. Wenn sie schon mit ihnen brechen musste, dann sollten sie den Grund dafür erfahren. Vielleicht würden sie sie dann sogar verstehen.

Alex kam auf sie zugelaufen, die Kamera noch immer in der Hand. «Aramis, mein Freund, komm, kämpfe mit uns! Der ehrenwerte Porthos hätte sich um ein Haar in den Fuß geschossen. Hast du es gesehen?»

Mado erklärte, dass sie in der Tat Zeugin seiner großen Dummheit geworden wäre, während sie ihren Kopf in den Händen verbarg. «Und jetzt, D'Artagnan, fort mit dieser Zukunftsmaschine!», bat sie. «Du weißt, dass ich kamerascheu bin!»

Natürlich würde sie ihr T-Shirt anbehalten, wenn sie

gleich schwimmen gingen. Sie würde weiterhin Mado, die Spielverderberin, sein. Dann stützte sie sich wieder auf die Ellenbogen. Durch die hohen Halme sah sie zu, wie Loïc sein Seil nun selbst schoss. Es landete auf dem gegenüberliegenden Ockerfelsen, und Alex, die die Kamera beiseitegelegt und ihren Bikini angezogen hatte, sprang, Kopf voran, in den Teich. Wenig später hatten sie das Seil fest über das Wasser gezogen, und Loïc begann zu balancieren.

Mado dachte daran, was Alex ihr über die Prophezeiung von La Dent gesagt hatte. Sie wünschte, sie könnte Loïcs Auftritt in Marseille sehen. Vor allem aber hoffte sie, dass er den Auftritt unbeschadet überstehen würde. Wenn einer von ihnen sterben sollte, dachte sie, während sie endlich aufstand, dann sie.

*

Der September schritt voran, ohne dass die kafkaeske Angelegenheit im Bürgermeisteramt nennenswerte Fortschritte machte. Alex verfügte über eine Reihe von Papieren, die aber nur für eine gewisse Dauer gültig waren, darunter ein ärztliches Attest, das bezeugte, das sie kein Aids hatte und auch ansonsten gesund an Leib und Seele sei, außerdem ein *certificat d'hébergement* der Merciers sowie eine Stromrechnung, was sie dem Ehepaar hoch anrechnete, da es in ihrer Scheune ja nur das eine Kabel für die Tischlampe gab. Loïcs Vermieter, der mit den Schuften im Amt offenbar unter einer Decke steckte, hatte sich geweigert, ihr einen Untermietvertrag auszustellen.

Am 23. September, als sogar der *Provençal* das Bild von Bundeskanzler Helmut Kohl vor den Gräbern von Verdun abdruckte, der seine Hand in die Hand des französischen

Staatspräsidenten François Mitterrand geschoben hatte, platzte Alex der Kragen, und sie stapfte erneut in die *mairie*.

Unsere Staatsoberhäupter bedauern, dass sich 1916 die Franzosen und die Deutschen in Verdun dahingemetzelt haben, und Sie, Madame, brechen hier einen neuen Streit vom Zaun! Das war es, was sie gern gesagt hätte, aber das wäre kein sehr diplomatischer Vorstoß gewesen, und so langsam fürchtete sie, dass sie ihre Lehrstelle nicht antreten konnte, wenn sie die Papiere nicht bekam.

Auf dem Gesicht der Amtsdame flackerte so etwas wie sadistische Freude auf, als sie bemerkte, dass Alex vor ihr stand. «Haben Sie mir den Lehrvertrag mitgebracht, um den ich Sie in aller Höflichkeit gebeten habe?»

«Nein.» Alex versuchte, nicht wütend zu klingen. «Wie ich Ihnen bereits mehrfach, ebenfalls in aller Höflichkeit, berichtet habe, sieht sich Monsieur Charrentier außerstande, den Lehrvertrag aufzusetzen, solange ich über keine Aufenthaltsgenehmigung verfüge.» Hoch lebe das Vokabular von Mado und Alexandre Dumas, dachte sie.

«Dann muss ich Sie bitten, diesem Herrn erneut die Dringlichkeit meines Anliegens vor Augen zu führen.»

Es war seltsam, fand Alex, während sie die Rue des Marchands hinaufging, dass dem Deutschsein hier in Frankreich immer noch so etwas Verrufenes anhaftete. In den meisten Ländern, die sie bereist hatte, öffnete einem der Begriff «Bundesrepublik Deutschland» Türen und Tore. Ein westdeutscher Ausweis war selbst in der Hand der verlottertsten Tramper gleichbedeutend mit Sesam-öffne-dich, Abrakadabra, hier bin ich, Vorsprung durch Technik, westdeutsche Kaufkraft, Disziplin und Produktivität. Nicht aber in Frankreich. Kein Wunder, dass Mado ihre deutsche Herkunft noch immer geheim hielt.

Sie richtete Monsieur Charrentier aus, dass die für

Ausländerangelegenheiten zuständige Dame im Bürgermeisteramt eine Sadistin sei, die es auf sie abgesehen habe, ob er da etwas ausrichten könne. Charrentier bedauerte, dass sich sein Machtgebiet nicht über sein Fotostudio hinaus erstrecke, und wünschte ihr viel Glück bei ihrem nächsten Besuch.

Um sich abzulenken, entwickelte Alex bei Gabriel ihre jüngste Rolle Fotos. Das Bild von Fantomas, wie er sich auf Loïcs Bett ein ganzes Croissant in den Mund stopfte, befestigte sie mit einer Stecknadel an einer Wand in Loïcs Küche, und jedes Mal, wenn sie daran vorbeigingen, lachten sie sich schlapp. Sie selbst als Engel auf dem Statuenfriedhof von Aix-en-Provence war ein bisschen unscharf geraten, aber sie dachte daran, wie Mado, kurz nachdem sie das Foto gemacht hatte, den Vergewaltiger mit einer Waffe bedroht, wie sie ihn gemeinsam gefesselt, sein Auto gestohlen und anschließend die Nacht auf dem Grab von Albert Camus verbracht hatten, also war es ein tolles Erinnerungsbild. Sie schenkte es Mado, und die freute sich sehr.

Ende September hatte Alex Monsieur Charrentier endlich dazu gebracht, ihr einen vorläufigen Lehrvertrag auszustellen, unter der Prämisse, dass der echte folgen würde, wenn sie eine Aufenthaltsgenehmigung bekam. Alex überbrachte der Amtsdame die frohe Botschaft samt entsprechendem Papier, die aber warf nur einen Blick in ihre Unterlagen und verkündete, die beglaubigte Übersetzung ihrer Geburtsurkunde sei mittlerweile nicht mehr gültig, sie müsse nun das Original erbringen. Alex wandte ein, dass sich am Ort und der Zeit ihrer Geburt nichts geändert habe, doch die Amtsdame blieb unerbittlich.

«Vielleicht sollte ich nach Hamburg fahren und mir die Urkunde selbst holen», überlegte sie, während sie mit Mado, Gérard, Chou und Patrick zusammen in ihrer Mittagspause gebratene Forelle mit Rosmarinkartoffeln aß. «Bei der Gelegenheiten könnte ich gleich meine Schallplatten holen.»

«Und deine Pullover», sagte Mado. «Außerdem Winterjacke, Schal, Mütze, Stiefel. Handschuhe möglichst auch.»

Alex blinzelte in die Sonne. «Du machst Witze, oder?»

«Leider nein», sagte Gérard. «Im Winter wird es hier kalt.»

Alex bat Patrick, ihr freizugeben.

Der rollte mit den Augen. «Meine Nettigkeit wird mich noch ins Grab bringen. Chou, kannst du eine Zeit lang für Alex mit die Stellung halten? So viele Gäste sind ja jetzt nicht mehr da.»

«Elle me prend le chou, celle-là», murmelte Chou mit Blick auf Alex.

«Kannst du oder kannst du nicht, Chou?»

«Winterpulli für mich auch», forderte der Abwäscher.

Alex willigte ein.

*

Der Herbst begann, und noch immer brannte die Sonne von einem kobaltblauen Himmel. Langsam aber ebbte die Hitze zurück, und die Touristen kamen nur mehr vereinzelt. Im Grégoire konnten sie ihre angestammten Plätze wieder einnehmen. Wer am Nachmittag bei Monique Martinez sein Baguette oder eine *ficelle* kaufen wollte, freute sich darüber, dass es noch Auswahl gab.

Noch immer hatte Mado nichts von Amira gehört.

Sie wusste, dass sie bald abreisen musste, nach Hause, ihre Schwester suchen. Erst, wenn sie wusste, was mit ihrer Familie war, würde sie sich stellen.

Der Mond schien durch das Fenster und beleuchtete Alex' schlafendes Gesicht. Morgen, am 1. Oktober, würde

Alex nach Hamburg trampen, das hatte sie so beschlossen. Sie würden sich nicht mehr sehen, aber das konnte Alex natürlich nicht wissen. Vorsichtig strich sie ihr eine Haarsträhne, die über die Augen gerutscht war, beiseite.

Sie wünschte, sie könnte die Zeit anhalten. Wünschte, diese letzte Nacht neben ihrer Freundin würde nie vergehen.

BUNDESREPUBLIK DEUTSCHLAND, OKTOBER 1984

Drei Monate vor dem Mord

An der Autobahnraststätte Taunusblick zwischen dem Bad Homburger Kreuz und dem Nordwestkreuz Frankfurt herrschte reger Verkehr. Langhaarige Jungs stiegen aus einem bunten Bulli, Teenagermädchen mit Dauerwelle lehnten an einer Zapfsäule, Familien mit Kindern liefen umher. Aus dem Autolautsprecher brüllte Billy Idol sein «Rebel Yell».

«Sicher, dass du nicht doch nach Kassel mitkommen willst?», rief der Fahrer. Er legte seine Hand an die Handbremse, wobei er Alex' Bein berührte. Seine Dogge, ein riesenhaftes Vieh, das unter Mundgeruch litt, hechelte auf dem Rücksitz.

«Selten war ich mir einer Sache so gewiss», murmelte Alex und schnappte sich ihre Tasche. «Tschüs.»

Dieselgestank schlug ihr entgegen, als sie ausstieg, und sie musste einen Würgereiz unterdrücken. Doch Diesel war besser als der Geruch eines Hundes mit Verdauungsproblemen, besser als die Hände einsamer Männer, war besser, als einem geschiedenen Mann quer durch die Bundesrepublik die Beichte seiner Seitensprünge abzunehmen.

Alex machte sich auf die Suche nach einer Frau am Steuer. Aber es war wie verhext an diesem Tag. Männliche Fahrer, so weit ihr Blick reichte. Und dann entdeckte sie, dass vor dem Kassenhaus schon drei andere willige Beifahrer standen. Sie unterdrückte einen Fluch. Beim Trampen galt die alte Müllersregel: Wer zuerst kommt, der darf auch zuerst wieder wegfahren. Alex hob die Hand zum Gruß und reihte sich hinten ein.

Um sich von ihrer Übelkeit abzulenken, studierte sie das RAF-Fahndungsplakat, das von innen an der Kassenhausscheibe klebte. Die Gesichter waren ihr nur allzu bekannt.

«Hallo Susanne Albrecht», murmelte sie. «Hallo Friederike Krabbe, hallo Inge Viett, hallo Christiane Gärtringen, hallo Silke Maier-Witt.»

Besonderes Merkmal: wulstige Lippen, stand unter dem Bild von Susanne Albrecht. Alex dachte daran, dass Susanne Albrecht den Patenonkel ihrer kleinen Schwester, Jürgen Ponto, von anderen Mitgliedern der RAF hatte erschießen lassen. Ihr wurde noch ein bisschen übler, und sie sah sich die Bilder der anderen an.

Unter den Porträts der Terroristinnen waren ihr jeweiliger Geburtsort und das Geburtsdatum vermerkt. Außer unter dem Bild von Christiane Gärtringen. Dort las sie nur: *Unbekannt*. Sie beugte sich vor, um das Gesicht zu studieren. Es kam ihr bekannt vor, natürlich, sie war mit Terroristen-Porträts aufgewachsen, aber es erinnerte sie auch an jemanden. Kindliche Züge, blonde Haare, freundlicher Blick.

«Und alle können sie mit Waffen umgehen.» Der Tramper zu ihrer Rechten machte eine Kopfbewegung in Richtung Plakat. «Cool, wenn du mich fragst.»

«Bist du Sympathisant?», erkundigte sich Alex.

«Sagen wir mal so: Ich war bei den Demos hier in Frankfurt gegen die Startbahn West. Und ich hab gesehen, wozu die Bullen fähig sind.» Der Tramper strich sich seine blonden Locken zurück. «Also ... irgendwie schon.»

Er sah Robert Plant, dem Sänger von Led Zeppelin, wie aus dem Gesicht geschnitten ähnlich. Die gleiche Haarpracht, der gleiche intensive Blick. Sie überlegte noch, wie sie ihn dazu überreden konnte, sich ablichten zu lassen, als sie ihre übrigen Rivalen in eine klapprige Ente einsteigen sah.

«Die wären wir los», grinste Robert Plant. Er deutete auf ihr Pappschild. «Bin auch nach Hamburg unterwegs. Wenn du willst, trampen wir zusammen.»

Zur Antwort nickte sie nur. Allmählich kroch die Kälte ihre Hände hinauf, lähmte ihre Muskeln und machte sie still. Zwei Tage war sie nun schon unterwegs, länger als sie gedacht hätte. Sie hatte ganz vergessen, wie ungemütlich es um diese Zeit in Deutschland war. Im Jura, kurz hinter St. Amour, hatte sie zum ersten Mal seit Langem wieder draußen übernachtet, an einem Fluss, der sie in den Schlaf gesungen hatte.

Jetzt, da sie an der Autobahnraststätte die giftige Luft einsog, sehnte sie sich dorthin zurück: Der Fluss hatte sie an den Aigue Brun erinnert. Und natürlich hatte sie die «Heilige Liebe» gewählt.

Über den Taunusblick senkte sich das Abendblau. Autos kamen, Fahrer tankten und fuhren wieder davon. Ihr war noch immer leicht übel, also versenkte sie sich in diesen inneren Ort, an dem sie ihre Bilder sehen konnte. Sie versuchte, sich den Fluss vorzustellen, wie er über die Kieselsteine floss. Gestreifte Berge ragten in den Himmel, es roch nach Thymian, der Mond ging über dem Indianerkopf auf.

Als ihr Körper vor Kälte zu schmerzen begann, öffnete sie die Augen wieder. Autos und Lastwagen donnerten über die Bahn, ihre Scheinwerfer rasende Lichtpunkte im Dunkelgrau eines hessischen Abends. Es roch nach Einförmigkeit und Benzin. Alex wusste, dass ihre Chancen, mitgenommen zu werden, schwanden. Nachts brauchten die Fahrer zwar Gesellschaft. Aber sie nahmen um diese Uhrzeit nur noch ungern Fremde mit.

Robert Plant mischte gerade Tabak mit Haschkrümeln in seiner hohlen Hand, als ein Mann auf sie zutrat. «Ihr könnt bei mir mitfahren.» Er deutete auf Robert Plants Mischung. «Aber keine Drogen bei mir im Wagen. Hole mir bloß schnell 'n Kaffee. In fünf Minuten geht's los.»

«Mann, ist der autoritär», jammerte Robert Plant, während er hinter Alex und dem Fahrer zu einem alten Volvo schlurfte. Er ließ sich auf die Rückbank fallen und schlief augenblicklich ein.

Alex ballte die Fäuste, dann sah sie, dass der Fahrer sie anlächelte. «Ich weiß, es ist ungerecht. Immer müssen die Frauen die Unterhaltung bestreiten. Bin früher selbst mit meiner Freundin getrampt.»

«Er ist nicht mein Freund», stellte Alex klar. «Und ja, es ist ungerecht.»

«Keine Sorge, ich werde dich nicht vollquatschen. Kann auch Kassette hören.»

Er startete das Deck mit einem Tastenklick. Ein Schlagzeug hämmerte in Gitarrenklänge hinein.

Ich bin nicht frei
Und ich kann nur wählen
Welche Diebe mich bestehlen
Welche Mörder mir befehlen.

Alex musste lachen. «Du hörst *Keine Macht für Niemand*, aber willst nicht, dass in deinem Wagen gekifft wird?»

«So sieht es aus.»

Die Autobahn dehnte sich ihnen entgegen. Ganz dunkel

war es draußen geworden. Nur der Mittelstreifen leuchtete hell.

«Hab als Student auch Hasch gequalmt wie ein Drache», sagte der Fahrer, als das letzte *Niemand* verhallt war. «Aber jetzt bin ich Anwalt für Strafrecht. Und da bin ich gern klar.»

Alex musterte ihn im Schein der Autobahnbeleuchtung. Seine Haare ringelten sich über dem Palästinensertuch, das er um den Hals geschlungen trug. Wie ein Anwalt sah er nicht aus. «Mein Bruder ist auch Jurist. Oder wird es demnächst werden.»

«Und du?», fragte er, während jetzt ein Lied von Fehlfarben spielte. «Wer bist du?»

Alex überlegte, was sie erzählen könnte. Es machte ihr immer noch Spaß, beim Trampen neue Identitäten anzuprobieren.

Keine Atempause

Geschichte wird gemacht

Es geht voran!, donnerte es aus den Lautsprecherboxen.

Sie entschied sich für die Wahrheit. «Ich weiß es nicht.»

«Es ist ja auch nicht leicht, das herauszufinden», entgegnete er.

Eine Weile schwiegen sie beide. Nur das Motorbrummen und Fehlfarben waren zu hören.

«Wen verteidigst du?», fragte sie, als die Kassette mit einem Klick zu Ende war.

Er sah zu ihr hinüber und dann wieder auf die Autobahn, ohne zu antworten.

«Ist es ein Geheimnis?»

Wieder schwieg er eine Weile. «Ich darf darüber nicht reden.»

«Verteidigst du RAF-Terroristen? Christiane Gärtringen?», entfuhr es ihr.

Er atmete in der Dunkelheit, ein Schnaufen oder ein Lachen. «Wie kommst du denn ausgerechnet auf die?»

«Na ja, weil ...» Im Dunkel ihrer Erinnerung suchte sie nach Worten. Fand eine kleine Reihe. Belichtete sie. «Sie ist die einzige Terroristin, über die man nichts wirklich weiß, oder?»

«*Mutmaßliche* Terroristin», korrigierte er sie.

«Ja, meinetwegen. Nur, dass ihre Eltern Diplomaten waren, das weiß man. Aber nicht, ob sie wirklich ein Mitglied der RAF ist, richtig? Und *mutmaßliche* Terroristin sagtest du.»

«Das sagen wir immer über Menschen, deren Schuld wir nicht beweisen können.» Er drehte die Kassette um. «Und mehr werde ich nicht verraten.»

Ein schneller Gitarrenrhythmus erklang. Fee Waybills Stimme, umjubelt von Konzertbesuchern. *What do you want from life?* in der Live-Version.

Der Fahrer schnalzte leise. «Sehr gute Frage. Also, erzähl mir von deinem Leben. Was versprichst du dir davon?»

Sie lachte. «Wie viel Zeit hast du?»

«Noch gut 500 Kilometer.»

«Ich fürchte, das reicht nicht aus.»

Ein Lastwagen überholte sie, während sie zu erzählen begann. Wie sie das Fotografieren entdeckt hatte. Wie sie als Tramperin Menschen aus allen Ecken Europas getroffen und in ihren Bildern verewigt hatte. Und wie fasziniert sie von den Gesichtern und Geschichten einer südfranzösischen Kleinstadt war.

«Wenn ich es richtig verstanden habe», sagte er, nachdem sie geendet hatte, «versprichst du dir von deinem Leben viele interessante Begegnungen, die du festhalten möchtest. Aber du willst nicht Teil der Action sein.»

Es traf sie, dass er es so zusammenfasste. «Aber ich bin

Teil der Action!», protestierte sie. «Ich schenke den Menschen meinen Blick!»

«Und das ist bestimmt gut so», sagte der Strafrechtler in das Brummen des Wagens hinein. «Wir können ja nicht alle auf der Bühne des Lebens stehen, irgendjemand muss auch im Publikum sitzen.»

«Ich finde, es macht einen Unterschied, ob man bloß Publikum ist oder ob man das, was man sieht, für andere Menschen festhält», verteidigte sie sich.

«Ja», sagte er nach einer Weile. «Da hast du vermutlich recht.»

Sie setzten Robert Plant am Rastplatz Stillhorn ab, während die Sonne über Hamburg aufging. Der Strafrechtler nahm sie mit bis nach Niendorf. Von dort wanderte sie ein Stück durchs Gehege nach Hause. Anderthalb Jahre war sie nicht mehr hier gewesen. Der Platz an der Kollau, an dem sie als Schülerin gesessen und ihre Minolta erkundet hatte, sah noch genauso aus wie früher. Als sie wieder zurück auf die Straße trat, begann es zu regnen. Autofahrer schalteten Scheibenwischer und Scheinwerfer ein.

Sie dachte über das Gespräch mit dem Strafrechtler nach. Ja, es stimmte, sie war immer eine Beobachterin gewesen. Eine, die sich heraushielt. Doch das hatte sich geändert, seit sie Loïc, Mado und Fantomas begegnet war. Jetzt waren sie eine Bande. Und sie, Alex, gehörte eindeutig dazu.

Auf einmal spürte sie große Sehnsucht. Sie wollte mit ihrer Bande unterwegs sein, mit dem Mofa durch die Dörfer brausen, sie wollte sich ins Café Grégoire setzen, zu ihrer neuen großen Familie. Und wieder begriff sie, dass ihre Heimat nicht mehr ihr Geburtsort war.

*

Sie waren zu zweit. Typen um die dreißig, schätzte Mado. Der eine sah wie ein Schläger aus mit Schnauzbart und Lederjacke, der andere trug eine Nickelbrille und wirkte eher zart und nicht unfreundlich.

Sie ließen sich ungefragt am Küchentisch nieder. Der Typ mit dem Schnauzbart behielt seine Sonnenbrille auf. «Was gibt's Neues, Madeleine?»

Mado tastete nach dem Messer, das sie seit dem Ausflug mit Alex nach Aix-en-Provence immer mit sich trug. «Nichts.»

«Wirklich?» Der Schnauzbart grinste. «Nichts Neues? Das ist ja 'ne ziemlich magere Ausbeute für jemanden, der schon seit ... Seit wann bist du hier?»

«Juli 1983», entgegnete sie.

«... seit vierzehn Monaten hier ist.»

Hinter dem Fenster nahm sie eine Bewegung wahr. Monsieurs Wildschwein. Wenn es frei herumlief, konnte Monsieur Mercier auch nicht weit sein. Die Schwarztrüffelsaison würde bald beginnen. Sie dachte an die Trüffelpasta, die Madame Dutronc in ihrem Restaurant in Roussillon letztes Jahr um diese Zeit angeboten hatte, und die Erinnerung daran half ihr, ruhig zu bleiben. Das war das normale Leben. Jenes Leben, das auch sie eines Tages führen wollte, wenn das hier zu Ende war.

«Ich habe schon mal gesagt, dass ich nicht mehr dabei bin», sagte sie.

Der Typ mit dem Schnauzer lachte. «Der ist gut, oder? Was meinst du, Kumpel? Ist der Witz gut?»

«Hör zu, *Madeleine*.» Der Mann mit der Nickelbrille hatte eine angenehme Stimme, auch, wenn er ihren Namen ironisch betonte. Er lächelte sogar. «Wir wollen dir keinen Druck machen. Aber du bist dir bewusst, dass wir dir die Papiere damals verschafft haben, damit du uns im Gegenzug ein bisschen hilfst?»

Mado nickte.

«Und nicht, damit du hier in der Provence einen auf Lavendelprinzessin machen kannst! Also, ich höre?» Der Schnauzbärtige funkelte sie an.

Der mit der Nickelbrille gab ihm ein Zeichen.

«Deswegen brauchen wir ein paar Informationen. Und dann lassen wir dich wieder in Ruhe.»

Mado seufzte. «Ich habe keinen Plan von dem Gebiet.»

«Es ist doch aber sicher nicht schwer, den zu beschaffen?» Schnauzbart musterte sie von Kopf bis Fuß. Sie trug ein geblümtes Kleid, das ihre Figur gut zur Geltung brachte, und hatte sich frisch geschminkt. «Sind die Männer da auf dem Plateau nicht einsam?»

Eine Woge des Ekels überrollte sie. Aber ihre Stimme blieb ganz ruhig. «Die Männer von der Luftwaffe leben hier alle mit ihren Familien. Die Gemeinde hat eine Siedlung in Apt für sie gebaut, die Cité St.-Michel.»

«Na, das sind doch schon mal ganz hervorragende Informationen», lobte der mit der Nickelbrille und griff nach dem Foto, das an der Lampe lehnte. Es war das Bild, das Mado von Alex auf dem Statuenfriedhof in Aix-en-Provence gemacht hatte, und auch, wenn es etwas verschwommen geraten war, so zeigte es Alex doch so, wie sie es beabsichtigt hatte: mit Engelsflügen, die ihr aus den Schultern wuchsen. «Und wie reagieren die Alteingesessenen auf die Militärs?»

«Ganz gut. Keine Probleme.» Mado nahm ihm das Foto wieder aus der Hand.

Der Schnauzbart donnerte mit seiner Faust auf den Tisch. «Jetzt reiß dich zusammen, Mädchen, wenn du glaubst, dass du uns verarschen kannst, dann ...!»

«Du meinst, dass sie gut zusammenleben im Alltag, die Militärs und die zivile Bevölkerung?», fragte der mit der Nickelbrille freundlich. «Erklär uns das doch mal.»

Mado holte tief Luft. «Als die Militärfamilien hierhergezogen, sind sie auf eine relativ heterogene Bevölkerung gestoßen: Einheimische, Einwanderer aus Spanien und Italien, dann die Harkis, also die Algerier, die aufseiten der Franzosen im Algerienkrieg gekämpft haben, außerdem Künstler und Drogensüchtige aus Nord- und Mitteleuropa. Die Kinder besuchen das gemeinsame Collège Lycée in Apt, und abgesehen von den üblichen Reibereien zwischen den Angehörigen der verschiedenen Kulturkreise läuft das ganz okay hier. Die Militärfamilien haben sich da einfach eingefügt.»

«Also, bitte, geht doch.» Nickelbrille bot ihr eine Zigarette aus seinem Päckchen an. Mado schüttelte den Kopf.

«Was heißt hier, geht doch?», polterte Schnauzbart. «Was bringt uns das, zu wissen, dass die hier alle mit Lotuswasser gurgeln? Wir brauchen diesen verdammten Plan vom Plateau d'Albion!»

«Was soll Madeleine denn machen? Arme ausbreiten und drüberfliegen?» Nickelbrille zwinkerte ihr zu. «Aber vielleicht kannst du uns noch sagen, wie die Bevölkerung es aufnimmt, dass hier die Atomraketen stationiert sind? Ich meine, immerhin wäre bei einem Gegenschlag die Provence mit einem Schlag entvölkert. Gibt es da irgendwelche Ängste seitens der Menschen hier? Irgendeinen Groll?»

Mado schüttelte den Kopf. «In Saignon und einigen anderen Dörfern hat sich eine Friedensbewegung gebildet. Unauffällig. Malen bunte Plakate. Rasieren sich nicht mehr.»

«Sieht das die Westdeutsche, mit der du zusammenlebst, genauso? Dass man sich bloß bunt anziehen muss?»

Mado ballte ihre Faust um das Messer. «Lasst meine Freundin da raus!»

«Ah, jetzt wird's interessant!» Schnauzbart lehnte sich vor. «Jetzt verstehe ich natürlich, dass du noch keine Fortschritte mit den Typen von der Luftwaffe gemacht hast!» Er nahm die Sonnenbrille von der Nase und sah sie durchdringend an.

Mado starrte zurück.

«Hat sie eine Ahnung, wer du wirklich bist?»

«Ich wüsste nicht, was euch das angehen sollte!»

«Wir wollen uns darüber nicht streiten.» Nickelbrille stand auf. «Aber behalt sie im Auge. Beim nächsten Mal erzählst du uns ein bisschen mehr über sie. Ach, übrigens: Du hast sicherlich was von diesem Anschlag in Paris gehört?»

«Auf das Gebäude der Westeuropäischen Union? Ist gescheitert, wie ich hörte.»

«Die Leute in Belgien haben im Juni über achthundert Kilo Sprengstoff mitgehen lassen. Für Paris wurden nur dreiundzwanzig Kilo verwendet. Ich sag mal so: Es ist noch ordentlich was von dem Zeug übrig. Falls dich das interessiert.»

«Tut es nicht.»

«Vielleicht interessiert es dich ja mehr, wie es deiner Familie so geht. Ruf doch mal zu Hause an! Und hinterher meldest du dich bei uns.» Er lächelte sie an, und wieder wurde Mado übel. «Abgemacht, Madeleine?»

*

Mama schloss sie so fest in die Arme, dass es fast wehtat. Als Alex aufblickte, sah sie die Tränen auf ihrem Gesicht.

«Ich kann nicht glauben, dass du in Frankreich bleiben willst. Lebst du immer noch in dieser Scheune?»

Alex hielt ihre Mutter umschlungen, und zum ersten

Mal seit langer Zeit spürte sie ihre Weichheit. Vielleicht hatte Mamas Körper der Zeit nachgegeben, oder sie wollte nicht mehr so hart zu Alex sein.

«Ich verstehe das nicht, Alex! Hier hast du doch alles, was du brauchst.»

Alex ließ sie nicht los. «Ich weiß, Mama», sagte sie.

«Warum willst du dann zurückgehen?»

«Weil ich da glücklich bin.»

Ihre Mutter ließ sie los, als hätte sie einen Schlag erhalten. «Und hier nicht? Ist es das, was du sagen willst?»

Alex tat, als hätte sie die Frage nicht gehört. «Sind Papa und Justus schon zur Arbeit?»

Ihre Mutter wandte sich ab. «Ja. Enttäuschend, oder? Du wirst den Tag mit mir allein verbringen müssen.»

Alex griff nach ihrer Hand. «Mama ...»

«Nein.» Ihre Mutter ging in die Küche. «Ich mache dir jetzt Frühstück. Ist schon gut.»

Ihr altes Kinderzimmer sah aus, als hätte sie es nur für einen Ausflug verlassen. Alles stand noch genau an seinem Platz, die Stereoanlange mit ihrer Schallplattensammlung, der Schreibtisch, an dem sie ihre Hausaufgaben geschrieben hatte, der Kleiderschrank. Fotos steckten an der Raufasertapete, ihre ersten: Renni in seiner schwarzen Lederjacke, auf die er mit weißem Nagellack «Punks Not Dead» gemalt hatte, als hätte irgendwer was anderes behauptet, sein Blick spöttisch und ein bisschen unsicher zugleich. Bine, die mit Gummistiefeln in der Kollau herumsprang. Justus beim Frühstück, wie er sich gerade ein Brötchen in den Mund schob. Ihr eigener Fuß. Lange betrachtete sie die Bilder. So musste sich eine Archäologin fühlen, wenn sie Relikte eines vergangenen Lebens ausgrub.

Ein Buch lag auf ihrem Nachttisch, als hätte sie es gestern noch gelesen: Joan Aiken, «Treffpunkt K». Sie erkannte das Foto, das als Lesezeichen diente, es musste eines ihrer allerersten gewesen sein. Sie hatte es auf einem Ausflug in der siebten Klasse aufgenommen: ein Schaf auf einem Deich. Als sie den Roman aufblätterte, sprangen ihr die Namen der Schmuggler entgegen: Yan, Tan, Methera, Tethera, Pip. Sie lächelte. Schmuggler Yan war ihr wie ein Freund gewesen, wenn sie das Gefühl hatte, dass niemand sonst sie verstand.

Ihre Mutter rief sie zum Frühstück, auch das war wie früher. Sie saßen einander stumm gegenüber, während der Regen gegen die Scheiben schlug.

Es war schön, die Straßen und Plätze ihrer Kindheit wiederzusehen, Neuigkeiten mit ihrem Bruder und ihren Freunden und Freundinnen auszutauschen, aber Alex vermisste die Weite, die sie an der Provence so liebte, den gewaltigen, blauen Himmel, die Felswände, die Stille, die über den abgelegenen Dörfern lag. An ihrem zweiten Tag in Hamburg geschah etwas Seltsames: Sie meinte, überall die Gesichter ihrer Freunde aus Apt zu sehen.

«Du wirkst sehr abwesend, Alexandra, du nimmst keine Drogen, oder?», fragte Papa als sie ihm in seinem Arbeitszimmer gegenübersaß.

«Nein, Papa, Drogen ist nur was für Leute ohne eigene Fantasie.»

Er lachte. «Den Satz hast du dir also gemerkt!»

«Bei mir ist mehr hängen geblieben, als ihr glaubt, Mama und du.»

Er zündete sich eine Zigarette an und lächelte. «Fein. Was habe ich denn eben gesagt?»

Alex seufzte. «Irgendwas über diese Terroristin. Entschuldige, ich habe dir nicht zugehört.» Sie ließ ihren Blick über die Papierstapel wandern, die den Tisch und einen Teil des Bodens bedeckten. Ihr Vater nahm seine Arbeit mit dem größten Vergnügen mit nach Haus.

«Hier!» Er hielt das Plakat in die Höhe, das sie auf dem Rastplatz studiert hatte. «Sieh dir diese Christiane Gärtringen einmal genauer an. Was würdest du sagen, wie alt sie ist?»

Alex beugte sich vor. Es war schwer, seinen Blick neu zu justieren auf ein Bild, das einem so vertraut erschien. Das Foto wirkte verschwommener als das der anderen. Christiane Gärtringens Augen mochten dunkel sein, die schulterlangen Haare waren eindeutig blond. «Sie wirkt jung», sagte sie endlich. «Vermutlich ist sie ungefähr so alt wie ich. Von wann ist das Foto?»

«Es wurde vor vier Jahren aufgenommen.»

«Dann wäre sie jetzt etwa vierundzwanzig.»

«Ja.» Ihr Vater blies den Rauch aus. «Verdammt jung für eine RAF-Terroristin, die vielleicht schon zur ersten Generation gehört hat, findest du nicht?»

«Was schließt du daraus?» Alex richtete sich auf.

«Da gibt es meiner Ansicht nach drei Möglichkeiten.» Er stand auf und durchquerte den Raum. «Erstens, dieses Foto ist um einiges älter und wurde von jemandem beim BKA irrtümlich oder absichtlich falsch datiert.»

Alex ließ diese These auf sich wirken und nickte. Immerhin hätte das Bundeskriminalamt, wie überhaupt jede Behörde, unterwandert sein können. «Zweitens?»

«Diese Frau ist eine Verwandlungskünstlerin.»

«Hast du mir nicht mal erzählt, dass diese RAF-Leute ständig ihr Äußeres verändern? Dann wäre das ja eher normal. Übrigens, meine Freundin in Apt, der ich von deiner Recherche erzählt habe, meinte, dass sie vielleicht gar nicht existiert.»

Er lachte. «Na, das ist die interessanteste These von allen!»

«Genau das hat Gabriel auch gesagt.»

«Wer?»

«Der alte Maler. Er hat in den Sechzigerjahren in Berlin Kunst studiert und interessiert sich für alles, was mit Revolte zu tun hat.» Und dafür, andere mit ungeladenen Waffen bedrohen zu lassen, fügte sie in Gedanken hinzu.

«Ja, aber wie erklärt deine Freundin dann, dass es ein Foto von Christiane Gärtringen gibt?»

«Na ja, sie meinte, vielleicht zeigt dieses Bild ja eine ganz andere Frau.»

Der Vater drückte seine Zigarette im Aschenbecher aus, ging zu seinem Schreibtisch und kritzelte etwas auf ein Stück Papier. «Sehr interessante These. Sag deiner Freundin vielen Dank.»

«Werde ich ausrichten. Was wäre deine dritte Möglichkeit?»

Er ließ sich wieder in seinen Sessel fallen. «Dass sie schon als sehr junges Mädchen zur RAF gestoßen ist. In diesem Fall müsste ich herausfinden, wer in der Bundesrepublik Deutschland vorzeitig die Schule verlassen hat und seither nie mehr gesehen wurde.»

«Aber es sind doch sicher Hunderte jährlich, die die Schule abbrechen!», wandte Alex ein.

«Tausende», seufzte ihr Vater. «Allein 1980 haben zweiundvierzigtausend Mädchen ohne Hauptschulabschluss die Schule verlassen.»

«Und die willst du jetzt alle einzeln prüfen?» Alex genoss das Gespräch.

«Ich glaube, dass ich das nicht muss. Erstens entstammen die meisten RAF-Mitglieder einem bildungsbürgerlichen Milieu, von daher schätze ich also, das Mädchen war Gymnasiastin. Zweitens können wir davon ausgehen, dass sie aus Baden-Württemberg stammt. Das schränkt die Auswahl schon mal ein.»

«Diese Recherche treibt dich in den Wahnsinn, oder?»

«Kann man so sagen.»

Vom Flur unten läutete das Telefon.

«Aber du bist ein bisschen vorangekommen.»

Ihr Vater seufzte. «Kann nicht sagen, dass das mein Befinden erheblich verbessert.»

«Welche Note würde Dr. Warnke dir geben?» Alex rieb sich die Hände.

Ihr Vater grinste. «Bei dem Puls, den ich jetzt habe? Höchstens drei plus.»

Das Telefon klingelte weiter. «Willst du nicht abnehmen?», fragte Alex.

Ihr Vater schüttelte den Kopf. «Wenn es für mich wäre, würde es hier oben auf meiner Leitung klingeln.»

Von unten klang Justus' Stimme. «Alex! Komm mal runter! Telefon für dich!»

Loïcs Stimme klang so weit entfernt, als trenne sie ein Meer. Alex presste den Hörer ganz fest an ihr Ohr.

«Wo bist du?», rief sie.

«Auf dem Platz vor der *mairie*», rauschte seine Stimme durch die Leitung.

Alex blickte auf die Zeiger der Standuhr im Flur. Es war sechs Uhr abends, Madame Martinez beugte sich in diesem Moment vor, um den Rollladen vor ihrer Bäckerei zu schließen, beobachtet von einer Schar Männer. Vielleicht tanzte der Schieler über den Platz.

«Ich vermisse dich», sagte sie und umklammerte den Hörer so fest, dass das Bakelit in ihrer Hand rutschig wurde.

«Ich vermisse dich auch», hörte sie Loïc in eintausendsechshundert Kilometern Entfernung sagen. «So sehr.»

Ihr Schweigen floss über die Grenze, und einen winzigen Augenblick lang hatte Alex Angst, es hätte ihre Worte verdrängt.

«Wie ist es zu Hause?» Auf einmal klang seine Stimme ganz nah.

«Komisch.» Sie überlegte. «Fremd und vertraut.»

«Wirst du Anfang November wieder da sein?»

«Was ist dann?»

«Ja, das wollte ich dir sagen.» Er klang wieder leise. «Am ersten Novemberwochenende bin ich in Marseille. Du weißt schon ... Dann werde ich es tun.»

Alex' Herz schlug auf einmal schneller. Sie hatte gedacht, dass er mit seinem Spaziergang in zehn Stockwerken Höhe noch warten würde. «Fühlst du dich denn schon bereit dafür?»

Er umging ihre Frage. «Mein Kumpel David, wir waren zusammen in der Schule, er ist jetzt Seilmacher ...» Die Schreie des Schielers drangen durch den Hörer an ihr Ohr. «Ich habe ihn gebeten, mir ein Seil zu machen, ein neues.»

«Verstehe.»

«Und dann habe ich noch ein paar andere Kumpels gebeten, mir zu helfen. Die Seile und Absicherungen oben auf das Hochhaus bringen und so. Einer konnte seinen Mund nicht halten und hat ein kleines Fest organisiert.»

«Du kannst es immer noch verschieben», sagte sie schnell. «Vielleicht ist es sowieso besser, wenn du es im Sommer machst.»

«Zu heiß. Meine Füße könnten schwitzen. Dann rutsche ich ab.»

Alex spürte, wie ihre Knie auf einmal nachgaben, und sie hockte sich auf den Boden, wo es nach Teppichschaum roch.

«Oder du sagst, dass du dich noch besser vorbereiten musst. Oder dass du krank bist. Oder was weiß ich.»

Er schwieg, und sie sah ihn vor sich in der Telefonzelle. Vielleicht drückte er seine Stirn an das kühle Glas. «Ich bereite mich seit zehn Jahren drauf vor, Alex. Seit ich die Bilder von Philippe Petit in New York gesehen habe. Das weißt du. Ich trainiere dafür jeden verdammten Tag.»

«Ich werde da sein und die Bilder machen», versprach sie.

Wieder schwieg er. «Es ist nicht nur wegen der Bilder», sagte er endlich. «Ich brauche dich bei mir. Ich will das tun, das weißt du. Aber ... ich habe auch Angst.»

Dann lass es! Das war es, was sie ihm eigentlich sagen wollte. Aber das hieße, Zweifel in ihm zu säen, und wenn es eines gab, was er auf seinem Seil zwischen den Hochhäusern brauchte, dann war es Selbstvertrauen. Sein Leben hing davon ab.

«Ich werde da sein», versprach sie. «Und, Loïc?»

«Ja?»

«Ich weiß, du wirst großartig sein!»

Während des Abendessens war es ihr, als sähe sie ihre Eltern und Justus durch ein umgedrehtes Fernglas. Wie Punkte saßen sie auf winzigen Stühlen, aßen allerkleinste Dinge, und selbst ihr Gespräch kam ihr zwergenhaft vor. In knapp drei Wochen würde Loïc also über einen Abgrund gehen. Vielleicht würde er stürzen, und sie würde ihn verlieren. Und sie konnte nichts dagegen tun.

Auf einmal bemerkte sie, dass das Gespräch verstummt war. Drei Augenpaare starrten sie an. Sie erwiderte zuerst den Blick ihres Bruders. Auf Außenstehende mussten sie wie zwei Fremde wirken: Justus mit der sauber gescheitelten Popper-Frisur und dem Lacoste-Hemd war das Gegenteil von ihr, und er brachte sie mit seiner Besserwisserei oft genug zur Weißglut, und doch las sie in seinen Augen jetzt so etwas wie Verständnis und Mitgefühl.

«Alexandra», hörte sie die Stimme ihrer Mutter wie durch einen Nebel. «Geht es dir nicht gut? Du hast dein Essen überhaupt nicht angerührt.»

Sie konnte ihnen nicht sagen, dass ihr Freund plante, auf einem Drahtseil zwischen den obersten Stockwerken von zwei Hochhäusern zu gehen, um Kindern eines verlassenen Marseiller Vororts «Hoffnung und Poesie» zu schenken. Sie würden es nicht verstehen, und sie konnte es ihnen nicht einmal verübeln. Loïcs Plan war purer Irrsinn. Sie hätte ihn schon vor Monaten davon abhalten müssen. Und jetzt war es zu spät.

Sie spürte eine Hand auf ihrem Arm, und war erstaunt, wie warm die Haut ihrer Mutter war. «Du wirst mir doch nicht krank werden, Liebes?», fragte sie.

«Ich mache mir um jemanden Sorgen», sagte sie zu ihrer eigenen Überraschung.

«Möchtest du darüber reden?», fragte ihr Vater.

«Vielleicht später», antwortete sie. «Jetzt nicht.»

«Du könntest mit uns ‹Dallas› gucken», schlug ihre Mutter vor. «Wie früher.»

Einen Moment lang dachte Alex an etwas, das Gabriel einmal gesagt hatte: Fernsehen ist nur etwas für Leute, die kein eigenes Leben haben. Dann sah sie, wie erwartungsvoll Mama, Papa und selbst Justus sie ansahen, und die Fernglas-Perspektive, die sie so weit von ihr weggerückt hatte, löste sich auf.

Die Erkennungsmelodie tönte ihr bereits entgegen, als sie wenig später das Wohnzimmer betrat. Justus und Mama hatten die Fernsehsessel vor das Gerät geschoben. Auf einem Beistelltisch standen Salzstangen und Gläser mit Tri-Top-Saft.

«Schnell!» Mama klopfte auf den Sessel neben ihrem. «Heute entscheidet sich, wer das Sorgerecht bekommt – Sue Ellen oder J. R.!»

Alex rollte sich in ihrem Sessel zusammen und fühlte sich wie ein Schulkind. Draußen schlug der Regen gegen die Fensterscheiben, aber hier im Wohnzimmer war es gemütlich und warm. Sie fing den Blick ihrer Mutter auf, als sie sich ein paar Salzstangen schnappte, und lächelte sie an.

Als es vorbei war, klopfte Justus sich die Krümel von seiner Cordhose. «Ich gebe nur ungern zu, dass ich mich mit einer texanischen Hausfrau identifiziere, aber meine Güte, was bin ich jetzt erleichtert!»

Alex lachte, und ihre Mutter sah sie und Justus entzückt an.

«He, habt ihr neulich die ‹Dallas›-Kritik im *Spiegel* gelesen?», fragte ihr Vater.

«Das erste vollmarxistische Kunstwerk made in USA.» Die Mutter verzog ihre geschminkten Lippen zu einem Lächeln.

«Großartige Analyse, oder? Es stimmt, dass niemand die Verhältnisse im Kapitalismus so böse darstellt wie die Macher von ‹Dallas› – und die RAF.»

Justus schnappte sich noch ein paar Salzstangen. «Morgen kommt meine Freundin, Papa. Tu mir einen Gefallen, und behalte dann deine linksradikalen Ansichten für dich!»

Der Vater wuschelte Justus über seinen Seitenscheitel. «Mein Sohn, der FDP-Wähler. Möchte wissen, womit ich das verdient habe. Ich dachte, ich hätte dir alles beigebracht, was für die Gesellschaft zählt!»

«Jetzt lass ihn doch mal in Ruhe, Uli», sagte Mama.

Alex sah sie an. Ihr fiel ein, dass sie studiert hatte, genau wie Papa. Und dass sie es trotzdem vorgezogen hatte, Hausfrau zu werden, um für Justus und sie da zu sein.

«Ich finde, ich bin ganz gut geraten.» Justus grinste. «Hatte es ja nicht ganz leicht in diesem linksversifften Haushalt!»

Alex sah, wie ihre Eltern sich einen Blick zuwarfen, in dem Belustigung und Stolz mitschwangen. Der altbekannte Schmerz durchzuckte sie. Sie hätte es wissen müssen, trotz allem: In diesem Haus war sie nur zweite Wahl.

Es war der 12. Oktober, als sie für ihre Abreise packte. Von Justus hatte sie einen alten Norwegerpulli für Chou abgestaubt. Sie hätte länger bleiben können, Patrick hatte ihr freigestellt, wann sie in die *Auberge* zurückzukehrte, weil es kaum noch Gäste gab. Aber sie war unruhig, wenn sie an Loïc dachte. Einmal hatte sie sogar geträumt zu fallen. Mit rasendem Herzklopfen war sie aufgewacht. Sie überlegte, was sie ihm sagen könnte, um ihn von seinem Auftritt abzuhalten. Nichts fiel ihr ein, kein einziges Argument, das er akzeptieren würde.

Die IRA hatte an ihrem letzten Tag in Hamburg einen Bombenanschlag auf die britische Premierministerin Margaret Thatcher verübt, und abgesehen vom Radio, das ihre Mutter in der Küche unentwegt laufen ließ, war es still im Haus. Ihr Vater hatte sich in sein Arbeitszimmer zurückgezogen. Dort tippte er einen Artikel nach dem anderen über die nordirischen Terroristen, telefonierte, und dem Geruch nach zu urteilen, rauchte er dabei wie ein Schlot.

Während Alex noch überlegte, welche ihrer Schallplatten sie mitnehmen sollte, kam Mama in ihr Zimmer und drückte ihr eine Fahrkarte in die Hand. «Nachtzug nach Freiburg», sagte sie. «Dann weiter mit der französischen Bahn nach Avignon.»

Alex protestierte. «Danke, Mama. Aber ich nehme kein Geld mehr von euch an.»

Die Tasten von Vaters Schreibmaschine zerhackten die Stille im Raum.

«Es ist kein Geld, es ist eine Bahnfahrkarte.» Die Stimme ihrer Mutter klang bittend.

Von nebenan schrillte das Telefon.

Sekundenlang sah ihre Mutter sie weiter an. In ihren Blick woben sich Gefühle, die Alex nicht recht deuten konnte, und obwohl das Telefon immer noch läutete, nahm sie ihre Hand. Ihre Haut war weicher geworden, aber es war das gleiche vertraute Gefühl wie früher. Warum machst du es mir so schwer, dachte Alex, während sie ihren Blick hielt und das Telefon weiterschrillte. Und auch: Warum magst du Justus lieber als mich?

«Ich habe auch etwas für dich», sagte sie endlich, ging zu ihrer Schultasche und zog das Bild von Monique Martinez hervor.

«Hast du das gemacht?», fragte ihre Mutter ungläubig.

Alex nickte.

«Du hast ... Sophia Loren fotografiert? Aber wie ist das möglich? Sie sieht so jung aus auf dem Bild!»

«Es ist die Bäckerin in Apt, nicht Sophia Loren. Aber sie sieht ihr verblüffend ähnlich, oder?»

Jetzt nickte ihre Mutter.

«Ich musste an dich denken. Weil sie doch deine Lieblingsschauspielerin ist.»

Sie tauschten: Bild gegen Bahnfahrkarte.

«Danke», sagten sie gleichzeitig.

Ihre Mutter räusperte sich. «Sieh zu, dass du hier noch mal durchsaugst. Ich habe keine Lust, hinter dir sauber zu machen!»

Damit verließ sie das Zimmer, und Alex packte weiter. Sie beschloss, ein paar frühe Genesis-Alben und die Solo-

Alben von Peter Gabriel mitzunehmen, außerdem ein Album von The Tubes. Sie legte den Song auf, den der Strafrechtler im Auto nach Hamburg gehört hatte. Die ersten Akkorde von *What do you want from life?* dröhnten in den Raum. Während sie ihr Zimmer staubsaugte, sang sie laut mit.

Ihre Schultasche tauschte sie gegen einen großen Rucksack, in den sie die Winterkleidung packte, von der Mado behauptet hatte, sie wäre in den kommenden Monaten im Lubéron überlebenswichtig, außerdem den Pulli für Chou. Ihr Lieblingskinderbuch schob sie in die Außentasche, um es im Zug zu lesen zu können: *Treffpunkt K.*

LUBÉRON, OKTOBER 1984

Drei Monate vor dem Mord

Sie standen alle drei auf dem Bahnsteig. Loïc trug eine schwarze Lederjacke, was ihn mächtiger und verwegener wirken ließ. Mado hüpfte auf und ab und winkte. Fantomas hob seine Brauen, als sie ihnen entgegenlief, und wirkte erstaunt wie immer.

Loïc umarmte sie so fest, als sei sie von der Front heimgekehrt. Sie küssten sich, blickten sich in die Augen, ohne ein Wort zu sagen, küssten sich wieder. Dann umarmte sie Mado, die vertraut nach Vanille duftete und ein kornblumenblaues Kleid trug, das ihre Augen leuchten ließ. Fantomas küsste sie dreimal auf die Wange, dann räusperte er sich. «Alex. Wir haben dich vermisst.»

«Ich habe euch auch vermisst», sagte sie und ließ sich von Loïc ihren Rucksack abnehmen.

Draußen strahlte die Sonne von einem wolkenlosen Himmel. Sie schoben sich zwischen Reisenden, Junkies und Bettlern nach draußen auf den Parkplatz. Da stand die vertraute Kastenente von Fantomas' Vater, und als sie einstieg, roch es nach Tabak und Benzin. Fantomas startete den Wagen. Ein Lied der Raoul Petite erklang.

An diesem Tag gingen sie zu viert auf die Wiese mit den Mandelbäumen. Loïc entrollte ein Seil, das in einem perfekten Kreuzmuster geflochten war und das Alex noch nicht kannte. Es reichte von der Straße bis zum hintersten Mandelbaum.

«Das ist es», sagte Loïc. «Darauf werde ich gehen.»

«Hast du es schon ausprobiert?» Alex fühlte, wie ihr leicht schwindelig wurde. Das Seil wirkte unendlich lang, mindestens aber zwanzig Meter. Zum ersten Mal sah sie mit eigenen Augen die Länge seines Wegs.

Seine Augen strahlten. «Noch nicht.»

«Wir haben es gestern abgeholt», sagte Fantomas. «Aber Loïc wollte warten, bis du da bist.»

Alex wusste nicht, was sie sagen sollte. Ein Teil von ihr wollte es Loïc geradezu aus der Hand reißen und irgendwo verstecken. Es war ja kompletter Irrsinn. Er würde umkommen bei diesem Hochseilakt. Ein anderer Teil flüsterte ihr zu, dass dies Loïcs Entscheidung war, nicht ihre. Wieder ein anderer Teil aber, einer, den sie erst später hinterfragen würde, sagte ihr, dass sie fantastische Fotos machen würde. Sie sah sie vor sich, so deutlich, als hätte sie sie bereits geschossen: Loïc auf der Mandelbaumwiese über den Maultieren. Das herbstweiche Licht, in dem er auf seinem Seil beinahe verschwand.

Mado ließ eine rosafarbene Kaugummiblase platzen und legte den Arm um sie.

«Was sagst du?» Loïc sah sie mit brennenden Augen an.

«Dass sie sich Sorgen macht, du Idiot!», stieß Mado hervor. «Wir machen uns alle Sorgen, Fantomas, Alex und ich!»

Loïcs Miene verfinsterte sich.

«Wir wollen nicht, dass du draufgehst», stieß Fantomas hervor.

Alex sah zu Fantomas hinüber, während Mados Arm noch immer um ihre Schultern lag. Er erwiderte ihren Blick, und sie wusste, dass er an die Prophezeiung von La Dent dachte. Genau wie sie.

«Lasst uns jetzt mit diesem Gerede aufhören», sagte sie endlich. «Wir machen uns Sorgen, das ist doch klar, aber wir zweifeln nicht eine Sekunde daran, dass du es schaffst. Oder Leute?»

Mados Griff wurde fester, und Fantomas nickte.

«Natürlich zweifeln wir nicht an dir», sagte Mado.

«Komm, wir spannen das Seil.» Alex versuchte, ihrer Stimme einen munteren Klang zu geben. «Was muss ich tun?»

*

Mado nahm Abschied von ihren Freunden, während Loïc über das Seil lief. Sie beobachtete ihn, wie er ein Bein hob, so graziös wie die Balletttänzer, die sie als Kind in Teheran gesehen hatte. Tränen stiegen ihr in die Augen, aber als sie Alex' Blick bemerkte, kämpfte sie sie zurück und lächelte. So oft hatte sie sich schon verstellt im Leben, dass sie es schon nicht mehr zählen konnte, aber noch nie war ihre Verstellung so perfekt gewesen wie jetzt. Niemand, nicht einmal Alex, konnte ahnen, wie sie sich wirklich fühlte, niemand konnte ihre Verzweiflung ermessen, ihre Trauer um Amira und ihre Eltern, ihren Hass und ihre Wut. Sie hatte niemandem erzählt, was sie erfahren hatte: dass eine irakische Bombe Teheran getroffen hatte. Dass unter den Toten ihre Familie war.

Und natürlich wusste niemand, was sie jetzt plante. Abgesehen von den Menschen, die sie eigentlich nie mehr sehen wollte und zu denen sie jetzt wieder Kontakt aufgenommen hatte. Sie nahm Abschied, wie man es bei einer Bestattung tut, fassungslos, weil man nicht begreifen will, dass dieser Punkt im Leben unumkehrbar ist.

Loïc schien zu schweben, so leichtfüßig lief er über das lange Seil. Die deutschen Wörter «Mut» und «Anmut» kamen ihr in den Sinn. Alex' schmale Finger umfassten den Fotoapparat, während sie beobachtete und abwog, auslöste und Loïc dann nur mit bloßem Auge ansah. Fantomas hatte sich eine Zigarette angezündet und rauchte, die Brauen erhoben. Sie wollte sich diesen Augenblick gut einprägen, beschloss sie, auch wenn sie die Freunde noch eine Weile begleiten würde. Im Geist war sie schon längst in der Zukunft. Es gab so viel zu tun. Neue Papiere beschaffen. Ein neues Leben beginnen, vielleicht wieder in Deutschland. Zu ihrem Entsetzen spürte sie, dass sie jetzt doch weinen musste, doch keiner der drei achtete auf sie. Loïc kniete sich auf das Seil, und seine Balancierstange bebte. Langsam, ohne aus dem Gleichgewicht zu geraten, stand er wieder auf, dann machte er ein paar Schritte und sprang mit einem Radschlag vom Seil herunter. Mado applaudierte und tarnte ihre Tränen als Rührung. Als sie zu Alex blickte, bemerkte sie, dass auch sie aussah, als habe sie geweint.

*

Isabelle Adjani war nach Apt gekommen, und Fantomas wünschte sich, sie würde bei Monique Martinez ein Baguette kaufen gehen.

«Stellt euch das nur vor: Zwei Frauen von so gewaltiger Schönheit stehen einander gegenüber!» Er leckte sich über die Lippen. «Was glaubt ihr wohl, was dann passiert?» Er beschwor Alex, für die nächsten Tage ihre Minolta bereitzuhalten, damit sie das Wunder einer solchen Begegnung festhalten könne, doch Alex entgegnete, sie werde sich jetzt eher auf das Wunder eines Lebens ohne Heizung konzentrieren. Ende Oktober waren die Temperaturen auf zehn Grad gefallen, und Loïcs Wohnung hatte noch nicht mal einen Kamin.

Nicht dass es sie groß störte. Sie verbrachten den Tag im Café oder auf Spaziergängen. Wenn Loïc auf dem Seil übte, trug er Handschuhe und Pullover. Alex stopfte ihre Hände in die Fäustlinge, die sie aus Hamburg mitgebracht hatte, zog ihre Daunenjacke an und band sich einen Schal um den Kopf.

Es gab nur eine Person, der die Kälte offenbar nichts ausmachte, und das war die Freundin von Gabriel, mit der er sie alle überraschte: Der Mann, den jeder nur allein kannte, war plötzlich und unerwartet verliebt.

Florence war ein Neuankömmling in Apt, so wie Alex es sieben Monate zuvor gewesen war. Und genau wie Alex damals erregte sie großes Interesse, und es gab viele Gerüchte über sie. Sie war *Aixoise*, sah aber aus wie ein Hippie, mit langen Kleidern und Haaren und auffallendem Silberschmuck. Da sie stets barfuß ging, konnte man den Silberschmuck auch an ihren Zehen und um ihre Knöchel herum bewundern. Im Grégoire fiel sie dadurch auf, dass sie im Gegensatz zu den anderen Hippies etwas bestellte. Dann holte sie ihren Skizzenblock hervor, sah die Umsitzenden mit durchdringendem Blick an und zeichnete sie.

Monique Martinez erzählte, sie sei eine Freundin des Hindu-Mannes gewesen und habe eine Zeit lang eine Höhle mit ihm bewohnt. Madame Mercier hingegen wusste zu berichten, dass Florence sich die Zähne nur mit Sand putze, das habe ihr der Schlachter erzählt, der es von jemandem aus dem Grégoire gehört hatte. So habe Florence es wohl in Indien gelernt.

Ohne Florence hätten sie alle das Aufeinandertreffen von Gabriel und Isabelle Adjani mit mehr Spannung erwartet, immerhin hielt er noch immer das Gerücht aufrecht, dass er während ihres letzten Aufenthalts in Apt ihr Liebhaber gewesen sei. So aber schlenderte Gabriel nur lässig, den Arm um Florence gelegt, an dem Tisch im Café

Grégoire vorbei, an dem Isabelle Adjani mit ihrem Begleiter eine Tasse Minztee trank, grüßte kurz und ging weiter. Aïcha, die am Tisch nebenan gerade eine Runde Pastis abstellte, erzählte später, die Adjani habe eine Sonnenbrille getragen, weshalb man ihren Blick nicht erkennen konnte. Sie habe ansonsten aber nicht weiter reagiert.

Es stellte sich heraus, dass sich Florence tatsächlich mit Sand die Zähne putzte, «um keine kapitalistischen Produkte benutzen zu müssen», erklärte sie, als Alex eines Abends Ende Oktober Gabriel besuchte. Sie wollte ihre Fotos von Loïc auf dem Seil über der Wiese entwickeln. Unten auf der Place Jules Ferry klagte Monsieur Brahimi sich wegen seiner Kriegsverbrechen an.

Florence und Gabriel saßen wie ein altes Paar auf dem Sofa, das Alex nie mehr ansehen konnte, ohne an den Normannen zu denken. Florence hatte eben etwas aus ihrer Fransenhandtasche gezogen, das sie, als sie Alex' Blick bemerkte, hastig wieder verbarg.

«Wenn es Drogen sind, mach dir meinetwegen keine Umstände», sagte Alex. «Ich habe hier schon alles gesehen!»

Sie bemerkte Gabriels entsetzten Blick und fügte rasch an: «Nicht hier bei Gabriel natürlich. Ich meine, im Lubéron.»

«Es sind keine Drogen, aber es geht dich trotzdem nichts an», blaffte Florence.

«Schon gut, ich komme einfach ein anderes Mal wieder.»

In der *Auberge des Falaises* schloss Patrick die Saison ab. Alex und Gérard gingen von Zimmer zu Zimmer, falteten Handtücher und Laken, verstauten die länglichen Kopfkissen und packten alles mottensicher ein. Fensterläden wurden verriegelt. Stille senkte sich über die Pension.

Zwei alte Britinnen aber kämpften noch tapfer gegen das Ende des Sommers. Tagsüber trugen sie unbeirrt Shorts und Sandalen, und abends, wenn die Sonne hinter den Bergen verschwand, hielten sie sich, in Wolldecken gehüllt, an ihrem Gin Tonic fest.

Als Alex an ihrem letzten Morgen das Forellenbecken abdeckte, brüllten Motoren über ihre Köpfe hinweg.

«Herbstmanöver», erklärte Gérard und deutete in den Himmel. «Das ist die Luftwaffe vom Plateau d'Albion.»

Alex legte den Kopf in den Nacken und beobachtete die Flugzeuge, die in Formation über dem Indianerkopf kreisten. Dann spürte sie, dass Gérard sie ansah. «Was ist?», fragte er. «Bist du traurig?»

«Es fühlt sich an wie das Ende einer Ära», sagte sie ein bisschen zu pathetisch und auf Englisch, weil sie mit Gérard gern Mischmasch sprach.

Er lächelte. «*Some day summer's coming back.*»

«Ja.» Sie wechselte wieder ins Französische. «Aber ich werde dann nicht mehr hier sein. Ich meine, bei euch, in der *Auberge*. Ich werde in Apt leben, wenn ich da meine Ausbildung beginne. Alles wird anders sein. Wie ist es bei dir? Was wirst du jetzt machen?»

«Mich um Didier kümmern.» Sein Lächeln sah wehmütig aus.

«Oh nein.»

«Oh doch. Didier hat's erwischt.»

«Es tut mir so leid. Ich wusste nicht ... oh verdammt.»

Gérard hob die Schultern und drehte die Handinnenflächen nach oben. Einen Moment lang wirkte er vollkommen hilflos, doch dann lächelte er wieder. «*J'emmerde le SIDA.*» Scheiß Aids.

Plötzlich begann er zu weinen.

Alex legte die Arme um ihn.

Es war merkwürdig, ihre Habseligkeiten aus der Scheune zu räumen. Sie packte die Farbfilme, die sie vor ihrer Ankunft im Lubéron belichtet und noch immer nicht entwickelt hatte, in ihren Rucksack und sah Mado an.

«Wusstest du, dass Gérards Freund Didier Aids hat?», fragte sie.

Mado nickte. «Gérard hat es mir neulich gesagt.»

«Hast du manchmal Angst?»

«Vor Aids?» Mado schnaubte. «Nein.»

Alex zögert kurz, dann stellte sie ihr die Frage. «Gibt es etwas anderes, vor dem du Angst hast?»

Es war ein Zucken in ihren Augen, das sie verriet. Aber vielleicht bildete Alex sich das auch nur ein.

«Na, den Normannen habt ihr ja nun erfolgreich vertrieben.» Mado grinste. «Nein, ich fürchte mich nicht vor Einbrüchen und auch nicht davor, hier oben alleine zu sein.»

«Und es wird dir auch nicht zu kalt werden?»

«Quatsch, ich habe hier schon mal einen Winter verbracht, das geht schon in Ordnung. Wenn es ganz arg wird, kann ich ja immer noch zu den Merciers rübergehen.»

«Ich kann dich jederzeit besuchen», sagte Alex. «Ich habe ja jetzt ein Mofa. Oder du kommst zu Loïc und mir.»

Mado stand auf und schlang die Arme um sie. Eine Weile standen sie so da, viel länger, als sie sich bisher umarmt hatten. Mado ließ sie nicht los. «Ich fahre vielleicht bald für eine Weile fort.»

Alex löste sich von ihr. «Nach Hause?»

Mado schüttelte den Kopf, dann sah sie Alex in die Augen. «Es ist ein bisschen kompliziert.»

Alex hätte gern gewusst, was denn so kompliziert daran sei, seiner besten Freundin zu erzählen, wohin man fahren wolle, aber sie fühlte sich zu traurig und schwer für weitere Fragen.

Mado sah sie noch immer an. «Also dann», sagte sie.

Es war ein merkwürdiger Abschied. Leichter Regen setzte ein, als Alex ihren Rucksack auf dem Mofa festband.

Am nächsten Tag würde sie ihre Ausbildung zur Fotografin beginnen. Und in einer Woche würde Loïc zehn Stockwerke über dem Boden schweben. Ohne Sicherheitsnetz. Alex fühlte sich selbst wie auf einem Seil zwischen zwei Welten. Nichts war sicher.

Auf einmal musste sie wieder an La Dents Worte denken.

Der Tod kommt euch besuchen.

Mado zupfte Alex den Schal um den Kopf zurecht und stopfte eine Haarsträhne darunter. Alex nahm ihre Hand und hielt sie fest. Dann schwang sie sich auf ihr Mofa und zog sich die Fäustlinge über. Jetzt trat auch Madame Mercier aus dem Haus und winkte. Alex führte eine fäustlingsbewehrte Hand zum Mund, drückte einen Kuss darauf und blies ihn in ihre Richtung. Endlich startete sie ihr Mofa und fuhr los.

BUOUX, GEGENWART

Eine Kellnerin, etwa im selben Alter wie Mado damals, näherte sich ihnen mit einem Tablett. Alex beobachtete, wie sie die Gläser mit Champagner füllte. Es zischte und schäumte. Das Geräusch mischte sich in den Zikadengesang.

Mado bedankte sich bei der Kellnerin. «Sie können jetzt Feierabend machen», sagte sie und drückte ihr einen Schein in die Hand.

«Wir sind allein hier?», fragte Alex, während sie der Kellnerin hinterhersah.

«Das will ich doch hoffen. Abgesehen von zwei meiner Soldatinnen.» Mado lächelte.

«Soldatinnen?»

«So nenne ich sie. Meine Security-Frauen.» Mado griff nach ihrem Glas.

Sie stießen miteinander an und sahen sich an.

«Was machen wir, wenn das Licht weg ist?», fragte Alex und blickte in den Himmel. Im Schein der untergehenden Sonne flammten die Felsspitzen rot.

«Dann nimmst du ein einfaches Aufstecklicht für mein Gesicht.»

«Für jemanden, der sich lange Zeit nicht mal fotografieren lassen wollte, bist du ganz schön entspannt vor der Kamera.»

Mado lächelte. «Hab mich dran gewöhnt.»

Wieder blickte Alex ihre alte Freundin aufmerksam an. Die Bilder schoben sich übereinander, Véronique über Mado, wie eine Doppelbelichtung. Da war etwas, das sie nicht einordnen konnte. Ein Wesensmerkmal, das Véronique von Mado unterschied. Doch je länger sie dieses Doppelbild betrachtete, desto deutlicher wurde das Gesicht von Mado.

«Wie geht es dir?», fragte Mado.

Unwillkürlich drehte Alex an ihrem Mondsteinring.

«Wir sind hier, um über dich zu reden», sagte sie endlich. «Du wolltest mir etwas erzählen.»

«*Fair enough.*» Mados Englisch war ohne Akzent. «Aber wenn ich dir alles gesagt habe, dann möchte ich gern mehr über dich erfahren. Du bist erfolgreich geworden.» Es war keine Frage. «Du hast eine Zeit lang in den USA gelebt.»

Alex nickte, dann erhob sie sich und baute ihre Kamera auf.

«Warum möchtest du, dass ich unser Gespräch aufnehme?», fragte sie, während sie sie einschaltete. «Ich verstehe nicht, warum du es mir nicht einfach so sagen kannst.»

«Dazu komme ich später», antwortete Mado.

Die Wut überkam Alex mit einer solchen Heftigkeit, dass es sie selbst überraschte. «Kannst du mir nicht einfach sagen, was passiert ist? Ohne immer wieder Stücke deiner Geschichte auf später zu verschieben?», brach es aus ihr hervor. «Ich meine, wie hast du es fertiggebracht, dich nie wieder bei mir zu melden? Nach allem, was wir zusammen erlebt haben? Und nach diesem ... diesem schrecklichen Tag?»

Mado blieb regungslos sitzen. Nur ein winziger Muskel zuckte in ihrem Gesicht. Alex sah es durch den Zoom-Modus ihrer Kamera.

«Es tut mir leid», sagte Mado schließlich.

«Ich weiß nicht, ob ich dir das glauben soll. Ich weiß überhaupt nicht mehr, wer du bist.»

Mado blickte an ihr vorbei in die Berge. «Das kann ich gut verstehen. Und dass ich mich nie wieder bei dir gemeldet habe – das tut mir unendlich leid.»

Alex presste ihr Auge an den Sucher, damit Mado ihren Gesichtsausdruck nicht sah. Doch da verfinsterte Mados Miene sich plötzlich. «Verdammter Mist, das darf doch nicht wahr sein!», rief sie und sprang auf.

Im selben Moment hörte Alex das vertraute Klicken von Kameras. Sie mussten sich herangeschlichen haben, während sie ihren Champagner tranken. Dreißig oder vierzig Fotografen hatten sich an dem Gebüsch postiert, das den Parkplatz von der Terrasse trennte. Mit ihren langen Objektiven sahen sie aus wie Jäger.

Mado tippte eine Nummer in ihr Handy. Sekunden später traten zwei Frauen in schwarzen Hemden und Hosen aus dem Restaurant. An ihren Hüften hingen Pistolenhalfter. Drohend traten sie auf die Paparazzi zu. Doch die fotografierten unbeirrt weiter.

Klick-klick machte es, während Mado nun aufstand. «Komm mit rein», befahl sie Alex. «Sie dürfen dich nicht erkennen, sonst hast du keine ruhige Minute mehr.»

«Zu spät.» Alex hatte sich zu den Paparazzi umgewandt. Eilig folgte sie Mado ins Innere des Restaurants. Instinktiv flog ihr Blick zu den Bildern an den Wänden. Sophies Porträt war verschwunden, ebenso die gerahmten Flyer von den Konzerten in der *Usine*.

«Passiert dir das öfter?», fragte sie, während sie sich wieder zu Mado umdrehte.

«Was glaubst du?» Mado hob spöttisch eine Braue.

Wieder musste Alex an den Film denken, mit dem die Lamont berühmt geworden war. In einer Szene hatte sie einen Vertreter des Immobilienunternehmens angeschrien, das sich das Grundstück ihrer Fischerei unter den Nagel reißen wollte. Damals musste sie der Mado, die sie gekannt hatte, noch mehr geähnelt haben. Doch Alex hatte nur das grünäugige, rothaarige Fischermädchen aus der Bretagne gesehen. Ein Mädchen, das ihren Vater im Sturm verloren hatte und nun den Fischereibetrieb an seiner Stelle übernahm. Sie hatte so zart gewirkt und doch so wild entschlossen, wieder zwei Bilder, die sich übereinanderlagerten. Ein Wunder, hatte Alex damals gedacht, wie beides eins geworden war.

Sie schwieg.

«In letzter Zeit ist es schlimmer geworden», erklärte Mado. «Du hast vielleicht mitbekommen, dass ich nie viel Privates über mich erzählt habe. Aber seit meinem Film über die Kampfpilotin wollen plötzlich alle wissen, ob ich Männer oder Frauen liebe. Könnte sein, dass das Treffen mit dir heute Abend Gerüchte anheizt. Tut mir leid, wenn das Nachteile für dich bedeuten könnte.»

Alex hob die Schultern. «Ist mir so egal wie alte Schuhe, was die Leute von mir denken.»

Mado lächelte. «Diese Haltung habe ich schon damals an dir geliebt.» Und in diesem Moment geschah es. Die alte Vertrautheit flammte auf.

«Ich glaube, es ist trotzdem besser, wenn du jetzt gehst», sagte Mado endlich. «Wir setzen unser Gespräch morgen Abend fort, in Ordnung?»

«Wir haben doch noch nicht mal angefangen», protestierte Alex.

Wieder erkannte sie in dem Lächeln die alte Mado.

«Wir haben noch nicht mal angefangen. Da hast du sehr recht.»

Es war dunkel geworden. Nur die Zacken der Berge schimmerten in sanftem Weiß. Als Alex den Kopf in den Nacken legte, sah sie die Milchstraße in Abermillionen Punkten funkeln. Wie 1984. Als hätte sich das Universum seither nicht weiter ausgedehnt oder zusammengezogen oder was auch immer es war, was Universen so taten.

Von der Wiese vor der Terrasse drangen erregte Stimmen.

«Dies hier ist eine private Veranstaltung», hörte sie eine tiefe Frauenstimme sagen.

«He!» Eine Männerstimme. «Fassen Sie meine Kamera nicht an!»

«Zeigen Sie mir Ihre Einladung! Sie haben keine? Dann muss ich Sie bitten zu gehen!»

Endlich wurden die Stimmen leiser. Autotüren schlugen. Ein Motor heulte auf, Reifen auf Sand. Ein zweiter Wagen folgte, dann ein dritter. Schweigen senkte sich über den Felskessel.

Sie hörte den Fluss über die Steine gurgeln. Es war das einzige Geräusch, das und das Knirschen ihrer Schritte auf dem Sandweg, als sie zu ihrem Wagen ging. Darum schreckte sie unvermittelt zusammen, als ihr im Mondlicht ein Mann entgegentrat.

«Gérard!», entfuhr es ihr.

«*Bonsoir*, Alex.»

«Wie hast du mich ... woher weißt du?»

«Ich bin dir mit dem Wagen gefolgt.»

Alex dachte an den Weg, den sie am späten Nachmittag von Apt hinauf nach Buoux zurückgelegt hatte, die Kurven, den Felsen des Briefträgers. Sie hatte keinen Wagen hinter sich gesehen.

«Du machst mir ein bisschen Angst, ehrlich gesagt.»

Gérard lächelte, und seine Zähne schimmerten im Schein der Nacht. «Das tut mir leid, war keine Absicht.»

«Also?»

«Als ich erfahren habe, dass du mit Véronique Lamont drehst, habe ich gedacht: Wer weiß – vielleicht darf ich die Frau ja auch mal treffen, wenn ich dir folge? Drehst du ein Interview mit ihr?»

Alex packte ihn am Arm. «Gérard, du darfst das überhaupt nicht wissen!»

«Keine Sorge, von mir wird niemand was erfahren. Ich bin extrem verschwiegen.» Er grinste. «Dafür wurde ich übrigens früher mal bezahlt.»

Alex spürte, wie eine Gänsehaut über ihre Arme kroch.

Er schien ihren Blick zu bemerken. «Ich möchte mein Versprechen einlösen und dir erzählen, was ich über Mado herausgefunden habe. Und mich bei dir entschuldigen, wie ich ja schon angedeutet habe. Komm, Alex, um der alten Zeiten willen! Bitte gib mir diese Chance.»

Alex spürte, wie müde sie war. Das unverhoffte Wiedersehen mit Mado, dieser Ort – das alles spülte so viele Erinnerungen hoch.

Schließlich siegte ihre Neugier. «In Ordnung», sagte sie. Sie warf einen raschen Blick auf die *Auberge*. In einem der alten Steinhäuser war ein Licht angegangen: Mado, die sich jetzt vermutlich darin umzog.

«Erzähl mir, was du weißt. Aber nicht hier.»

Sie folgte Gérard in ihrem Wagen bis zum Parkplatz der alten Burg. Dort angekommen, stiegen sie aus.

«Von den vielen merkwürdigen Rendezvous, die ich in meinem Leben gehabt habe, gehört dieses hier in die Top Ten», sagte Alex schließlich.

Im Mondlicht sah sie Gérard lächeln. «Das Kompliment gebe ich gern zurück.»

«Also, was ist es, das nicht bis morgen warten konnte?»

«Warst du mal auf dem Plateau d'Albion?»

«Also, wenn du mich mitten in der Nacht in den Bergen abgefangen hast, um mir Ausflugstipps zu geben ...»

«Ich meine das ehemalige militärische Sperrgebiet.»

«Wo die Atomraketen stationiert waren?»

«Du wusstest davon?»

«Na ja, wir haben damals darüber geredet. Waren sogar mal da, um Außerirdische zu beobachten.»

«Du und deine *bande à quatre*.» Gérard verzog sein Gesicht zu einem ironischen Lächeln. «Was habt ihr nicht alles zusammen unternommen! Hast du zu Fantomas eigentlich noch Kontakt?»

«Gérard, ich will nicht unhöflich sein, aber wir drehen morgen früh wieder, und ich habe derzeit nur einen Kontaktwunsch, und das ist der zu meinem Hotelbett.»

«Auf dem Plateau d'Albion waren Frankreichs achtzehn Atomraketen stationiert», sagte er schnell. «Raketen mit einer Stärke von jeweils 1,2 Megatonnen. Das ist achtzig Mal stärker als die Atombombe, die die Amis über Hiroshima gezündet haben.»

«Verdammt, wirklich? Die Details kannte ich nicht.»

Er zuckte mit den Schultern. «Als sie St. Albion als bombensicheren Ort für Frankreichs *force de frappe* aussuchten, also Ende der Sechzigerjahre, ist die französische Friedensbewegung hier in der Provence entstanden. Und viele französische Kommunisten wurden damals radikalisiert.»

«Hat das irgendwas mit dem zu tun, was ich über Mado wissen sollte?»

Er lächelte. «In der Tat. Es ist der Grund, warum Mado damals in die Region zog.»

«Das möchte ich bezweifeln.»

«Weil sie dich getäuscht hat. Wie uns alle. Ich möchte, dass du das weißt. Falls du dich noch immer fragst, warum sie so plötzlich verschwunden ist.»

«Woher willst du das alles wissen?»

Es dauerte den Flug einer Sternschnuppe, bis Gérard ihr antwortete. «Ich habe für den französischen Geheimdienst gearbeitet.»

Alex lachte. «Sehr witzig.»

Gérard blieb ernst. «Leider nein. Du ahnst nicht, wie viele Geheimdienste in Apt unterwegs waren, vor allem ab 1982, dem Jahr, in dem die Raketen mit den Atomsprengköpfen hier angekommen sind. Von da an war das Grégoire voll von Geheimdienstlern.»

«Das Grégoire?»

«*Eh bien,* ich muss dir nicht sagen, was für ein fantastischer Ort des Informationsaustauschs dieses Café damals war. Menschen aus allen Ländern, die sich in die Dörfer des Vaucluse zurückgezogen hatten, aus welchen Gründen auch immer, politische Spinner, Künstler, Hippies, radikale Pazifisten, vermutlich sogar Terroristen, jeder hatte mit jedem irgendeine Affäre, man musste sich nur hinsetzen und lauschen. So leicht haben sie es einem gemacht.»

Alex dachte an die vielen Fragen, die Gérard ihr damals gestellt hatte. Daran, wie er ihr erzählt hatte, er sei wegen eines großartigen Konzerts in den Lubéron gezogen. Sie dachte an seine Freundlichkeit.

«Ja», sagte Gérard, als habe er ihre Gedanken gelesen. «Dich habe ich auch ausgehorcht damals, und das ist es, wofür ich mich jetzt entschuldigen möchte. Deswegen habe ich mich so gefreut, dich zu sehen.»

Alex wusste nicht, wie sie auf dieses direkte Geständnis reagieren sollte. «Warum ist dir die Entschuldigung so wichtig?»

Gérard blickte hinauf in die Berge. Ein silberner Streifen schimmerte auf ihren Kuppen. «Ich habe so viel mit Sterbenden zu tun. Dachte, ich müsste mal langsam anfangen, meinen eigenen Frieden zu machen. Mit mir und meiner Vergangenheit.»

«*Bullshit!* Du willst mich erneut aushorchen! Weil du weißt, dass ich mit der Lamont drehe, und weil du gesehen hast, dass ich mit ihr geredet habe.»

Gérard lächelte. «Du bist schlauer als ich dachte.»

«Und du arbeitest überhaupt nicht im Grégoire, richtig? Du wusstest, dass ich nach Apt komme, und du wusstest, dass ich um der alten Zeiten willen dort wieder einkehren würde. Und dann hast du mich dort abgepasst!»

Gérard schüttelte den Kopf. «Ich arbeite dort wirklich. Aber ja – ich hatte gehofft, etwas von dir über die Lamont zu erfahren. Tut mir leid, wenn das so offensichtlich war.»

Alex schnaubte. «Warum interessierst du dich so sehr für sie?»

«Das tun doch alle.»

«Ja, aber nicht auf diese Weise, oder?»

Gérard schwieg eine Weile. «Wir alle wissen, wie sie zu ihrer ersten Goldenen Palme gekommen ist. Das schöne, grünäugige Fischermädchen. Fantastisch. Aber woher kam sie? Warum wissen wir so wenig über sie?»

«Spielt das eine Rolle?»

«Für alte Geheimdienstler wie mich schon.»

Alex holte tief Luft. «Ich weiß, dass ich keine ehrlichen Antworten von dir erwarten darf, aber ...»

«Ja?»

«Arbeitest du immer noch für den Geheimdienst?»

Gérard schüttelte den Kopf. «Schon lange nicht mehr.»

«Es tut mir leid, aber ich verstehe dein Interesse an Véronique Lamont nicht.»

«Ich glaube, dass die Lamont Mado kennt oder kannte. Es ist sogar sehr gut möglich, dass die beiden miteinander verwandt sind. Ist dir mal aufgefallen, wie ähnlich sie sich sehen? Ich persönlich glaube ...» Er holte tief Luft.

«… dass die Lamont Mados Schwester ist, und das wiederum würde bedeuten …»

«Was geht dich Mados Vergangenheit an? Nach all diesen Jahren?»

«Sie hat uns alle angelogen, Alex. Sie war Iranerin, keine Französin. Auf ihrer Geburtsurkunde steht, dass sie in Teheran geboren ist. Und ihr Name war auch nicht Madeleine Verroux, sondern Annette Merizadi.»

Sie bemühte sich, ihre Stimme ruhig wirken zu lassen. «Dann war das eben so.»

«Schockiert es dich überhaupt nicht, dass deine Freundin dich angelogen hat?»

Sie wandte ihren Blick ab, um sich nicht zu verraten. «Es ist alles schon so lange her.»

«Vielleicht ist der iranische Geheimdienst da anderer Meinung.»

«Was sollte der damit zu tun haben?»

«Mado hat für den iranischen Geheimdienst gespitzelt.» Eine Wolke schob sich vor den Mond, sodass sie sein Gesicht nicht mehr erkennen konnte. «Ich wurde damals auf sie angesetzt.»

APT, NOVEMBER 1984

Zwei Monate vor dem Mord

Es regnete an ihrem ersten Tag als Fotolehrling. Von den Dächern liefen ganze Sturzbäche auf die Rue Saint Pierre. Der Briefträger lief patschnass an ihr vorbei, stoppte, als er sie erkannte, und drückte ihr einen Umschlag in die Hand.

«Gib das Monsieur Charrentier, sei so gut, Mädchen. Dann spar ich mir den Weg. Und viel Glück an deinem ersten Arbeitstag!»

Alex stopfte sich den Umschlag unter die Jacke und eilte weiter. Unter der Markise des *Café Tabac* saß der Schlachter und trank aus seinem Limonadenglas einen schlecht getarnten Pastis. Als sie vorüberhastete, hob er lässig eine Hand.

So ist das also, wenn man dazugehört, dachte Alex. Ihr war warm, trotz des Novemberregens. Auf ihrer Haut spürte sie noch Loïcs Hände. Seine Liebe zu ihr.

Sie schlug die Tür zum Fotostudio so heftig auf, dass sie gegen die Wand schlug. Die Ladenglocke bimmelte Sturm.

«Erster Tag und großer Auftritt, was, Alex?» Monsieur Charrentier grinste.

«*Bonjour Monsieur. Oui, pardon. Voici le courrier.*» Sie streckte ihm den tropfenden Umschlag entgegen. «Hat mir der Briefträger für Sie gegeben.»

Der Fotograf schüttelte den Kopf. «Paul wird langsam

faul. Und das bei seinen Cholesterinwerten. Ein bisschen mehr Bewegung täte ihm gut.»

«Woher kennen Sie die Cholesterinwerte des Briefträgers?» Alex hängte ihre Jacke am Garderobenständer auf.

«Die kennt jeder hier in Apt.»

«Fällt so was nicht unter ärztliche Schweigepflicht? Müssen Sie auch meine Blutwerte wissen? Und was machen wir jetzt als Erstes?»

Monsieur Charrentier lachte. «Ich möchte deine Blutwerte nicht wissen, danke, Alex, und du kannst jetzt Raymond zu mir sagen. Aber!» Er hob einen Zeigefinger. «Nicht, dass du jetzt auf falsche Gedanken kommst. Ich bin immer noch dein Chef!»

«Ja ja, schon verstanden, Chef. Können Sie mir schon erste Befehle erteilen?»

Wieder lachte der Fotograf. «Erst einmal zeige ich dir alles. Ob du heute schon groß was tun kannst, weiß ich nicht, ehrlich gesagt. Im November passiert hier *que dalle*, gar nichts. Aber wir finden schon irgendwas für dich.»

Eine halbe Stunde später hatte sie alles gesehen: das Fotostudio mit den Lichtern und Wechseltapeten. Den vorderen Teil mit Tresen und Kasse. Das Auftragsbuch.

Nachdem Raymond, wie sie ihn ja jetzt nennen durfte, ihr den Gebrauch der drei Lichter im Studio gezeigt hatte – Kopflicht, seitliche Beleuchtung und Hintergrundlicht – und sie eine Weile damit herumgespielt hatten, erklärte er ihr den Gebrauch der Kasse.

«Die Dunkelkammer mit dem Labor kannst du ja schon bedienen», sagte er schließlich.

Auf dem nassen Kopfsteinpflaster draußen schimmerten die Lichter der gegenüberliegenden *fromagerie*.

«Ja», stimmte sie zu.

«Ich schätze, du könntest hier mal durchwischen.»

«Geht klar, Chef. Wo ist denn der Eimer? Und was mache ich, wenn der Laden top sauber ist?»

«Dann warten wir weiter auf Kundschaft.»

«Und wenn keine kommt?»

«Dann kannst du mal die Beträge im Auftragsbuch nachrechnen.»

«Ach, da vertraue ich Ihnen, Chef. Ihre Mathekenntnisse sind bestimmt besser als meine. Nicht, dass meine besonders gut wären ...»

«Alex!»

«Ja ja, alles gut. Haben Sie auch einen Taschenrechner, Chef?»

Als es Zeit für die Mittagspause wurde, regnete es noch heftiger.

Raymond hängte das «*Fermé*»-Schild in die Tür und schloss ab. «Wenn du möchtest, können wir uns ein Sandwich bei Monique Martinez holen.»

«Wenn Sie nichts dagegen haben, ich bin mit meinen Freunden im Greg verabredet.» Alex trat ungeduldig von einem Bein aufs andere.

«Ah, die famose *bande à quatre*.» Raymond Charrentier lächelte. «Na, dann flitz mal los!»

Und das tat Alex. Vorbei an der *Bar Tabac*, die sich allmählich zu füllen begann, die Rue Saint Pierre hinunter, durch die Pfützen und unter dem Portal von St. Anne hindurch. Die Scheiben der Bäckerei Martinez waren beschlagen, so eng drängte sich die regennasse Kundschaft darin. Schließlich erreichte sie das Café Grégoire. Niemand saß draußen, aber als sie über den Platz stürmte, trat Loïc aus der Tür.

Er fing sie auf, hob sie hoch und wirbelte sie herum. «Wie war es?», fragte er, als er sie abgesetzt hatte. «War der alte Charrentier nett zu dir? Und wen hast du schon alles fotografiert?»

«Ich darf jetzt Raymond zu ihm sagen, und ja, er war in Ordnung, aber es war tote Hose, und ich habe bloß den Laden gewischt und die Grundrechenarten geübt.»

Sie bemerkte Mado, die mit Fantomas an einem Tisch in der Ecke neben der Jukebox saß.

«Die Adjani ist abgereist», platzte Fantomas heraus, während er sie auf die Wange küsste. «Jetzt wird das nichts mehr mit dem Bild von ihr und Monique Martinez!»

Mado küsste sie auf die Wange. «Wie war dein erster Vormitttag als Lehrling?»

«Wenig lehrreich.» Alex orderte einen *petit noir.* «Und wie war es bei euch?»

«Mein Alter will, dass ich im Restaurant aushelfe.» Fantomas rollte mit den Augen. «Wäre das nicht besser was für dich, Mado?»

«Weiß nicht.» Mado wich Alex' Blick aus. «Muss demnächst für ein paar Wochen wegfahren. Warum machst du es zur Abwechslung nicht einfach selbst?»

«Mann, du gehst mir auf die Nerven! Was denn noch alles? Erzählst du mir gleich auch, ich soll mit dem Kiffen aufhören?»

«Oh ja, gut, dass du mich daran erinnerst.» Mado knallte ihre Kaffeetasse auf den Tisch. «Du solltest dich was schämen! Loïc braucht dich, wenn ihr das Seil aufspannt! Was, wenn dir in deinem verwirrten Drogenhirn ein Fehler unterläuft?»

«*Ah bon*, da sind wir schon wieder?» Fantomas stand auf und stieß seinen Stuhl zurück. «Mademoiselle Gesetzestreu will mir einen Vortrag halten?»

«Ruhig, Bruder.» Loïc legte Fantomas eine Hand auf den Arm. «Ausnahmsweise bin ich ganz Mados Meinung. Ich wäre dir wirklich dankbar, wenn du am Wochenende bei klarem Verstand wärst.»

«Ihr seid solche Spießer!», schimpfte Fantomas.

Alex blickte sich im Grégoire um. Die Bauern, die am Tresen ihren Pastis tranken, Florence, die mit ihrem Skizzenheft ein paar Tische weitersaß, Aïcha, die hinterm Tresen Gläser trocknete – alle hörten ihnen zu.

«Vielleicht könnten wir uns die Show für später aufheben, wenn wir dafür Geld einsammeln können?» Loïc hob eine Braue gen Stirnansatz.

«Gut», sagte Mado. «Pardon für meinen strengen Ton. Trotzdem: Lass die Kifferei bis nach dem Wochenende bleiben, Fantomas. Wir brauchen dich in Marseille bei klarem Verstand!»

«Wirklich, Bruder.» Loïc sah Fantomas bittend an.

«Bis *nach* dem Wochenende? Wir haben Dienstag!», protestierte Fantomas schwach.

Einer der Bauern ging zur Jukebox, warf Geld ein, und Pierre Vassilius warme Stimme erklang.

«So, Leute», sagte Alex. «Ich muss dann mal wieder. Kommt jemand noch mit zur *boulangerie*?»

Am Ende begleiteten sie Loïc, Mado und Fantomas die ganze Straße hoch bis ans Ende der Rue Saint Pierre. Es hatte aufgehört zu regnen. Der Himmel leuchtete zwischen den dunklen Wolken hellblau.

«Bis heute Abend!», flüsterte Loïc und schlang seine Arme um sie.

Sie küssten sich, bis sich jemand neben ihnen räusperte.

Raymond Charrentier.

«Au revoir.» Alex umarmte Mado und küsste Fantomas auf die Wange.

«Muss schön sein, wenn man jung ist», bemerkte der Fotograf, als sie wieder hinter dem Tresen standen.

«Ja.» Alex nickte. «Ist nicht schlecht.»

Loïc hatte versucht, Spaghetti zu kochen. Es schmeckte nach Mehlmatsche, aber das störte Alex nicht. Sie saßen einander gegenüber und bestäubten seine Kreation mit Pfeffer und Salz.

«Ich könnte das Ganze mit Butter verfeinern», schlug Loïc vor.

«Auch gut!» Alex war so hungrig, wie man es nach einem Arbeitstag zu sein hatte. Die Knie waren ihr vor Hunger schon schwach. «Ich mag es, wenn man sich beim Essen aufs wirklich Wesentliche beschränkt.»

«Nudeln, Salz und Pfeffer.» Loïc nickte. «Ich auch.»

Es war seltsam, sich so gegenüberzusitzen, nur sie beide. Als würden sie Erwachsene spielen.

«Wir könnten eine Schallplatte auflegen», schlug Loïc vor.

«Oh ja!» Alex wickelte ihre Nudeln auf die Gabel wie einen Film in die Entwicklerspule. «Was hast du denn so?»

Wie sich herausstellte, hatte Loïc mehr Platten als die drei oder vier, die sie bislang gehört hatten, wenn sie bei ihm war.

«Ich bin beeindruckt», sagte sie und kniete sich vor die Holzkisten, in die er seine Schätze einsortiert hatte. «Genesis, *The Lamb lies down on Broadway*, ausgezeichneter Geschmack, Loïc, ich hab genau die gleiche.»

«Es ist ja auch deine.»

«Was, wirklich?»

«Ja. Es sind deine Sachen aus Hamburg. Ich habe sie heute eingeräumt. Deine Klamotten hängen über der Matratze, guck mal. Nicht, dass es viele wären. Ich glaub, ich hab noch nie ein Mädchen mit so wenig Kleidung gesehen.»

Alex lachte. «Und ich hab noch nie einen Jungen gesehen, der meine Sachen einräumt!»

Nachdem sie den Topf und ihre Teller abgespült hatten, bat Loïc sie, die Augen zu schließen.

«Ich werde jetzt eine Platte auflegen, darauf kommst du nicht im Traum!»

Alex presste die Augen zusammen und legte sich sicherheitshalber die Hände über das Gesicht. Sie hörte, wie Loïc die Nadel aufsetzte, es knisterte, dann knarzte eine Tür. Die ersten Takte von *Thriller* erfüllten den Raum.

«Michael Jackson!» Sie fuhr auf.

Er streckte die Hände nach ihr aus. «Komm, tanz mit mir, Alex!»

Sie kannte Loïc nun schon so viele Monate, sie hatte gesehen, wie er über Seile spazierte, wie er lief und schwamm. Sie hatte ihn auf Sophies Feier mit Fantomas tanzen gesehen. Aber sie hatte nicht gewusst, dass er *so* tanzen konnte. Er schien sich in der Musik aufzulösen, während er die Augen schloss und jeden Beat mit einer Bewegung seiner Hände oder Füße beantwortete, exakt und geschmeidig, wie ein Bühnenprofi. Sogar Jacksons Moonwalk beherrschte er.

Sie wünschte, sie hätte die Kamera, die Gabriel ihr neulich in die Hand gedrückt hatte. Wollte seine Bewegungen festhalten, sich für immer dran erinnern. Die Welt sollte das sehen!

Und dann nahm er sie an die Hand und half ihr, nur noch zu spüren, statt zu sehen. Endlich ließ sie sich in seine Berührung fallen, und sie tanzten miteinander, nebeneinander, aufeinander zu.

In dieser Nacht sahen sie sich in die Augen, während sie sich vereinten. Der Regen klopfte gegen die Scheiben. Eng umschlungen schliefen sie ein.

Auch in den folgenden Tagen kam keine Kundschaft. Alex bat Raymond Charrentier, ihre eigenen Filme entwickeln zu dürfen, der Übung halber. Ein Loïc nach dem anderen tauchte im Entwicklerbad auf. Alle Loïcs balancierten auf einem Seil.

Am Donnerstag bimmelte die Ladenglocke endlich. Es war der Briefträger Paul Mitterrand.

«Bringst du die Post endlich mal wieder selbst vorbei, Paul?», zog Raymond ihn auf.

Alex war erstaunt, den Briefträger in einem guten Anzug zu sehen.

«Ich bin hier, weil ich ein Foto für meine Bewerbung brauche», raunte er so leise, als wären Abhörgeräte im Raum.

«Du willst dich beruflich verändern?» Raymond öffnete die Tür zum Studio. «Das finde ich gut.»

«Na ja, ich möchte gern in den Innendienst wechseln.» Jetzt wirkte der Briefträger etwas verlegen. «Verwaltung oder so.»

«Bist du sicher? Kein Außendienst mehr? Dabei ist das doch so gut für deine Gesundheit!»

«Ja, ja, schon. Aber ich möchte mich mehr meinen Geschichtsstudien widmen.» Der Briefträger fuhr sich etwas nervös über sein Haar. «Ich habe gehofft, dass der Innendienst ...»

«Ich finde es toll, dass Sie sich verändern wollen», ging Alex dazwischen, die fand, dass ihr Chef sich in Dinge einmischte, die ihn nichts angingen. «Kennen Sie die Geschichtsstudien von Monsieur Mitterrand, Chef? Die sind wirklich interessant!»

Der Briefträger warf ihr ein dankbares Lächeln zu.

«Ja, natürlich. Wollte dich ja nur ein bisschen necken, Paul. Setz dich. Oder möchtest du dich vielleicht noch mal kämmen? Der Spiegel mit dem Schminktisch steht dort drüben.»

«Schminken?» Der Briefträger sah augenblicklich

wieder nervös aus. «Macht man das bei Bewerbungsfotos jetzt so?»

«Nein, nein, nur, wenn du möchtest.»

«Das möchte ich lieber nicht.»

«Welche ist denn deine Schokoladenseite, Paul?»

Wieder wirkte der Briefträger ratlos.

«Ich finde, Monsieur Mitterrand sieht von beiden Seiten gut aus. Chef, darf ich das übernehmen?»

«*Eh bien*, du darfst es gern einmal ausprobieren.» Und mit einem entschuldigenden Blick in Richtung des Briefträgers: «Darf sie doch, oder? Ich muss sie ja schließlich ausbilden ...»

«Ja ja.» Der Briefträger wischte sich den Schweiß von der Stirn. «Aber bitte, Mädchen, mach schnell. Dieser Scheinwerfer ist ja die reinste Sommersonne.»

Alex trat hinter die Kamera, die auf das Stativ geschraubt war. «Sehr gut sehen Sie aus, Monsieur Mitterrand. So, und jetzt hierherschauen, bitte. Und nicht mehr bewegen.»

«Aber er lächelt doch gar nicht!», warf Charrentier ein. «Bitte, Paul, du müsstest einmal lächeln. Damit die in der Postverwaltung sehen können, was für ein freundlicher Kerl du bist.»

«Aber das wissen die doch, die kennen mich schon seit dreißig Jahren ...»

«Nein, nicht so, Paul, du siehst ja aus, als ob du es mit der Galle hättest.»

«Ich hab es nicht mit der Galle, ich hab bloß Cholesterin!», fuhr der Briefträger auf.

«Waren Sie damals bei den Konzerten in der *Usine* eigentlich auch mit dabei?», fragte Alex rasch.

Ein strahlendes Lächeln erhellte des Briefträgers Gesicht, und Alex löste aus.

«Ob ich dabei war? Immer! Oh, was war das nur für eine schöne, besondere Zeit!»

«Das war es schon, Monsieur Mitterrand. Oder Chef, wollen Sie vielleicht noch mal?»

Als der Briefträger die Bewerbungsfotos am nächsten Tag abholte, war er begeistert. «Wie vergnügt ich darauf aussehe! Oh, das muss ich gleich meiner Muriel zeigen, vielleicht rahmt sie sich sogar eines davon ein.»

«Ich kann Ihnen einen der Abzüge vergrößern, wenn Sie möchten. Was halten Sie von diesem Bild hier? Ich finde, da sehen Sie besonders gut aus!»

«Das hast du gut gemacht, Alex», lobte der Chef sie später. «Du hast den Kunden dazu überredet, mehr Geld auszugeben, als er eigentlich wollte.»

«Ich wollte ihm bloß eine Freude machen», sagte Alex.

«Und schnell hast du auch gearbeitet, ich muss schon sagen.»

Sie hob die Schultern. «Na ja, war ja auch sonst nicht viel los.»

Dann war es auch schon Freitag, und der Chef wünschte ihr ein entspanntes Wochenende.

Wenn Sie wüssten, dachte sie.

«In dieser Stadt sind die Epochen aufeinander gewachsen.» Das hatte der Briefträger über Marseille gesagt. Alex solle nur ihre guten Augen aufmachen, dann könne sie das alles noch sehen: die Spuren, die phönizische Seefahrer hinterlassen hatten, Römer und Könige, deutsche Nazis, Drogenhändler, Überlebenskämpfer. Marseille, meinte der Briefträger vor ihrer Abfahrt, sei eine Stadt, in der alle um ihr Gleichgewicht rängen zwischen den übereinandergestapelten Leben.

Und nun, dachte Alex, während diese Stadt vor ihnen auftauchte, wollte Loïc den Kindern der Quartiers Nord beweisen, dass man das Gleichgewicht in sich selbst findet. Und dass man dann in Marseille besteht.

Sie schwiegen, während sie in die Schatten der Wohntürme eintauchten. Draußen glänzte die Sonne von einem provenceblauen Himmel. Aber hier, zwischen den Hochhäusern, herrschte Dunkelheit.

Alex versuchte, vom Rücksitz einen Blick auf Loïcs Gesicht zu werfen. Doch seit sie aus Apt losgefahren waren, sah er keinen von ihnen an.

Auch Mado schien in ihre eigenen Gedanken versunken. Wenn Alex sie ansprach, lächelte sie und nickte. Ansonsten reagierte sie kaum.

«Wohin fährst du?», fragte Alex sie leise.

«Was?»

«Du hast neulich im Greg gesagt, dass du für ein paar Wochen wegfährst.» Auf Deutsch flüsterte sie: «Fährst du zu deiner Familie nach Offenburg?»

Mado sah einen kurzen Moment überrascht aus, dann nickte sie und blickte fort.

Eine Bö rüttelte jetzt am Wagen. Der Mistral war am Morgen durch das Rhônetal in den Süden gefegt.

«Du kannst immer noch absagen», bemerkte Fantomas, während er den Wagen durch eine Straße zwischen den Hochhausblöcken lenkte. «Wirklich. Konnte keiner ahnen, dass dieser *putain de Mistral* heute weht.»

Loïc schüttelte den Kopf.

Sie schwiegen, während sie über einen Platz rollten, an graffitibesprühten Mauern vorbei. Ein einsamer Punk eilte mit gesenktem Kopf an ihnen vorüber.

«Meine Urgroßeltern haben noch geglaubt, wenn der Mistral bläst, dann haben die Leute von Lyon mal wieder vergessen, die Stadtpforte zu schließen», sagte Fantomas, der Schweigen nicht ertrug. «Aber wer weiß? Vielleicht hatten sie ja recht.»

«Es gibt in Lyon keine Stadtpforten mehr.» Das waren die ersten Worte, die Loïc seit einer Ewigkeit an sie richtete. Seine Stimme klang neutral.

Verdammt, Loïc, lass es einfach bleiben, wollte Alex ihn anschreien. *Verschieb es auf einen windstillen Tag!*

«Willst du danach eigentlich noch bei deiner Familie vorbei?» Fantomas bemühte sich weiterhin um einen leichten Ton.

Loïc schüttelte unmerklich den Kopf.

«Ich weiß, dass ihr mich für verrückt haltet», sagte er, als selbst Alex das Schweigen als unangenehm empfand. «Und vielleicht bin ich es ja auch. Aber ich habe es mir vorgenommen. Ich habe es hier angekündigt. Wenn ich es jetzt nicht mache, ist das schlimmer, als wenn ich nie damit angefangen hätte. Es wäre das Gegenteil von dem, was ich den *mômes* hier zeigen will! Sie sollen sehen, dass man nicht hinschmeißt, wenn ein Hindernis auftaucht. Du verstehst das, Alex, oder?» Er drehte sich zu ihr um.

«Ich verstehe es auch», sagte Fantomas, bevor sie ihre Bedenken äußern konnte.

«Gut, dann sind wir uns ja alle einig.»

Alex sah zu Mado hinüber. Warum sagte sie gar nichts? Ganz langsam rollten sie nun die Straße hinauf.

«Noch was.» Loïcs Stimme klang auf einmal fast zärtlich. «Erinnert ihr euch noch an unseren Trip im Ocker?»

«Wie könnten wir das vergessen?» Fantomas zwinkerte Alex im Rückspiegel zu.

«Wenn mir heute was passieren sollte, dann begrabt mich in Roussillon. Auf dem Friedhof, ihr wisst schon, da oben auf dem Felsen. Auf keinen Fall in Marseille, dass das klar ist, *d'accord*?»

«Dir wird nichts passieren», sagte Fantomas, und es klang fast verärgert.

Alex griff nach vorn und nahm Loïcs Hand. «Wir versprechen dir das», sagte sie.

Der Mistral war stärker geworden, als sie ausstiegen. Alex wehte eine Plastiktüte ins Gesicht, und vielleicht war es der aufgewirbelte Schmutz, der ihr die Tränen in die Augen trieb. Vor ihr berührte die Krone eines jungen Baums fast den Boden. Allein die buntgrau gefleckten Platanen mit ihren breiten Stämmen widerstanden dem Wind.

Plötzlich stand Loïc vor ihr, in der Haltung, die sie so an ihm mochte, ganz locker, die Arme leicht vom Körper abgespreizt. Sein Blick wanderte über ihre Lippen, ihre Haare, ihre Augen.

Tu es nicht, dachte sie, und es war, als könne er ihre Gedanken lesen, denn er wandte sich wieder ab.

Zwei Jungen liefen auf sie zu. Sie waren noch klein, und Mado breitete ihre Arme aus, wie immer, wenn sie auf Kinder traf. Ein Pfiff ertönte von irgendwoher, und nun kam auch eine Gruppe Halbwüchsiger herbeigeschlendert. Loïc begrüßte sie mit Handschlag, und Alex zögerte, ob sie die Szene fotografieren sollte. Sie hob ihre Kamera, und als hätte er es gespürt, drehte Loïc sich zu ihr um und schüttelte den Kopf.

Sie durften sich jetzt nicht mehr von ihren Gedanken ablenken lassen, sagte sie sich, jeder von ihnen, ab jetzt musste jeder Handgriff sitzen. Sie bemerkte, wie Mado sich ihre Wolfsmaske vor das Gesicht schob und sich dann einen Kapuzenpulli anzog, der ihre Haare verbarg. Niemand würde sie in dieser Aufmachung erkennen, und zum ersten Mal kam Alex der Gedanke, dass die Verkleidung mehr als die einer Straßenkünstlerin war.

Der Plan sah vor, dass Mado und Fantomas die Leute mit ihrer Jonglage unterhielten. So konnten Loïc und seine

Marseiller Kumpel in Ruhe das Seil aufspannen. Sie waren zu viert, ein Glatzköpfiger in Bomberjacke, ein Höflicher, der sie alle mit Wangenküssen begrüßte, und ein riesiges Zwillingspaar.

Drei Stunden hatten sie dafür berechnet, das Seil mit Pfeil und Bogen von einem Haus zum anderen zu schießen und dann festzuziehen, so wie es Philippe Petit zehn Jahre zuvor in New York getan hatte. Alex hoffte, dass die Zeit dafür ausreichen würde, und dass Mado und Fantomas wussten, womit sie die Stunden füllen sollten. Drei Stunden, so viel hatte Alex begriffen, waren eine lange Zeit, um mit Feuer zu jonglieren.

Der erste Dealer war auf den Platz getreten, und noch immer hantierten Loïc und seine Leute auf den Dächern der Häuser. Alex erkannte seine Zunft an dem unruhigen Blick. Jetzt trat er zu einem der Jungen, die Mado und Fantomas bei ihrer Jonglage zusahen, und flüsterte ihm etwas zu. Der Junge machte eine abwehrende Handbewegung und schüttelte den Kopf.

«Los, abhauen», sagte der Typ und trat jetzt bedrohlich auf Fantomas zu. Der tat, als würde er ihn nicht bemerken, und warf einen Feuerkegel in Mados Richtung.

«*Hé!* Hast du nicht gehört, was ich dir gesagt habe? Spiel woanders! Der Platz hier gehört uns!» Er duckte sich, als Mado den brennenden Kegel in seine Richtung warf. «Sag mal, was soll der Scheiß!»

«Pardon, bin noch am Üben», kam Mados helle Stimme unter der Wolfsmaske hervor.

«Dann üb woanders, du Schwuchtel!»

Alex hob ihre Kamera. Er bemerkte es und drehte sich mit erhobener Faust zu ihr um.

«Was bist du, 'n Scheißbulle?»

Diesmal erwischte ihn Mado mit voller Wucht am Hinterkopf. Das Feuer erfasste seine Haare, und der

Typ schrie auf. «Ich komme wieder, aber nicht alleine!», brüllte er, während er sich mit der Jacke auf den Kopf schlug, um die Flammen zu löschen. «Da könnt ihr Arschlöcher Gift drauf nehmen!»

Nachdem er das Weite gesucht hatte, hielt Fantomas kurz inne und wischte sich mit dem Ärmel über die schweißnasse Stirn. «Ich sag's doch: Die Leute aus Marseille haben alle 'n Dachschaden! Außer Loïc natürlich. Aber der wohnt ja jetzt auch ...»

«Kann mal jemand den Idioten vom Dach runterholen?» Der Glatzkopf kam angerannt. «Es ist viel zu windig da oben! Das überlebt Loïc nicht!»

Alex legte den Kopf in den Nacken und sah, wie sich auf dem Dach eine schmale Figur gegen den Wind stemmte.

«Wenn ihn einer davon abbringen kann, bist du es, Alex», wandte sich Fantomas ihr zu.

Jetzt erst bemerkte sie, dass sich der Platz gefüllt hatte. Jungen und Mädchen, einige sicher erst Grundschulkinder, bevölkerten ihn. Sie alle blickten nach oben. Dort, wo Loïc mit einer Seilrolle stand.

Das Herz hämmerte ihr in der Brust, während sie hinter dem Glatzkopf auf das Hochhaus zulief. Blätter wirbelten ihr entgegen, und dann wäre sie fast gestolpert. Eine gebrauchte Spritze stach ihr in die Sohle ihres Schuhs. Glatzkopf schob sich seinen Ärmel über die Rechte, zog die Spritze heraus und warf sie in den Müll, dann rannten sie weiter.

Die Eingangstür war verbogen. Glatzkopf hatte einen Schlüssel, musste aber dennoch mit der Schulter nachhelfen, bevor die Tür aufsprang. Drinnen roch es nach Knoblauch und feuchtem Müll. Alex' Gedanken rasten, während sie auf den Fahrstuhlknopf drückten. Es war vollkommen klar, dass sie Loïc von diesem Wahnsinn abhalten musste. Sie hätte ihn niemals hinaufgehen lassen dürfen. Wenn ihm dabei etwas zustieß, dann würde sie es sich ihr Leben lang vorwerfen.

Der Fahrstuhl ächzte herunter. Und blieb in Höhe ihrer Köpfe stehen.

«Scheiß drauf», sagte Glatzkopf und riss die Tür zum Treppenhaus auf. Keuchend hechteten sie die Stufen hinauf, immer zwei auf einmal. Im fünften Stock blieb Alex stehen, Hände auf die Knie gepresst, Kopf nach unten. «Geht gleich wieder», brachte sie hervor.

Sie erreichten das Dach, als Loïc gerade den Bogen spannte, ein Seilende an der Pfeilspitze befestigt. Die riesigen Zwillinge standen auf dem Dach gegenüber bereit.

Der Mistral blies ihr hier oben mit einer solchen Macht entgegen, dass sie Mühe hatte, sich auf den Beinen zu halten. Loïc schoss seinen Pfeil ab, und Alex griff seinen Arm.

«Tu es nicht!» Sie musste schreien, um das Tosen zu übertönen. «Wir alle bitten dich darum!»

Loïc zeigte nach unten, wo die Menge wogte. «Hast du die gesehen?»

«Ja, und die wollen auch was sehen, aber nicht deinen Tod.»

Loïc grinste. «Die kriegen was viel Besseres geboten.»

Mado und Fantomas hatten wieder zu jonglieren begonnen. Funken sprühten von ihren Feuerkegeln, so stark blies der Wind. Drüben, auf dem anderen Hochhausdach, begannen die Zwillinge, das Seil festzuzurren.

«Hör zu, *mec*.» Jetzt trat Glatzkopf auf Loïc zu. «Wenn du dich umbringen willst, bitte. Aber lass uns da aus dem Spiel!»

Loïc blickte von Alex zum Glatzkopf. «Zu spät.»

Von drüben kam das Zeichen, dass alles bereit sei. Und dann ging es ganz schnell. Loïc nahm seine Balancierstange vom Boden und drückte das Kreuz durch. Holte tief Luft und schloss die Augen.

Und setzte seinen Fuß auf das Seil.

Schreie stiegen von unten auf. Noch einmal flog das Feuer, ob von Mado oder von Fantomas geworfen, konnte Alex aus dieser Entfernung nicht erkennen. Dann wurde es unten grau. Sie hob ihre Minolta vor die Augen und komponierte das Bild.

*

Mado löschte die Feuerkegel und blickte nach oben. Das war es, woran sie sich erinnern würde: Loïc zwischen zwei Wohntürmen. Schönheit und Anmut gegen Hässlichkeit. Sie sah, wie er auf die Seilmitte zuschritt, hoch erhoben, wie das Seil im Mistral schwankte. Loïc umklammerte die Aluminiumstange in seinen Händen und ging weiter auf seinem schnurgeraden, schwankenden Weg.

Auf einmal musste sie daran danken, wie sie ihn kennengelernt hatte. Ein Ausgestoßener wie sie selber, auch einer, der Bücher liebte. Und Comics. Der Gedichte rezitierte, wenn man ihn freundlich darum bat.

Sie würde es nicht vergessen, dieses Jahr. Und das, was Loïc da tat, war der krönende Abschluss. Ein Mädchen neben ihr stieß einen Schrei aus, als Loïc ein Bein hob und ihnen winkte. Mado spürte ihre Tränen unter der Maske. Das Mädchen erinnerte sie an Amira, und jetzt wusste sie mit Sicherheit, dass sie nach Paris gehen würde. Während Loïc dort oben durch den Wind glitt, wusste sie, warum sie sich nicht stellen konnte. Warum sie ihre Freunde und ihr Leben hier verlassen musste.

Sie würde das tun, was sie von ihr verlangten. Für Amira.

Dieser Mann, der verantwortlich war für die Bombe,

die in Teheran explodiert war, hatte es nicht anders verdient.

*

Die Rufe der Menschen unten, ja, selbst die Polizeisirenen auf der Straße verschmolzen zu einem einzigen fernen Ton. Alex fotografierte wie im Rausch. Zuerst waren es die geometrischen Formen: Loïc mit seinem Balancierstab, mittig durchschnitt das Seil ihr Bild. Zwei Männer, die Loïc flankierten, als er das gegenüberliegende Haus erreichte, die Zwillingsriesen. Parallel angeordnete Fenster, aus denen Menschen starrten. Dann Loïcs Gesicht, als er sich umdrehte auf dem Seil. Großeinstellung: Triumph in seinen Augen. Ein feines Lächeln. Die Angst, als das Seil arg schwankte. Wie er den Mund leicht öffnete, um seinen Kiefer zu entspannen. Er schritt weiter wie ein König. Schultern im Takt mit den Hüften, aufrecht. Ihm gehörte diese Welt.

Sie hatte noch fünf Bilder. Ohne seinen nächsten Schritt abzuwarten, lief sie hinunter, alle zehn Stockwerke. Er war noch auf dem Seil, als sie sich vor den Eingang des Hauses stellte und im Kopf ihre letzten fünf Bilder vermalte: Ein lichter Himmel, von einer Linie mit einer Gestalt darauf durchkreuzt. Häuser, die links und rechts in ihr Bild ragten, in der Mitte das Seil. Sie drückte ab, als Loïc einen Fuß hob, sodass es aussah, als ob er tanze. Die staunende Menge von vorn. Sie lief an ihnen vorbei ans andere Ende des Platzes, sodass sie die Menge von hinten aufnehmen konnte. Hoch über ihnen im Himmel schwebte Loïc.

Plötzlich zuckten blaue Lichter über den Platz. Ein Polizeiwagen hielt vor ihr. Sie blickte nach oben. Loïc war verschwunden, und Sekunden später auch sein Seil.

Die Bilder erschienen in mehreren französischen Zeitungen, selbst in den überregionalen aus Paris. Raymond Charrentier hatte Alex' Fotos ohne ihr Wissen verschickt, nachdem er die Abzüge gesehen hatte. Im Gegenzug behielt er einen Teil ihres Fotohonorars ein, schließlich sei er auch für die Materialkosten aufgekommen, erklärte er, und überhaupt, er habe sie ja entdeckt. Journalisten baten um Interviews mit diesem südfranzösischen Hochseilartisten, ein Wunsch, dem Loïc nicht entsprechen konnte, da er wegen der illegalen Aktion in Untersuchungshaft saß. Dafür erzählte der Fotograf jedem, der es hören wollte, begeistert Loïcs Geschichte: korsischer Dachdecker aus Marseille, in den nördlichen Vierteln der Stadt aufgewachsen, liebte Gedichte und natürlich Hochseiltanz, ein gelungenes Beispiel für Integration.

Alex schäumte vor Wut.

Sie und Mado verbrachten die nächsten Tage damit, Geld für Loïcs Kaution zu sammeln. Jeder im Grégoire und auf den Straßen sprach sie auf Loïcs Hochseilakt an. Alle hatten Alex' Bilder in den Zeitungen gesehen und waren bereit, etwas beizutragen.

Gabriel, der gerade einen neuen Kokainabnehmer gefunden hatte, schenkte ihnen den größten Teil, aber auch der Briefträger, Gérard, Patrick, Monique Martinez und die Merciers zeigten sich unerwartet spendabel. Am dritten Abend hatten sie die Summe beisammen. Und dann, als die Laternen ansprangen und die Straßen sich leerten, brach Alex zusammen.

«Es könnte der Mistral sein. Oder ein Migräneanfall.» Mado hockte neben ihr auf Loïcs Matratze und strich ihr über den Kopf.

Es war merkwürdig, dachte Alex, wie sich ihr Vanilleduft mit dem Geruch von Loïc vermischte in diesem kleinen Raum. Seltsam, aber tröstlich. Ihre Lieblingsmenschen in einer Essenz.

Sie hielt die Augen fest geschlossen, während sie Mados Hand auf ihrem Kopf nachspürte. Das Sehen tat ihr weh.

«Ich habe das Gefühl, als ob ich zu viel gesehen hätte ...», sagte sie nach einer Weile.

Mados Hand zuckte auf ihrem Kopf.

«Glaubst du, so etwas ist möglich, Mado? Dass man mit zwanzig schon fertig sein kann mit der Welt?»

«Ich glaube, dass einem das Leben hin und wieder zu viel werden kann, egal, wie alt man ist. Ich glaube, dass man seelische Belastungen auch körperlich spürt.»

Ein heißer Schreck durchfuhr sie plötzlich. Die gebrauchte Spritze, in die sie in Marseille getreten war – konnte es sein, dass sie sich mit Aids infiziert hatte? Die Spritze hatte ihren Fuß möglicherweise geritzt.

Sie begann zu weinen, und Mado ließ sie gewähren. Sie sagte ihr keine aufmunternden Worte, nichts im Sinne von *wird schon wieder*. Nur die Finger streichelten weiter ihre Kopfhaut.

«Das Licht ist zu hell und die Konturen von Menschen und Dingen sind zu scharf, wenn ich die Augen öffne.» Alex weinte noch immer.

«Das muss sehr wehtun», flüsterte Mado.

«Ja», schluchzte Alex. «Und ich weiß, dass dich auch etwas bedrückt, und du kannst es mir nicht sagen ...»

Mado schwieg und streichelte weiter.

«Ich bin so unendlich müde. Ich mag einfach nicht mehr.»

«Wenn du möchtest, bleibe ich heute Nacht bei dir.» Mados Stimme klang, als ob auch sie jetzt weinte.

Alex tastete mit einer Hand nach ihrer. «Das möchte ich sehr gern.»

Als sie am nächsten Morgen erwachte, spürte sie noch Mados Wärme, doch die Matratze neben ihr war leer. Sie lag still und lauschte den Stimmen von draußen, dem Geklapper in der Küche. Beobachtete ihren Atem, der sich in der Kälte wölkte. Schloss die Augen, weil es zu wehtat. Bewegte sich nicht mehr.

Kaffeeduft wehte zu ihr nach oben. Mados Schritte auf der schmalen Treppe. Ihre Energie im kleinen Raum.

«Hier, trink das», hörte sie ihre Stimme.

Noch immer mochte sich Alex nicht regen. Der Kaffeegeruch verursachte ihr Übelkeit, das war eine neue und bemerkenswerte Erfahrung. Ihr Körper fühlte sich aufgeblasen und schwer, gleichzeitig hatte sie das Gefühl, dass ihre Haut dünner war.

«Als wäre einem die Schutzmembran verloren gegangen, richtig?» Mados Stimme klang leise. «Zwischen sich und dieser Welt.»

«Woher weißt du das?», fragte Alex, ohne die Augen zu öffnen.

Die Stimmen draußen wurden lauter. Mado antwortete ihr nicht.

«Soll ich dir etwas vorlesen?», fragte sie nach einer großen Weile.

Alex lächelte mit geschlossenen Augen. Dann deutete sie auf den Bücherstapel neben dem Bett.

«‹Tim und Struppis Mondabenteuer›, schon wieder?», fragte Mado.

«Das da drunter.»

«Die Gedichte von René Char? Jetzt hast du meine Hochachtung, Liebes.»

Gegen ihren Willen musste Alex lachen. Sie öffnete ein Auge. «Noch eins drunter. Und nein, es wird meine literarische Bildung nicht verbessern. Es ist die Geschichte eines Mädchens, das sich einer Schmugglerbande anschließt.»

«Yan, Tan, Tethera, Methera, Pip ...», sagte Mado zu ihrer Überraschung, als sie das Buch in die Hand nahm.

«Du kennst die Namen der Schmuggler?»

«Es ist ein altes nordenglisches Zählsystem. Und ja, ich habe das Buch als Kind auch gelesen. Bereit? Los geht's: ‹Treffpunkt K.›»

Loïc brach wie eine Naturgewalt über sie herein, als er aus dem Gefängnistor von Les Baumettes stürmte. Über seinem rechten Auge klaffte eine schlecht vernähte Wunde, aber davon abgesehen sah er aus, als hätte er in der Lebenslotterie den Hauptpreis gewonnen. Und nicht, als wäre er soeben Europas übel beleumdetster Haftanstalt entronnen.

«Ihr habt mich freigekauft!», jubelte er, während er Alex an sich drückte, dass ihr Busen schmerzte. Er bedeckte ihr Gesicht mit Küssen, und die Schwere in ihr schmolz dahin. «Oh Gott, Alex, wenn du wüsstest, wie sehr ich dich vermisst habe!», flüsterte er in ihr Ohr.

Sie presste sich an ihn, und dann spürte sie, wie sein Körper zu zittern begann. Er schmiegte seine Wange an ihre, und sie spürte, wie nass sie war.

«Ist alles ...» Sie zögerte. «Haben sie dir wehgetan?»

Er schien etwas einzusacken, und jetzt weinte er noch heftiger.

Im nächsten Moment standen Mado und Fantomas an ihrer Seite und umschlangen sie ebenfalls. Ein Strom von Empfindungen durchwirbelte Alex. Sie war erschüttert, dass Loïc weinte. Ihr Loïc, der das goldene Licht in seiner Körpermitte anknipsen konnte, selbst wenn er über einem Abgrund ging. Unendlich erleichtert war sie, dass sie ihn hatten auslösen können. Sie spürte die schützenden Arme ihrer Freunde. Atmete Mados Vanilleduft, spürte, wie eine Strähne ihrer langen schwarzen Haare über ihr

Gesicht streifte. Fantomas, der nach Gras und Benzin roch. Und Loïc, der sie verzweifelt umschlang.

Hier gehöre ich hin, dachte sie, und sie wusste, dass die Freude darüber, dass sie endlich wieder zu viert waren, alles andere überstrahlte. Dass es immer so sein würde, egal, was ihnen geschah.

Mado löste sich als Erste. «Lasst uns nach Hause fahren. Loïc, sie erwarten dich schon alle im Greg.»

Loïc hielt Alex noch immer umschlungen. «Ich weiß nicht, ob ich schon bereit bin», sagte er.

«Bereit?», wiederholte Fantomas, der jetzt ebenfalls einen Schritt zurücktrat.

«Ja, du weißt schon. All die Fragen zu beantworten, gefeiert zu werden. Ich ... die letzten Tage waren nicht leicht für mich.»

Fantomas blies die Luft aus, dass sein Atem eine große Wolke bildete. «Du hast allen Grund, dich feiern zu lassen, Alter. Aber wie wär's mit einem Essen bei uns im *restau*?»

Der Mistral wütete noch immer, als sie von Les Baumettes aus die Stadt westlich umfuhren, um in den Lubéron zurückzukehren. Auf dem Statuenfriedhof von Aix-en-Provence schwankten die marmornen Engel. Äste knallten ihnen in der Schlucht von Lourmarin auf die Windschutzscheibe, während die Herbstsonne hinter den Bergen versank und sie auf der Straße nur noch Dunkelheit umfing. Sie fuhren über den Pont Julien, der den Calavon überspannte. Wie damals in Fontaine-de-Vaucluse, als Mado ihr von Petrarca erzählt hatte, tröstete Alex der Gedanke, dass etwas die Zeit überdauern konnte. Die Brücke war schon dagewesen, als weiß der Himmel was für Leute in Südfrankreich gelebt hatten, jedenfalls keine Gefängnisaufseher, die ihre Häftlinge verprügelten, weil sie zehn Stockwerke über dem Erdboden auf einem Seil getanzt hatten. Andererseits hatte es das Böse sicher schon damals gegeben, und vermutlich hatten auch die Erbauer dieser Brücke den einen oder anderen Schlag erlebt.

«Glaubt ihr, dass Geschichte sich wiederholt?», fragte sie, während Fantomas den Wagen über das Römerbauwerk lenkte.

«Geschichte wiederholt sich nie, aber sie reimt sich oft», gab Mado zurück.

Fantomas stieß einen anerkennenden Pfiff aus.

«Ist nicht auf meinem Mist gewachsen.» In Mados Stimme war ein Lächeln spürbar. «Mark Twain hat das mal gesagt.»

In Alex tobte es noch immer, als sie endlich Roussillon erreichten. Wieder rückte sie dichter an Loïc heran. Die Laternen tauchten die ockerroten Häuser, die wie über den Hügel gewürfelt lagen, in einen nebelhaften Schein. Fantomas kurvte die Gasse zum Restaurant seiner Eltern hinauf. Und plötzlich waren sie da.

Die beleuchteten Fenster malten gelbe Vierecke auf das Pflaster. Der Speiseraum war voll.

Einen Moment lang blieben sie zu viert im Wagendunkel sitzen. Loïc drehte sich zu ihr, und sie konnte die Wunde über seiner Braue erahnen. Und mit einem Finger so zart, als wüsste er, dass sie ihre Schutzhaut verloren hatte, berührte er ihren Mund.

Der Lärm brauste ihnen gewaltig in den Ohren, als sie die Tür zum Restaurant aufrissen. Loïc schob den schweren Vorhang beiseite, der die Gäste vor der Zugluft schützte, und ein Schrei entfuhr Madames Brust.

«Guckt mal, wer gekommen ist! Loïc, der Held ist da mit unserem Sohn!»

Monsieur Dutronc schob sein verschwitztes Gesicht aus der Küchentür und grunzte. Doch bei Fantomas'

Mutter und den anderen Gästen gab es kein Halten mehr. Weil die Tische alle voll besetzt waren, befehligte Madame den Kellner zum Stühleholen hinaus. Kurzerhand wurden zwei Klapptische aufgestellt und zusammengeschoben und die vier darangesetzt. Zu ihrer Rechten erkannte Alex den Briten, der im Sommer in der *Auberge* gegessen hatte.

«Peter, richtig?», fragte sie auf Englisch.

Aber er hatte kaum Zeit zu antworten, da knallte Madame Dutronc ihnen schon die Zeitungen auf den Tisch.

«*Le Provençal. La Marseillaise.* Dieses merkwürdige Blatt aus Paris, *Libération.* Alle haben über dich geschrieben, Loïc. Du bist ein Held!»

Loïcs Wangen flammten auf. Zögernd wandte er den Blick zu Alex. «Wusstest du das?»

«Na, das Mädchen hat doch die Fotos gemacht!» Madame stemmte die Hände in die Hüften.

Auf einmal wandten sich alle im Raum ihnen zu.

«Das hier ist toll!», bemerkte Peter und zeigte auf das Bild, das Loïc von unten zeigte. Es sah aus, als ob er über das Seil schweben würde. Zwischen den Hochhäusern wirkte er winzig.

«Wie Philippe Petit», bemerkte ein älterer Herr.

«Ist es wahr, dass Sie den Kindern in den *hachelèmes* Seilunterricht erteilen wollen?», fragte die Dame, die ihnen schräg gegenübersaß. «Um sie davon abzuhalten, Drogen zu nehmen?»

Loïcs Gesicht glühte, während er nickte, und Alex nahm seine Hand.

«Und Sie sind Pressefotografin, Liebes?», wandte sich die Dame nun ihr zu.

Sie schüttelte den Kopf. «Habe gerade meine Lehre angefangen.»

«Die Bilder sind fantastisch!», sagte Peter mit vollem Mund.

Mit einer resoluten Bewegung entriss Madame Dutronc ihnen die Zeitungen wieder. Der Kellner stellte ihnen Teller auf den Tisch, grünen Salat mit *vinaigrette*, Kartoffelgratin mit Rosmarin und gebackenem Knoblauch, Lammschulter mit Thymian. Peter beugte sich herüber und schenkte ihnen Rotwein aus seiner Flasche ein. «Noch einmal diese!», wandte er sich in schlechtem Französisch an den Kellner. Dann hoben alle, die an ihrem Tisch saßen, ihre Gläser und stießen mit ihnen an.

Alex trank einen Schluck und stellte ihr Glas dann beiseite. Kaffee und Alkohol schienen ihr in letzter Zeit nicht zu behagen, oder vielleicht mutierte sie auch wieder zum Kind, schließlich las sie ja auch wieder die Geschichten ihrer frühen Jugend und trank bei ihren Eltern Tri-Top-Saft. Sie ließ ihren Blick über die nackten Steinwände gleiten, die Kerzen auf den Tischen, die glücklichen Gesichter um sie herum. Es tat so gut, nicht mehr frieren zu müssen, und das Essen war so köstlich. Sie schloss die Augen, während sie sich ein Stück Kartoffelgratin in den Mund schob, und dann drehte sie sich zu Loïc um und beobachtete ihn. Die gelben Punkte tanzten in seinen Augen, während er von seinem Nachmittag auf dem Seil in Marseille erzählte. Dann blickte sie zu Mado, deren lange, schwarze Haare schimmerten, und die so gelöst wirkte wie schon lange nicht mehr.

«Du!», donnerte es da plötzlich hinter ihr, und als sie sich umdrehte, bemerkte sie Monsieur Dutronc. Er zeigte mit einem vor Wut zitternden Finger auf Fantomas, und der zuckte schuldbewusst zusammen. «Hast du die gemacht, die Beule an meinem Auto?»

«Das waren irgendwelche Drogendealer in Marseille», verteidigte sich Fantomas. «Die haben mit Steinen nach uns geworfen, Papa! Ich kann nichts dafür!»

«Es reicht! Du wirst morgen hier anfangen, *fiston*, ist

das klar? Und du wirst so lange arbeiten, bis du mir das Geld für die Beule abbezahlt hast!»

«Aber ich muss Loïc in den nächsten Wochen fahren, damit er die Kids in Marseille vom Drogenhandel abbringt!», protestierte Fantomas jetzt schwach.

Jemand im Raum lachte unterdrückt.

«Ich weiß, du willst in der Regel nicht wie ein Idiot klingen, aber aus irgendeinem Grund tust du es doch immer», sagte Mado, nachdem Monsieur Dutronc abgezogen war.

«Wenn ich dein holdes Antlitz betrachte, vergesse ich meine guten Vorsätze immer.» Fantomas lächelte ihr zu.

«Ja, was würde ich nur ohne deine Komplimente anfangen? Mich in Sack und Asche hüllen?»

«Du würdest selbst in Sack und Asche hinreißend aussehen. Wein, noch irgendwer?» Fantomas bemühte sich, würdevoller zu klingen als jemand, der gerade in einem Raum voller Fremder öffentlich abgekanzelt worden war.

«Ich!» Mado hob ihr Glas.

Loïc und Alex warfen sich einen raschen Blick zu. Flirteten die beiden miteinander? Es sah fast so aus. Mados Wangen glühten. Sie goss ihren Wein herunter, als wäre es Wasser, und rückte fast unmerklich dichter an Fantomas heran.

Nachdem Madame ihnen eine *tarte à la confiture* mit einem gitterförmigen Teigmuster auf den Früchten gebracht hatte, verabschiedeten sie sich von den anderen Gästen und folgten Fantomas in sein Zimmer hinauf, wo er ihnen nun den Joint des Jahrhunderts bauen wollte, wie er auf der Treppe verkündete, einen *pétard*, an den sie sich noch als Großeltern erinnern würden, sofern weiterer Haschkonsum ihnen diese Gedächtnisleistung gestattete, um Loïcs Hochseilakt und seine Freilassung aus der Untersuchungshaft gebührend zu feiern.

Alex legte ihren Kopf in Loïcs Schoß und ließ sich von

ihm das Gesicht streicheln, während sie das Madonna-Poster über Fantomas' Bett betrachtete. Zum ersten Mal fiel ihr auf, wie sehr Mados Stils dem des amerikanischen Popstars ähnelte, all die Ketten und großen Ohrringe und das viele Schwarz.

«Woher hast du das Zeug?», fragte Loïc mit Blick auf die Haschkugel in Fantomas' Hand.

«Aus Marseille, als wir ...» Fantomas schlug sich erschrocken eine Hand vor den Mund.

«Du bist so ein Idiot, das ist mit Worten nicht zu beschreiben.» Mado tätschelte ihm betrunken den Kopf.

Loïc stöhnte auf.

«Kommt nicht wieder vor», versicherte Fantomas rasch. «Ich meine, zumindest in Marseille nicht mehr.»

«Oh, du hast das Live-Album von den Tubes?», fragte Mado, die vor einem Regal kniete und die Schallplatten durchging.

Wieder sahen Alex und Loïc sich perplex an. Dass Mado eine Chance ungenutzt ließ, Fantomas anzugreifen, war eine nie dagewesene, außergewöhnliche Situation.

«Klar.» Fantomas leckte das Zigarettenpapier in Zeitlupe an, drehte die Mischung zu einer Tüte und erhob sich mit der Eleganz eines geriatrischen Siebenschläfers. «Kann es auch auflegen, wenn du das meinst.»

«Meine ich, danke. Wie viel hast du heute schon geraucht, nur so aus Neugier?»

«Bloß zwei Tütchen. Stört's dich, schöne Mado?»

«Nicht, wenn du jetzt mal die Platte auflegen würdest. Ich will *What do you want from life* hören.»

«Natürlich. Wird gemacht.»

«Los!», sagte Mado, die das Anrauchen auf sich nahm. «Jeder sagt jetzt, was er will vom Leben.»

Während die ersten Akkorde ertönten, setzte Alex sich wieder auf. Sie musste an ihre Fahrt nach Hamburg denken und daran, wie sie laut singend ihr Zimmer gestaubsaugt hatte. An all die Male, die sie sich diese Frage gestellt hatte.

Ich will reisen und fotografieren und dazugehören. Zu den Menschen meiner Wahl.

«Ich will immer mit euch zusammen sein», sagte Fantomas.

«Ehrlich?», hakte Mado nach. «Das ist alles, was du vom Leben willst?»

«Nee, natürlich nicht, ich will ja auch noch Außerirdische sehen.» Fantomas griff nach dem Joint in ihrer Hand.

Mado verdrehte die Augen, aber gleichzeitig lachte sie. «Du jetzt, Alex!»

«Ich möchte hierbleiben», sagte sie schlicht. «Und du?»

Mado streifte sich die Schuhe ab und fing an zu tanzen. Alex hatte sie noch nie so betrunken und bekifft erlebt. «Diesen Augenblick mit euch einfrieren», sagte sie, nachdem das Lied geendet hatte. «Ich hab zum ersten Mal Freunde.»

«Was?», fragte Loïc. «Wie kann das denn sein?»

«Keine Ahnung. Ist so.»

Fantomas starrte sie an. «Warst du immer zu schön?»

Wieder erwartete Alex, dass Mado auffahren würde, und wieder lächelte sie nur. Jetzt wandte sie sich an Alex. «Dein Kinderbuch. ‹Treffpunkt K.›. Ich habe es auch gelesen. Es war mein Lieblingskinderbuch.»

Alex wusste nicht, was sie mehr überraschte: dass Mado einmal etwas so Simples wie die Geschichte eines Mädchens, das einem Komplott auf die Spur kommt, verschlungen hatte, oder dass sie es ihr jetzt erst verriet.

«Wirklich? Du?»

«Wegen der Schmugglerbande. Ich habe es mir toll vorgestellt, bei so einer Bande mitzumachen.»

Fantomas legte den Arm um sie. «Du gehörst jetzt zu uns, und das wird sich auch nicht mehr ändern. Wir vier sind Freunde für die Ewigkeit.»

«Wir sind die vier Musketiere.» Mado strahlte ihn an.

«Heißt es nicht: die drei Musketiere?», stutzte Fantomas.

Erneut ließ sich Mado die Gelegenheit entgehen, ihn zurechtzuweisen. «Weil die Geschichte aus D'Artagnans Sicht erzählt wird», erklärte sie einfach nur freundlich. «Gemeinsam mit D'Artagnan sind sie vier.»

Fantomas grinste. «Einer für alle also.»

«Und alle für einen!» Mado wedelte mit dem Joint. «Und du, Loïc? Was willst du von deinem Leben?»

Loïc sah zu Alex und lächelte sie an. «Ich hätte gern Kinder mit dieser Frau.»

Alex spürte, dass ihr Tränen in die Augen stiegen.

In dieser Nacht schliefen sie zu viert auf Fantomas' Bett unter dem Madonna-Poster. Alex und Mado lagen in der Mitte, Loïc und Fantomas außen. Beide hatten einen Arm um die Frauen in ihrer Mitte gelegt. Alex schlief sofort ein, aber sie erwachte, als sie eine Bewegung neben sich spürte. Es war Mado, die aufstand und in ihrer Tasche wühlte. Im Mondlicht, das durch das Fenster hereinschien, sah sie, wie sie sich zu dem kleinen Nachtschrank hinunterbeugte, um vorsichtig ihre Kontaktlinsen herauszunehmen.

BUOUX, GEGENWART

Mit dem Sehen hat es eine eigene Bewandtnis, dachte Alex, während sie mit ihrer Kameraausrüstung den Weg vom Parkplatz vor der *Auberge des Falaises* zur Terrasse hinaufging. Selbst die Oberfläche der Dinge lässt sich nicht objektiv bestimmen. Alles hängt von der Idee ab, die man sich von seinem Gegenüber macht.

Es hatte so viele Hinweise darauf gegeben, dass Mado nicht die war, die sie zu sein vorgab. Die widersprüchlichen Geschichten über ihre Herkunft. Oder der Umstand, dass sie viel zu gebildet für eine Kellnerin und Straßenkünstlerin war.

«Man sieht nur das, was man zu sehen erwartet», hatte Yan einmal bei einem Ausflug ins alte Hippieviertel von San Francisco gesagt. Und tatsächlich hatten sie ein ganzes Wochenende lang nur Hippies gesehen. Dabei war der Summer of Love in San Francisco schon ein halbes Jahrhundert her. Alex hatte sich daraufhin eingehend mit dem Phänomen der selektiven Wahrnehmung beschäftigt und Yan recht gegeben. Man fährt nach Haight-Ashbury und erwartet Gitarrenriffs von Jimi Hendrix und Bekiffte in gebatikten Kleidern. Dann ist man dort, und, zack, nimmt man vor allem die Überbleibsel der alten Hippiekultur wahr.

War es mit Mado genauso? Hatte Alex sie nur deshalb

nicht mit Véronique Lamont in Verbindung gebracht, weil es so unwahrscheinlich war? Alex wusste, dass das menschliche Gehirn nach Mustern suchte, um Ereignisse besser einordnen zu können. Ihr war bekannt, dass der Thalamus im Zwischenhirn Informationen filtern musste, vor allem, wenn es zu viele davon gab. Offenbar hatte sie die entscheidenden Informationen herausgefiltert, um das Offensichtliche nicht zu sehen.

Alex spürte, wie ihre Schläfen pochten. Ein Kopfschmerz bahnte sich an.

Jetzt erst bemerkte sie die Frauen in schwarzen Hemden und Hosen, die sich vor der Terrasse postiert hatten. Sie trugen schwere schwarze Stiefel und Waffen in ihren Halftern. Als Alex ausstieg, trat eine von ihnen auf sie zu.

«ID», befahl sie, und Alex kramte nach ihrem deutschen Personalausweis.

«*Passez.*» Die Frau wies mit dem Arm in Richtung der Terrasse, auf der sie jetzt Mado erkennen konnte, unbewegt und majestätisch, die Haare leuchtend blond im Abendschein.

Alex öffnete ihren Kofferraum und holte ihre Kameraausrüstung heraus.

Wieder trat eine Frau auf sie zu, offenbar, um ihren Kamerakoffer zu durchsuchen, doch Mado machte von der Terrasse her eine Bewegung, und die Frau ließ sie ziehen.

Als Alex die Terrasse endlich erreichte, waren ihre Kopfschmerzen schlimmer geworden. Sie spürte Wut.

«Du musst kein Geheimnis mehr daraus machen, ich weiß, dass du für den iranischen Geheimdienst gearbeitet hast.» Heftiger als sie es beabsichtigt hatte, stellte sie das Kamerastativ auf den Steinen ab.

«*Bonsoir*. Interessante These, woher stammt die?» Mados grüne Augen funkelten im Abendlicht.

«Gérard, unser alter Kollege. Der in der *Auberge* gekellnert hat. Ich habe ihn in Apt getroffen. Er kellnert jetzt im Grégoire.»

Ein spöttischer Ausdruck trat in Mados Augen. «Ich springe nur ungern vor in der Geschichte, aber Gérard war ... nicht der, der er vorgab zu sein. Du solltest ihm nicht alles glauben.»

«Witzig. Genau das Gleiche hat er über dich gesagt.»

«Ich habe für keinen Geheimdienst gearbeitet. Weder für den iranischen noch für sonst einen.»

«Und woher willst du dann wissen, dass Gérard auch Geheimdienstler war?»

«War er?» Wieder lächelte Mado, und Alex biss sich auf die Lippen. Sie hatte mehr gesagt, als sie wollte.

«Hör zu. Ich werde dir alles erzählen.» Sie lächelte versöhnlich. «Komm.» Sie deutete mit dem Kopf in Richtung des Flusses.

«Und was, wenn wieder Paparazzi auftauchen?»

«Werden sie nicht. Habe für ausreichend Security gesorgt.»

Ihre Schritte raschelten über das Gras am Boden. In der Ferne rauschte und gluckste der Aigue Brun.

Sie traten über ein paar alte Steinstufen auf eine Terrasse im rückwärtigen Teil der Anlage, die Alex noch nicht kannte. Mado fischte einen Schlüssel aus der Tasche ihres Overalls und öffnete die Tür zu einem kleinen Haus das Alex noch nicht kannte. Riesige Thermoskannen standen an den Steinwänden, davor waren Gläser mit Aprikosenmarmelade und Lavendelhonig aufgereiht.

«Der Frühstücksraum», erklärte Mado mit einem Schwung, der ihre goldenen Kreolen in Bewegung setzte. «Dieses kleine Haus hier haben sie erst vor Kurzem gebaut.»

Alex trug Kamera, Stativ und Aufstecklicht quer durch

den Raum, dann öffnete Mado eine Tür auf der anderen Seite. Sie traten in eine Art Gebüsch, durch das sich ein schmaler Pfad wand. Nach wenigen Schritten gelangten sie an eine Eisenpforte. Auch die öffnete Mado mit einem Schlüssel. Als Alex hindurchgeschlüpft war, schloss sie sorgfältig wieder hinter sich zu.

«Jetzt sind wir ungestört», sagte sie endlich. Dann deutete sie auf den Pfad, der sich zum Fluss hinabwand. «Lass uns zu unserem alten Lieblingsplatz gehen.»

Mado sprang auf einen Felsbrocken, der im Flussbett lag, und Alex bewunderte, wie geschmeidig ihre Bewegungen noch immer waren.

Sie schlüpfte aus ihren Schuhen und krempelte die Hosenbeine hoch. Dann stellte sie das Stativ in eine flache Wasserstelle und schob die Kamera darauf. Die Sonne versank hinter dem Felskessel, und Alex wusste, dass sie schon jetzt mit dem Aufstecklicht arbeiten musste. Es war ein bisschen zu direkt für ihren Geschmack, aber sie hatte den Lichtkoffer für ein Seitenlicht im Auto zurückgelassen, und noch einmal zurückgehen wollte sie nicht. Sie spürte, wie ihr der Mund trocken wurde. Es war immer noch sehr warm.

Als könnte sie ihre Gedanken lesen, reichte Mado ihr eine Glasflasche mit Wasser, die zur Kühlung im Fluss lag. Sie wartete, bis Alex getrunken hatte, dann bat sie sie, ihr ein Mikrofon zu reichen, das sie sich anstecken könne.

«Du kannst die Kamera jetzt einschalten», sagte sie.

Zuerst wusste Alex nicht, welche Bildgröße sie zeigen sollte. Mado im Schneidersitz vor ihr auf dem Stein? Oder eine Bildtotale mit den gestreiften Felsen, dem Wasserbecken, dem strömenden Fluss? Sie bemerkte, dass Mado einen Behälter aus der Tasche ihres Overalls hervorzog.

Instinktiv verengte sie das Bild.

Mado öffnete den Behälter und legte ihn auf den Boden.

Dann berührte sie ihre Augen, nahm die Kontaktlinsen heraus und legte sie hinein.

Alex hielt die Luft an.

In den letzten Strahlen der Abendsonne, verstärkt durch das Aufstecklicht, schimmerten Mados Augen haselnussbraun.

«Ist das deine natürliche Augenfarbe?», fragte Alex, während sie spürte, dass ihr Herz schneller schlug.

«Ja. So sehen meine Augen ohne farbige Linsen aus.»

Wieder hatte Alex das Gefühl, dass da etwas war, was Véronique Lamont von Mado unterschied. Es war nicht so, dass die eine falschgrüne und die andere falschblaue Augen hatte oder dass sie die eine jung gekannt hatte und die andere nun gealtert vor ihr saß. Es war etwas, das sie nicht sehen konnte. Doch sie kam einfach nicht darauf.

«Wer bist du, und wie heißt du?», fragte sie endlich.

Mado lächelte, und um ihre haselnussbraunen Augen kräuselte sich die Haut. «In meiner Geburtsurkunde heiße ich Annette Merizadi.»

Und dann begann sie, ihre Geschichte zu erzählen.

STUTTGART, JUNI 1977

Der Tag, der alles verändert

Stell dir vor, du bist ein fünfzehnjähriges Mädchen und weißt nicht, wohin du gehörst. Alle Orte, die du kennst, musst du wieder verlassen. Es gibt Gründe dafür, und jeder Grund ist anders. Nichts in deinem Leben hast du selbst gewählt.

Stell dir vor, du bist anders. Nicht nur, weil du das einzige schwarzhaarige Mädchen in deiner Klasse bist oder weil dein Vater Iraner ist und deine Mutter ein in Teheran aufgewachsenes Mädchen mit deutschen und französischen Wurzeln. Stell dir vor, dass du herausragst. Du bist dreisprachig aufgewachsen, mit Privatlehrern und einer lächerlich großen Bibliothek. Du bist die Beste deiner Klasse, du hast ein fotografisches Gedächtnis. Manchmal siehst du dich auf deinem Spielplatz in Strasbourg um, wo du meistens allein stehst, und dann denkst du, wie dumm die anderen sind.

Stell dir vor, du siehst zu, wie deine Eltern kleiner werden. Wie dein Vater, der in Teheran Ingenieur war, seinen Stolz verliert. Alles ist geschrumpft in Frankreich: eure Wohnung, eure Bibliothek, eure Erwartungen. Dein Vater wird schmal in seinem großen Anzug, bis er den Anzug irgendwann ablegt und in den Overall eines Fabrikarbeiters steigt. Deine Mutter, eine Diplomatentochter, die auf deinen Kindheitsfotos wie ein Filmstar aussieht, wäscht und schminkt sich nicht mehr. Du hörst sie streiten, immer öfter. Du liegst in deinem neuen Bett, das so viel enger ist als dein altes, und du fühlst dich immer allein.

Und dann gibt es doch Hoffnung: Eine Cousine deiner Mutter, du nennst sie Tante Ingrid, schreibt, sie habe eine Stelle für deinen Vater bei Mercedes in Stuttgart gefunden. Deutschland sei sowieso besser als Frankreich, dort könne man jede Menge Gastarbeiter gebrauchen.

Und alles beginnt von vorn.

Ich war sechs, als wir nach Stuttgart zogen. Meine Mutter war schwanger. Ich sollte eingeschult werden, mit den anderen deutschen Kindern das ABC lernen und die Grundrechenarten. Aber ich hatte schon «Die drei Musketiere» von Alexandre Dumas gelesen, im französischen Original, und ich löcherte meinen Vater, mich Bruchrechnung zu lehren. Subtrahieren und multiplizieren konnte ich schon.

Stell dir vor, du kommst in einer fremden Stadt an, und du spürst nichts als Verachtung. Menschen sehen deine schwarzen Haare und braunen Augen, sie fragen dich, woher du kommst. Du sagst erst Frankreich, aber da schütteln sie den Kopf und finden, du siehst so orientalisch aus, und dann erst sagst du, geboren seist du im Iran. Du siehst, wie ihre Blicke sich abwenden, als seist du schmutzig. Es gibt Tage, an denen weißt du selbst nicht, ob du schmutzig bist.

Der Tag, an dem es geschah, fing eigentlich schön an. Ich fuhr mit meiner kleinen Schwester zum ersten Mal allein Straßenbahn. Wir wollten zum Baden an einen See. Ich kann mich noch an die gelben Waggons erinnern und wie Amira meine Hand hielt und wie es auf den Schienen ruckelte. Amira und ich lachten, worüber, weiß ich heute nicht mehr.

Ich trug einen Korb am Arm, darin war unser Essen: ein bisschen Reis mit scharf gewürztem Fleisch und Granatapfelkernen, ein paar Spätzle mit Butter, ein Stück Elsässer Flammkuchen mit ordentlich Zwiebeln und Speck. Meine Mutter hat das Essen immer so zubereitet, dass alle drei Kulturen darin zusammenfanden. Das Beste aus drei Welten, das hat sie immer gesagt.

Als wir am See ankamen, habe ich die Jungen sofort gesehen. Sie waren zu dritt, älter als ich, vielleicht siebzehn. Sie warfen sich gegenseitig ins Wasser und schubsten auch irgendwelche Mädchen vom Steg.

«Komm, wir setzen uns dorthin», sagte ich zu Amira und deutete auf ein Plätzchen im Schatten. Aber die Jungen fanden uns schneller, als uns lieb war. Ich weiß nicht, warum, aber ich hatte von Anfang an Angst.

Erst schlichen sie nur um uns herum und rümpften die Nase. Wir hatten mit dem gewürzten Fleisch angefangen, weil es am leckersten war. Was wir da äßen und ob wir Ausländer wären, wollten sie wissen. Wir antworteten nicht, und einer der Jungen fing an, Amira an ihren Zöpfen zu ziehen. Ich stand auf und schrie ihn an, er solle sofort meine Schwester in Frieden lassen. Da packten sie mich.

Im Gehölz neben dem See rissen sie mein Kleid herunter, und als ich weiter brüllte, holte einer der Jungen ein Messer hervor. Der Junge, ich weiß noch, er hatte weißblonde Locken, sagte: «Ich weiß, was wir mit der Ausländerin machen!»

Und dann haben sie mir mit dem Messer den Rücken geritzt. Ich weiß nicht, wie lang es gedauert hat, ich hörte nur Amira. Sie rief nach mir, und ich konnte ihr nicht helfen. Das war das Schlimmste daran.

Ich weiß nicht mehr, wie wir nach Hause kamen, aber es gelang uns. Im Badezimmerspiegel, den man aufklappen konnte, entdeckte ich dann das Muster, das sie geritzt hatten: Es war ein Hakenkreuz.

Meine Eltern flehten mich an, die Sache zu vergessen. Wir wollten doch nicht auffallen, wir seien bloß geduldet. Jungen seien eben manchmal grausam. Die Schnittwunde werde schon verheilen.

Aber das tat sie nicht, sie eiterte, die Schnitte klafften auseinander. Der Schmerz brannte sich in tiefen Gräben in mein Kreuz. Nachts konnte ich nicht schlafen. Ich konnte nicht liegen, auch nicht auf der Seite. Im Sitzen ging es, aber nur, wenn der Stuhl keine Lehne hatte. Wenn ich ging und sich der Stoff an den eiternden Wunden rieb, tat es sehr weh. Ich bat meine Eltern, mit mir zu einem Arzt zu gehen, aber sie lehnten ab, weil sie sich schämten. Ihre Tochter mit einem Hakenkreuz auf dem Rücken, was sollten die Leute denken, nein.

Meine Mutter und Amira tupften mir den Rücken mit Alkohol ab. Die Behandlung schmerzte unsäglich. Ich schrie.

Am Ende bin ich allein zur Polizei gegangen. Aber die Männer auf der Wache glaubten mir nicht, als ich ihnen von dem Nachmittag am See erzählte. Ich konnte die Jungen beschreiben, den mit den weißblonden Locken, ihre Gesichter, die anderen auch, Körpergröße und Kleidung. Sie sagten, ich solle mich ausziehen, sie wollten die Wunde mit eigenen Augen sehen. Ich fragte, ob es eine weibliche Beamtin gebe, der ich meinen nackten Rücken zeigen könne. Sie sagten: Frauen arbeiten hier nicht und wenn ich mich nicht vor ihnen ausziehen würde, dann könnten sie nichts mehr für mich tun.

Das war der Tag, an dem ich entschied, mich zu rächen. Der Tag, an dem ich beschloss, nie mehr in meinem Leben Opfer zu sein.

BUOUX, GEGENWART

Da war ein Gewicht auf ihrer Brust, das Alex kaum ertragen konnte. Mühsam versuchte sie, Luft zu holen, und spürte dabei einen drückenden Schmerz.

«Du wolltest einen Beweis sehen», sagte Mado.

Wieder versuchte sie zu atmen. «Das habe ich nie ...»

«Alex, die Kamera, bitte!»

«Ich ....» Sie spürte, dass sie weinte. «Ich wünschte, du hättest es mir damals erzählt. Ich ... wenn ich gewusst hätte ...»

Das Gewicht auf ihrer Brust wurde stärker, und jetzt atmete sie schneller, in schmerzhaften, hektischen Zügen. Die dunkle Flusslandschaft vor ihr verschwamm.

Warme Hände auf ihren Armen. Vanilleduft an ihrem Gesicht. Mado war von ihrem Stein heruntergesprungen und hielt sie.

«Ganz ruhig», hörte sie ihre Stimme. «Du zählst deine Atemzüge, in Ordnung? Eins und zwei, so ist es richtig, drei und vier ...»

Mado hielt sie weiter. Wischte ihr die Tränen von den Wangen. Alex spürte, wie sich ihr Atem beruhigte. Minutenlang verharrten sie so.

«Warum hast du das alles für dich behalten?», fragte Alex, als sie wieder sprechen konnte. «Hast du ... hast du mir nicht vertraut?»

«Ich konnte es nicht, weil ich niemandem trauen durfte, und dafür gab es gute Gründe. Es hatte nichts mit dir zu tun.»

«Aber ... wir waren Freundinnen damals.»

Mado nickte langsam. «Ja, das waren wir.»

Wieder sahen sie sich lange an. Mado war aus dem Lichtkreis verschwunden. Nur das Sternenlicht erhellte ihr Gesicht. «Ich werde mich jetzt in den Fluss stellen, in Ordnung?»

«In den Fluss ...» Alex verstand nicht.

«Ich habe dir gesagt, dass ich dir einen Beweis liefern möchte für meine Geschichte. Den wirst du jetzt sehen.»

Ein Stern blinkte im Nachtblau auf. Alex folgte Mado mit ihrem Kamerasucher, bis die jetzt wieder hell wurde im Aufstecklicht, wie ein eigenes großes Gestirn. Jetzt wandte sie ihr den Rücken zu und knöpfte ihren Overall auf.

Der Stoff glitt ihr von den Schultern und gab die lichthelle Haut frei. Mado trug keinen BH. Als sie die Knöpfe bis zur Taille geöffnet hatte, ließ sie das Oberteil über die Hüfte fallen.

Alex presste eine Hand vor den Mund.

Die Messerspuren waren mit den Jahren blass geworden, aber immer noch sichtbar. In der Mitte ihres Rückens, in Höhe des Brustwirbels, aber so groß, dass sie die Schulterblätter bedeckte, war die Narbe, akkurat, als hätte jemand das Hakenkreuz mit einem Lineal gezogen.

Groß und hell und voller Würde stand Mado vor ihr. Wie eine Statue im Mondlicht, so aufrecht hielt sie sich. Langsam, mit Fingern, die jetzt nicht mehr bebten, verengte Alex das Bild, bis Mados Rücken es ausfüllte. Und noch weiter. Bis Alex nur noch ihr Wundmal sah.

Das war der Grund, warum Mado sich ihnen nie mit freiem Oberkörper gezeigt hatte. Sie war nicht prüde gewesen, wie Fantomas damals am Teich von Gargas geschimpft hatte. Sie war gezeichnet, im wahrsten Sinne des Wortes. Geschnitten, auch das im wörtlichen Sinn.

Noch immer mit dem Rücken zu ihr, knöpfte Mado ihren Overall zu. Dann drehte sie sich um. Ihre braunen Augen glitzerten im Licht.

«Warum hast du es nie entfernen lassen?», flüsterte Alex. «Du hättest ... es gibt doch heute Möglichkeiten ...»

«Weil es mich an die Gründe für meine Entscheidungen danach erinnern sollte.»

«Danach?»

«Stell bitte die Kamera aus.»

Plötzlich war es so dunkel, dass sie Mado nur mehr erahnen konnte. Über den Himmel floss, schwach gepunktet, das milchfarbene Licht.

«Erinnerst du dich noch daran, wie ich in der Kunsthochschule von Aix-en-Provence einmal *keine Ursache* auf Farsi gesagt habe?», fragte Mado in die Nacht.

«Ich erinnere mich an alles.»

«Damals hätte ich mich beinahe verraten», flüsterte sie.

«Kein Wunder. Wir waren uns so vertraut.»

Mado atmete und schwieg. «Du warst meine einzige Freundin», sagte sie endlich. «Die einzige, die ich je hatte. Und so ist es noch immer.»

Alex öffnete den Mund zu einer Antwort, doch Mado unterbrach sie. «Das Danach. Ich erzähle es dir morgen, versprochen. Lass uns zurückgehen jetzt.»

Es gab einen merkwürdigen Moment, nachdem Alex die Kameraausrüstung im Kofferraum ihres Mietwagens verstaut hatte. Die Security-Frauen warteten noch immer, vor dem Parkplatz aufgereiht.

Alex und Mado standen einander gegenüber, unschlüssig, ob sie sich umarmen sollten oder nicht.

Dann drehte Mado sich um und ging.

LUBÉRON, DEZEMBER 1984

Ein Monat vor dem Mord

Es war so kalt, dass in Loïcs Haus das Wasser in den Leitungen gefror. Sie aßen ihre Spaghetti mit Handschuhen und trugen Wollmützen auf dem Kopf, während ihr Atem in der Küche zu Eiswolken gefror. Loïc organisierte eine Metallschüssel, in der sie ein Holzfeuer aufschichteten. Das stellten sie ins Badezimmer, um das Wasser in der Klosettschüssel aufzutauen. Sie klebten die Fenster mit Klebeband ab, damit es nicht so hereinpfiff. Zum Einschlafen hielten sie sich schlotternd aneinander fest.

An der Tankstelle vor Apt bildeten sich Schlangen. Jeder wollte seinen Tank auffüllen, weil kleinere Mengen Benzin leichter einfroren. Der Briefträger erzählte, sie könnten sich alle glücklich schätzen, nicht in der Schlucht von Amburnex zu leben. Dort habe man in der Nacht minus 47 Grad gemessen. Gabriel, der die Geschichte im Grégoire hörte, sagte, er sei aus gutem Grund nicht in die Schweiz gezogen. Im Übrigen sei die Schlucht von Amburnex unbewohnt. Mado war, wie sie Alex im Vertrauen erzählt hatte, zu ihrer Familie nach Deutschland gefahren, vielleicht aber sehnte sie sich ja auch nach einer guten deutschen Nachtspeicherheizung. Alex ertappte sich selbst dabei, dass sie Sehnsucht nach ihrem geheizten Kinderzimmer bekam.

Die Nachricht von Sophies Tod erreichte sie, als im Lubéron die Temperaturen nachts auf unter fünfzehn Grad gesunken waren. Kleine Eisschollen trieben auf dem Calavon. Sie fuhren zu dritt mit Fantomas' Auto nach Viens.

Beim Anblick der bunten Ockerberge, die jetzt vom Frost weiß gepudert waren, dachte Alex auf einmal wieder an die Prophezeiung von La Dent, und sie schämte sich dafür, dass sie so erleichtert war. Nicht einen von ihnen, sondern Sophie hatte der Tod geholt.

Ihre Schritte knirschten auf dem gefrorenen Gras, als sie auf das Haus zutraten, in dem Sophie mit ihren Mitbewohnern gelebt hatte. Das kaputte Fahrrad lehnte noch immer an der Hauswand, doch neuer Unrat war hinzugekommen, aufgeschnittene Olivenölkanister, ein Mofa ohne Räder, alles von Raureif gekrönt.

Der Punk in den gestreiften Hosen, den sie schon von ihrem letzten Besuch kannten, stand in der Tür. Mit einer Kopfbewegung deutete er in den Raum hinter sich.

Sophie lag aufgebahrt unter dem Che-Guevara-Poster, eine Hand zum revolutionären Gruß geballt.

«Man kann die Toten formen, bevor die Leichenstarre einsetzt», murmelte der Punk.

Fantomas wollte auffahren, aber der Punk redete weiter. «War nicht unsere Idee. Sophie hat es so gewollt.» Er wandte sich an Alex. «Jetzt mach dein Foto und sieh zu, dass du abhaust.»

«So redest du nicht mit ihr», sagte Loïc und trat dem Punk entgegen.

Der schien die Lage richtig einzuschätzen: Loïc, athletisch, gesund und wütend. Er selbst, ausgemergelt vom Heroin.

«Behalt mal die Nerven, Kumpel.» Er trat beiseite.

Alex funkelte den Punk wütend an, während sie nach

ihrer Minolta griff. «Ich mache das für Sophie.» Ihre Finger zitterten, als sie die Einstellungen vornahm. Tod durch schlechte Gesellschaft, Heroin und schmutzige Spritzen. Die Wut kroch in ihr hoch. Was für ein Scheiß!

«Ich weiß, sie hat mir das hier für dich gegeben.» Der Punk reichte ihr ein schmutziges und zerknülltes Blatt Papier.

«Chère Alex», las sie, und jetzt kamen ihr die Tränen. «Wenn du das hier liest, bin ich tot. Vermutlich siehst du sogar gerade mein Gesicht an. Fotografier es und zeige es zusammen mit dem Porträt, das in der *Auberge des Falaises* hängt, jedem, dem du es zeigen magst. Sag allen: Das macht es mit dir, wenn du H nimmst. Vielleicht hatte mein Sterben dann einen Sinn. Fröhliches Weiterleben noch, *venceremos*, Sophie.»

Bei dem letzten Satz musste sie lachen, und dann musste sie wieder weinen. Loïc nahm sie in den Arm.

«Dann wollen wir mal, Sophie», sagte sie leise.

Sie fotografierte sie in voller Länge, mit ihrer kämpferisch gereckten Faust, richtete den Sucher auf ihr seelenloses Gesicht und machte eine Serie von Porträts. Während sie fotografierte, konnte sie nicht aufhören zu weinen. Es war das erste Mal in ihrem Leben, dass sie eine Tote sah.

Obwohl Loïc die Metallschüssel mit dem kleinen Feuer darin später in ihr Schlafzimmer stellte und sie zum Einschlafen Mütze, Pullover und Schal trug, und obwohl Loïc sie fest umschlang, als sie im Bett lagen, wurde ihr nicht wieder warm.

Die Frage, wie sie Heiligabend feiern würden, beschäftigte Alex, Loïc, Mado und Fantomas über Tage. Loïc, der Weihnachten für die Erfindung eines finsteren Seigneurs hielt, der mit dem Kapitalismusgott einen Pakt geschlossen hatte, sagte, er werde weder den Teufel tun und einen Fuß in die Kirche setzen, noch sich der Hölle eines Familienbesuchs aussetzen. Fantomas erklärte, er wolle natürlich liebend gern mit ihnen den Festtag begehen, aber wenn er den Weihnachtsabend ohne seine Mutter verbrächte, hätte er sie auf dem Gewissen, und das könnte er sich niemals verzeihen.

Mado, die nach ihrer Rückkehr aus Deutschland gereizt war, sagte, Weihnachten könne ihr gestohlen bleiben und sie komme schon alleine klar. Sie habe noch ausreichend gute Lektüre in ihrer Scheune und könne die Feiertage mit Geschichten von erfundenen Bösewichtern verbringen, um der Abwechslung halber mal den echten zu entgehen.

Alex überlegte ungefähr zwei Sekunden, ob sie ihre Familie in Hamburg besuchen sollte. Ein geheiztes Haus war verlockend. Das Wiedersehen mit ihrer Mutter aber war es nicht.

Am Ende beschlossen sie und Loïc, durch die Ockerberge zu stapfen, während Fantomas daheim für den Familienfrieden sorgte, und dann zur Burgruine nach Buoux zu fahren.

Alex war sich nicht sicher, ob sie angesichts der Skepsis, die ihre Freunde Weihnachten entgegenbrachten, Geschenke für sie kaufen sollte, aber sie hatte Lust, ihnen etwas Gutes zu tun. Für Loïc vergrößerte sie ihr Lieblingsfoto: Er tanzte ihr auf dem Seil zwischen den Hochhäusern entgegen, und seine Füße waren so leicht, dass er fast zu schweben schien. Länger als sonst betrachtete sie sein Gesicht, wie es im Entwicklerbad aufschien, seine stille Freude und Konzentriertheit. Wie vollkommen er bei sich war. Sie erstand im Laden einen schmalen, schwarzen Rahmen, den Raymond ihr zum Angestelltenpreis verkaufte, und als das Foto getrocknet war, rahmte sie es darin ein. Weil sie bemerkt hatte, dass Mado nur einen Winterpulli hatte, kaufte sie ihr auf dem Markt eine blaue Strickjacke, die gut zu ihren Augen passte, und ein paar blaue Fäustlinge dazu. Für Fantomas ging sie in den Spielwarenladen, und nachdem sie lange überlegt hatte, ob sie ihm eine ‹Fantomas›-Spielfigur oder die Plastikgestalt eines Außerirdischen samt dazugehörigem Ufo schenken sollte, war die Wahl am Ende klar. Als alle Einkäufe erledigt waren, hatte sie sich vollkommen erschöpft gefühlt.

«Wenn die Feiertage vorbei sind, solltest du unbedingt zum Arzt gehen», sagte Loïc nun, während er eine Flasche Wein entkorkte. Sie saßen inmitten der Ockerberge von Roussillon, das Dorf glänzte zu ihnen herüber, und die Kirchenglocken läuteten.

«Ich glaube nicht, dass ich Magen-Darm habe», protestierte Alex. «Ich mag nur einfach keinen Alkohol mehr.»

Tatsächlich wurde ihr schon leicht übel, als er sie mit weingetränkten Lippen küsste. Obwohl es so kalt war, roch sie den Duft von Mados Vanilleöl.

«Ich nehme einfach alles viel stärker wahr in letzter Zeit», fuhr sie im flackernden Friedhofslicht, das Loïc mitgebracht hatte, fort.

Sie bemerkte, dass Mado sie schweigend ansah. Das Licht tanzte in ihren Augen, und ihr Blick war so eigentümlich, dass sie ihn nicht einordnen konnte. Ihr Herz klopfte auf einmal stärker. Ohne sich zu regen, blickte sie zurück.

«Mado?» Loïc hielt ihr die Flasche hin.

Ohne den Blick von ihr abzuwenden, nahm Mado den Wein und trank einen langen Schluck. «Lasst uns ein bisschen herumgehen», sagte sie endlich. «Wir erfrieren ja sonst hier.»

Fantomas trat aus dem Haus seiner Eltern, als es zur

Spätmesse läutete. Er war nicht minder beschwipst als Mado und Loïc.

«Freunde, Freunde», sagte er und schwenkte einen Korb, während er auf sie zuwankte. «Das war alles herrlich, und hier drin habe ich eine Überraschung! Nun aber zu meinem Joint.»

«Ich will ja nicht wieder die Gestrenge spielen», erklärte Mado mit einem Räuspern. «Aber noch weniger gern möchte ich mein Leben lassen, weil der Fahrer nicht klar im Kopf war.»

«Ah, meine Mado, mit mir darfst du ruhig streng sein!» Fantomas klemmte sich eine Zigarette in den Mundwinkel und legte einen Arm um sie.

«Loïc, könntest du fahren?», wandte Mado sich an ihn.

Er hob die Schultern. «Ich hab auch getrunken. Was ist eigentlich mit euch beiden? Ich weiß, dass ihr keinen Führerschein habt, aber hier auf dem Land fahren ja trotzdem alle. Habt ihr es noch nie probiert?»

Alex und Mado blickten sich im Schein der Straßenlaterne an und brachen in Gelächter aus.

«Was ist?», fragte Loïc. «Hab ich 'ne Pointe verpasst oder so?»

Alex hielt sich die Seiten vor Lachen, und Fantomas blinzelte sie misstrauisch an. «Habt ihr geraucht? Was für Zeug war das? Wo habt ihr das her?»

«Es ist so», ging Mado schnell dazwischen. «Alex und ich haben tatsächlich mal versucht zu fahren ...»

Alex lachte noch immer. «... und es ging wirklich, richtig schief!»

Es war nicht nur die Erinnerung an den Gangschaltungsknüppel, der sich aus dem Wagen des Julio-Iglesias-Anhängers gelöst hatte. Alex lachte, als hätte etwas in ihr sich plötzlich gelockert. Sie lachte, und je länger sie lachte, desto stärker spürte sie, wie sich etwas löste, und desto glücklicher war sie.

Loïc führte sie sanft zum Wagen. «Diesmal wird es das nicht.»

«Was? Loïc! Ich kann nicht ...!»

«Du kannst.» Er wandte sich Fantomas zu. «*Hé*, Kumpel, wirf mal die Schlüssel rüber!»

Fantomas zog seine Brauen gen Stirn und wirkte noch erstaunter als sonst, aber er tat wie geheißen. Loïc fing die Schlüssel mit einer Hand auf.

«Hier, Geliebte. Schließ für uns auf.»

Wie im Traum öffnete Alex den Wagen, ließ sich auf den Fahrersitz fallen und öffnete den anderen die Tür. Loïc sank auf den Beifahrersitz. «Alles wird gut», raunte er.

Sie startete und schaltete in den ersten Gang. Der Wagen rollte an. Es herrschte Stille, während sie das Auto aus dem Dorf auf die Landstraße lenkte.

Loïc beugte sich zu ihr: «Denk an das goldene Licht», flüsterte er in ihr Ohr.

«Ich finde, du machst das sehr gut», ließ sich Mado von hinten vernehmen.

Alex atmete aus. Platanen schlichen an ihrem Fenster vorbei wie in einem surrealen Traum.

«Ja, ich würde sie jetzt vielleicht nicht als Fahrerin für meinen Fluchtwagen engagieren.» Fantomas stieß den Rauch aus. «Aber ansonsten *impecc'*.»

Sie glitten über die Landstraße weiter. Alex lockerte ihre Hände am Lenkrad. Golden glühte es in ihrem Bauch.

Den Polizisten erkannten sie erst, als sie die Abzweigung nach Apt nahmen. Auch bei ihm glühte etwas auf. Seine Kelle. Automatisch, weil man das vermutlich so machte, fuhr Alex den Wagen rechts ran.

«Verdammt, was machst du?», zischte Fantomas.

«Anhalten?»

Der Polizist klopfte an ihr Fenster. Im Laternenlicht wirkte er sehr alt.

«*Joyeux Noël*», sagte er, als sie das Fenster heruntergekurbelt hatte. «Sie sind zu langsam gefahren.»

«Ich wusste nicht, dass das ein Vergehen darstellt», antwortete Alex zu ihrer eigenen Überraschung. «Ist doch besser als zu schnell.»

«Papiere bitte.» Er erinnerte sie an ihren Opa in Hamburg. Vielleicht war das hier die letzte Straßenkontrolle seines Lebens. Aber warum hatten sie dem armen Kerl die Weihnachtsschicht gegeben? Fast tat er ihr leid.

«Gib Gas, Alex!», schrie Fantomas von hinten.

«Nein, verdammt», ging Mado dazwischen.

«Alex», hörte sie Loïc neben sich sagen. «Fahr los.»

Ohne zu überlegen, schoss Alex vom Seitenrand der Straße. Und dann trat sie das Gaspedal durch.

«Zweiter Gang.» Loïc berührte sie sanft am Arm, während hinter ihnen Scheinwerfer aufleuchteten. «Jetzt dritter, vierter. Super. Du machst das ganz toll!»

«Verdammte Scheiße!», brüllte Mado. «Ich will aussteigen! Lasst mich aussteigen! Sofort!»

Alex raste weiter. Die Scheinwerfer entfernten sich langsam. Immer schneller raste sie.

«Fluchtwagenfahrerin», hörte sie Fantomas vom Rücksitz, «du bist engagiert!»

«Schalt jetzt das Licht aus», forderte Loïc sie auf. «Und dann nimmst du hier die Abzweigung links nach Gargas. Runter vom Gas, nur ein bisschen. Dritter Gang. Klasse machst du das. Zweiter. Wir haben ihn abgeschüttelt. Fahr einfach weiter. Wir haben es geschafft.»

Sie fuhr durch das Dorf, machte die Runde über St. Saturnin, nahm endlich die Abzweigung nach Apt.

«Ich will aussteigen», sagte Mado wieder.

«Bitte», sagte Alex. «Wir sind doch gleich da.»

Wie im Traum lenkte sie den Wagen nach Buoux hoch. Sie kannte jeden Mandelbaum, jede Wiese, die Kirschbaumplantage. Jetzt die Haarnadelkurve. Den Felsen, unter dem der Vorgänger von Briefträger Paul begraben lag.

Als sie den Platz erreichte, von dem aus sich ein Weg zur Burgruine hinaufwand, parkte sie den Wagen. Ihre Hände zitterten. Dann erst brach sie in Tränen aus.

«Es war wie im Film!» Fantomas hüpfte wie Rumpelstilzchen auf der Stelle. «Alex, du Gangster! Das kannst du deinen Enkeln noch erzählen.»

Loïc umschlang sie mit beiden Armen. Sie schmiegte sich an ihn, atmete seinen vertrauten Geruch ein. Dann blickte sie auf.

In der Dunkelheit konnte sie Mados Gesicht nicht erkennen. Sie löste sich von Loïc und trat auf sie zu.

Eine Alkoholfahne wehte ihr entgegen, die sogar den Vanilleduft verdrängte. Mado war betrunken. Lachend und lallend fiel ihr die Freundin um den Hals.

«Hab während der Fahrt den *Beaume de Venise* geöffnet, den mir Maman für euch mitgegeben hat», erklärte Fantomas mit entschuldigender Stimme. «*Pardon les gars*, es waren die Nerven. Alex, du bist wie der Teufel gefahren!»

Da war ein Hochgefühl in ihrem Bauch, das man vielleicht nur bekam, wenn man mit seinen besten Freunden unterwegs war. Wenn man zum ersten Mal in seinem Leben ohne Führerschein ein Fluchtauto fuhr. Alex lachte und küsste Mado auf die Wange. Dann umarmte sie Loïc wieder. Und dann sogar Fantomas.

Es hatte etwas seltsam Unwirkliches, im schwachen Schein von Mond und Sternen über die Hochebene zu blicken. Nie zuvor waren Alex und Mado auf die Burgruine geklettert. Die Steine waren von einer dünnen Eisschicht überzogen, die im Nachtlicht glänzte. Tief unter ihnen lag ein bewaldetes Tal.

«Wenn man bedenkt, wie die Menschen sich gefühlt haben mögen», sagte Loïc, als sie zu viert nebeneinander vor dem Abgrund standen. «Die sich hier versteckt haben vor Tausenden von Jahren.»

«Wenn man bedenkt, was jetzt wohl bei denen da oben los ist!» Fantomas deutete auf den Sternenhimmel. «Ich wette, die haben uns eben gesehen.»

«Die Außerirdischen?», ließ sich Mado vernehmen.

«Ja, wer sonst?» Fantomas zündete sich einen Joint an und inhalierte. «Ah, was gäbe ich darum, die einmal zu sehen!»

«Frohe Weihnachten!» Alex fand ihre Stimme wieder.

«Frohe Weihnachten!», stimmten Loïc, Mado und Fantomas ein.

«Ich wusste nicht, wie ihr es mit Geschenken haltet.» Alex nestelte in ihrer Schultasche. «Aber ich hab was für euch!»

Sie zog das eingerahmte Foto für Loïc hervor, das sie sorgfältig eingepackt hatte, und reichte es ihm. Dann nahm sie den Pulli und die Fäustlinge für Mado und die Spielzeug-Außerirdischen samt Ufo für Fantomas heraus.

Sekundenlang starrten die Freunde sie an. Alex war nicht sicher, aber sie hatte das Gefühl, dass Mados Augen schwammen. Dann stürzte sie auf sie zu.

«Du bist die beste Freundin, die ich je hatte», flüsterte sie in ihr Ohr.

«Du auch», erwiderte Alex und drückte sie fest zurück.

Loïc war sprachlos, als er das Foto ansah. «Das ist so gut geworden, Alex», flüsterte er.

Fantomas hüpfte auf der Stelle. «Ich werde ihnen Namen geben!», rief er entzückt.

«Komm her», sagte Loïc. «Und schließ die Augen. Geliebte, gib mir mal deine Hand.»

Sie spürte, wie er etwas über ihren linken Ringfinger streifte, öffnete die Augen und erkannte einen schimmernden weißen Stein.

«Es ist ein Mondstein», hörte sie ihn flüstern. «Ich hoffe, dass er dir gefällt.»

Alex betrachtete ihn lange, so, wie sie es immer tat, wenn ein Motiv sie interessierte. Der Mondstein war in Silber eingefasst und saß auf einem schmalen silbernen Ring. Er war schlicht und passte perfekt zu ihr. «Wunderschön», sagte sie.

«Hier», sagte Mado und reichte ihr ein Geschenk.

Alex lächelte sie an und öffnete das Buch, während Loïc nun das Grablicht anzündete, damit sie lesen konnte, was darauf stand.

«Ich weiß, ich habe dich immer genervt mit literarischer Bildung und dass du Französisch lernst», sagte Mado, und im aufscheinenden Licht konnte Alex ihr Lächeln sehen. «Dieses Buch hier ist nur zu deiner Unterhaltung, es wird dir gefallen. Und ich habe dir eine deutsche Übersetzung besorgt.»

Der Sündenbock, las Alex. Von Daphne du Maurier.

«Es handelt von zwei Menschen, die ihre Leben tauschen. Im Leben des anderen fühlen sie sich wohler. Eine Verwechslungsgeschichte *par excellence.*»

Im Schein des Grablichts entzifferte Alex ein paar Zeilen der Autorin auf der Buchrückseite: *Es ist meine Geschichte. Ich bin eine Doppelgängerin, so wie alle. Jeder von uns hat eine dunkle Seite. Welche Seite gewinnt?*

Ein merkwürdiges Gefühl breitete sich in Alex aus, eine Mischung aus Dankbarkeit und Rührung und etwas, das sie nicht einordnen konnte. Wollte Mado ihr etwas sagen? Verwirrt blickte sie auf.

«*Hé*, Leute, ich hab auch was!» Fantomas schwenkte seinen Korb. «Maman hat uns was zu essen mitgegeben. Möge es euch schmecken. *Joyeux Noël*!»

Es war ein Weihnachtsfest, an das Alex ihr ganzes Leben lang denken wollte, hoch oben im Lubéron. Sie feierten, so, wie die ersten Weihnachtspartygäste diese Nacht wohl auch begangen hatten: in der Kälte, in überschaubarer Größe und mit dem Gefühl, dass etwas Besonderes entstanden war.

Deutschsprachige Zeitschriften waren nicht gerade die üblichen Funde, wenn man mittags ins Grégoire ging, deshalb fiel Alex der *Stern* auch sofort auf. Es war lange her, dass sie sich mit dem Geschehen außerhalb ihrer Welt im Lubéron beschäftigt hatte. Einen Moment lang zögerte sie, ob sie die angenehme Gewohnheit, sich nur um ihre eigenen Belange und die ihrer Freunde zu kümmern, durchbrechen sollte, dann siegte ihre Neugier. Während sie noch auf Loïc wartete, schlug sie die Zeitschrift auf.

Zu ihrer Überraschung entdeckte sie den Namen ihres Vaters über einem Artikel, der mehrere Seiten füllte. Doch auch ohne seinen Namen hätte sie seine Art, eine Geschichte zu erzählen, erkannt.

Als am 18. Dezember um 7.45 Uhr ein Audi neben dem Hauptgebäude der NATO-Schule parkte, wunderte sich zunächst niemand.

Sie überflog den Artikel und hörte dabei im Kopf die Stimme ihres Vaters. «Versuchter Sprengstoffanschlag», «Kommando Jan Raspe», «Rote-Armee-Fraktion». Sie sah ihn förmlich vor sich, wie er mit seinen beiden Zeigefingern die Buchstaben in seine IBM hackte, denn zu mehr als zwei Fingern hatte er es, wie er selbst oft sagte, in seiner dreißigjährigen Laufbahn als Schreibmaschinenbediener ja leider nicht gebracht. Ihr Blick flog vom Text zu den Bildern. Auf den Fahndungsfotos waren drei Verdächtige zu sehen, deren Gesichter und Namen ihr nichts sagten. Christiane Gärtringen war nicht dabei, das musste ihren Vater wurmen. Sie hatte ihre Eltern an Weihnachten angerufen, das war weniger schlimm gewesen als befürchtet. Jetzt, ein paar Tage später, wünschte sie, dass sie mit ihrem Vater noch einmal sprechen könnte, dass er ihr die Geschichte selbst erzählte, so, wie er es früher immer getan hatte. Vielleicht sollte sie es am Abend einfach tun.

«Wer ist das?», hörte sie plötzlich Loïcs Stimme neben sich. Er deutete mit dem Finger auf die drei.

«Ah *salut*, ich hab dich gar nicht kommen hören!» Sie küsste ihn auf den Mund, und die Berührung mit seinen Lippen löste einen Wirbel in ihrer Brust und ihrem Bauch aus. Loïc legte die Arme um sie und küsste sie leidenschaftlich zurück.

«Das sind drei RAF-Terroristen, die in Oberammergau ein Attentat auf die NATO verüben wollten. Hat aber nicht geklappt.»

«Die haben sich doch jetzt mit den französischen und belgischen Terroristen zusammengetan, oder?»

«Wer, die RAF? Keine Ahnung. Müsste ich meinen Vater fragen. Der ist bei so was Spezialist.»

Loïc nickte. Dann schluckte er. «*A propos* Vater ...»

Alex wartete. Es konnte nichts Gutes sein.

«Sie haben ihm ins Knie geschossen.»

«Wem? Deinem Vater?» Alex war entsetzt.

Loïc nickte.

«Auf der Straße? Ist er in eine Schießerei geraten? Ist er in Lebensgefahr?»

«Er wird es überleben.» Loïc bestellte einen *café*. «Ist ihm schon mal passiert.»

Alex schluckte. Sie konnte sich keine Familie vorstellen, in der es normal war, dass man dem Vater alle Jubeljahre mal ins Knie schoss. Aber wie so oft, wenn sie daran dachte, konnte sie sich ganz allgemein nicht vorstellen, wie es war, ein Mitglied der Familie Santoni zu sein.

Loïc seufzte. «Ich weiß nicht, wer es diesmal war, und ehrlich gesagt, ich will es auch nicht wissen. Korsische Mafia, italienische Mafia, eine Araber-Gang, jemand, dem mein Vater noch Geld geschuldet hat ... wie auch immer, ich muss jetzt hinfahren. *Bosser pour lui quoi*, für ihn einspringen. Hoffe, es dauert nicht lange. Bin hoffentlich vor Silvester zurück.»

«Einspringen? Bei ihm in der Dachdeckerfirma?»

«Ja. Muss ohnehin was verdienen, schulde Gabriel und den anderen noch die Kohle für die Kaution.»

«Aber – hast du nicht gesagt, du könntest auch hier Jobs finden?» Alex wusste nicht, warum sie sich so dagegen sperrte, ein paar Tage lang von ihm getrennt zu sein. Sie war doch immer eigenständig gewesen und stolz darauf. Die Weihnachtstage hatten sie offenbar rührselig gemacht. Außerdem hatte sie sich an ihre Zweisamkeit gewöhnt.

«Ja, aber ich musste meiner Mutter versprechen, dass ich komme.» Er kniff die Lippen zusammen, wie immer, wenn er von seiner Familie sprach. «Und ich könnte die Zeit nutzen, um mit den Kids Seiltanz zu üben. Weißt du, die, denen ich das versprochen habe nach meinem Auftritt. Den Kids in den Quartiers Nords.»

Das überzeugte sie. «Natürlich.» Sie lächelte, und es gelang ihr.

Das Grégoire füllte sich allmählich. Gérard und Didier stürzten herein, als wären sie nur knapp großer Not entronnen, schlotternd vor Frost, mit roten Nasen. Florence und Gabriel kamen kurz nach ihnen, von Kopf bis Fuß in Pelz und Wolle gehüllt.

Aïcha trat an ihren Tisch und zählte an ihren Fingern die Klatschnachrichten ab. Finger um Finger öffnete sie die Faust.

«Also erstens, es hat an Heiligabend eine Verfolgungsjagd kurz hinter Roussillon gegeben. Im *Provençal* steht, dass die Männer, die in dem Auto saßen, erst im Schneckentempo gefahren sind und dann wie in diesem Film, wo man das Auto nicht anhalten kann, weil ...»

«Schreibt der *Provençal*, dass nur Männer in dem Auto gesessen haben?», unterbrach Loïc.

«*Ben oui.* Glaubst du, Frauen tun so was?»

«Und wieso hat sich der *flic* die Nummer des Wagens nicht aufgeschrieben?», fragte Alex mit einer Stimme, aus der sie erfolgreich ein Zittern verbannte.

Aïcha hielt noch immer ihren kleinen Finger in die Luft gereckt. «Na, weil das Jean war, der ist blind wie eine Fledermaus, haben ihn für den Weihnachtsdienst extra aus dem Ruhestand geholt, den armen Kerl! Zweitens», sie nahm ihren Ringfinger zu Hilfe. «Monsieur Brahimi ist in *garde à vue* gekommen, vierundzwanzig Stunden in der Zelle, oben im Commissariat. Drittens», sie reckte den Mittelfinger, «haben wir schon drei Kältetote, und die Wettervorhersage ...»

«Drei?», fragte Loïc erschrocken.

«Wenn ich es doch sage!» Ihr Blick fiel auf den Mondstein an Alex' Ringfinger, und auf einmal veränderte sich ihre Stimme. «Das kann doch nicht wahr sein! Habt ihr zwei euch verlobt?»

Alex wollte erwidern, dass Loïc ihr den Ring zu Weihnachten geschenkt hatte, aber Loïc antwortete schlicht: «Ja.» Dann lachte er, dass seine Zähne blitzten. Alex blickte ihn staunend an.

«Alle mal herhören!», schrie Aïcha, sodass Gérard und Didier sich zu ihr umwandten, Gabriel und Florence, der Briefträger und seine Frau, lauter Paare, so war das wohl zur Weihnachtszeit. Man wollte sich wärmen, zu jemandem gehören, der Kälte trotzen. Und erst dann hörte sie richtig, was Loïc soeben gesagt hatte. Ihr Herzschlag donnerte ihr im Ohr.

Aïcha wedelte mit dem Geschirrtuch. «Alex und Loïc hier haben sich verlobt!»

Es war nicht so, dass Alex es sich gewünscht hätte. Verlobung bedeutete irgendwann Hochzeit, und das kam für sie nicht infrage. Aber sie wollte mit Loïc zusammenbleiben, für immer.

Sie begegnete seinem Blick und sah, dass er nach wie vor lachte.

«Bist du sicher?», flüsterte sie, während die anderen aufstanden, Gabriel dröhnend eine Runde *porto* ausgab und Aïcha sie umarmte.

Er nickte.

«Verdammt.» Alex beugte sich über den Tisch und küsste ihn lange. «Heiraten also.»

«Ja, heiraten, Alex.»

«Verdammt», sagte sie noch mal. «Für dich würde ich das sogar tun!»

Die Neuigkeit von Alex' und Loïcs Verlobung verdrängte die Mutmaßungen um die Kerle, die sich zu Weihnachten eine Verfolgungsjagd mit Jean, dem stark kurzsichtigen und dienstältesten Polizisten von Roussillon geliefert hatten. Und als Loïc meinte, dass er nun wirklich losmüsse, stürmten alle, die im Grégoire saßen, das dieser Tage einer Notunterkunft für heizungslose Menschen glich, trotz Eiseskälte auf die Place de la Bouquerie, um dem Abschied der beiden beizuwohnen. Der Schieler sprang vergnügt um sie herum.

Loïc und Alex umschlangen und küssten einander so heftig, dass Fantomas, der schon im Wagen saß, irgendwann sagte: «Ja, die Liebe ist schön, aber *money money* ist auch nicht ohne. Hop, Loïc, reiß dich mal los!»

«Die Stimme der Vernunft, wer hätte das gedacht, dass die eines Tages auch mal aus deinem Mund kommt!» Mado, mit den blauen Fäustlingen an den Händen, die Alex ihr geschenkt hatte, stellte sich vor das heruntergekurbelte Fahrerfenster und lachte hinein. «Alles dabei, du Loser? Lötkolben, Socken? Nichts getrunken, nichts geraucht?»

«Du kannst mich mal, Mado», murrte Fantomas, aber es klang freundlich. Seit ihrer Nacht zu viert in Roussillon hatte sich etwas in ihrem Ton verschoben.

Sie winkten den beiden zu, während sie den Ortsausgang verließen. Dann sahen Mado und sie sich an.

«Du kannst zu mir kommen», sagte Alex, als wäre Mados Blick eine Frage.

«Na, bei Loïc gibt es doch auch keine Heizung. In Buoux können wir zur Not noch zu den Merciers hinübergehen.»

Hinten auf Mados Mofa hatte Alex das Gefühl, dass ihr die Augäpfel festfroren. Sie legte den Kopf an Mados Rücken und hielt sich an ihr fest.

Es war ein merkwürdiges Gefühl, in die Scheune zurückzukehren. Alex fand noch alles unverändert. Auf dem Küchentisch lag ein Band mit *Essais* von Michel de Montaigne, auf dem Bett ein dicker Roman.

«Was liest du gerade?», wollte Mado wissen, als sie ihren Blick bemerkte.

«Meine Lehmeisterin hat mir derzeit nichts empfohlen.»

«Man kann auch lesen, ohne dass man dazu aufgefordert wird, weißt du?», bemerkte Mado, doch sie lächelte dabei.

«*Bonjour*, jemand zu Hause?», hörten sie Madame Merciers Stimme von draußen.

«*Bonjour*!», riefen Alex und Mado erleichtert im Chor.

Valérie war für ein paar Tage da, zum Glück ohne die unsägliche Petra.

«Meine Ex», erklärte Valérie, während sie sich vor dem Kaminfeuer ausstreckte, «ist untergetaucht.»

«Wie untergetaucht?» Alex tauschte einen Blick mit Mado, die ihr gegenüber am Tisch saß und Kartoffeln schälte. Madame Mercier hatte sie gefragt, ob sie schon Mittag gegessen hätten und wie sie es bei dieser Kälte in der ungeheizten Scheune überhaupt aushalten wollten. Sie versicherte ihnen, dass es eine große Freude wäre, wenn sie zu ihnen kämen. «Will sie nicht, dass du sie findest?»

«Schätze, sie will von niemandem mehr gefunden werden. Hast du von diesem versuchten Anschlag auf die NATO-Schule in Oberammergau gehört?»

«Hab davon gelesen.»

«Dann verstehst du wohl, warum sie weg ist vom Fenster.»

«Petra war an diesem Anschlag beteiligt?» Wieder blickte Alex zu Mado hinüber, doch die prüfte bloß ihren Schäler und runzelte die Stirn.

Valérie seufzte. «Die Polizei fahndet offenbar nach anderen RAF-Leuten. Aber meine Ex steckt da mit drin, das weiß ich. Dieser Sprengstoff, den die belgischen Kameraden im Juni in Belgien geklaut haben – Petra hat das aufmerksam verfolgt.»

Die Art, wie Valérie *Kameraden* sagte, fand Alex komisch. Als wären die Terroristen Freunde von ihr. Erneut sah sie zu Mado hinüber. Doch die erwiderte ihren Blick nicht.

«Na ja, jedenfalls stammt der Sprengstoff, den sie für die NATO-Schule im Auto deponiert hatten, aus diesem belgischen Steinbruch. Und Mitte Dezember ist Petra untergetaucht.»

«Ich bring das mal in die Küche», sagte Mado und stand auf.

«Vielleicht ist ihr was zugestoßen?», meinte Alex. «Hast du die Polizei kontaktiert?»

Valérie lachte trocken. «Als ob ich wegen irgendwas die Bullen rufen würde! Nein, ich weiß es einfach. Petra hat schon seit Monaten von nichts anderem mehr geredet.» Sie verfiel ins Deutsche und ahmte dabei Petras nervige Stimme nach: *«Solidarität mit den Gefangenen im Hungerstreik, revolutionäre Front in Westeuropa aufbauen, Kampf in den Metropolen im Rahmen des internationalen Klassenkriegs führen bla bla bla.»*

«Verstehe.» Alex kreuzte ihre Beine. Wie so oft, wenn sie über Guerillakämpfer nachdachte, fühlte sie eine Mischung aus Ehrfurcht vor einem derart kompromisslosen Leben und Unverständnis darüber, dass sie bereit waren, jemanden umzubringen. «Was glaubst du, wo sie jetzt ist?»

Valérie blickte auf, als ihre Mutter gemeinsam mit Mado Teller und Schüsseln auftrug. «In irgendeiner konspirativen Wohnung vermutlich. Plant jetzt das nächste Ding. Maman, das riecht so lecker!», rief sie und sprang auf die Füße. «Und ich bin vor Hunger halb tot!»

Später, als sie die Lammkoteletts in Rosmarin mit *ratatouille* gegessen und mehrere Flaschen *Côtes du Lubéron* getrunken hatten, trug Madame Mercier noch einen

Schokoladenkuchen auf. Alex, die wieder mal als Einzige nüchtern geblieben war, betrachtete die Runde wie durch ein Vergrößerungsglas. Da war Mado in der blauen Strickjacke, die Alex ihr geschenkt hatte, mit roten Wangen und leuchtenden Augen. Sie erzählte etwas und gestikulierte dabei heftig. Ihr langes, schwarzes Haar glänzte im Kerzenschein. Madame Mercier lachte, während sie Mado zuhörte, und Valérie, breitbeinig auf ihrem Stuhl und den Arm ein wenig besitzergreifend, wie Alex fand, über Mados Stuhllehne gelegt, hörte ihr lächelnd zu. Monsieur hatte sich in seinen Ohrensessel am Kamin zurückgezogen und blätterte im *Provençal.*

Ich gehöre dazu, dachte Alex, wie im Refrain eines lieb gewonnenen Liedes. *Ich gehöre zu meiner besten Freundin, und ein bisschen auch zu diesen Menschen, ich gehöre hier ins Gebirge, und definitiv zu Loïc.*

Sie dachte daran, dass sie im nächsten Jahr ihren Führerschein machen wollte. Vielleicht konnten Loïc und sie auch auf einen Heizlüfter zusparen, für den nächsten Winter. Und dann musste sie noch überlegen, was sie mit den Fotos anstellen wollte, die sie von Sophie gemacht hatte. Es gab so viele wichtige Dinge zu tun!

Einen winzigen Moment lang dachte sie auch an ihre Eltern und Justus, aber der Gedanke verflog wieder, und neue Zukunftspläne drängten in ihr Hirn.

Da hörte sie plötzlich Mados Stimme. Sie war überrascht darüber, wie gerührt sie klang.

«Ich bin Ihnen so dankbar, Madame Mercier, ich weiß gar nicht, wie ich es ausdrücken soll. Danke, dass wir bei Ihnen sein dürfen! Danke, dass Sie sich um mich gekümmert haben, als es mir mal schlecht ging. Überhaupt: Danke, dass es Sie gibt!»

«Ja, das möchte ich auch sagen.» Alex stand auf, und zu ihrer aller Überraschung umarmte sie Madame Mercier.

«Ja, Maman ist die Beste.» Valérie stand auch auf und küsste ihre Mutter auf die Wange.

Madame Mercier strahlte, und dann blickte sie von einer zur anderen. «*Mes filles*», sagte sie. Meine Mädchen.

Alex erwachte noch vor Sonnenaufgang. Mado, die in ihrem blauen Pulli geschlafen hatte, stand mit nackten Beinen am Fenster und blickte hinaus. Sie musste gespürt haben, dass Alex sie ansah, denn sie drehte sich um und lachte sie an, zumindest vermutete Alex das in der Dunkelheit.

«Es schneit!»

«Was?» Alex erhob sich.

«Sieh nur!»

Helle Flocken wirbelten ans Fenster. Der Mond beschien eine weiße Fläche. Auf der Wiese lag schon Schnee.

«Worauf warten wir?» Alex schlüpfte in ihre Hose, ihren Pulli, ihre Jacke. Als Kind hatte sie Schnee geliebt, war begeistert gewesen, als sie einen Winter lang eingeschneit gewesen waren, mit Schneewehen, die ihr bis über die Knie gereicht hatten. Wochenlang hatten sie damals nicht zur Schule gehen können. Stattdessen hatte sie mit Justus Schneeballschlachten ausgetragen und Schneemänner mit Karottennasen und Steinaugen gebaut.

«Kennst du Schneeengel?», fragte sie Mado, während sie nach draußen liefen. Sie wartete keine Antwort ab, sondern legte sich auf den verschneiten Boden und ruderte mit den Armen. Dann sprang sie wieder auf.

«Es sieht aus, als hätte ein Engel im Schnee gelegen, oder?» Sie rieb sich die Hände und hüpfte auf und ab.

Mados Augen glitzerten im Halbdunkel. Über dem Indianerkopf riss die Wolkendecke auf.

«Haha, das hat es ja auch!»

Dann rannten sie los, Mados fäustlingsbewehrte Hand

in Alex' nackter. Sie schlugen den Weg nach Sivergues ein, zwischen weiß bestäubten Bäumen. Ein reiterloses Pferd trabte ihnen entgegen. Das Bild war so perfekt, dass Alex sich ihre Minolta herbeiwünschte. Erst als Mado erschrocken die Luft einsog, wurde ihr dessen Bedeutung bewusst. Erschrocken sahen sie sich an.

Sie fanden Jeanne ein paar Meter weiter vor einem Felsen, wie stets perfekt geschminkt, aber bewusstlos und verschrammt.

«Du, meine Freundin, hast magische Kräfte!», bemerkte Valérie später, als Jeanne von einer Ambulanz ins Krankenhaus gefahren worden war, mit Blaulicht, das über den Felsen zuckte. «In früheren Zeiten hätte man dich dafür angebetet oder auf dem Scheiterhaufen verbrannt.»

Mado lachte. «Ja, kommt halt immer drauf an, welche Religion gerade in Mode ist.»

«Im Ernst, Jeanne hat extrem Glück gehabt, dass ihr zwei sie gefunden habt. Und deine Erste-Hilfe-Fähigkeiten, Mado? *Bravo!* Wo hast du das eigentlich gelernt?»

Alex fand, dass Valérie sich ein bisschen zu offensichtlich an Mado heranschmiss, aber davon abgesehen gab sie ihr recht. Mado hatte Jeanne in eine stabile Seitenlage gebracht, sie mit ihrer Jacke zugedeckt und Alex eingeschärft, sie nicht zu bewegen, während sie hinunter nach Apt fuhr. «Sie darf nicht auskühlen, okay?»

Es hatte Ewigkeiten gedauert, bis Mado es durch den Schnee hinunter zur Telefonzelle geschafft hatte, Ewigkeiten, die Alex bei Jeanne verbrachte, sie ebenfalls mit ihrer Jacke zudeckte und ihr die Hände rieb.

Nun war Jeanne versorgt, und Alex, die mindestens eine Dreiviertelstunde ohne Jacke auf dem Boden bei ihr ausgeharrt hatte, schlotterte in Pullis und Decken vor einem lodernden Feuer im Kamin der Merciers.

«Hier, trinkt das!» Madame Mercier reichte ihnen einen Becher, in dem Thymianstängel trieben. «Hilft gegen Erkältung. Gut habt ihr das gemacht, ihr zwei!»

Am Nachmittag hörten sie einen Motor. Einen Augenblick lang hoffte Alex, es könnte Loïc sein, der früher als geplant mit Fantomas aus Marseille zurückgekehrt wäre, doch es war nur Gabriel, um ihnen zu sagen, Jeanne habe den Sturz überstanden.

«Fünfzehn Jahre lebe ich jetzt schon im Lubéron», sagte er und schüttelte drohend eine grün, rot und violett getupfte Faust gen Himmel. «Aber eine solche Kälte habe ich hier noch nie erlebt.» Ein Schneeball traf ihn am Hinterkopf, und er fluchte. «Was zum Henker ...!»

Valérie stand lachend hinter ihm.

«Na warte, ich kenn dich zwar nicht, aber ich mach dich fertig!», rief er und bückte sich, um den Schnee zu seinen Füßen zusammenzurollen. Eine zweite Schneekugel traf ihn, diesmal von Mado abgefeuert. Sie lachte vor Freude, als sie sein Gesicht sah.

Gabriels Schneeball sollte Mado treffen, doch es war Alex, die ihn abbekam.

«Ach, so sieht das also aus?», rief sie und fing nun ihrerseits an, eine Kugel zu formen.

Das Geheimnis war, dass man so viele Schneebälle wie möglich in petto haben musste, das hatte sie von Justus gelernt. Geübt formte sie eine ganze Batterie, dann begann sie mit dem Feuer. Gabriel schrie und fluchte, während die Frauen ihn weiter bewarfen.

Mado hielt inne, ihren Schneeball wie eingefroren in der hoch erhobenen Hand. Flatsch, machte es, und die Schneeladung, die Gabriel gegen sie abgefeuert hatte, erwischte sie im Gesicht und rutschte in ihren Ausschnitt hinein. «Das Pferd!», sagte sie plötzlich.

«Welches Pferd?», fragte Gabriel verwirrt.

«Jeannes Pferd. Wir müssen uns darum kümmern! Und wieso ist sie bei diesem Wetter überhaupt ausgeritten? Ich meine, ich weiß, dass sie waghalsig ist, aber doch nicht lebensmüde!»

Alex, Mado, Gabriel und Valérie sahen sich ratlos an.

«La Dent!», sagten sie gleichzeitig.

Und dann ging alles ganz schnell. Sie stiegen in Gabriels Wagen. Der suchte im Schneetreiben den Weg nach Sivergues.

«Wie konnte ich nur so blöd sein?», fragte Mado immer wieder. «Natürlich ist sie ausgeritten, weil was mit La Dent war! Wieso habe ich denn daran nicht gedacht!»

«Weil du damit beschäftigt warst, Jeanne das Leben zu retten?», frischte Alex ihre Erinnerung auf, und auch Gabriel sagte: «Du kannst nicht die ganze Welt retten, Mado.»

Es dauerte Ewigkeiten, bis sie in Sivergues eintrafen. Mehrfach kam Gabriels Wagen ins Schlingern. Ob er eigentlich Winterreifen habe, wollte Alex wissen, woraufhin Gabriel murmelte, so eine Frage könnten wirklich nur Deutsche stellen, und er sei doch kein Spießer, was denke sie sich denn.

«Dafür bist du jemand, der gleich im Graben liegt», entgegnete Alex.

Valérie setzte sich noch breitbeiniger hin und brummte: «Und wir alle gleich mit.»

Das Haus von La Dent lag am Ende des Dorfes. Draußen war es dunkel geworden, doch kein Licht brannte darin. Mado sprang aus dem Wagen und klopfte mit beiden Fäusten an die Haustür. Kein Laut drang von innen heraus, keine Schritte. Nicht einmal Rauch stieg aus dem Schornstein auf.

«Weg da!», sagte Gabriel, der vielleicht ein bisschen

zu viel Starsky & Hutch gesehen hatte oder irgendeine andere Serie, in der Cops einen Anlauf nahmen, um mit ihren breiten Schultern Türen aufzustemmen, nur dass Gabriels Oberkörpermuskulatur nicht sonderlich ausgeprägt war. Er sauste seitwärts gegen die Tür – im gleichen Moment, in dem eine sehr kleine, sehr alte Frau sie aufmachte – und segelte seitwärts an ihr vorbei.

«Seid gesegnet, Fremde», krächzte La Dent und betrachtete den Mann, der sich auf ihren Fliesen mit schmerzverzerrtem Gesicht den Arm rieb. «Ich habe für euer Erscheinen gebetet. Mein Ofen geht nicht mehr an.» Doch dann bemerkte sie Alex. Und der Ausdruck auf ihrem Gesicht wandelte sich von Erleichterung zu Schmerz.

Alex konnte es nicht erwarten, Loïc die Geschichte von Jeanne und La Dent zu erzählen. Was er alles verpasste, während er in Marseille war! Sie saß mit Mado im Grégoire und sehnte sich nach ihm.

«Ich möchte wissen, warum mich La Dent immer *armes Kind* nennt», sagte sie, während sie ihren Kamillentee trank.

Mado legte die Stirn in Falten. «Schätze, sie will dir sagen, dass du endlich zum Arzt gehen musst.»

Wieder dachte Alex an die Spritze, die sich in Marseille in ihren Schuh gebohrt hatte, und wieder spürte sie die heiße Angst. «Ja, gut. Nächste Woche kümmere ich mich um einen Termin.»

Die Verabredung war, dass er am Nachmittag von Saint-Sylvestre gemeinsam mit Fantomas nach Apt zurückkehren würde. Doch die Straßen waren verschneit und vereist, und in der Schlucht von Lourmarin hatte es einen Unfall gegeben, wie sie im Radio hörten, das im Grégoire an diesem Tag laut lief.

«Ich hoffe bloß, dass Fantomas nicht so bescheuert ist und vor der Fahrt noch säuft oder raucht», bemerkte Mado.

In diesem Moment schlingerte die blaue Kastenente über die Place de la Bouquerie und brach seitlich auf dem glatten Pflaster aus. Der Briefträger, der den Platz gerade überqueren wollte, wich nur knapp aus. Mado sprang auf und rannte nach draußen. Alex lief ihr hinterher. Ihr Atem wölkte sich in der Kälte.

«Du Idiot!», schrie Mado und riss die Fahrertür auf.

Als Alex den Wagen erreichte, sah sie, dass Fantomas den Kopf auf das Lenkrad gelegt hatte. Der Platz neben ihm war leer.

Mado packte ihn am Schopf. Fantomas' Augen waren blutunterlaufen, und selbst in dieser Kälte bemerkte Alex den Geruch.

«Bist du jetzt komplett verrückt geworden?», rief Mado. «Sag mir, dass du nicht die ganze Strecke von Marseille so betrunken gefahren bist!»

Fantomas starrte sie an.

«Wo ist Loïc?», fragte Alex.

Zu ihrem Entsetzen begann Fantomas zu weinen. «Es hat geschneit in Marseille», brachte er hervor.

«Wo – ist – Loïc?», wiederholte Alex die Frage langsam.

Fantomas sprach mit großen Pausen dazwischen. Es war, als wehten ihm die Worte wie Schneeflocken einzeln ins Hirn. «Es war alles vereist ... glatt ... Loïc ... Er ist ausgerutscht ... vom Dach.»

Eine eisige Welle durchfloss Alex. «Ist er im Krankenhaus? Können wir zu ihm?»

Fantomas weinte wieder. Er legte den Kopf auf das Lenkrad. Nur den Kopf, nicht die Hände. Das war es, was Alex später erinnerte. Sie fühlte Mados Arm um ihre Schulter, ihre Hand, die sie ein bisschen zu fest drückte.

«Sie meinten ...», Fantomas sah sie nicht an. «Er war sofort tot.»

«Nein!» Alex schrie es.

Mado zog sie dichter zu sich, doch Alex machte sich frei. «Loïc stürzt nicht!», rief sie. «Ihr habt es doch selbst gesehen! Fantomas, du hast ihn auf dem Seil gesehen letzten Monat! Zehn Stockwerke hoch! Loïc ist nicht gestürzt!»

Fantomas sah sie an. Er weinte mit offenen Augen. Sie stürzte sich auf ihn. «Was ist das für ein Scheißscherz!», rief sie und packte ihn. «Sag mir jetzt, wo er ist!»

Mado zog sie sanft hoch. «Komm, Liebes. Wir gehen jetzt ins Grégoire und bitten jemanden, den Wagen für Fantomas zu parken.»

Wie konnte Mado nur so reden? Alex starrte sie an.

«Kannst du gehen?», fragte Mado sie leise.

Wieder machte Alex sich los. «Ich möchte wissen, wieso Fantomas diesen Scheiß erzählt!», fauchte sie.

«Komm.» Noch immer vorsichtig, fast so, als könnte Alex zerbrechen, griff Mado nach ihrem Arm. Aber in diesem Moment verwirbelte ihr Gesicht mit dem der anderen Menschen, die plötzlich um sie waren, und dann drehte sich das Gesichterkarussell so schnell, dass ihr davon übel wurde, und dann dachte sie nur, es kann nicht sein, wir hatten eine Schneeballschlacht, wir haben gelacht, er kann nicht gestorben sein, während wir gelacht haben, Loïc kann überhaupt nicht gestorben sein, und dann hörte sie einen Schrei, der so unmenschlich klang, dass ihr schwarz wurde vor Augen, und sie bemerkte, dass sie es selbst war, die so schrie.

BUOUX, GEGENWART

Alex spürte einen Schwindel, während sie ihre Kameraausrüstung aus dem Auto hob. Sie blieb stehen und schloss die Augen.

Es war alles zu viel.

Sie hatte die Erinnerungen weggeschlossen, in sorgfältig etikettierten Schubladen, so wie sie es mit all ihren Bildern tat. Aber Erinnerungen waren lebendig, erkannte sie plötzlich, sie entwickelten sich weiter, und sie konnten Formen annehmen, die beängstigend waren. So viele Jahre hatte sie nicht mehr über Loïcs Tod nachgedacht. In den letzten dreißig Jahren war er ihr wie ein gegebener Umstand erschienen, so wie eine Augenfarbe, die man eben hatte, oder die besondere Gabe, Menschen zu sehen. Aber Augenfarben konnten bloß vorgetäuscht sein, selbst bei den Menschen, die man zu kennen glaubte. Und ihre Gabe, Menschen zu sehen, war offensichtlich nichts wert.

Sie öffnete die Augen, doch die *Auberge* vor ihr drehte sich weiter. Sie atmete, so wie sie es in Venice Beach gelernt hatte, nach einer leichten Panikattacke, weil Yan während eines Drehs am Amazonas eine ganze Woche lang verschwunden geblieben war. Eins beim Einatmen, zwei, aus.

Während sie weiteratmete, merkte sie, wie müde sie war. Müde von diesen Dreharbeiten, die hart waren, müde davon, all die neuen Puzzleteile einer Frau zusammenzusetzen, die Véronique Lamont hieß oder Madeleine Verroux.

Wieder wurde sie von einer Security-Frau kontrolliert, bevor sie ihren Weg zur Terrasse antrat, obwohl diese sie doch mittlerweile kennen müsste. Ohne zu diskutieren, zeigte Alex ihren Personalausweis vor.

Jemand hatte einen Tisch auf der Terrasse gedeckt, bemerkte sie, als sie sich so weit gefasst hatte, dass sie weitergehen konnte. Zwei Teller, zwei Gläser, ein silberner Kübel. Hinter dem Küchenfenster bewegten sich Schatten. Die Flügeltür zum Gastraum flog auf, und heraus trat Mado.

Sie trug eine hochtaillierte Jeans mit Schlag, die ihren flachen Bauch und ihre schlanken Beine betonte, dazu eine rote Seidenbluse und rote Pumps.

«*Bonsoir*, Alex», sagte sie mit der Stimme, die Kinosäle und Bühnen füllte. «Ich dachte, wir essen erst einmal.»

Den ganzen Tag über während der Dreharbeiten hatte Alex an Mados Erzählung gedacht. In der Pause war sie eingeschlafen und hatte von den Jungen am See geträumt. Sie war davon aufgewacht, dass ihr Rücken schmerzte und dass sie weinte. Ihr Körper fühlte sich an wie eine offene Wunde. Wie auch immer sie sich bewegte, es tat ihr weh.

Doch Mado wirkte freundlich und gelassen wie immer. Sie trug wieder ihre grünen Kontaktlinsen, die blonden Haare glänzten in der Abendsonne, ihr Lippenstift war makellos.

«Ich habe Schnecken bestellt», sagte sie. «Hoffentlich magst du die noch immer.»

«Ehrlich gesagt, habe ich die Schnecken damals nur gegessen, weil es so lustig war, Petras Gesicht dabei zu sehen.»

Mado lachte.

«Schön, dass du dich daran noch erinnerst, Alex.»

«Klar. Das tust du doch auch.»

Sie sahen sich sekundenlang in die Augen.

«Ich erinnere mich an alles, was damals geschehen ist», sagte Mado mit ihrem tiefen Vibrato, und auf einmal wusste Alex, was so anders an ihr war.

Die Kellnerin brachte ihnen Brot und Schälchen, die mit einer *rouille* und *tapenade* gefüllt waren. Das Brot hatte einen salzigen Thymianrand.

«Deine Stimme», sagte Alex, nachdem sich die Kellnerin wieder entfernt hatte. «Wie hast du es geschafft, dass sie so anders klingt?»

Mado riss ein Stück Brot ab und nickte bedächtig. «Sehr gute Frage.» Sie kaute eine Weile. «Meine Stimme war tatsächlich mein größtes Problem. Ich wusste nicht, ob es irgendwo Aufnahmen von unseren Gesprächen gab, und deshalb ...»

«Von *unseren* Gesprächen?»

«Gesprächen mit Leuten, die du nicht kennst.»

«Wer sind diese Leute, und warum sollte jemand eure Gespräche aufgenommen haben?»

Mado lächelte. «Entschuldige bitte. Ich habe der Geschichte vorgegriffen. Meine Stimme habe ich ganz einfach geschult.»

«Aber das verfremdet doch den Klang nicht, oder? Ich meine, du klingst heute so viel tiefer als früher!»

Wieder lächelte Mado. «Du auch. Das ist ein kulturelles Phänomen. Alle Frauen sprechen tiefer als noch vor zwanzig Jahren. Aber nicht, weil wir unsere Stimmlagen tiefer zwingen. Sondern weil es uns mittlerweile gesellschaftlich gestattet ist, in unserer Indifferenzlage zu sprechen.»

«Unserer was, bitte?»

«Indifferenzlage. Jener Stimmlage, in der unsere Stimmbänder am entspanntesten sind. Unsere natürliche Stimmlage, wenn du so willst. Frauen haben früher höher gesprochen, weil es so von ihnen erwartet wurde. Heute dürfen wir, zumindest in unserem Kulturkreis, größtenteils die sein, die wir sind. Außerdem habe ich Sprechunterricht genommen. Meine damalige Trainerin hat mir geholfen, meine natürliche Stimmlage zu finden. *Et puis voilà.*»

Alex schwieg, während sie zusah, wie die Kellnerin jetzt eine große Platte vor ihnen abstellte. Zwei Forellen lagen darauf, garniert mit Kartoffeln, Schnecken und einer Aioli.

«Bon appétit, Mesdames.»

«*Merci.*» Mado lächelte die Kellnerin an.

Einen Augenblick lang sah Alex sich und Mado mit den Augen der jungen Frau. Zwei ältere Damen, die sich auf ein Essen in den Bergen trafen. Eine davon ein Superstar.

«Ich kann das nicht, Mado.» Sie schob ihren Teller zurück.

«Bist du Vegetarierin geworden? Das macht nichts. Ich habe auch eine *ratatouille* bestellt.»

«Ich meine dieses Essen. Ich kann einfach nicht normale Konversation machen und so tun, als sei nichts passiert.»

«In Ordnung.» Ohne zu zögern, gab Mado der Kellnerin ein Zeichen. «Danke für Ihren Dienst heute Abend», sagte sie, als das Mädchen herangelaufen kam. «Sie können jetzt Feierabend machen.»

«Aber ...»

Wie schaffte es Mado, so zu lächeln, dass die Welt augenblicklich hell aussah? «Das Essen war fantastisch. Und bitte nehmen Sie das.» Sie drückte der jungen Frau einen Schein in die Hand und wandte sich an Alex. «Ich verstehe dich. Lass uns mit der Geschichte weitermachen. Bau doch schon mal die Kamera auf.»

«Als klar war, dass niemand mir helfen würde, habe ich Nachforschungen angestellt.» Mado hatte sich, nachdem die Kellnerin verschwunden war, für einen Stuhl auf der Terrasse entschieden. Sie hielt die Beine übereinandergeschlagen, während sie erzählte. Alex wählte eine totale Kameraeinstellung für den Anfang: Mado auf ihrem Stuhl in der linken Bildhälfte. Ein Strauß roter Mohnblumen auf dem Tisch daneben fing das Rot ihrer Pumps und ihrer Seidenbluse auf. «Habe mir die Haare blond gefärbt und abgeschnitten, mich wie ein Poppermädchen gekleidet und bin an den See zurückgekehrt.»

«Hattest du nicht Angst, dass die Jungen dir wieder etwas antun?»

«Nicht in dieser Verkleidung. Mado lächelte bitter. Ich wusste, dass sie es auf Ausländermädchen abgesehen hatten. So viel hatte ich schnell heraus.»

Sie schien zu überlegen, bevor sie weitersprach. «Weißt du, wie einfach es ist, jemanden zum Reden zu bringen, der dir imponieren will?», fragte sie schließlich.

Alex schüttelte stumm den Kopf.

«Sehr einfach. Du schmeichelst ihm, du gibst ihm mit deinem neuen *arischen Aussehen*», sie betonte die Worte ironisch, «zu verstehen, dass du eine der seinen bist, und schon fängt er an zu erzählen.»

«Wie hast du begründet, dass du nie einen Badeanzug oder einen Bikini trägst?»

«Sonnenbrand auf viel zu weißer Haut.» Wieder lächelte Mado. «Wie auch immer, nach ein paar Nachmittagen hatte ich alle Informationen, die ich brauchte. Der weißblonde Junge hieß Erik, wohnte in einer Villa am

Stadtrand, sein Vater war Richter am Landgericht. Der Nachname war selten, und darum dachte ich, warum nicht mein Glück versuchen? In der Unibibliothek habe ich seinen Namen in Zeitungen von 1933 bis 1945 auf Mikrofilm gesucht.»

«Ist das nicht wie eine Nadel im Heuhaufen suchen? Und woher wusstest du überhaupt, wie man so was anstellt?»

«Von meinem Geschichtslehrer. Ehrlich gesagt, der einzige Lehrer, bei dem ich so was wie Unterstützung fand. Er wusste, dass ich mich für die deutsche Vergangenheit interessiere, wenngleich auch nicht aus welchem Grund. Jedenfalls war er es, der mir den Tipp mit dem Zeitungsarchiv gegeben hat. Und ja, es war wie eine verdammte Stecknadel im Heuhaufen suchen. Aber nach zwei Monaten hatte ich den Vater dieses Eriks. Ehemaliger SS-Kommandant, *stolzer Sohn der Stadt,* wie der *Stuttgarter NS-Kurier* 1940 schrieb.»

Mado schwieg eine Weile, dann trank sie einen Schluck Wasser. «Ich hatte nun die Informationen, die ich haben wollte, ich kannte Namen und Adresse des Täters, und ich wusste, dass sein Vater ein ehemaliger hochrangiger Nazi und noch immer in Amt und Würden war. Aber was sollte ich damit anfangen? Ich hätte es auf sich beruhen lassen können.»

Alex fragte sich, was sie an Mados Stelle getan hätte. «Hattest du eine Freundin, einen Freund, irgendjemand, dem du dich anvertrauen konntest?»

Mado lachte auf. «Ob ich ... ich war eine Außenseiterin, Alex, schlimmer noch, eine *ausländische* Außenseiterin. Ich hatte niemanden und nichts, *rien, nothing, zero*. Ich habe nicht gelogen, als ich sagte, dass du meine einzige Freundin warst.»

Ein paar Herzschläge lang blickten sie einander an. *Sie*

muss doch heute Tonnen von Freunden haben, dachte Alex. Sie hatte die Bilder von Véronique Lamont in Cannes, Paris und Hollywood gesehen, den Kopf lachend zurückgeworfen, am Arm eines Galans im Smoking oder umstanden von wunderschönen, sie bewundernden Frauen. Mado lächelte spöttisch, als ahnte sie, was Alex dachte, und in diesem Moment wusste sie, dass die Partybilder logen. Mado hatte niemanden, heute so wenig wie damals. Vermutlich brauchte sie auch niemanden mehr. Sie dachte an die Wölfin, über die sie einmal einen Film gedreht hatte. Man hatte ihr eine Marke verpasst, um sie orten und verfolgen zu können. Zweitausend Kilometer von der spanischen Atlantikküste nach Norddeutschland, über achtspurige Autobahnen, allein. Mado war zu dieser Wölfin geworden. Oder vielleicht war sie es schon immer gewesen.

Die Sonne versank hinter den Bergen, und schlagartig wurde es dunkel und kühl.

«Wir sollten reingehen», sagte Mado und erhob sich. «Ich vertraue meinen Soldatinnen zwar, aber was ich dir jetzt erzählen werde, ist nicht für fremde Ohren bestimmt.»

Alex spürte eine seltsame Unruhe, während sie ihre Kamera samt Stativ in den Speisesaal schleppte. Sie entschuldigte sich unter dem Vorwand, dass sie ihren Lichtkoffer aus dem Auto holen müsse. Draußen holte sie tief Luft und dachte über Mados Worte nach.

Sie hatte gewusst, wie gebildet Mado war, aber sie hätte nicht gedacht, dass sie in den siebziger Jahren auch so politisch gewesen war. Was hatte sie mit den Informationen über den Täter und seinen Vater angefangen? Und inwiefern hatte sie das zu Madeleine Verroux gemacht?

Als sie in den Speiseraum zurückkehrte, hatte Mado die Fenster geschlossen. Sie goss Alex ein Glas gekühlten

Weißwein ein. Dann setzte sie sich an einen der Tische, und Alex justierte Kopf- und Hintergrundlicht so, dass es Mados Gesicht betonte.

Sie prosteten einander zu.

«Auf einen guten Film», sagte Mado.

«Meinst du unseren Spielfilm oder den hier?»

Mado lächelte. «Beide Projekte hängen miteinander zusammen. Letztendlich geht es um eine Frau, die ihre Identitäten wechselt. Aber meine Hoffnungen hängen vor allem an diesem hier.»

Alex verengte das Bild auf Mados Gesicht. Das Hintergrundlicht verlieh ihrem Kopf einen leichten Heiligenschein.

«Es gab da eine Schülerzeitung an unserer Schule», hob Mado wieder an. «Die waren an meiner Geschichte vom alten Nazi-Richter sehr interessiert. Ich hab sie geschrieben, wir haben sie gedruckt, und es gab einen Aufschrei. Ich wurde zum Schulleiter zitiert. Meine Eltern flehten mich an, nie wieder so etwas zu schreiben.» Sie drückte ihr Kreuz durch. «Das hat mich nur noch bestärkt.»

Alex versuchte, sich die fünfzehnjährige Mado vorzustellen, die damals noch Annette hieß. Kind iranischer Einwanderer, mit einem Wundmal in Form eines Nazisymbols.

«Was hast du dann gemacht?»

Mado trank einen Schluck Wein. «Ich habe weitergeforscht und festgestellt, dass der Nazi-Richter kein Einzelfall war. Tatsächlich haben wir eine ganze Reihe von Fällen zusammengetragen, bei denen ehemalige Nazis hohe Posten bekleiden. Arbeitgeberpräsident Hanns Martin Schleyer zum Beispiel, der in Prag zum SS-Hauptführer im Reichssicherheitshauptamt ernannt wurde und in die Villa des ermordeten jüdischen Ehepaars Waigner einzog. Wie war es möglich, fragten wir uns, dass er dafür nie verurteilt wurde? Oder Karl Carstens, damals Präsident des Deutschen Bundestages, der in der SA und der NSDAP gewesen war. Oder Hans Filbinger, der baden-württembergische Ministerpräsident direkt bei uns vor der Haustür in Stuttgart. Er war, nachdem Deutschland kapituliert hatte, noch an Todesurteilen gegen Deserteure beteiligt! Und so einer durfte uns regieren?»

Sie machte eine Pause und blickte Alex direkt an. «Wir haben uns gefragt, wie es sein kann, dass die Täter noch immer unter uns sind, mehr noch, dass sie sich über uns erheben. Dass sie über ihre ehemaligen Opfer richten dürfen und über diejenigen bestimmen, die damals im Widerstand oder im Ausland waren.»

Alex überraschte es, wie aufgewühlt sie schien.

«Gleichzeitig war uns bewusst, dass wir uns mit Artikeln über Leute wie Schleyer und Filbinger einen Ärger einhandeln würden, der weit über eine Rüge vom Schulleiter hinausgeht», fuhr sie ruhiger fort. «Wir kannten ja die Bilder von den Studentendemos, wir wussten, dass wir verhört oder von der Schule geworfen werden könnten, und dass es dann heißen würde: ‹Ihr seid Kommunisten›, oder ‹Ihr seid von der RAF›. Am Ende beschloss das Schülerzeitungsteam, dass wir die Sache auf sich beruhen lassen sollten. Es ändere ja eh nichts, meinten sie.»

Sie blickte kurz zur Wand aus unbehauenen Steinen, als müsse sie überlegen, was sie als Nächstes sagen sollte. Ihre Augen verengten sich. «Und dann hat jemand, ein Mädchen aus der Oberstufe, das ich mochte und schätzte, einen Satz gesagt, den ich nicht vergessen werde. Ein Satz, der in meinen Ohren so wahr und mutig klang. Sie sagte: ‹Ich möchte mir aber nicht den Vorwurf machen lassen, etwas erkannt und nichts gemacht zu haben.›» Sie lächelte. «Das traf es für mich auf den Punkt.»

Auf Alex' Armen bildete sich eine Gänsehaut.

«Ich ging zu meinen Eltern und konfrontierte sie mit dem, was ich herausgefunden hatte. ‹Es ist nicht nur dieser eine Nazi-Richter›, sagte ich. ‹Es sind viele. Wir leben jetzt im Land der Täter, und die Täter sind immer noch da.›» Sie nahm ihr Glas und schwenkte die Flüssigkeit herum. «Ich hätte mir so sehr gewünscht, dass sie ihre Meinung ändern. Dass sie mich zu einem Arzt begleiten und zur Polizeiwache. Aber sie weigerten sich noch immer. Das war es. Von da an waren sie nur noch Feiglinge für mich.»

«Sie hatten Angst, und ihre Angst war nicht unbegründet», sagte Alex.

Mado bedachte sie mit einem langen Blick. «Meinst du, das wüsste ich heute nicht? Wie auch immer, für mich gab es nur noch eine Art von Helden, und das waren die auf den Fahndungsplakaten. Brigitte Mohnhaupt, Christian Klar und all die anderen. Sie sahen so entschlossen und zornig aus auf den Bildern. Und sie kämpften gegen das Gleiche wie ich.»

Unwillkürlich hielt Alex den Atem an.

«Dann kam die Nachricht, dass Gudrun Ensslin, Andreas Baader und Jan-Carl Raspe in ihren Zellen in Stuttgart-Stammheim ermordet worden seien. Das Mädchen aus der Oberstufe, das ich mochte, hat es mir auf dem Schulhof erzählt. Ich beschloss, zu ihrem Begräbnis zu gehen, um ein Zeichen zu setzen. *Erkennen und machen*, das wollte ich.»

Alex spürte, wie ihr Puls schneller ging.

«Im Rückblick muss ich sagen, dass meine Absichten nicht nur politisch motiviert waren. Ich wollte dazugehören, weißt du? Ich war es leid, immer nur die einsame Kämpferin zu sein.»

«Also hast du mit Leuten geredet, die auch zum Begräbnis gekommen sind.»

«Ja, ich habe mich als Studentin ausgegeben und gefragt, was ich tun kann.»

«Und du hast dir einen neuen Namen gegeben, richtig?»

«Richtig.» Mado fixierte sie ein paar Sekunden. «Ich habe mich Christiane Gärtringen genannt.»

LUBÉRON, JANUAR 1985

Der Mord

Es gab einen Gottesdienst in der Kathedrale St. Anne, der Loïc gewidmet war, den Alex jedoch nicht wirklich miterlebte. Menschen traten auf sie zu, umarmten und berührten sie, sagten ihr tröstliche Worte, die sie sofort wieder vergaß. Sie konnte nicht mehr schlafen, und wenn sie wach war, erschien ihr alles wie ein Traum.

Mado war es, die sich um Loïcs Begräbnis kümmerte. Sie stritt auch mit Loïcs Familie in Marseille. Alex stand neben ihr in der Telefonzelle, während sie Mado sagen hörte: «Es war der Wunsch Ihres Sohnes, in Roussillon begraben zu werden. Wir haben es schriftlich. Nein, daran kann ich nichts ändern. So ist das nun mal.»

Madame Mercier tauchte mit Essen auf, doch Alex aß nichts. Sie versuchte, das goldene Licht in ihrer Mitte zu fühlen, das Loïc heraufbeschworen hatte, damals auf der Wiese, als sie zum ersten Mal in ihrem Leben über ein Seil spaziert war. Sie dachte an Loïc, der sie im Gleichgewicht gehalten hatte. Das Licht war verschwunden, und sie fand auch keine Mitte. Da war nichts als ein Loch.

Zum ersten Mal in ihrem Leben hatte sie das Gefühl, nicht sie selbst zu sein. Sie stand neben sich und sah sich zu: eine Frau im Entwicklerbad, verschwommen. Sie erkannte erste Züge. Aber sie hatte keine Ahnung, wie das Bild aussehen würde, wenn es fertig entwickelt war.

Mehrfach schien Mado ihr etwas sagen zu wollen, aber dann tat sie es doch nicht. Vielleicht aber bildete Alex sich das auch nur ein.

Der Friedhof von Roussillon lag hoch über den Felsen aus Blut und Gold. Es hatte aufgehört zu schneien, man konnte die Farben wieder sehen. Alex dachte an den Tag, an dem sie Dora Maar im Ocker begegnet waren. Als sie etwas Wichtiges erkannt hatte: dass ihr Leben nur ein winziges Element in einem Kreislauf war.

Zu dem Begräbnis waren alle gekommen, die Alex kannte: Gabriel und Florence, die Merciers, die Dutroncs, Gérard und Didier, der Briefträger, Raymond Charrentier, Aïcha, Jeanne, die so weit wieder geheilt war, dass sie auf zwei Krücken gehen konnte – sogar Patrick, der sich nach der Schließung der *Auberge* darauf eingestellt hatte, ein paar ruhige Monate in seinem Dorf in der Nähe von Marseille zu verbringen. Aus Marseille waren auch Loïcs Kollegen gekommen, die an dem Tag mit ihm zusammengearbeitet hatten, und sie drückten Alex' Hand und weinten dabei. Es gab eine Szene, als Loïcs Mutter auftrat, im Schlepptau mehrere Kinder. Sie schrie Mado an, die versuchte, sie zu besänftigen, und am Ende weinten auch sie. Der Einzige, der nicht weinte, war Fantomas. Seine Pupillen waren winzig, und Mado brüllte ihn an, ob er jetzt komplett übergeschnappt wäre, das Heroin würde ihn töten, und dann weinte Fantomas doch, und Mado weinte noch mehr und legte die Arme um ihn.

Es war merkwürdig, das alles zu sehen, es war nicht wirklich. Nicht einmal das Zitat von René Char, das Mado für den Grabstein ausgesucht hatte, weil Loïc es mit Bleistift markiert hatte, verstand Alex genau.

*

Nach der Beerdigung war Alex immer noch übel. Mado konnte es kaum ertragen, ihren Schmerz mit anzusehen. Sie holte sie zu sich in die Scheune, damit sie nicht allein in Loïcs Wohnung blieb.

Es gab Momente, in denen es ihr kaum noch gelingen wollte, Alex gegenüber die Starke zu spielen. Seit sie von Amiras Tod wusste, schlief sie fast nicht mehr. Es gab nur einen Gedanken, der sie trösten konnte: Sie würde denjenigen bestrafen, der die Bombe geliefert hatte. Aber dafür musste sie nun endgültig gehen.

Mit ihren Kontakten in Paris hatte sie vereinbart, dass sie in der ersten Januarwoche zurückfahren würde. Doch als sich Alex an diesem Abend bei ihr auszog, verschob sie diesen Plan wieder.

«Ich bringe dich morgen zur Frauenärztin», bemerkte sie mit einem Blick auf Alex' gerundeten Bauch und ihre schwellenden Brüste.

Alex sagte kein Wort.

Die Praxis in der Rue Saint Pierre war zwischen Weihnachten und der zweiten Januarwoche geschlossen, aber auf einem Zettel an der Tür war eine Telefonnummer für absolute Notfälle vermerkt.

«Dies *ist* ein absoluter Notfall», erklärte Mado, kopierte die Nummer in ihr Notizheft und zog Alex wieder einmal in die Telefonzelle vor der *mairie*.

Die Ärztin warf nur einen Blick auf Alex und fragte, wann sie denn das letzte Mal ihre Regel gehabt hätte.

Noch immer konnte Alex nicht sprechen. Mado tat es an ihrer Stelle.

«Sie ist ein bisschen unregelmäßig bei ihr.»

Die Ärztin tastete Alex' Bauch ab, während Mado neben dem Untersuchungsstuhl stand und ihre Hand hielt. So bleich und apathisch war sie, dass es Mado das Herz zusammenzog.

Ein Test bestätigte ihre Diagnose. Alex war schwanger, schätzungsweise im vierten Monat.

«Möchten Sie es behalten?», fragte die Ärztin.

Und Mado sah, wie Alex in Tränen ausbrach. Ihre Stimme klang heiser, als sie die ersten Worte seit ihrer Ohnmacht vor dem Grégoire sprach. «Das möchte ich, ja.»

*

Am nächsten Morgen wachte Alex auf, weil sie spürte, dass die Matratze neben ihr leer war. Draußen war es noch dunkel und in der Scheune so kalt, dass jede Bewegung Überwindung kostete.

«Mado», flüsterte sie in das Winterdunkel, doch es kam keine Antwort.

Sie wartete viele Atemzüge und stand schließlich auf.

Loïc ist tot, dachte sie, während sie ein Schwindel erfasste.

Ich bekomme ein Baby. Sie stützte sich an der Wand ab. *Loïcs Baby ist in meinem Bauch.*

Als sie sich so weit gefasst hatte, dass sie wieder gehen konnte, entdeckte sie auf dem Tisch ein Stück Papier.

Es war eine Seite, die Mado aus ihrem Notizblock gerissen hatte. Alex erkannte die gepunkteten Linien darauf. *Mein liebster D'Artagnan*, entzifferte sie die Worte im Schein einer Kerze. *Ich muss gehen, obwohl ich lieber bei dir bleiben würde. Ich komme nicht zurück. Eines Tages wirst du alles verstehen.*

Lange stand Alex so da und begriff nicht. Sie spürte kaum, dass sie zitterte. Rasch zog sie sich an und suchte Mados Mofa. Es war fort.

Später erzählten ihr die Merciers, dass Mado ihr Mofa ein Stück weit außerhalb des Dorfes abgestellt hatte. Monsieur Mercier hatte es am Vorabend bei seinem Spaziergang gesehen. Sie führten Alex zu der Stelle. Wie zwei Eltern hielten sie sie dabei zwischen sich fest.

Das Mofa stand nicht mehr da. Der Kirschbauer erzählte ihnen, er habe in der Nacht ein Motorengeräusch gehört. Niemand konnte sich erklären, wohin Mado verschwunden sein sollte. Fantomas, den Alex in Roussillon aufsuchte, war seit Loïcs Tod so zugedröhnt, dass er bloß lallte. So viel verstand Alex immerhin: Mado hatte ihm nichts gesagt. Auch im Grégoire wusste niemand, wohin sie gefahren sein könnte. Dass sie fort war, überraschte alle. Die Merciers fanden in ihrem Briefkasten Geld für die Miete im Januar und Februar.

Madame schüttelte den Kopf und sagte: «Armes Mädchen.» Alex war nicht klar, ob sie Mado meinte oder sie selbst.

Sie rief ihre Eltern an, um ihnen zu sagen, dass sie nach Hamburg zurückkommen werde. Sie sagte ihnen auch, dass sie ein Baby erwarte. Ihre Mutter weinte am Telefon.

Dann ging alles ganz schnell. Florence fälschte ihr eine Bahnfahrkarte, damit sie nicht per Anhalter fahren musste. Sie packte ihre Fotos, ihre Kamera und sonstigen Habseligkeiten in den Rucksack. Gabriel und Florence fuhren sie nach Avignon zum Bahnhof. Dort stieg sie in den Zug.

Sie sah nicht, wie Gabriel und Florence ihr zuwinkten, als sie das Fenster im Abteil herunterschob. In den Gesichtern auf dem Bahnsteig suchte sie allein nach Mado.

Bis zum Schluss hatte sie auf ein weiteres Zeichen von ihr gewartet, auf irgendeine Erklärung, ein paar Zeilen in einem Brief. Mado war nicht am Bahnhof.

Sie weinte bis Freiburg. Loïc war gestorben. Und ihre Freundin war fort.

BUOUX, GEGENWART

Die halbe Nacht über hatte Alex wach gelegen und über Mados Geständnis nachgedacht. Sie überlegte, ob sie ihrem Vater erzählen sollte, dass sie Christiane Gärtringen begegnet war. Und immer wieder fragte sie sich: Warum erzählt sie mir ihre Geschichte? Und warum erzählt sie sie mir jetzt?

Als sie endlich einschlief, träumte sie von Mado. Ihr junges Gesicht schob sich über ihr älteres, und das Mädchen Annette schien hervor.

Beim Weckerklingeln fuhr sie herum und tastete nach dem vertrauten Körper an ihrer Seite, aber dann fiel ihr ein, dass sie nicht mehr mit ihrer Freundin in einer Scheune lebte, sondern in einem Boutique-Hotel in Roussillon.

Sie trank ihren Kaffee im Frühstücksraum mit einer Mischung aus Kraftanstrengung und Resigniertheit, dann stieg sie in ihren Mietwagen und fuhr zu ihrem Dreh.

Es war noch merkwürdiger als sonst, Mado dabei zuzusehen, wie sie in ihre Rolle stieg. Ein leichter Schwindel überkam sie, als sie sie sagen hörte: «Aber wenn ich es Ihnen versichere. So glauben Sie mir doch.»

Die Caterer hatten eine *pissaladière* mit frischem Rucola aufgetischt, die verlockend aussah, aber Alex brachte nur ein kleines Stück herunter. Sie bemerkte, dass Mado sie beobachtete, und wandte sich ab.

Wieder versuchte sie, Yan zu erreichen, und wieder sprang nur die Mailbox an. Sie schloss die Augen und atmete tief ein und aus. Es war heiß, aber die Zeit schien wie festgefroren. Bis sie den Rest von Mados Geschichte kannte und bis sie erfuhr, was Yan ihr mitteilen wollte, konnte sie nichts tun.

Als sie endlich einpackten, war sie ruhiger geworden. Sie hatte jetzt sogar Hunger.

Essen heute Abend auf der Terrasse?, tippte sie eine Nachricht an Mado.

Die Antwort kam nur eine Minute später. «Ich hatte schon befürchtet, dass du mich nicht mehr danach fragst.»

Alex lächelte, dann runzelte sie die Stirn. Wie konnte sie sich über die Einladung einer ehemaligen Terroristin freuen?

Zur verabredeten Zeit war Mado nicht auf der Terrasse. Die Kellnerin deutete über die Wiese.

«Madame ist in diese Richtung gegangen. Ich glaube, sie ist am Fluss.»

Wie in Trance ging Alex durch die Wiese mit dem hohen Gras zum Aigue Brun. Die Zikaden zirpten, und ein sanfter Abendwind kühlte ihr Gesicht. Sie bemerkte Mado, bevor diese sie sehen konnte. Sie saß barfuß auf einem Felsen, in einem schimmernden, roten Kleid.

In Alex' Kopf drehte sich etwas. Wieder schoben sich alle Bilder übereinander: Annette Merizadi, das iranische Flüchtlingsmädchen. Christiane Gärtringen, die RAF-Terroristin. Véronique Lamont, der französische Superstar. Und Mado, ihre Mado. Sie musste auf einen Zweig getreten sein, es knackte, und ein Vogel flog auf.

Mado betrachtete ihr Handy. Als Alex neben sie trat, zeigte sie ihr ein Bild darauf.

Es war das Foto von ihr mit Engelsflügen. Aufgenommen auf dem Statuenfriedhof von Aix-en-Provence. Alex staunte, wie jung sie aussah, wie hell und freundlich. Aber auch, wie zerbrechlich sie gewesen war.

«Du hast das Bild noch immer?»

«Na, klar.»

Alex trat an den Stein und zog sich hinauf. Nicht mit der gleichen Leichtigkeit wie 1984, aber es klappte. Die Mulde im Stein war so schmal, dass sie auf einmal ganz dicht neben Mado saß; dichter, als sie beabsichtigt hatte. Sie schloss die Augen und atmete den Duft ihrer Freundin ein.

Ganz still saßen die beiden Frauen und sahen zu, wie der Aigue Brun über die Steine rauschte. Eine Felsenschwalbe segelte über ihrem Kopf.

«Weißt du noch, als du hier gesessen und dich durch ‹Die drei Musketiere› gekämpft hast?», fragte Mado mit einem Kichern. «Du hast schnell gelernt, das muss ich dir lassen. Und das Französisch, das du dann für eine Weile gesprochen hast – das war wirklich zu schön!»

«Du erinnerst dich wirklich an alles, oder?»

Mado sah sie nachdenklich an. «Ja. An alles mit dir.»

Einen Moment lang überlegte Alex, ob sie Mado von Yan erzählen sollte. Dann entschied sie sich dagegen. Noch war die Zeit dafür nicht reif.

«Wie ging es nach dem Begräbnis weiter?», fragte sie endlich.

«Das erzähle ich dir, wenn wir gegessen haben und du deine Kamera aufgebaut hast.»

«Wozu brauchst du immer diese verdammte Kamera, um mir dein Leben zu erzählen?»

Mado sah sie wieder an, und im schrägen Licht der Abendsonne bemerkte Alex die Falten in ihrem Gesicht. «Das wirst du am Ende verstehen.»

Sie wählte wieder den Platz, den sie schon am Vorabend eingenommen hatte: an einem Tisch im Speisesaal. Erneut schenkte sie Alex und dann sich selbst ein Glas Weißwein ein. Dann begann sie zu erzählen.

«Am Anfang gaben sie mir kleine Aufgaben. Nichts Besonderes, Fluchtwege austesten, Erkundigungen einziehen.» Sie lächelte spöttisch. «Ich galt als gute Kundschafterin, war jung und ging als naiv durch, wenn ich Fahrern und Pförtnern Fragen stellte. Außerdem beherrschte ich drei Sprachen fließend, das hat ihnen imponiert. Irgendwann schob ich Wache bei einem Banküberfall. Als sie merkten, dass es mir ernst war, schickten sie mich zur Waffenausbildung in den Jemen.»

Sie machte eine Pause, und Alex dachte daran, wie geschickt Mado das Gewehr des Julio-Iglesias-Jüngers gehandhabt hatte.

«Die Schule hast du abgebrochen, nehme ich an?»

«Oh ja, zum Glück, die konnte mir nichts mehr beibringen. Habe mich dann selbst unterrichtet. Genauso wie du eigentlich.»

«Also, ich hab das Elend bis zur Dreizehnten durchgezogen.»

«Ja, aber danach.» Mado lächelte noch wärmer. «Die Fotolehre hast du nicht wieder aufgenommen, als du in Hamburg zurück warst, richtig? Und die Arbeit an der Filmkamera hast du dir selbst beigebracht, mit Erfolg muss man sagen. Unter vielen Männern warst du oft die einzige Frau.»

Alex sog überrascht die Luft ein. «Woher weißt du ...»

Mado lächelte. «Hab dich nie aus den Augen verloren.»

«Der Gedanke, mir das mitzuteilen, kam dir aber abwegig vor?»

«Ach, Alex. Wie hätte ich das tun sollen, ohne mich zu verraten?»

Alex beugte sich vor. «Warum erzählst du mir dann jetzt alles? Warum erzählst du es mir nicht in dreißig Jahren, wenn du nicht mehr arbeitest und nichts mehr zu verlieren hast?»

Mado hob eine Braue. «Du setzt offenbar große Hoffnungen in meine Lebenserwartung.»

Gegen ihren Willen musste Alex lachen.

«Aber weißt du was?» Mado hob ihr Glas, um ihr zuzuprosten. «Die Hoffnung beruht auf Gegenseitigkeit.»

Alex schaltete die Kamera wieder ein und zoomte an Mados Gesicht heran. «Hast du jemanden umgebracht?», wollte sie wissen, weil das eine der Fragen war, über die sie ihren Schlaf verloren hatte.

Mado schwieg einen verblüfften Moment lang. «Nein, habe ich nicht. Nicht in meiner Zeit bei der RAF. Ich war an einem Banküberfall beteiligt, habe aber nicht geschossen. Und bei dem Überfall wurde niemand verletzt.»

Alex bemerkte die Einschränkung. *In meiner Zeit bei der RAF.* Sie wollte etwas sagen, doch Mado kam ihr zuvor.

«Es hätte aber auch sehr leicht ganz anders laufen können, das war mir bewusst, damals wie heute. Ich wusste ...» Mado schluckte sichtlich und unterbrach sich. «Ich wusste, dass die RAF nicht nur die alten Nazis getötet hat, sondern auch Menschen, die nichts mit der Sache zu tun hatten und die zwischen die Fronten geraten waren.»

«Wie den Fahrer von Hanns Martin Schleyer», sagte Alex. «Oder diesen US-Soldaten, dessen Ausweis sie haben wollten.»

«Du hast dich mit dieser Geschichte beschäftigt?»

Alex hob die Schultern. «Wer in unserer Generation hat das nicht?»

Sie sahen sich an, und Alex war froh über ihre Deckung im Halbdunkel des Raums. Mados Gesicht leuchtete im Schein ihrer Lampen, und ihre Augen verrieten Nervosität. *Wenn du wüsstest*, dachte Alex. Sie fragte sich, was ihr Vater wohl sagen würde, wenn er wüsste, dass sie in diesem Moment Christiane Gärtringen gegenübersaß, der Frau, die die bundesdeutsche Presse jahrzehntelang gesucht hatte. Die bis zum Schluss ein Mysterium geblieben war.

«Ich wollte raus», sagte Mado schließlich. «Das musst du mir glauben. Aber wohin sollte ich gehen? Ich lebte mit gefälschten Papieren, in konspirativen Wohnungen, immer auf dem Sprung. Zu meinen Eltern hatte ich den Kontakt abgebrochen. Das ist mir wegen Amira besonders schwergefallen, war aber nötig. Da kam mir ein Zufall zu Hilfe, und ich klammerte mich dran.»

Sie griff nach dem Glas Wasser, das neben dem Wein auf dem Tisch stand, und stürzte es herunter. Dann holte sie tief Luft.

«1983 fingen wir an, Kontakt zu den Genossinnen und Genossen in Belgien und Frankreich aufzunehmen.»

Alex stellte fest, dass Mado zum *wir* gewechselt war.

«Es sollte ein Strategiewechsel sein. Der Kampf in den westeuropäischen Metropolen sollte gebündelt werden. Wir wollten uns vernetzen. Und das ist uns in der ersten Zeit auch geglückt. Weil ich sowohl Französisch als auch Deutsch sprach, kam mir eine besondere Rolle dabei zu.» Sie streckte ihren Rücken durch. «Nach außen hin habe ich alles mitgemacht, was von mir erwartet wurde. Aber ich war auf dem Absprung. Und die Gelegenheit war einfach zu gut.»

«Welche Gelegenheit war das?»

«Ich sollte das Plateau d'Albion auskundschaften. Sie planten einen Anschlag darauf.»

«Die Atomraketen ...», sagte Alex langsam.

«Ganz genau. Frankreichs *force de frappe*, auf die Sowjetunion gerichtet. Das Symbol für Militarismus und

Imperialismus schlechthin.» Sie machte eine Pause. «Ich bekam neue Papiere, eine neue Identität. Von nun an hieß ich Madeleine Verroux.»

«Mado ...»

«So haben mich zuerst die Kinder im Erholungsheim hier in Buoux genannt.» Sie lächelte, aber es wirkte traurig. «Den Job hatte ich mir gesucht, um nicht aufzufallen. Und weil ich Kinder liebe. Madame Mercier, die ich bei einem meiner Ausflüge traf, bot mir an, mir einen Schlafplatz in ihrer Scheune zu vermieten.»

«Wie geht es Madame Mercier heute?», unterbrach Alex sie.

«Sie ist gestorben, vor einigen Jahren schon.»

Minutenlang sahen sie sich an.

«Die Sache war die», sagte Mado leise. «Es fing an, mir hier zu gefallen. Sehr sogar. Mein Job im Kindererholungsheim ging zu Ende, aber ich konnte als Kellnerin in der *Auberge des Falaises* anfangen. Und ich lernte Loïc und Fantomas kennen. Es war so witzig mit den beiden, auch, wenn Fantomas mir manchmal heftig auf die Nerven ging. Aber er hat mir gezeigt, wie man mit Feuer jongliert, und ich hatte die Idee, mich bei unseren Auftritten hinter einer Wolfsmaske zu verstecken.» Sie lächelte Alex an. «Und dann kamst du.»

Ein warmes Gefühl breitete sich in Alex' Bauch aus. Sie erinnerte sich an ihre Ankunft, als wäre es gestern geschehen.

«In dieser Zeit war ich zum ersten Mal in meinem Leben richtig glücklich.»

Alex nickte, aber dann fiel ihr auf, dass Mado sie hinter der Kamera vermutlich nicht sehen konnte, und darum sagte sie leise: «Das war ich auch.»

Mado schenkte ihnen Wein nach.

«Mein Plan war, ein paar Monate mit euch zu verbringen. Einen ersten und letzten Sommer wollte ich ein ganz normales Leben führen, mit einem Freundeskreis und einem Job, mit Ausflügen und Marktbesuchen und all den normalen Dingen, die normale Menschen eben tun.»

«Und dann wolltest du aussteigen?»

«Genau. Und mich stellen.» Sie blickte auf ihre Hände, die sie im Schoß gefaltet hatte. Das Alter zeichnete sich schon darin ein. «Mir war klar, dass ich für einige Zeit ins Gefängnis gehen würde. Aber danach, habe ich mir gesagt. Danach wäre ich frei.»

«Was ist dann passiert?», fragte Alex, nachdem Mado eine Weile geschwiegen hatte.

«Als du im Oktober nach Hamburg getrampt bist, habe ich Besuch von zwei Männern bekommen. Ich hatte schon eine Weile nichts mehr gemeldet, und wahrscheinlich spürten sie, dass ich auf dem Absprung war.»

«RAF-Leute waren hier?»

Mado schüttelte den Kopf. «Action Directe.» Ihre Stimme veränderte sich. «Ich habe dir erzählt, dass ich eine kleine Schwester hatte, Amira.»

«Hatte?», wiederholte Alex so leise, dass Mado es vermutlich nicht verstehen konnte.

«Wir ... wir standen uns sehr nah, weißt du. Auch nachdem ich Stuttgart verlassen hatte. Wir haben uns *Poste Restante* geschrieben. Einmal, da hast du hier schon gelebt, da haben wir uns in Paris getroffen.»

Alex sah, dass ihre Hände bebten. Ihr wurde auf einmal sehr kalt.

«Am Ende sagten mir die Männer, ich solle mich mal wieder zu Hause melden. Ich habe aber niemanden erreicht. Immer und immer wieder habe ich versucht, sie anzurufen. Am Ende habe ich meine Tante in Teheran kontaktiert. Und da habe ich es erfahren. Meine Schwester, Amira ...» Sie schluckte. «Amira und meine Eltern waren nach Teheran gereist, weil meine Großmutter gestorben war. Es war schon eine Weile her, mehrere Monate, und die ganze Zeit über ...» Ihre Augen füllten sich mit Tränen. «Entschuldige, kannst du die Kamera bitte kurz ausschalten?»

Sie weinte lautlos. Alex trat einen Schritt auf sie zu, doch Mado hob die Hand.

«Ist in Ordnung», sagte sie nach einer Weile, die sich wie eine Ewigkeit anfühlte. «Lass uns jetzt weiterdrehen.»

Alex schaltete die Kamera wieder ein. «Was ist passiert?», flüsterte sie.

«Das Gebäude, in dem sie die Trauerfeier abhielten, wurde von einer Mirage F1 der irakischen Luftwaffe bombardiert. Meine Tante ...» Sie stockte. «Sie hat den Angriff als Einzige überlebt.»

PARIS, JANUAR 1985

Der Mord

Alex zu verlassen, war das Schwerste, was Mado seit ihrem Abschied von Amira getan hatte. Sie versuchte, nicht zu weinen, als sie mitten in der Nacht auf ihr Mofa stieg und damit bis nach Avignon fuhr. Aber sie hatte sich so weit gefasst, dass sie nicht mehr zitterte, als sie mit dem Zug in Paris ankam.

Es gab in Frankreich einen Mann, der hauptsächlich für die Lieferungen von Kampfflugzeugen und Waffen an den Irak verantwortlich war, und das war General René Audran, ein ranghoher Mitarbeiter im Verteidigungsministerium. Es war eine seiner Bomben gewesen, die Amira und ihre Eltern getötet hatte, dieser Gedanke ließ sie nicht los. Unablässig musste sie daran denken, dass sie den Mörder ihrer Schwester und ihrer Eltern zu Fall bringen konnte. Und dass sie auch schon wusste, wie.

Nachdem sie eine Nachricht in der Buchhandlung im 11. Arrondissement hinterlassen hatte, die noch immer als Postamt für Mitglieder der Action Directe diente, wartete sie auf Antwort.

Die kam nach weniger als einem Tag.

Sie begegnete weder dem Schnauzbärtigen noch der Nickelbrille bei ihrem ersten Pariser Treffen. Stattdessen trat am vereinbarten Treffpunkt am Gare de Lyon ein Junge auf sie zu und händigte ihr einen Briefumschlag aus.

Wann fährt A. wohin, wann kommt er nach Hause? stand da. *Report hier in genau einer Woche, 16 Uhr.*

Es war einfach, die Adresse des Generals ausfindig zu machen, fand sie: Avenue des Gressets in La Celle-St. Cloud. Und es war lächerlich leicht, auch hier nicht aufzufallen, eine junge Frau mit langen dunklen Haaren, in einer blauen Strickjacke unter dem Anorak und blauen Fäustlingen, ein Buch mit den *Essais* von Montaigne in der Hand auf einer Bank im nahe gelegenen Park. Weniger leicht war es, Ordnung in den Stundenplan des Generals zu bringen. Er verließ das Haus in aller Frühe, um ins Verteidigungsministerium zu fahren, aber er kam zu unterschiedlichen Zeiten nach Hause, manchmal erst weit nach Mitternacht.

Das alles schrieb sie für den Jungen auf, den sie eine Woche später wieder zum vereinbarten Treffpunkt am Gare de Lyon zu treffen erwartete. Das Gleis, auf dem sie sich verabredet hatten, war überfüllt, und so erkannte sie Schnauzbart nicht gleich, als er auf sie zutrat.

«Madeleine», grüßte er sie, während er seine Sonnenbrille aufbehielt. «So froh, dass du es endlich einrichten konntest.»

Sie lächelte nicht und reichte ihm das Papier mit den Zeiten.

Er warf einen kurzen Blick drauf und stopfte es dann in seine Jeans. «Hör zu, wir brauchen dich als Dolmetscherin. Nächsten Mittwoch, zwanzig Uhr hier.» Er reichte ihr eine Zeitung, in der sich vermutlich die Adresse verbarg.

«Welche Sprachen?», fragte sie dumpf.

«Arabisch-Französisch.»

«Ich spreche kein Arabisch.»

Schnauzbart betrachtete sie lächelnd und schüttelte

den Kopf. «Weißt du, Madeleine, du musst lernen, etwas hilfsbereiter zu werden. Wer Farsi kann, versteht auch Arabisch, habe ich gehört. Du hast immerhin eine Woche Zeit, um dir die Sprache anzueignen. Ich habe mir sagen lassen, du seist intelligent.»

Sie besorgte sich ein arabisches Wörterbuch samt Grammatik, aber die fremden Wörter ergaben in ihrem Gehirn keinen Sinn. Es war, als würde sie in einem Nebel leben, der so dicht war, dass keine Lichter mehr durchschienen. Wohin auch immer sie sich wandte, war es dunkel. Sie hatte Amira und ihre Eltern verloren, Loïc war gestorben, und Alex würde nichts mehr mit ihr zu tun haben wollen, dessen war sie sicher. Nicht, nachdem sie sie in diesem Zustand verlassen hatte. Es gab keine Entschuldigung dafür. Ihr war nach Weinen, wenn sie daran dachte, aber sie gab dem Bedürfnis nicht nach.

Nur die Gewissheit, dass sie Amira und ihre Eltern rächen konnte, half ihr durch den Nebel. *Und dann stelle ich mich.*

Nachts, wenn sie unter einer kratzigen Wolldecke in einer Pariser Jugendherberge lag, träumte sie heftig. Aber es gelang ihr, mit den anderen Mädchen im Schlafsaal so zu reden, als wäre sie eine von ihnen. Sie gab sich als deutsche Touristin aus, schrieb abends Postkarten, die sie an niemanden abschicken würde. Lernte Arabisch und holte sich aus den Regalen im Gemeinschaftsraum ein Buch.

Der Mittwoch kam, und sie konnte kein Arabisch. Sie mochte sprachbegabt sein, das sicher. Aber sie war kein Genie.

Der Mann, den sie in der Autogarage im 13. Arrondissement zwischen Benzinkanistern und einer Citroën DS ohne Kotflügel traf, war älter als die anderen, irgendwas zwischen vierzig und fünfzig. Er strahlte Kraft und Bosheit aus. Schnauzbart stellte ihn als Sabri vor. Auch Nickelbrille war da.

Sabri sprach fließend Englisch, aber er freue sich darauf, Mado kennenzulernen, betonte er, und wenn er etwas auf Arabisch sagte, dann schien es eigens für sie bestimmt.

Schnauzbart stellte sie als «ihren iranischen Kontakt» vor, was Mado unwidersprochen hinnahm, und ohne, dass ihn jemand dazu aufgefordert hätte, erzählte er, sie habe ihre Familie in Teheran durch einen Bombenangriff der irakischen Luftwaffe verloren.

Dann ging es um die Details bei dem Anschlag. Schnauzbart und die anderen hatten ihn schon vor Monaten geplant, um den «Kriegstreiber», wie sie sagten, zu bestrafen, doch es gab Probleme. In seiner Rolle als hoher Beamter des Verteidigungsministeriums war der General jeden Tag woanders, und immer zu unterschiedlichen Zeiten. Ende Januar aber, erfuhren sie von einem befreundeten Journalisten, würde Audran in Paris sein. Mado sollte am betreffenden Tag unter einem Vorwand bei den Audrans zu Hause anrufen und sich erkundigen, wann *Monsieur le Directeur* zugegen wäre, um sicherzugehen. Wenn er dann in seine Straße einfuhr, würden sie bereits da sein. Die Waffe lag parat.

Während des Gesprächs wurde Mado so übel, dass sie kaum folgen konnte, aber Schnauzbart schien es nicht zu bemerken.

Als der Mann, den sie Sabri nannten, wieder in seinen Wagen stieg und davonfuhr, drehte sich Schnauzbart zu ihr um und sagte: «Na, wenn das kein großer Moment für dich ist! Du hast soeben Abu Nidal kennengelernt!»

In den nächsten Tagen suchte Mado mehrmals die Universitätsbibliothek auf, so wie sie es damals in Stuttgart für ihre Recherchen getan hatte, nur dass es jetzt die altehrwürdige Sorbonne war, in die sie sich einschlich. Sie las alles, was sie über Abu Nidal, den «Vater des Kampfes», finden konnte: Palästinenser, Gründer der Fatah und der «Abu-Nidal-Organisation». In britischen Zeitungen fand sie Berichte von Folteropfern aus seiner Organisation. Ein Mann beschrieb, wie ein Kamerad nackt aufgehängt und ausgepeitscht wurde, weil er im Verdacht stand, nicht loyal zu sein, wie sie Chili in seine Wunden gestreut hatten. Andere beschrieben Abu Nidal als «Psychopath».

Es war nicht allein die Vorstellung, dass sich eine solche Person in den Anschlag einmischen würde, der sie zunehmend zum Nachdenken brachte. Es war vielmehr der Umstand, dass sie ihrem eigenen Blick auswich, wenn sie in den Spiegel sah. Wie hatte sie nur zu einem Menschen werden können, der in Kauf nahm, dass andere starben? Sie, die Schmerzen am eigenen Leib kannte? Die sich nichts sehnlicher wünschte als eine weniger grausame Welt? Die Fragen hielten sie Tag und Nacht wach, unablässig rangen das Bedürfnis nach Rache und ihr Wunsch nach Frieden miteinander. Bis sie eine Entscheidung traf.

Sie musste ihren ganzen Mut aufbringen, um zum nächsten Treffen zu gehen. Natürlich hätte sie die Möglichkeit gehabt, sich zu verstecken. Aber die Worte des Mädchens aus ihrer Schule verfolgten sie: *Etwas erkennen und machen.*

«Er benutzt uns», sagte sie zu Schnauzbart. «Das hier hat nichts mehr mit Kampf gegen den Imperialismus zu tun. Sabri handelt im Auftrag der iranischen Regierung, und wir sind ihre Handlanger, wenn wir das tun.»

Einen Moment lang sah es so aus, als ob Schnauzbart

sie ohrfeigen wollte. Aber es gelang ihr, sich zu entwinden.

Sie lief.

Sie lief, und mit jedem Schritt, der sie von Schnauzbart und den anderen entfernte, fühlte sie sich leichter, so, als ob sich ihr altes, schmerzendes Ich beim Rennen von ihr lösen würde. So, als fiele eine Blutkruste ab von ihr. Unter der Verschorfung war ihre neue Haut dünn, und sie wusste nicht, wie sie sich ab jetzt schützen sollte, ohne ihre beste Freundin, die einzige Frau, die sie je verstanden hatte, auch wenn sie gar nicht wusste, wer sie war. Der Schweiß rann ihr über den Rücken, während sie weiterrannte, über die Hakenkreuz-Narben, und obwohl ihr auf einmal der ganze Körper brannte, wusste sie, dass sogar diese Verletzlichkeit besser war als alles davor.

Sie kaufte sich ein Flugticket nach Bangkok. An der Passkontrolle zitterte sie, so dünn war ihre neue Haut. Die französischen und thailändischen Beamten bemerkten nicht, dass ihr Reisepass gefälscht war.

Es musste eine sehr gut gemachte Fälschung sein.

BUOUX, GEGENWART

Es war so leise im Raum, dass Alex nur ihren Atem hörte. Mados Züge waren schneller als ihre. Das Herz klopfte ihr im Ohr.

«Du hast immer so gut darauf geachtet, nicht von der Polizei kontrolliert zu werden», sagte Alex endlich. «In Marseille bist du sogar vor diesem Freund von Fantomas weggerannt.»

Mado sah sie unbewegt an.

«Aber warum hast du dann bei Loïcs Hochseilakt in Marseille mitgemacht? Als gesuchte RAF-Terroristin! Du hättest mit uns anderen zusammen festgenommen werden können. Das war untypisch leichtsinnig von dir!»

«Ich wusste, dass du mich das früher oder später fragen würdest.»

«Und?»

«Da war mir schon alles egal. Meine Eltern und meine Schwester waren gestorben. Ich wollte so nicht mehr weitermachen. Vielleicht habe ich gehofft, dass mich die Polizei in Marseille festnimmt. Ich war am Ende, Alex.» Sie schluckte. «Am liebsten hätte ich mich umgebracht.»

Alex stand auf und schloss die Freundin in die Arme. Lange hielten sie sich fest.

«Stattdessen hast du beschlossen, Schauspielerin zu werden», sagte sie, als sie sich voneinander lösten.

Die Kamera war weitergelaufen, die ganze Zeit.

Mado setzte sich wieder an ihren Platz. «Ich musste es nicht beschließen. Ich war es ja schon die ganze Zeit.»

«Aber nun hast du dich dafür bezahlen lassen. Wie zum Teufel hast du das nur angestellt?»

Mado lachte. «Ich nehme an, dass ich selbst darüber bis ans Ende meiner Tage rätseln werde.»

«Wie hast du es *praktisch* angestellt?»

«Na ja, zunächst einmal bin ich nach Bangkok gegangen. Ich weiß nicht, ob du in den Achtzigern mal da warst.»

Alex schüttelte den Kopf.

«Das Mekka für alle, die sich neu erfinden wollten. Ich habe mir neue Ausweispapiere fälschen lassen, Geburtsurkunde, Personalausweis, Reisepass, alles auf den Namen Véronique Lamont.» Sie blinzelte. «Und weil es so verdammt einfach war und so wenig gekostet hat, habe ich mir noch ein Abschlusszeugnis geschenkt: Schauspielausbildung am Lee Strasberg Institute in New York.»

Alex holte tief Luft. «Du meinst, du hast da nie Unterricht genommen? Das Abschlusszeugnis ist gefälscht?»

Mado nickte.

«Führen die da kein Register an dieser Schauspielschule? Hat nie irgendwer nachgefragt?»

«Zu meinem ewigen Erstaunen nein.»

«Dir war wirklich alles egal, oder?»

«Alles», bestätigte Mado.

«Aber du konntest deine Rolle spielen.»

«Das hatte ich bis dato sicher hinreichend bewiesen.» Mado trank einen Schluck Wein. «Als ich nach Paris zurückkam, war es dann aber doch schwieriger, als ich es mir vorgestellt hatte. Doch ich hatte ja nichts zu verlieren. Also habe ich es mit Modeln versucht.»

«Erfolgreich, wie man mit ein paar Klicks herausfinden kann.»

«Es hat mir geholfen, die Miete, immer frische Kontaktlinsen und Friseure zu bezahlen.»

«Du hast dir grüne Augen zugelegt und dir die Haare rot gefärbt.»

«Stand mir, oder?» Mado lächelte.

Alex rückte ein Stück von der Kamera weg. «Ich muss dir nicht sagen, dass du in jeder Verkleidung schön bist.»

Ein paar Atemzüge lang blickten sie sich an. Keine von ihnen sprach ein Wort.

«Und dann bist du irgendwann zum Vorsprechen eingeladen worden.»

«Bin ich. Und es hat mir Spaß gemacht.»

Alex konnte sie sich lebhaft vorstellen, die junge, frisch veränderte Mado mit ihrem guten Textgedächtnis, mit ihrer Fähigkeit, Sprachen und Dialekte zu imitieren. Mit ihrem schönen, rätselhaften Gesicht.

«Die Rolle des bretonischen Fischermädchens war ein Glücksfall. Die Schauspielerin, die eigentlich dafür vorgesehen war, wurde schwanger. Ich war zur richtigen Zeit am richtigen Ort.»

«Du hast die Goldene Palme für die Rolle gewonnen.»

«Ja. Und danach lief alles mehr oder minder von selbst.»

Wieder sahen sie sich lange an.

«Hattest du nie Angst, entdeckt zu werden?», fragte Alex endlich. «Die Behörden und deine Action-Directe-Kontakte – die haben dich doch gesucht!»

«Wenn du dich verstecken willst», sagte Mado mit einem Lächeln. «Dann dort, wo jeder dich sieht.»

«Willst du mir jetzt vielleicht verraten, warum du mir das alles erzählst?», fragte Alex schließlich. «Und warum ich es filmen muss?»

Mado lächelte nur geheimnisvoll.

HAMBURG, JANUAR 1985

Neuanfang

Etwas hatte sich im Verhalten ihrer Mutter geändert, seitdem sie wusste, dass Alex schwanger war. Es war, als hätte jemand einen Schalter umgelegt. Zwar kam es noch hin und wieder vor, dass sie gereizt reagierte, aber die meiste Zeit umsorgte sie sie liebevoll. Wenn sie «Dallas» guckten, legte sie ihr eine Wärmflasche und eine Wolldecke auf ihrem Sessel zurecht, brachte ihr ihren Lieblingsjoghurt und strich ihr über den Kopf. Einmal nahm sie sie sogar in den Arm, ein Gefühl, das Alex ganz fremd vorkam, aber in das sie sich fallen ließ, weil es die anderen Gefühle übertünchte.

Sie hörte ihre Eltern über sich reden, so, als wäre sie nicht ganz da. Selbst Justus schlich vorsichtig um sie herum.

Eines Tages, es mochte vielleicht schon März sein, tippte ihr Vater auf seine Tageszeitung und sagte: «Sieh einer an.»

«Was denn?»

«Hätte nicht gedacht, dass ausgerechnet in der beschaulichen Provence das Verbrechen tobt.» Er reichte ihr die Zeitung, und Alex fiel sofort die Überschrift ins Auge: *Provenzalischer Fälscherring aufgeflogen.* Sie wollte ihrem Vater die Zeitung schon zurückgeben, als ihr Blick auf das Bild in dem Artikel fiel. Es zeigte eine Frau, deren Gesicht unter langen Haaren verborgen lag.

Einen Moment hörte Alex nichts als das Blut, das in ihren Ohren pochte. Das konnte nicht sein.

Ihr Vater sah sie aufmerksam an. «Kanntest du sie?»

Alex holte tief Luft, und es klang wie ein Schluchzen. «Ich bin mir nicht sicher», sagte sie endlich, und vielleicht stimmte es sogar. Es war nicht ganz klar, wen das Bild zeigte, aber natürlich dachte sie an Mado.

Mado hatte um so viele Dinge ein Geheimnis gemacht. Bis heute wusste sie nicht, was im Sockel dieser Lampe versteckt gewesen war, den der Normanne aufgebrochen hatte. Mado war so verzweifelt gewesen damals. Es mussten gefälschte Papiere gewesen sein.

Sie wunderte sich, dass Mado nicht auf den Brief reagiert hatte, den sie ihr in der Scheune hinterlassen hatte. Sicherlich würde sie irgendwann zurückkommen, oder? Schließlich war die Miete für Februar bezahlt.

Weil sie nicht wusste, wie sie sie erreichen sollte, rief sie in der *Auberge des Falaises* an. Es nahm niemand ab, wie auch, die *Auberge* war im Winter geschlossen. Gabriel, der sicherlich etwas wusste, hatte kein Telefon. Die Auslandsauskunft gab ihr die Nummer des Café Grégoire.

«Âllo», sagte eine Stimme, die sie nicht gleich erkannte.

«Aïcha?», fragte sie.

«Oui, c'est qui?» Es war, als ob sie nicht nur verschwunden wäre, sondern schon aus dem Gedächtnis der *Aptésiens* getilgt. Doch dann sagte Aïcha: «Oh, Alex natürlich!» Nein, niemand hier habe Mado mehr gesehen.

Sie rief im Restaurant von Fantomas' Eltern in Roussillon an, und zu ihrer Erleichterung ging Fantomas selbst dran. Er schien benebelt, erklärte aber, dass er Mado ebenfalls suche. So wie alle in den Dörfern. Niemand könne sie finden. Alle in Apt seien besorgt.

Schließlich schrieb sie einen Brief an Gabriel, und der antwortete ihr postwendend. In der Tat, Mado sei spurlos verschwunden. Die Merciers hätten die Polizei eingeschaltet, weil sie befürchteten, dass ihr etwas zugestoßen sei.

Was machst du?, dachte Alex, während sie nachts in ihrem alten Kinderzimmer lag und die Decke anstarrte. *Wo bist du, Mado?*

In den folgenden Monaten kam Alex ihre Zeit im Lubéron wie ein Traum vor. Wenn sie morgens aufwachte, sah sie noch die gestreiften Berge vor sich. Sie meinte manchmal, Thymian zu riechen oder Mados Vanilleöl und Loïcs sonnenwarme Haut. Aber die Erinnerungen wurden kleiner, und das Baby wuchs in ihrem Bauch.

Es gelang ihr, eine Fotoagentur zu finden, die ihre Bilder aus dem Lubéron, aus Norwegen, Italien, Jugoslawien, Griechenland und Marokko anbot. Zeitschriften, die mehr zeigen wollten als die üblichen Landschaftsabbildungen, kauften sie und zahlten ein gutes Honorar.

Sie schrieb Loïcs Eltern, um ihnen mitzuteilen, dass sie Großeltern wurden, doch es kam nie eine Antwort. Es war Juli, als sie ihr Baby gebar.

Den Vornamen zu finden, war einfach. Sie nannte es Yan. Nach dem Chef-Schmuggler in *Treffpunkt K.*

BUOUX, GEGENWART

Sie kurvte um die Stelle, an der das Kindererholungsheim im Dornröschenschlaf lag, als das Telefon in ihrer Jeans klingelte.

«Mama, wir haben uns, ich kann es kaum glauben!» Yans Stimme klang so deutlich über die Kopfhörer, als wäre er in der Gegend. Alex fuhr den Wagen auf einen Sandstreifen hinter der kleinen Brücke, stellte den Motor ab und lachte.

«Schmugglerjunge! Es ist so schön, dich endlich zu hören.»

«Das kannst du wohl sagen! Ich meinte zu Peach, ich will es zuerst Mama erzählen, danach kommen die anderen dran, und dann konnte ich dich nie erreichen, und ich wollte dir nicht bloß 'ne Nachricht schreiben, und Peach wird langsam ungeduldig ...»

«Yan. Was ist passiert?»

«Peach ist schwanger, Mama. Du wirst Großmutter!»

Alex holte tief und zitternd Luft.

«Alles in Ordnung, Mama? Geht es dir gut? Wir haben uns so lange nicht gehört!»

«Mir geht es gut, mir geht es sehr gut.» Die Tränen liefen ihr über die Wangen, und sie schob die Sonnenbrille hoch, um sich über die Augen zu wischen. «Möglich, dass ich der glücklichste Mensch auf der Welt bin.»

«Wann kommst du?»

«Bald. Wir haben die Dreharbeiten hier abgeschlossen. Vielleicht noch ein paar Tage. Ich halte schon mal nach Zimmern Ausschau in L.A.»

«Unsinn, du kannst im Strandhaus schlafen. Wir haben zu Ende renoviert. Du wirst es lieben, man kann den Ozean hören, und direkt gegenüber hat eine vegane Bäckerei aufgemacht, auf die Peachy schwört ...»

Alex lachte. «Sehr durchsichtig. Wann ist der Geburtstermin, und wann beginnen eure Dreharbeiten?»

«Peach hat eine Hauptrolle, es ist ihre erste ...»

«Wann?»

«Sie fängt in fünf Monaten an, ungefähr drei Wochen nach der Geburt. Dann drehe ich schon in Seattle.»

«Ihr könnt auf mich zählen», sagte sie.

«Mama.» Yans Stimme klang auf einmal erstickt. «Ich muss so oft an Papa denken in letzter Zeit. Ich wünschte, er hätte gewusst, dass du ein Baby von ihm erwartest.»

Sie spürte, wie ihr die Stimme wegbrach. «Das wünschte ich auch.»

Und dann weinten sie zusammen. Fast zehntausend Kilometer trennten sie. Aber ihr Schmerz lag am selben Ort.

Mado presste die Hände vor den Mund. «Euer Sohn wird Vater?»

Zum ersten Mal sagte jemand *euer* Sohn und nicht *deiner*. Alex schluckte. «Wird er. Ich habe es gerade erst erfahren.»

Es war der letzte Drehtag mit Mado gewesen. Als Véronique Lamont hatte sie sich schon von allen verabschiedet. Als Mado wollte sie Alex noch ein paar Abende lang sehen.

«Sieht dein Sohn Loïc ähnlich?», fragte sie, nachdem sie Alex umarmt hatte. «Und wie heißt er überhaupt?»

Alex beugte sich vor und zeigte ihr ein Bild auf ihrem Handy.

Mado stieß einen Pfiff aus. Dann füllten sich ihre Augen mit Tränen. «Wie aus dem Gesicht geschnitten.»

Sie sahen sich an, und die Zeit löste sich auf.

«Du hättest Yan als Kind sehen sollen.» Endlich lächelte Alex. «Ist in Bäume geklettert und auf Mauern. Ist Skateboard und Einrad gefahren.»

«Was macht er heute?»

«Er ist Kameramann geworden.» Sie lachte. «Wie die Mutter, so der Sohn.»

Mado lächelte. «Nicht Stuntman?»

«Oh, Gott sei Dank, nein.»

«Komm, wir wollen essen und trinken.» Mado nahm sie an die Hand. «Auf der Terrasse ist schon gedeckt.»

Abendsonne schimmerte auf den Tellern, Gläsern und Schälchen, die mit feinen *hors d'œuvres* gefüllt waren, und spiegelte sich auf dem silbernen Champagnerkübel in der Mitte des Tischs.

Es sah aus wie ein Festgelage, obwohl sie doch nur zu zweit waren.

«Kein Kamerainterview heute Abend», sagte Mado.

«Oh, aber ...»

«Ich weiß, du möchtest den Rest der Geschichte hören. Das wirst du. Aber können wir einen Abend lang so tun, als ob ich nie Christiane Gärtringen gewesen wäre? Und als gäbe es keine Véronique Lamont?»

Alex, die sich noch nicht gesetzt hatte, betrachtete Mado. Sie war nur leicht geschminkt an diesem Abend und trug ein schwarzes Kleid, das sie an jenes erinnerte, das sie im Sommer 1984 oft getragen hatte. Was blieb von einem Menschen übrig, der sich selbst Jahrzehnte seines Lebens absprach? Was machte ihre Freundin ohne all die Rollen aus?

«Bitte, Alex. Morgen erzähle ich dir, wozu ich dieses Interview aufzeichnen wollte, dann sehen wir uns ein letztes Mal.»

Es versetzte ihr einen Stich, wie Mado das sagte.

«Wollen wir denn nicht in Kontakt bleiben?», fragte sie, und sie hörte selbst, wie enttäuscht sie klang.

Mados Pupillen weiteten sich, als sie an sie herantrat und wieder ihre Hand nahm. «Es gibt nichts, was ich lieber täte, aber das geht nicht.»

Alex bemerkte, dass ihre Lippen bebten. Es war nur ein winziges Zucken, und doch erkannte sie, dass Mado ein Weinen unterdrückte. Sie nickte rasch. «Okay.»

Die junge Frau, die sie schon an den vorangegangenen Abenden bedient hatte, tauchte auf und goss jeder von ihnen ein Glas Champagner ein. Sie stießen an, während sich der Indianerkopf orange färbte und die Sonne unterging.

Während sie Salat aßen, gelang es ihnen zum ersten Mal, unbefangen zu plaudern. Alex erzählte von ihrer Zeit in den USA und davon, wie Yan beschlossen hatte, nach der Highschool dort zu bleiben. Sie verglichen amerikanische mit europäischen Filmproduktionen und tauschten Anekdoten über gemeinsam bekannte Regisseure aus.

«Weißt du eigentlich, was aus Fantomas geworden ist?», fragte Alex, während die Kellnerin eine Terrine mit *bouillabaisse* auftrug.

Mado wartete, bis sie wieder allein waren. «Ich weiß alles über alle», sagte sie mit einem Lächeln, das ihr Gesicht noch schöner machte. «Ich habe euch die ganze Zeit über im Auge behalten. Ihr wart meine Heimat, so seltsam das klingt.»

Alex bestrich ein Stück Baguette mit *rouille* und tunkte es dann in die *bouillabaisse*. «Gar nicht seltsam», sagte sie. «Also, was macht er, der Meisterschurke von Frankreich?»

«Ist nach Valensole gezogen.» Mado löffelte ihre Suppe. «Ursprünglich, weil er dort mehr über das Ufo herausfinden wollte, das dort 1965 angeblich gelandet war.»

«Nicht wirklich!» Alex musste lachen. «Und? Hat er ein paar Außerirdische getroffen?»

«Nein, aber eine Muriel.» Mado legte ihren Löffel beiseite, tippte etwas auf ihrem Handy und hielt ein Profilfoto hoch. Fantomas war älter geworden, das sicher, aber er wirkte noch immer genauso erstaunt wie früher. Lachende Kinder verschiedenster Farben und Größen umringten ihn.

«Das sind Muriels und seine Enkelinnen und Enkel», erklärte Mado. «Ich habe das Zählen aufgegeben. Den Bildern nach zu urteilen, müssen es Dutzende sein.»

Alex lachte noch immer. «Ich wette, dass sie ihren verrückten Großvater lieben.»

«Er ist mir manchmal fürchterlich auf die Nerven gegangen damals.» Mado blickte ihr in die Augen. «Und jetzt vermisse ich ihn so sehr.»

«Wir könnten ihn besuchen.» Sie bemerkte Mados Blick. «Ja, ja. Ich weiß, dass das nicht geht.»

Schatten senkten sich über die Terrasse, als die Kellnerin das Dessert brachte. Eine Aprikosentarte, nach dem alten Rezept einer mittlerweile verstorbenen Bewohnerin von Buoux, wie sie erklärte.

«Madame Mercier», sagten Alex und Mado gleichzeitig, als die junge Frau wieder verschwunden war.

Mado legte sich einen Schal um die Schultern. Der Wind spielte in ihrem Haar.

Alex räusperte sich leise. «Ich weiß, dass wir heute Abend nicht über dein Leben in den Achtzigern reden wollen. Aber was ich immer noch nicht verstehe und noch unbedingt wissen möchte: Hast du damals Urkunden gefälscht?»

Mado blickte sie überrascht an. «Wie kommst du darauf?»

«Im Januar 1985 ist ein provenzalischer Fälscherring aufgeflogen. In der Zeitung war ein Bild von einer Fälscherin.»

«Und du dachtest, die beziehen sich auf mich?»

«Ich ... keine Ahnung. Da war ein Foto. Eine Frau mit langen Haaren. Ich ...»

Mado unterbrach sie. «Kannst du dich noch an Florence erinnern?»

«Gabriels damalige Freundin?»

«Genau die. Sie war es, die gefälscht hat. Im ganz großen Stil. Eine Zeit lang hat sie dafür im Gefängnis gesessen. Urkundenfälschung. Da ist der Staat nicht zimperlich.»

Alex dachte daran, dass sie ihr eine Bahnfahrkarte gefälscht hatte. «Ich weiß, aber ...»

«Sie hat gesagt, sie sei in Indien gewesen, richtig?»

Alex nickte.

«Das stimmte nicht. Ich habe die Stempel in ihrem Reisepass gesehen.»

«Und du glaubst?»

«Dass sie sich eine Geschichte über sich selbst ausgedacht hat, wie so viele von uns.» Mado trank einen Schluck Wein. «Florence hatte ihre eigenen Ziele. Sie sprach Italienisch, und sie kannte sogar den Werbeclip, den du damals gedreht hast. Im Prozess kam heraus, dass sie Kontakt zu den Brigate Rosse hatte.»

Alex sog die Luft ein. «Den italienischen Linksterroristen?»

Mado nickte.

«Ich fasse es nicht.»

Die Kellnerin verteilte Windlichter auf den Tischen und füllte erneut ihre Gläser.

«Ist es immer so?», fragte Alex, als sie wieder allein auf der Terrasse waren. «Dass man meint, einen Menschen zu kennen, und dann ist es nur eine Schicht, und darunter verbergen sich weitere Schichten, und man entblättert den Menschen immer weiter, bis einem schwindelig wird?»

Mado lächelte. «Sagt dir der Begriff *narrative Identität* des französischen Philosophen Paul Ricœur etwas?»

«Nein, du Bildungsnerd, aber ich bin voller Hoffnung, dass du ihn mir erklärst.»

«Ricœur sagt, dass Identität ein Prozess ist, und dass man diesen Prozess gemeinsam mit anderen Menschen gestaltet. Das bedeutet auch, dass Identität immer in Verbindung mit der Zeit zu sehen ist.»

«Hmm. Aber haben wir nicht so was wie einen unverrückbaren Kern, etwas, das uns tief im Innern ausmacht? Das immer da ist, egal, was sonst so passiert?»

«Nicht nach Ricœur, nein.»

«Und nach Mado?»

«Du meinst uns beide? Was uns im Inneren ausmacht?»

«Ja.»

Mado überlegte. «Vielleicht ist es der unbändige Wunsch zu leben. An unsere Grenzen zu stoßen und dann darüber hinauszugehen.»

In den Bergen war es jetzt ganz dunkel geworden. Aber Mado, im Schein der Windlichter, strahlte sie an.

APT, GEGENWART

Sie hatten sich in dem Café am Ende der Rue Saint Pierre verabredet, neben dem ehemaligen Fotostudio.

«Ich bin gekommen, um dir *au revoir* zu sagen.» Alex ließ sich Gérard gegenüber auf einen Stuhl fallen.

Gérard lächelte. «Ein Satz wie ein Lied.»

«Außerdem habe ich noch ein paar offene Fragen.» Sie deutete auf das Geschäft, *Souvenirs de Provence.*

«Was aus dem Besitzer des Fotostudios wurde, möchtest du wissen? Monsieur Charrentier?» Gérard winkte der Kellnerin. «*Deux noisettes, Hélène, s'il te plaît.* Also gut, ist fortgezogen. Gab ein paar hässliche Gerüchte über ihn.»

«Oh bitte, erzähl mir jetzt nichts von Geheimdienst.»

Gérard blickte sie lange und eindringlich an.

«Geht's genauer?» Alex fühlte, wie sie ungeduldig wurde. Seit Gérard ihr nach Buoux gefolgt war und ihr erzählt hatte, was er für die Wahrheit über Mado hielt, war er für sie entzaubert. Und doch musste sie sich ein letztes Mal mit ihm treffen. Er wusste als Einziger über die Menschen hier gründlich Bescheid.

«Ich konnte es ihm nie nachweisen», sagte Gérard endlich. «Und natürlich konnte ich auch Mado nie nachweisen, dass sie eine iranische Spionin war. Aber sie war oder ist Iranerin, davon bin ich noch immer überzeugt.»

«Ich möchte nicht über Mado reden.»

Ein Lächeln breitete sich auf seinem Gesicht aus. «Weil du mehr weißt als ich.»

Die Kellnerin brachte ihnen den Kaffee in winzigen Tassen.

«Weil ich mit diesem Teil meines Lebens abgeschlossen habe», erklärte Alex so überzeugend wie möglich. «Also. Monsieur Charrentier?»

«Mit hoher Wahrscheinlichkeit sowjetischer Geheimdienst. Hat keinerlei Spuren hinterlassen. Habe nie wieder von ihm gehört.»

Alex fühlte ein Kribbeln in ihrem Nacken. Sie dachte an all die Fragen, die Raymond Charrentier, wenn das sein echter Name war, ihr damals gestellt hatte. Über ihr Leben in Westdeutschland. Und wie politisch sie war.

Sie trank einen Schluck Kaffee und schloss die Augen.

«Hier haben doch alle gelogen», sagte sie wütend.

«Nicht alle.»

«Nein?» Sie hörte selbst, wie verzweifelt sie klang.

«Nein.» Wieder sah Gérard sie unbewegt an, und auf einmal wusste sie, dass er an Loïc dachte oder an Fantomas oder vielleicht auch an sie als junges Mädchen. Und auf einmal war Loïc da, als wäre er nie verschwunden, Loïc mit den gelb gepunkteten Augen, den ruhigen Händen, den Sommersprossen auf seiner Haut.

Der Schmerz war klein geworden, aber er war noch immer Teil ihres Lebens. Wenn sie an Loïc dachte, war es, als berührte sie einen Knochen, der gebrochen und schief zusammengewachsen war. Der Knochen war wieder heil geworden. Aber er hatte eine neue Form.

«*Du* hast gelogen», stellte sie fest, als sie in die Gegenwart zurückglitt.

«Das habe ich. Und das tut mir leid.»

«Ach, keine Ahnung.» Sie kippte den Rest ihres Kaffees

herunter. «Ich sage nicht, dass ich dir vergebe. Aber das Ausspionieren zugunsten von Frankreichs militärischen Interessen und dem ganzen Shit ... Jemand musste das wohl tun.»

«*Hé*», sagte Gérard und lächelte plötzlich. «Ich könnte dir noch etwas erzählen, was dich vermutlich erheitert.»

«Oh, bitte! Nur zu.»

«Du erinnerst dich an die fünftausend Francs, die jemand aus Gabriels Sofa gestohlen hatte?»

Sie konnte nicht verhindern, dass ihre Wangen heiß wurden. «Woher weißt du davon?», fragte sie.

«Ich bitte dich.» Gérard machte eine Handbewegung, und jetzt wurde sie tatsächlich rot.

«Ihr habt den Normannen verdächtigt. Aber es war Chou, der das Geld geklaut hat.»

«Chou? Mein Abwäscher-Kollege?»

«Ebender. Er kam vor ein paar Jahren auf Gabriel zu ...»

«Gabriel? Er lebt noch?»

«Besser denn je. Wie auch immer, offenbar hatte Jesus höchstpersönlich Chou eingeflüstert, dass er Gabriel das Geld zurückzahlen müsste – allerdings unter einer Bedingung.»

Alex kicherte. «Jesus hat Chou eine Bedingung gestellt?»

«Ja, und zwar, dass er, Chou, Gabriel von Jesus erzählen müsste, wenn er ihm die fünftausend Francs zurückzahlt. In drei Raten aber wohlgemerkt. Und pro Rate ein Jesus-Monolog.»

«Und – hat Gabriel eingewilligt?» Sie bebte vor Lachen.

«Ich glaube, du kennst Gabriel. Nein, hat er nicht. Er ist auch heute noch Atheist.»

«Du ahnst nicht, was Gérard mir erzählt hat!»

Es war wie vereinbart ihr letztes Treffen in der *Auberge*

des Falaises, aber Alex verdrängte diesen Gedanken. Sie berichtete Mado in allen Einzelheiten von dem Treffen mit Gérard, und die wand sich ebenso vor Lachen wie sie.

«Es war gut, dass ich ihn noch mal gesehen habe», sagte sie endlich. «Aber dieser Halunke, ganz ehrlich! Er ist bei uns in die Scheune eingebrochen und hat dir nachspioniert!»

«Das ist jetzt alles so lange her, und er hatte seine Gründe.» Mado winkte ab. Sie trug ein knöchellanges, weißes Kleid mit langen Ärmeln und Ohrringe mit grünen Steinen, die das Grün ihrer Augen zum Leuchten brachten. Elegant mit einer leichten Hippie-Note. Unschuldig, reif und schön wirkte sie.

«Aber Gabriel!» Alex nahm das Glas Wein entgegen, das Mado ihr jetzt reichte. «Wusstest du, dass er noch lebt?»

«Ich weiß alles über alle», wiederholte Mado. Sie kniff ein Auge zusammen und prostete ihr zu.

«Du weißt nicht zufällig, ob es ihm gut geht?»

«Oh, ich glaube, es geht ihm ganz herrlich. Du weißt noch, dass er immer gegenständlich gemalt hat, was ja in den Siebzigern und Achtzigern nicht so angesagt war?»

Alex dachte an seine großformatigen Landschaftsbilder, an die Bauern, das Café-Leben im Grégoire. «Ja, aber was hat das ...»

«Nun, in den Neunzigern hat sich das Blatt für ihn gewendet. Neue Leipziger Schule und so. Heute erzielt ein Gabriel van de Berg Preise von mehreren Hunderttausend Euro. Eines kann ich dir ganz sicher sagen: Der Mann braucht Chous fünftausend Francs nicht mehr.»

«Wie alt mag er jetzt sein, neunzig?»

«Ja, aber mit einem jüngeren Körper, wenn man den Bildern trauen kann, die man in Kunstzeitschriften findet. Hat Yoga und Meditation für sich entdeckt.»

«Und er lebt nicht mehr auf der Place Jules Ferry.»

«Oh nein, er bewohnt eine Villa an der Côte d'Azur. Wir könnten ihn besuchen, wenn ich mir ...»

Alex stellte sich hinter die Kamera und schaltete sie ein. «Wenn du dir dann nicht wieder eine deiner Geschichten ausdenken müsstest.»

«Das, was ich dir erzähle, ist nicht *eine meiner Geschichten*. Es ist die Geschichte meines Lebens.» Mado sah sie stirnrunzelnd an.

Alex musste etwas mit der Belichtung kämpfen. Im Kontrast zu den Bergen war das Weiß des Kleides sehr hell.

«Ich weiß ja.» Sie richtete sich auf. «Tut mir leid.»

«Nein, mir tut es leid. Alles.»

Eine Pause entstand.

«Läuft die Kamera?», fragte Mado endlich.

Alex bejahte, und Mado verlagerte ihre Haltung. Dann hob sie an.

«Ich möchte betonen, wie sehr es mir leidtut», sagte Mado mit ihrer Filmstimme. «Ich war auf einem Irrweg damals. Keiner der erwähnten Umstände rechtfertigt mein Verhalten. Wenn ich jemanden verletzt oder verängstigt haben sollte, so tut es mir leid.»

«Das war's?», fragte Alex verblüfft, als Mado eine Weile geschwiegen hatte.

«Das war's. Du kannst die Kamera ausschalten. Ich habe alles gesagt. Jetzt kann die Welt sich ihr eigenes Urteil bilden.»

Alex drückte auf einen Knopf und trat einen Schritt zurück. «Das werde ich nie im Leben irgendjemandem zeigen», sagte sie. «Damit würde ich dich ja ins Gefängnis bringen!»

Mado strich sich eine Strähne aus den Augen. «Mach dir um mich keine Sorgen.»

«Was soll das heißen?» Alex sah sie beunruhigt an. «Du willst dich jetzt nicht etwa umbringen oder so ’n Quatsch?»

Mado lächelte. «Nach all den Jahrzehnten, in denen ich um mein Leben in Freiheit gekämpft habe? Keine Sorge, Aufgeben ist keine Option.» Sie hielt Alex’ Blick stand. «Aber wenn du das Material nicht veröffentlichst, wird ein anderer die Geschichte erzählen.»

«Du meinst den Typen, der diese Doku-Reihe über deutsch-französischen Linksterrorismus macht?»

«Ganz genau, der wird sich die Geschichte unter den Nagel reißen. Er hat 1984, als wir hier lebten, einen Hinweis auf meine Herkunft gefunden, konnte aber damals noch nichts mit der Information anfangen. Du kennst ihn übrigens.»

«Wer ist es?»

«François Angot.»

«Nie gehört.»

«Der Normanne.»

«Nicht möglich. Der Drogendealer?»

«Er war kein Dealer. Er hat investigativ im Drogenmilieu recherchiert.»

Alex pfiff leise durch die Zähne. «Was war das für ein Hinweis?»

Mado schwieg eine Weile. «Nachdem ihr ihn bedroht habt, weil er angeblich fünftausend Francs aus Gabriels Sofa gestohlen haben soll, hat er sich bei dir rächen wollen», sagte sie.

«Verdammt, das ist jetzt schon das zweite Mal an diesem Tag, dass ich an diese Geschichte erinnert werde.»

«Wie auch immer, er hat unsere Sachen in der Scheune durchwühlt. Und dann hat er den Sockel der Tischlampe geöffnet.»

Alex erstarrte. «Was war darin?»

«Eine Zeichnung meiner kleinen Schwester Amira.»

«Inwiefern ist das belastend?»

«Amira hat etwas auf Persisch darauf geschrieben.» Mado schluckte und sah weg. «Damals konnte er mit den Briefen nichts anfangen, aber vor Kurzem gab es einen Hinweis.» Sie biss sich auf die Lippen. «Jemand hat herausgefunden, dass Christiane Gärtringen in Teheran geboren wurde. Der Normanne wusste lediglich, dass ich Deutsch spreche – er hat uns ja reden gehört, anfangs, als du noch nicht das perfekte Französisch von Alexandre Dumas dem Älteren beherrscht hast ...» Sie lächelte leicht.

Alex blieb ernst. «Hat er weitere Beweise? Irgendetwas, das dich, Véronique Lamont, in Verbindung damit bringt?»

«Ich nehme an, er hat Hinweise.» Mado schüttelte den Kopf. «Er will mich zum Sprechen bringen, schreibt mir seit einem halben Jahr fast täglich.»

«Er schreibt dir?», fragte Alex entsetzt.

«Nun ja, er schreibt über mein Management, aber ich musste bereits ein paar unangenehme Fragen beantworten. Zuletzt hat mich mein Agent aufgefordert, klar Stellung zu beziehen.»

«Verstehe.» Alex schloss die Augen. Das Bild belichtete sich. «Du hättest mich nicht kontaktiert, wenn dich der Normanne nicht erpresst hätte?»

«Ich wollte dich nicht in Gefahr bringen», sagte Mado sanft.

Alex brachte vor Enttäuschung keinen Ton hervor.

«Glaub mir, das ist die beste Lösung. Ich habe an alles gedacht.»

Alex rührte sich nicht.

«Du könntest dir von dem Geld ein Haus in der Provence kaufen.»

«*Non merci.*»

«Oder du nutzt das Geld, um dir von jetzt an deine Projekte auszusuchen. Du müsstest nie mehr mittelmäßige Filme drehen.»

Alex verschränkte ihre Hände im Nacken und grinste. «Ich drehe nie mittelmäßige Filme. Ist so 'n Grundsatz von mir.»

«Nein», sagte Mado und sah ernst aus. «Das tust du wohl nicht.»

Wieder sahen sie sich an.

«Wir werden uns nicht mehr begegnen, D'Artagnan.»

In der Ferne rauschte der Fluss.

«Wohin wirst du dich absetzen, Aramis?», fragte Alex endlich.

Mado lächelte. «Das, mein liebster D'Artagnan ...» Sie schloss sie in die Arme. «Ist die einzige Sache, die du nicht erfährst.»

*

Annette, wie sie sich jetzt wieder nennen wollte, sah ihrer Freundin nach, wie sie mit ihrer Kameraausrüstung durch das Gras zum Parkplatz stapfte. Im Gegenlicht nahm sie sie nur noch als Silhouette wahr, und einen Moment lang sah sie die junge Alex wieder, die Entschlossenheit, mit der sie neue Gefilde betrat. Sie beobachtete, wie Alex ihre Ausrüstung in den Kofferraum lud und wie sie sich noch einmal zu ihr umdrehte, um ihr zuzuwinken.

Mado hob den Arm.

Als Alex davongefahren war, hielt sie ihre Smartphone-Kamera so in die Höhe, dass das Licht in ihre grün gefärbten Augen fiel. «Mein Name ist Christiane Gärtringen», sagte sie auf Deutsch. «Ich war ein Mitglied der Roten Armee Fraktion.» Sie legte eine Pause ein, so wie sie es in Monologen manchmal tat. «Alles, was Sie nun wissen möchten, habe ich Alexandra Richter, der Kamerafrau meines letzten Spielfilms, erzählt. Véronique Lamont wird nicht mehr existieren, wenn Sie dieses Video sehen.» Sie setzte das Lächeln auf, das sie trug, wenn sie einen Preis entgegennahm, ein verhaltenes, bescheidenes Lächeln, in dem ihre alte Schüchternheit mitschwang. «Ich habe sie sehr gern gespielt.»

Sie würde diesen kurzen Clip hochladen, wenn sie an ihrem Zielort angekommen wäre, versehen mit dem Hinweis auf Alex' E-Mail-Adresse. Alex könnte reich werden, wenn sie das Interview verkaufte. Aber sie würde ihren eigenen Film machen wollen. Das wusste sie.

Dann öffnete sie den Safe, griff nach dem Pass, auf dem ihre neue Identität vermerkt war, und gab ihrem Chauffeur, der unten wartete, ein Zeichen, den Wagen vorzufahren. Sie hatte alles getan, was notwendig war. Sogar ihr Koffer war gepackt.

Als sie hinaustrat, blieb sie kurz stehen und musterte das Bergmassiv. Die Hänge leuchteten magentarot im Abendschein. Jemand hinter ihr in der *Auberge* rief «*Au revoir,* Madame Lamont!» Zurückblicken oder nach vorne? Auf einmal musste sie daran denken, was Alex ihr über ihre Ankunft in Apt erzählt hatte, wie sie ein Foto vom Ortseingang geschossen und dabei überlegt hatte, wie viel Licht sie in das Bild lassen wollte.

«Wohin?», fragte der Fahrer.

«Zum Flughafen, bitte. Marseille-Marignane.»

ROUSSILLON, GEGENWART

Im Ocker roch es nach Zedern. Alex schritt über den weichen Boden und atmete tief ein. Gelb und rot ragten die Felsen um sie her in den Himmel, einige von ihnen tief eingekerbt, als wären sie von Vögeln oder Insekten bewohnt. Wie Hochhäuser für Tiere, dachte sie, während ihr Blick über einen besonders hohen Ockerberg glitt. An einem Nadelbaum tasteten ihre Hände über den grobborkigen Stamm.

Als sie noch nicht für den Eintritt in die Ockerberge bezahlen musste, damals, als diese rot und grün flirrende Landschaft ihr Jugendspielplatz war, hatte sie begriffen, dass sie nicht getrennt existieren konnte von Erde, Luft und Bäumen. Alles gehörte zusammen.

Auch Mado gehörte zu ihrem Leben. Und würde es weiterhin tun, trotz allem.

Eine Gruppe amerikanischer Touristen trampelte an ihr vorüber, Selfiesticks hoch erhoben wie Wegweiser durch ein Leben im Filtermodus.

Sie wartete ab, dass ihre Stimmen im Ocker verschwebten, und schloss die Augen. Orangefarbene Schatten tanzten über ihre Lider. Zedernzweige bewegten sich rauschend im Wind. Endlich lenkte sie ihre Schritte zum Friedhof auf dem hohen Felsen.

Es war ein langer, steiler Weg.

Sie war die einzige Besucherin zwischen den Gräbern. Sonne gleißte auf dem Stein. Hier und da ein Strauß mit Plastikblumen, ein rot flackerndes Licht, ganz schwach nur leuchtend in der Mittagssonne. Das Dorf Roussillon gegenüber, orangerot zusammengewürfelte Häuser. Ein Verkäufer, der Lavendeleis anpries. Und dann, verwittert: Loïcs Grab.

Alex kniete sich vor den Stein. Loïcs ewig junges Gesicht hinter Fotoglas. Mit dem Ringfinger, der den Mondsteinring trug, fuhr sie darüber. So sanft sie konnte, wischte sie sein Lächeln frei.

Es war eines der wenigen Porträts, die sie von ihm geschossen hatte. November musste es gewesen sein, sie war schon schwanger gewesen. Leicht und glücklich sah er aus.

Die Inschrift auf dem Grab wirkte verwittert: *Loïc Santoni, 1962–1984.* Und darunter: *«Il n'y a que deux conduites avec la vie: ou on la rêve, ou on l'accomplit.* René Char.» *Es gibt nur zwei Arten, mit dem Leben umzugehen: Entweder man träumt es, oder man lebt es.* Endlich verstand sie, warum Loïc diese Sätze in seinem Buch angestrichen hatte. Mado hatte sie gefunden. Sie war ihr unendlich dankbar dafür.

«Du hast beides getan, Loïc», flüsterte sie. «Und du wärst sehr stolz auf unseren Sohn.»

In Apt beschloss sie, ein letztes Mal durch den Ort zu schlendern. Als sie ein Plakat mit einer Konzertankündigung der Raoul Petite sah, lächelte sie.

Hinter der Place de la Bouquerie gelangte sie an eine Treppe, die neu sein musste und zu einer Anhöhe hinaufführte. Ein Mädchen in Kleid und Turnschuhen hatte sich in eine schattige Ecke unter eine Platane zurückgezogen. Aus den großen Kopfhörern, die sie sich aufgesetzt hatte, vibrierten schnelle Bässe. Mit rasender Hand schrieb sie in ein Heft.

«Pardon», sagte sie, als sie spürte, dass Alex sich an ihr vorbeischob, und nahm ihre langen Beine beiseite.

«Il n'y a pas de quoi», gab Alex zurück.

Einen Moment lang musterten sie sich.

«Bist du von hier?», fragte das Mädchen auf Englisch und schob ihre Kopfhörer herunter.

«Nein.» Alex schüttelte den Kopf. «Aber ich habe vor langer Zeit mal hier gelebt.»

«Es ist ...» Das Mädchen schien zu zögern. «Die Gegend hier, die Menschen. Es ist etwas Besonderes, oder?»

«Du spürst das also?» Alex setzte sich neben sie. Das Mädchen, die junge Frau vielmehr, mochte in dem Alter sein, in dem sie selbst nach Apt gekommen war.

«Oh ja, natürlich. Ich habe sogar überlegt, eine Weile hier zu bleiben. Eigentlich wollte ich in den Iran weiterreisen. Wegen der Geschichten, die ich dort erleben könnte.» Sie deutete auf ihr Heft.

«Bist du Schriftstellerin?», fragte Alex.

Zu ihrer Überraschung färbten sich die Wangen der jungen Frau rot. «Nein, nein, ich komme ja gerade erst aus der Schule. Aber ich würde gern eines Tages Bücher schreiben. Ich liebe Geschichten. Und hier ...» Sie hob die Hand, mit der sie immer noch ihren Stift hielt, und deutete auf die feigenbaumbestandene Mauer unter ihnen und dann in die Berge. «Ich habe das Gefühl, das hier viele Geschichten entstehen.»

Alex lächelte. Dann holte sie tief Luft. «Ich kann dir eine erzählen, wenn du willst.»

NACHWORT UND DANK

Ich war 20 Jahre alt, als ich in den Lubéron gelangte. In Apt und Umgebung traf ich auf die ungewöhnlichsten Menschen, die ich bis dato kennengelernt hatte. Ich blieb sieben Jahre und erlebte eine aufwühlende Zeit.

Viele Jahre später, als ich in die Gegend zurückkehrte, wurde mir klar, dass nicht alle meine ehemaligen Weggefährten die waren, für die sie sich ausgegeben hatten. Sicher haben viele diese Zeit des Umbruchs Mitte der 1980er-Jahre und die einzigartige internationale Atmosphäre, die damals im Lubéron herrschte, genutzt, um sich neu zu erfinden. Dass Frankreichs Atomraketen in unserer unmittelbaren Nähe stationiert waren und uns die Gefahr eines Dritten Weltkriegs täglich vor Augen führten, hat sicher dazu beigetragen, dass viele lebten, als wäre es das Ende unserer Zeit.

Um die Handlung auf ein Jahr begrenzen zu können, habe ich die Ankunft bestimmter real existierender Personen vor- oder zurückdatiert.

So war es in Wahrheit:

Die Action Directe hat sich zu dem Anschlag auf den General René Audran im Januar 1985 bekannt; wer allerdings die tödlichen Schüsse abgegeben hat, bleibt bis heute ein Rätsel.

Leonard Cohen lebte von Ende der 1970er- bis Anfang

der 1980er-Jahre in Bonnieux. Ich traf ihn 1985 in Apt bei einem seiner letzten Besuche.

Peter Mayle kam erst 1987 in die Gegend, wo er von der britischen Community, in der ich damals lebte, alsbald wenig geliebt wurde, weil er mit seinen Provence-Romanen die Grundstückspreise in schwindelerregende Höhen trieb.

Pierre Vassiliu wanderte schon 1984 in den Senegal aus.

Dora Maar verbrachte seit ihrer Trennung von Pablo Picasso viel Zeit in Ménerbes, malte aber in den 80er-Jahren auch häufig in den Ockerbergen von Roussillon, die damals noch frei zugänglich waren.

Die Geschichte von Maurice Masse, auf dessen Lavendelfeld 1965 angeblich Außerirdische ein Ufo landeten, wird in der Gegend noch heute gern erzählt. Ein Freund von mir, der sich den «Landeplatz» in den 70er-Jahren angesehen hat, schwört, dass dort auf einer kreisförmigen Fläche kein Lavendel mehr wuchs.

Ich danke Jean-Pierre Lopez für seinen Einblick in den Alltag von Militärfamilien und ihr Zusammenleben mit den alteingesessenen Provenzalen, den Zugewanderten aus Südeuropa und Nordafrika und den internationalen Hippies, Pazifisten und Künstlern in und um Apt in den 70er- und 80er-Jahren.

Außerdem danke ich M. für seinen Hinweis auf die Anwesenheit von Geheimdiensten im Vaucluse jener Zeit.

Von Herzen danke ich meinem Agenten Markus Michalek für seine Begeisterung und Unterstützung. Welch ein Glück, von dir und der Agentur AVA betreut zu werden! Und ich danke meiner Lektorin Dinah Fischer für ihre Klugheit und Empathie.

Weitere Titel